»Vor einiger Zeit hat mein Mann Andreas diese schreckliche Krankheit, die man ›Liebe zum Segeln‹ nennt, bekommen. Es fing damit an, dass er auf N3 eine Dokumentation über einen Mittfünfziger gesehen hat, der sich selbst verwirklichen wollte, indem er Fertiggerichte für ein Jahr in eine Nussschale warf und die Welt ganz allein umsegelte. Ich ließ Andreas sein neues Hobby. Es schadete mir ja nicht wirklich. Dachte ich ...«

Steffi von Wolff, geboren 1966, arbeitet als Redakteurin, Moderatorin, Sprecherin, freie Autorin und schreibt auch Comedy. Sie wuchs in Hessen auf und lebt heute mit Mann und Sohn in Hamburg. Ihre im Fischer Taschenbuch Verlag erschienen Romane sind eine Frechheit – und Bestseller. »Schnell, absurd, echt komisch.« (Cosmopolitan); »Sehr witzig und ziemlich abgefahren.« (Max); »Nicht ladylike, aber saukomisch!« (BamS).

Fremd küssen (Bd. 15832)
Glitzerbarbie (Bd. 16077)
ReeperWahn (Bd. 16588)
Die Knebel von Mavelon (Bd. 16701)

Unsere Adresse im Internet: www.fischerverlage.de

Steffi von Wolff

Aufgetakelt

ROMAN

Fischer
Taschenbuch
Verlag

Für Fridtjof. Wie immer.
Für immer.

2. Auflage: Mai 2007

Veröffentlicht im Fischer Taschenbuch Verlag,
einem Unternehmen der S. Fischer Verlag GmbH
Frankfurt am Main, Mai 2007

Lizenzausgabe mit Genehmigung des Delius Klasing Verlag

Zeichnungen: Kai Wacker

Druck und Bindung: Nørhaven Paperback A/S, Viborg
Printed in Denmark
ISBN 978-3-596-17538-3

1

Es ist Freitag, als alles begann. Erst mal begann natürlich das Wochenende. Ich freue mich immer aufs Wochenende. Wochenende bedeutet, dass man sich erholt und vielleicht auch mal einfach nichts tut.

Aber seit diesem Freitag war alles anders. Mein Mann Andreas kam nach Hause, so wie sonst, und ich bekam, anders als sonst, einen Katalog über Stechzirkel oder so was Ähnliches hingepfeffert und ein Stück Band, mit dem ich einen Palstek knoten sollte, obwohl ich lieber ein wenig in der ›Gala‹ blättern wollte oder meine verwelkten Rosen im Garten abschneiden.

Es folgten Freitage, an denen ich meinen letzten Besichtigungstermin (ich bin Immobilienmaklerin) so früh legen musste, dass ich pünktlich um 16 Uhr zu Hause war, um hektisch ein paar Sachen in eine Tasche zu stopfen, und mich dann mit meinem lieben Mann in unser Auto setzen konnte, das uns an die Ost- oder Nordsee brachte. Da warteten dann irgendwelche Boote auf uns, auf denen wir unser Wochenende verbrachten.

Mein Name ist Britta Schüchen, ich bin 34 Jahre alt und habe naturblonde Haare. Ich mag meine Haare und ich mag Blondinenwitze, sofern ich sie verstehe. Ich lege Wert darauf, nicht mit Frau »Schühchen« angesprochen zu werden. Ursprünglich, also vor meiner Hochzeit, hieß ich Britta Höschen, und damals legte ich auch schon Wert darauf, nicht als Frau »Hööööschen« angesprochen zu werden. Insofern hat sich namenstechnisch nach meiner Eheschließung nichts wirklich Gravierendes verändert.

Ansonsten hat sich relativ viel getan.

Ich bin jetzt zwölf Jahre verheiratet. Vor einiger Zeit hat mein Mann Andreas diese schreckliche Krankheit, die man »die Liebe zum Segeln« nennt, bekommen. Es fing damit an, dass er auf N3 eine Dokumentation über einen Mittfünfziger gesehen hat, der sich selbst verwirklichen wollte, indem er Fertiggerichte für ein Jahr in eine Nussschale warf und die Welt ganz allein umsegelte.

»Das ist ja unglaublich«, sagte Andreas und rückte noch näher an den Fernseher heran, während der Mittfünfziger eine Dose Ravioli auf dem Bordkocher erhitzte und den Inhalt direkt aus dem Topf in sich hineinschlang. Zu dieser Zeit war er schon ungefähr zwei Monate unterwegs und hatte einen Vollbart, lange Haare, schwarze Fingernägel und diesen irren Blick, den Leute manchmal haben, wenn man sie von einer einsamen Insel rettet und sie eine halbe Kokosnuss umklammern, während man sie in ein Schlauchboot verfrachtet.

»Ganz allein auf sich gestellt, niemanden zum Reden haben und Mutter Natur ausgeliefert. Oh Gott!«

»Was ist daran unglaublich?«, fragte ich und blickte von meiner Zeitschrift hoch. »Der Mann hat das doch freiwillig gemacht. Und außerdem – er hätte doch jederzeit seinen Ausflug abbrechen können.« Aber Andreas war der Meinung, dass ich das alles nicht verstünde. »Das ist das wahre Leben, das ist Reduktion auf ein absolutes Minimum.« Andreas war fasziniert von diesem Mann und rannte am nächsten Mittag sofort los – unrasiert –, um mit ungefähr einhundert Büchern übers Segeln wiederzukommen. Manchmal ist es ja so, dass eine Begeisterung kurzlebig ist und man eine Woche später wieder zum normalen Leben zurückfindet. Bei mir war das auch mal so, ich hatte mir eine gebrauchte Nähmaschine gekauft und fing an, Tischdecken und Sofakissenüberzüge zu nähen, beziehungsweise ich habe es versucht, aber weil es nicht sofort so funktionierte, wie es in den tollen Prospekten immer aussah – die lachenden Frauen, die darin abgebildet waren, haben mir nichts, dir nichts Bettbezüge für die ganze Familie und Nachbarschaft fertig gestellt –, habe ich die Nähmaschine nach genau fünf Tagen auf den Dachboden gebracht, wo sie heute noch steht.

Bei Andreas war es anders. Er redete von nichts anderem mehr als davon, dass Segeln so natürlich ist und was Ursprüngliches hat.

»Stell dir vor, wenn man vor Anker liegt und einen Sonnenuntergang beobachtet und nichts hört außer den Wellen, die langsam und behäbig an den Bug klatschen«, schwärmte er. »Und die sinnigen, tief schürfenden Gespräche, die man in diesen Situationen führt. Das ist Leben, Britta, das ist Leben. Früher, so im 15. Jahrhundert, muss es noch schöner gewesen sein, da waren die Menschen ja monatelang auf See. Ich möchte wissen, über was sie damals gesprochen haben!«

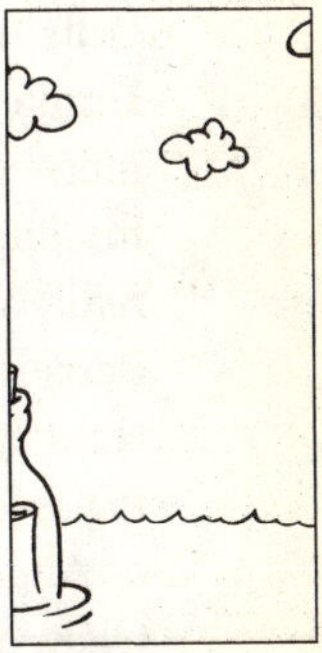

Ich konnte mich dieser Begeisterung nicht anschließen, noch war ich davon überzeugt, dass die Menschen, die im 15. Jahrhundert monatelang auf See waren, tief schürfende Gespräche geführt haben.

Die einzigen Gespräche werden sich darum gedreht haben, mit wie vielen Peitschenhieben man die Sklaven, die im Schiffsbauch saßen und ruderten, ohne Grundnahrung zu noch mehr Leistung anspornen konnte. Oder wie man Skorbut behandelt oder die Pest, und was man mit Besatzungsmitgliedern anstellte, die gemeutert haben. Fingerabhacken war da ganz sicher an der Tagesordnung im 15. Jahrhundert bei den Leuten, die laut Andreas tief schürfende Gespräche geführt haben.

Aber ich ließ Andreas sein neues Hobby. Es schadete mir ja nicht wirklich. Dachte ich.

Doch dann wurde es immer schlimmer.

Mein Göttergatte Andreas ist 39 und behauptet gern von sich, dass er Roger Moore in jungen Jahren verdammt ähnlich sieht. Auf einer Party hat er es allen Ernstes mal fertig gebracht, einen Martini mit den Worten: »geschüttelt, nicht gerührt« zu bestellen. Oder andersherum. Er konnte es gar nicht verstehen, dass niemand darüber lachte. Er ist ein ziemlich häuslicher Typ. Einmal – wir hatten die eine oder andere Flasche Wein intus, hat er mal zugegeben, dass er sich gern einen elektrischen Fußwärmer bei Tchibo kaufen würde. Für die kalten Winterabende. Am anderen Tag hat er behauptet, das nie, aber wirklich nie gesagt oder gedacht zu haben. Beim Häkeln habe ich ihn auch schon mal erwischt, aber nichts gesagt.

Andreas ist Geschäftsführer bei Püppi-Company. Es handelt

sich dabei keineswegs um einen Escort-Service für Männer, die Damenbegleitung für Messeabende suchen, sondern um eine Firma, die Ersatzteile für kaputtgegangene Einrichtungsgegenstände von Puppenküchen herstellt und auch Puppenhäuser nach Maßanfertigung baut. Es gibt nichts, was Püppi nicht herstellt. Ein Kunde wollte ins Puppenhaus seiner Tochter eine Dunkelkammer eingebaut haben, ein anderer hat Wäscheklammern in der Größe von Staubkörnern geordert. Kein Problem für Püppi. Es existiert sogar eine Puppenküche mit einem Sessellift an der Treppe, damit Opa (84 und etwas schwach auf den Beinen) bequem zu Bett gebracht werden kann. In einem anderen Puppenhaus befindet sich ungelogen ein Extraeingang für Papas Geliebte, sodass sie nicht mit Mama zusammentreffen muss.

Andreas hatte bislang keine wirklich nennenswerten Hobbys. Okay, er ist ab und an mal mit Freunden einen trinken gegangen oder hat unseren Dachboden ausgebaut (und dabei die Nähmaschine stehen gelassen; man weiß ja nie).

Wie gesagt, bis vor ein paar Wochen.

Ich erinnere mich noch gut an den Tag, an dem wir das erste Mal eine Wochenend-Charter-Tour machten. Mit uns unbekannten Menschen, die auch eine Wochenend-Charter-Tour machten. Das Boot war ziemlich groß und lag an irgendeinem Steg. Es schaukelte bedrohlich hin und her. Den Namen des Ortes, in dessen Hafen das Boot lag, habe ich verdrängt, um nicht wahnsinnig zu werden.

Andreas hatte mich nämlich, kurz nachdem diese Dokumentation auf N3 gelaufen war, händeringend überredet, mit ihm »wenigstens ein einziges Mal« segeln zu gehen. Weil ich das Desaster endlich hinter mich bringen wollte, sagte ich schließlich Ja und Andreas lief weg, kaufte sich eine Segelzeitschrift und telefonierte mit irgendwelchen Charterstützpunkten an der Ost- oder Nordsee und wurde tatsächlich fündig. Also machten wir uns an einem sonnigen Freitag auf an die Ostsee.

Als ich vor diesem Boot stand, hatte ich vorausschauend zwei große Probleme:

Problem 1: Wie komme ich ohne Sprungbrett oder zumindest eine acht Meter lange Planke an Bord?

Problem 2: Wie komme ich ohne Sprungbrett oder zumindest eine acht Meter lange Planke von Bord?

Es war leider niemand da, der mir diese – für mich lebenswichtigen – Fragen beantworten konnte. Alle Teilnehmer hatten einen ungemein arroganten Gesichtsausdruck und unterhielten sich die ganze Zeit darüber, dass es eine Frechheit sei, wie teuer die Liegegebühren geworden seien. Ich habe nicht verstanden, was sie meinten. Was bedeutet »Liegegebühren«? Heißt das, dass man extra bezahlen muss, wenn man im Schlaf *liegt*? Schläft man auf Segelbooten normalerweise wie Pferde oder Kühe im Stehen?

Andreas kümmerte sich nicht im Geringsten um mich. Er sprang wie ein aufgescheuchtes Karnickel hin und her, gab zum Besten, wie er sich auf diesen Törn freue und schrie, dass er, sobald alle an Bord seien, Gin-Tonics zu mixen gedenke. Mir graute es davor, an Bord zu gehen (falls mir das überhaupt jemals gelingen sollte).

Das Peinlichste war, dass wir uns (ich notgedrungen) für dieses Wochenende komplett neu eingekleidet hatten. Ich hatte Segelschuhe, sie hießen »Docksides«, zum Preis von ungefähr 200 Euro an den Füßen, die fürchterlich schubberten und mir an jeder überhaupt nur möglichen Stelle Blasen bescherten. Sogar in den Zehenzwischenräumen, weiß der Geier warum. Der Rest der Ausstattung von Musto oder Marine Pool, alles Markennamen, die ich vorher gar nicht kennen wollte. Und schweineteuer. Ölzeug hatten wir uns auch gekauft. Ich kam mir vor wie ein Stadtwerkemitarbeiter in dieser unförmigen Latzhose, die aber, so stand es jedenfalls in der Produktinformation, »absolut wasserundurchlässig« sei, was ja wichtig ist wegen der Welle und wenn das Boot nass segelt wegen unvorhergesehener Schräglage.

Das Schlimme: Alle anderen hatten auch diese ganzen Sachen an, aber den Sachen sah man an, dass sie schon tausendfach in Gebrauch gewesen waren.

Ich stand unbeholfen herum und fand keinen Anschluss.

»Ich bin Sören«, sagte ein ungefähr 35-jähriger Mann böse zu mir und schüttelte mir die Hand. »Ich bin hier der Skipper.«

»Und ich bin Britta«, sagte ich zu Sören, der so aussah, als würde er alle Anwesenden am liebsten auf offener See über Bord werfen, warum auch immer.

»Britta«, sagte Sören zu mir, »wenn wir abgelegt haben, sorge bitte dafür, dass die Leinen aufgeschossen werden und mach dann die Fender ab.«

Ich schaute ihn an, als ob er von mir verlangen würde, ihm jetzt auf der Stelle eine Niere zu spenden.

Verzweifelt überlegte ich, was Fender sind. Love me fender?

Nein, das war Love me tender. Oder? Was hat Elvis Presley mit Fendern zu tun? Oder heißt es doch Love me fender, und man soll einfach nett zu Fendern sein. Sind Fender Tiere, die man nach dem Ablegen freilassen soll? Vielleicht ist das der seemännische Ausdruck für Brieftauben? Aber wo sind sie, die Brieftauben? In Käfigen unter Deck? Ist das so ein alter Brauch mit den Fendern? Ich wusste es nicht. Ehrlich.

»Ich weiß nicht, wie das geht und was du meinst«, sagte ich und bereute es im gleichen Moment, denn zwischen seinen Augenbrauen bildete sich eine Angst erregende Furche.

»Wieso bist du dann hier?«, fragte mich Sören, während er sich zischend eine Bierdose öffnete.

»Wegen meinem Mann!« Wo war Andreas bloß?

»Ich segle bloß seinetwegen mit. Wir sind beide noch nie gesegelt. Ich habe zwar was darüber gelesen, aber ich weiß praktisch quasi noch nichts«, versuchte ich mich zu rechtfertigen.

Ich kam mir vor wie eine Hebamme, die in einer abgelegenen Berghütte ohne Telefonanschluss, aber bei Schneesturm, nach siebenundzwanzig Stunden andauernder Presswehen zu einer werdenden Mutter sagt, dass sie eigentlich Rechtsanwaltsgehilfin ist, aber seit heute Lust auf was Neues hat.

Sören grinste.

»Das ist gar nicht so einfach, wie man denkt, das Segeln«, zischte er mir zu, nachdem er einen tiefen Schluck aus der Bierdose genommen hatte.

»Es kann viel passieren. Ich könnte da Geschichten erzählen ...«

Sofort bekam ich Angst. Hatte Sören vor, mich schon im Vorfeld seeuntauglich zu machen?

»Sicherheit ist ganz wichtig«, dozierte Sören, nachdem er zwei vorbeilaufenden Mitseglerinnen klar gemacht hatte, dass er ihr Outfit »verschärft« fand.

»Vor einigen Jahren ist im Mittelmeer was ziemlich Schreckliches passiert«, klärte er mich auf. »Die waren zu acht oder so unterwegs und wollten mitten auf dem Meer schwimmen gehen. Ist ja nichts gegen einzuwenden. Die See war ruhig und die mussten noch nicht mal den Anker werfen. Also sind alle einfach so ins Meer gesprungen.«

Eine tolle Geschichte. Ich wartete nur darauf, dass Sören mir jetzt erzählt, dass einer von den Badenden einen Wadenkrampf bekommen hat oder Durst. Oder Heimweh.

»Tja«, sinnierte Sören vor sich hin, während er mich anschaute, als ob ich Schuld sei an dem, was er jetzt gleich erzählte.

»Irgendwann wollten sie an Bord zurück. Das ging aber nicht, weil das Boot keine Badeleiter hatte. Und wenn sie den Anker geworfen hätten, hätten sie sich wenigstens an der Kette hochziehen können. Aber es gab keine Möglichkeit, wieder aufs Boot zu kommen. Es war zu hoch! Verstehst du, Britta? Es war zu HOCH!«.

Mein Mund trocknete in Sekundenschnelle aus. Entsetzlich. Entsetzlich!

»Sie haben sich dann ihre Schwimmsachen ausgezogen, verknotet und versucht, damit eine lange Leine zu machen, aber an der Reling oben gab es keinen Halt. Die aneinander geknoteten Badesachen fielen immer wieder ins Wasser zurück. Die Leute sind alle gestorben. ERTRUNKEN! Alle! Verstehst du jetzt, warum Sicherheit so wichtig ist?«

Ich nickte. Was hätte ich denn sonst tun sollen? Ich war am Ende mit meinen Nerven.

»Aber jetzt gehen wir an Bord, Britta«, sagte Sören wichtigtuerisch. Und vergiss nicht, die Fender!«

Außer mir und Sören waren alle schon auf dem Boot, auch Andreas. Leider hatte ich nicht mitbekommen, wie sie auf das Boot gekommen waren.

Die nächste halbe Stunde war ein Alptraum. Sören stieg mit seinem Seesack an Bord, als hätte er sein Leben lang nichts anderes gemacht. Ich stand auf dem Steg und überlegte mir tausend Erklärungen dafür, warum ich nicht an Bord klettern konnte.

Ich schwöre hiermit: Es waren ungelogen mindestens zehn Meter, die es zu überwinden galt, und ich war in Weitsprung noch nie gut. Ich hatte in Sport immer eine Vier.

Was sollte ich sagen?

»Oh, mein linkes Bein fällt gerade ab, Moment noch, bitte! Ich hole eben eine Krücke.«

»Ach, dumm, gerade bin ich am grauen Star erkrankt, meine Augen müssen sich erst an die neuen Entfernungen gewöhnen!«

»Es dauert nur noch einige Minuten, ich hatte gerade diesen unangenehmen Anruf auf dem Handy. Der beste Freund meines Großneffens in Stuttgart hat angerufen und mir erzählt, dass die Kusine seiner Patentante jetzt neben ihrer Stauballergie auch noch die Befürchtung hat, keinen Rosenkohl zu vertragen!«

»Wollt ihr wirklich, dass ich mit meinen Kopfläusen an Bord komme?«

»Mach die Leinen los!«, rief Sören vom Boot aus. »Und dann spring schnell an Bord!«

Verzweifelt lief ich zu den Knoten, die an irgendwelchen Holzpfählen festgemacht waren, und versuchte sie loszubinden, was mir auch irgendwann gelang.

»Jetzt spring!«, schrie Sören.

Ich stand mit den Seilen da wie ein Ölgötze. Das Boot zog an den Leinen und ich stand auf dem Steg und lehnte mich verzweifelt nach hinten, um es zu halten.

»Spring doch endlich«, brüllte Sören böse.

Eine zwanzig Kilo leichte, braun gebrannte Schönheit stand neben ihm und lachte.

»Ich kann nicht, das ist zu weit«, brüllte ich zurück, während mir der Schweiß in Strömen den Rücken runterlief und ich die Braungebrannte hasste.

Das Boot zerrte immer mehr an den Bändern.

Das Nächste, was ich sah, war Sören, der unter Motor hektisch versuchte das Boot so zu steuern, dass es wieder Richtung Steg fuhr.

Das Übernächste waren zirka fünfzig Leute, die neben mir auf dem Steg standen plus die Besitzer von den Booten rechts und links von uns, die an Deck kamen und uns prustend zusahen.

Das Überübernächste, was passierte, war, dass ich kreischend mit allen Bändern ins Wasser fiel.

Als ich wieder auftauchte, waren alle Schaulustigen verschwunden.

Wahrscheinlich, weil sie sich fremd schämten.

Ich kann es ihnen nicht verübeln.

Das war der Anfang und das Ende meines ersten Segelwochenendes. Ich bin dann in einem Hotel abgestiegen und habe Andreas Sonntag irgendwann mittags wieder abgeholt an diesem komischen Steg. Nie wieder, habe ich mir geschworen, werde ich einen Fuß auf ein Segelboot setzen. Nie. Ich grübel auch bis heute darüber nach, wie Andreas damals an Bord gekommen ist. Wahrscheinlich haben sie ihn geworfen. Denn alleine kann der das so gar nicht. Aber ich greife vor. Ab jetzt ging es erst richtig los.

2

Verstehen Sie mich bitte nicht falsch. Ich bin eine Frau, die mit beiden Beinen im Leben steht. Mit einem Bein wäre es auch noch schwieriger, an Bord zu kommen. Nein – ich bin allem Neuen gegenüber aufgeschlossen. Wirklich. Aber Andreas übertreibt immer. Allein diese Diskussionen, ob man nun segeln soll oder nicht. Ich bin dagegen, er dafür:

»Wir haben an unseren Wochenenden doch sowieso nie was vor«, schwadroniert er herum. »Also können wir die Wochenenden doch mit etwas Nützlichem verbinden. Dem Segeln. Wir sind sowieso zu wenig an der frischen Luft. Ich wette mit dir, wenn wir Freitag spätnachmittags da ankommen, wo unser Boot liegt, ist das so, als ob wir den ersten Urlaubstag haben.«

Weil ich so gutmütig bin, lasse ich ihn gewähren. Und weil ich so doof bin, lasse ich ihn zu lange gewähren. Weil ich nämlich so gutmütig bin.

»Ich wette, du möchtest nie wieder was anderes machen, wenn du erst mal Salzluft geschnuppert hast und bei acht Windstärken merkst, dass du das Boot immer noch unter Kontrolle hast«, ruft Andreas beschwingt.

In Gedanken male ich mir aus, was ich anstelle von Segeln alles machen möchte. Innerhalb von Sekundenbruchteilen fallen mir dreitausend Dinge ein. Angefangen von Ausschlafen bis hin zu Töpfern. So verzweifelt bin ich schon, dass ich töpfern will. Ich glaube, ich habe damals überlegt, dass ich lieber freiwillig in einer Volkshochschule Vorträge über homöopathische Handchirurgie halten möchte, als jemals wieder einen Fuß auf ein Segelboot zu setzen.

Nach dem besagten Wochenende, als Sören mir die Geschichte von dem entsetzlichen Badeunfall im Mittelmeer erzählt hat und ich kopfüber mit den ganzen Leinen ins Hafenbecken gefallen bin, hatte ich die Nase voll.

Aber Andreas lässt nicht locker: »BRITTA! Nun hab dich

nicht so. Du redest doch immer davon, dass wir Sport machen sollen. Schau dir doch die ganzen durchtrainierten Leute an, die segeln!«

Diesen Aspekt finde ich wiederum durchaus verständlich. Über die Jahre hinweg hat Andreas immer mal wieder gern das eine oder andere Bier zu viel zu sich genommen, und Bratwurst mit Pommes rot-weiß sind schließlich auch nicht zu verachten. Seinem Hüftspeck und dem nicht erst beginnenden Bauch würde ein wenig Sport ganz sicher gut tun.

»Diese kräftigen Arme, die an diesen Kurbeln drehen«, er blättert in einem Buch, »und diese Bauchmuskeln hier bei dem Mann, der an dem Rad da dreht.«

Ich nehme mir das Buch und muss leise lachen.

Was er nämlich nicht weiß, ist, dass es sich bei den von ihm beschriebenen Menschen in eben jenem Buch um Profisegler handelt, die sich – jedenfalls während sie segeln – von Astronautennahrung ernähren. Diese Segler sind monatelang auf dem Wasser unterwegs und waschen sich noch nicht mal anständig! Weil sie nämlich keine Zeit dazu haben. Diese durchtrainierten Segler powern 18 Stunden am Stück, was das Zeug hält, um dann in Rohrkojen, oder weil das Regattaboot Gewicht auf der einen Seite braucht, in der Reling hängend, die Füße über Bord, zu schlafen. Freiwache heißt das, glaube ich. ICH habe nämlich die ganzen Bücher gelesen, die Andreas angeschleppt hat.

Der gemeine Fahrtensegler (oh ja, auch ich kenne mich mit Fachausdrücken aus) dagegen überlegt sich schon nach dem Frühstück, was es mittags zur Bratwurst mit Speck gibt. Kartoffelbrei oder Bratkartoffeln oder einfach nur Bier. Oder er entschließt sich gleich für das sogenannte australische 7-Gänge-Frühstück: ein Steak und ein Six-Pack Bier. Als Fahrtensegler dümpelt man von Hafen zu Hafen, am besten unter Motor. Unter Motor, weil es so anstrengend ist, Segel zu setzen, weil man ja keine elektrische Winschkurbel hat. So jedenfalls ist mein erster Eindruck. Gleich werde ich verrückt.

Es ist gemein, ich weiß, aber ich bin nun mal der Ansicht, dass

Segeln, wenn man es nicht wirklich berufsmäßig betreibt, einfach nur ein lächerlicher Zeitvertreib für Menschen ist, die nichts mit sich anzufangen wissen. Ich habe mich nämlich informiert! Oh ja. Es gibt Kataloge mit Zubehör, da rollen sich bodenständigen Menschen wie mir die Fußnägel bis zum Gehtnichtmehr auf. Buddelschiffe gehen ja noch. Das sage ich jetzt aber nur deswegen, weil ich mich als Kind immer gefragt habe, wie man die Schiffe durch den engen Flaschenhals bekommen hat. Als ich dann erfahren habe, dass man die reinschiebt und dann an einem Faden zieht, sodass die Masten sich aufrichten, hat das alle Illusionen bei mir zunichte gemacht. Trotzdem. Buddelschiffe sind okay. Dann Knotentafeln. Gute Güte, wozu braucht man Knotentafeln? Hängt man die in den Salon und muss jedes Mal, wenn man einen Knoten machen will, runterrennen und nachschauen, wie es geht?

Am romantischsten finde ich die Flaschenpost. Aber die gibt es in keinem Zubehörkatalog.

»Meinst du, wir finden irgendwann mal eine Flaschenpost?«, frage ich Andreas an einem Donnerstagabend. Wir sitzen auf unserer Terrasse, ich muss dringend noch eine Besichtigung für Freitagmorgen vorbereiten. Wenn ich Glück habe, kauft dieses Ehepaar das Haus. Von meiner Provision werde ich ganz sicher kein Segelboot kaufen. Vielleicht aber ein Buddelschiff.

»Wie, Flaschenpost?«, fragt Andreas und blickt mich verständnislos an.

»Ich wünsche mir so sehr, einmal eine Flaschenpost zu finden«, schwärme ich vor mich hin. Allein die Vorstellung, dass ein verzweifelter Seemann irgendwann im 16. Jahrhundert kurz vorm Untergang des Schiffes noch eine letzte Nachricht an seine Verlobte in eine Flasche steckt, bevor sein Schiff kentert und sich in den letzten Sekunden seines Lebens fragt, ob irgendjemand diese Nachricht mal irgendwann liest, wann auch immer, berührt mich so, dass ich eine nicht enden wollende Gänsehaut bekomme.

»Segeln hat nichts mit einer Flaschenpost zu tun«, doziert Andreas und hält mir ein Buch vor die Nase. »Schau, hier, da wird einem gezeigt, wie man eine Wende fährt. Das ist Können,

Britta. Wenn du erst mal so weit bist, dass du eine Wende fahren kannst, habe ich Hochachtung vor dir!«

Ich werde sauer. »Sonst hast du also keine Hochachtung vor mir?«, frage ich böse und pfeffere das Buch auf den Tisch.

»Was ist denn bloß los mit dir?«, fragt Andreas. »Du bist ja richtig komisch. Früher warst du nicht so.«

Ja. Das stimmt. Die neue Vorliebe meines Mannes macht mich zunehmend aggressiv. So aggressiv, dass ich mir schon nicht mehr die Hände waschen möchte, weil das mit Wasser verbunden ist.

»Ich würde gern morgen Nachmittag mit dir an die Ostsee fahren. Ich hab, als ich mit diesem Sören unterwegs war, nette Leute kennen gelernt, die mir oder vielmehr uns angeboten haben, mal bei ihnen mitzusegeln, damit wir das alles mal so richtig von der Pike auf lernen. Das geht kurzfristig, ich muss sie nur anrufen, sie sind jedes Wochenende auf dem Boot. Weißt du nicht mehr, das nette Ehepaar, er ist Ende vierzig und sie hatte ganz kurze Haare. Die machten doch einen netten Eindruck. Was hältst du davon?«

Nichts wäre mir lieber, als jetzt sofort einen Hörsturz zu bekommen. Aber das geht ja nicht so ohne weiteres. Und ich muss vom Teufel geritten sein, dass ich antworte:

»Ja, warum eigentlich nicht.«

»Du bist ein Schatz«, strahlt Andreas und springt von seinem Stuhl auf. »Das wird super.«

Ja. Das wird super.

Freitag. Ich absolviere meine Hausbesichtigung in einem wirklichen Traumhaus. Jahrhundertwende, Parkettboden, offener Kamin und Sprossenfenster. Dazu ein wunderschöner Garten. Ich bin begeistert, die potenziellen Käufer sind nur am Meckern.

Die Industriellengattin hat toupierte Haare und beschwert sich ununterbrochen:

»Liebling, ich weiß nicht, wo wir hier in diesen engen Räumen unsere Biedermeiermöbel hinstellen sollen. Und die Louis-Seize-Stühle. Ach, da muss dann womöglich ein Architekt ans

Werk.« Sie seufzt und fährt sich mit ihren ringgeschmückten Fingern durchs aufgedonnerte Haar.

Die Leute heißen »von Haldersleben« und die gute Gattin legt großen Wert auf dieses »von«. »Marita VON Haldersleben, guten Tag. Und das ist mein Mann, Lothar VON Haldersleben.« Man merkt Marita an, dass sie vor ihrer Heirat Meier oder Müller oder Schmidt geheißen haben muss.

»Ach, schauen Sie sich doch mal unseren Porsche an«, Marita schaut aus einem der Fenster und deutet auf die Reifen. »Alles voller Schlamm. Ich habe ja gleich zu Lothar gesagt, ›lass uns den Jeep nehmen‹, aber Lothar liebt nun mal seinen 911-er. Nicht wahr, Lothar? Mir liegt der ja zu tief. Ich habe mir jetzt einen neuen BMW bestellt, wobei ich mir gar nicht mehr sicher bin, ob ich den noch will. Jetzt ist doch gerade dieses schicke Jaguar-Cabrio rausgekommen. Wo ist eigentlich Benni? Benni, komm her und sag nett guten Tag.«

Hinter Lothar kommt ein ungefähr 14-jähriger pubertierender Junge hervor. Er trägt viel zu weite Hosen, an denen sich überall Taschen befinden. Dazu ein amerikanisches College-Sweatshirt. In der Mitte prangt eine große 13. Eine Baseball-Mütze sitzt schief auf Bennis Kopf, und der Knabe macht ununterbrochen riesengroße Kaugummiblasen. Benni hält es nicht für nötig, seine Hände aus den Hosentaschen zu nehmen, sondern nickt nur mürrisch in meine Richtung.

»Na, Bennilein, meinst du, du würdest dich hier wohl fühlen?«, fragt Marita und schaut Benni beifallheischend an.

»Is doch alles die komplette Scheiße«, kläfft Benni. »Voll uncool. Totale Megakacke. Ich kotz gleich.«

»Aber Bennilein«, ruft Marita. »Deine Zimmer haben zusammen fast 100 Quadratmeter. Und ein eigenes Bad hast du auch!«

»Ich kotz gleich«, keift Benni.

Kinder zu haben muss die totale Erfüllung sein.

Lothar zündet sich eine Zigarre an und blickt mit Vaterstolz auf seinen Sohn.

»Hahaha«, ruft er jovial. »So sind sie nun mal, die Kinder. Benni wird aber seinen Weg schon machen. Nächste Woche wird er 15, die Liste mit seinen Geburtstagswünschen kann ich Ihnen mal zeigen, Frau Schüchen, da werden Sie blass vor Neid. Einen Urlaub mit drei seiner Kumpels nach Ibiza und eine nagelneue Rolex! Damit unser Bennilein mitreden kann. Nicht wahr, Benni!«

»Ich kotz echt gleich«, bellt Benni und produziert eine Kaugummiblase, die so groß ist wie sein Kopf. Die Blase zerplatzt an seinem Kappenrand, was Bennilein aber nicht weiter stört. Er zieht das Kaugummi aus seinem Gesicht und lässt es auf den Boden fallen.

Dann glotzt er mich mit seinen zu eng stehenden Augen an, als sei ich eine Küchenschabe.

»In der Schule läuft es momentan nicht so gut«, erklärt mir Marita und verdreht die Augen. »Musik und Freunde sind dem Benni wichtiger als alles andere. Wir haben ja schon zu Benni gesagt, dass er Nachhilfe kriegt in Mathe und Physik und Englisch und Französisch und Deutsch und in all den anderen Fächern, aber wenn es darum geht, da macht der Benni dicht. Aber – das kriegen wir schon alles hin, nicht wahr, mein Zuckerbengel?«

»Halt's Maul!«, pöbelt Benni in die Richtung seiner Mutter und spuckt auf den Parkettboden. »Und der Alte soll auch das Maul halten!«

Wie auf Befehl sind beide Elternteile mucksmäuschenstill.

Ich glaube, dass dem kleinen Bennilein hin und wieder eine Tracht Prügel oder zumindest eine Ohrfeige, verbunden mit Taschengeldentzug und Wegnahme der Playstation oder der X-Box, gut tun würde, aber das ist schließlich nicht meine Sache.

Ich sehe Benni vor meinem geistigen Auge die Schule irgendwann abbrechen und auch mit dreißig oder vierzig in seinem Jugendzimmer bei den Eltern wohnen, ohne auch nur einmal einer geldbringenden Tätigkeit nachgegangen zu sein.

»Na ja, also wir überlegen uns das noch mal mit dem Haus«, entschärft Marita VON letztendlich die Situation. »Renoviert werden muss ja wirklich einiges, aber ich bekomme langsam Platzangst in den 300 Quadratmetern, die wir jetzt bewohnen. Und ein Garten fehlt mir auch. Wenn hier ein Gärtner mal so richtig loslegt, kann daraus vielleicht noch was werden!«

»Über den Preis müssen wir auch noch mal sprechen«, erklärt Lothar wichtigtuerisch. »Für 1,5 Millionen will man ja auch was geboten bekommen!«

»Aber ja«, sage ich zuckersüß und ziehe eine Visitenkarte aus meiner Aktentasche. »Sie können mich immer anrufen. Und wenn Sie noch Fragen haben, bin ich jederzeit für Sie da.«

Benni rülpst und zieht die Nase hoch.

»Der Benni findet es ja toll, dass es im Keller ein Hallenbad und draußen einen Pool gibt«, flüstert mir Marita noch zu. »Da würde er dann eine Menge Spaß mit seinen Kumpels haben. Eigentlich ist der Benni ein ganz Lieber.«

Benni kratzt sich ungeniert zwischen den Beinen und stiert nur dümmlich in der Gegend herum.

Ich bringe die glückliche Familie noch zu ihren schlammverspritzten 911-er und verabschiede mich.

»He, Alte, stopp mal, wie viel Scheiß-Meter hatten der Pool draußen?«, krakeelt Benni und läuft hinter mir her.

Ich drehe mich um und mustere ihn angeekelt von oben bis unten.

»Halts Maul!«, schnauze ich und gehe zu meinem Wagen.

Ich glaube, den Hausverkauf kann ich vergessen.

3

Zu Hause wartet Andreas schon auf mich. Er ist wütend: »Du hast mir versprochen, dass du spätestens um 16 Uhr hier bist«, motzt er herum.

Mürrisch packe ich meine Sachen zusammen. Wie schön wäre es, jetzt gemütlich eine Pizza zu bestellen und dann einen Rosamunde-Pilcher-Film zu schauen.

Aber ich muss ja jetzt nach Dänemark fahren.

Sønderborg heißt der Ort, und von Hamburg aus ist man in gut zwei Stunden da. Wenn kein Berufsverkehr ist. Doris und Werner, das ach so nette Ehepaar, das Andreas kennen gelernt hat, freut sich jedenfalls auf unser Kommen.

Kurz nachdem wir auf die A 7 gefahren sind, stehen wir im Stau. Ich fahre und Andreas tut so, als sei es meine Schuld, dass wir nicht vorankommen.

»Jetzt lass den doch nicht auch noch rein, wir kommen ja nie an«, meckert er herum, weil ich im Reißverschlussverfahren einen Opel vorlasse, der schon ungefähr seit drei Stunden auf der Beschleunigungsspur wartet.

Dann drückt er auf dem Autoradio herum und verstellt alle Sender, was mich wiederum wütend macht, weil ich den Verkehrsfunk hören möchte.

»Wo hast du eigentlich Autofahren gelernt!«, ruft Andreas. »Jetzt gib doch mal Gas!«

Ich schlage mit der Hand auf das Lenkrad: »Es reicht. Wie soll ich denn Gas geben, wenn kein Auto mehr fährt!«, schreie ich ihn an.

»Dann fahr auf dem Standstreifen«, kreischt Andreas herum und ist ganz rot im Gesicht. »Da kommen wir wenigstens voran!«

»Und behindern eventuell Polizei oder Feuerwehr oder den Rettungswagen«, blöke ich zurück. Meine Stimme wird schon schrill. »Ich sage dir, was ich mache! Bei der nächsten Ausfahrt fahr ich ab und nach Hause!«

»Das wirst du nicht tun«, brüllt Andreas und greift mir ins Lenkrad, um mehrmals hintereinander zu hupen. Ich kann es nicht ertragen, wenn ich Auto fahre und jemand anderes mischt sich auch noch handgreiflich in meinen Fahrstil ein. Wobei ich im Moment gar keinen Fahrstil habe, weil wir ja seit einer halben Stunde stehen und nichts passiert.

»Lass das sein!« Jetzt bin ich richtig wütend. Zu Recht. Andreas redet nun gar nicht mehr mit mir und schmollt vor sich hin. Nachdem wir über die Grenze gefahren sind, will er sich wieder mit mir vertragen:

»Komm, nun sei nicht so. Wir haben uns doch schon öfters gestritten und dann immer wieder vertragen«, schmeichelt er mir. Ich bin aber immer noch böse. Zumal mir auch noch im Stau siedend heiß eingefallen ist, dass ich meine Sonnenbrille zu Hause vergessen habe. Ich hasse es, etwas zu vergessen. Um ganz ehrlich zu sein, hasse ich im Moment alles. Das vertane Wochenende, den verpatzten Besichtigungstermin, den Mann neben mir und mich.

Also lasse ich Andreas schmoren.

In Sønderborg finden wir den allerletzten Parkplatz, der natürlich hundert Kilometer von den Stegen entfernt ist. Bepackt wie ein Esel keuche ich durch die Dunkelheit. Zu allem Überfluss hat es auch noch angefangen zu regnen. Auf dem Holzsteg ist es glitschig, und ich muss höllisch aufpassen nicht auszurutschen. Ich trage unsere beiden Taschen, einen Rucksack und zwei Leinenbeutel mit Lebensmitteln. Andreas muss am Auto noch was nachschauen: »Das hat vorhin so komische Geräusche gemacht. Ich mach mal die Motorhaube auf. Nimm du die Sachen mit und geh schon mal vor, ich komme dann nach«, sagt er zu mir.

Das Boot von Doris und Werner liegt am Steg F, was ziemlich am Ende der ganzen Stege ist. Verzweifelt suche ich die Nummer 58, was wegen Regen und der Finsternis gar nicht so einfach ist.

Ein Mann kommt mir entgegen. »Britta?«, fragt er mich. Ich nicke und bin erleichtert. »Das ist ja ganz schön spät geworden«, sagt der Mann, der wohl Werner sein muss. »Wir müssen hier entlang«, er deutet in die Nacht. »Noch zweihundert Meter, dann hast du's geschafft. Ich geh eben duschen. Aber Doris ist an Bord.«

Wie, er geht duschen? Wo geht er duschen? Gibt es auf dem Boot etwa keine Dusche? Und was ist mit dem Klo? Gibt es etwa auch kein Klo? Mir wird übel, als ich daran denke, dass ich jedes Mal, wenn ich aufs Klo muss, vom Boot klettern und ewig lange laufen muss. Ich will, dass das Boot von Werner und Doris ein Klo hat. Wie auf Befehl muss ich aufs Klo. Und zwar dringend.

Ich schleppe den ganzen Kram bis zur Liegeplatznummer 58 und rufe laut nach Doris, die irgendwann ihren Kopf aus dem Niedergang steckt.

»Hallo, du bist wohl Britta«, ruft sie freundlich, »willkommen auf der *Victoria.* Komm doch an Bord.«

Da ist sie wieder, die Situation, die ich hasse. Neben mir stehen die ganzen Taschen. Ich muss also erst die ganzen Taschen irgendwie da rüberkriegen und dann selbst rüberklettern. Das Boot ist kleiner als das von diesem entsetzlichen Sören, aber es schaukelt genauso und der Bug ist ebenso meterweit vom Steg entfernt.

Ein Pärchen, das einen Spaziergang im Abendregen macht, bleibt in einiger Entfernung stehen und beobachtet mich. Vielleicht waren sie letztes Mal auch schon irgendwo, als ich mit den Leinen ins Wasser gefallen bin, und freuen sich jetzt auf eine Fortsetzung.

»Ähem, Doris, wäre es eventuell möglich, dass du mir mit den Taschen hilfst?«, rufe ich in Richtung Niedergang. Aber Doris hat die Luke wegen des Regens schon wieder geschlossen und wartet lieber im Trockenen auf mich.

Ich habe eine Idee. Ich werfe die Taschen einfach vom Steg aus auf das Schiff drauf und dann versuche ich es etwas näher zu mir zu ziehen und dann muss ich probieren, rüberzusteigen.

Warum werden Boote so unglücklich festgemacht? Kann man nicht überall so Seitwärtsstege anbringen, sodass man bequem seitlich auf das Boot klettern kann? Warum machen Menschen es sich selbst so verdammt schwer?

Ich nehme Andreas' Tasche und schleudere sie an Deck. Das ist ja ein Kinderspiel. Dann ist meine Tasche dran und dann sind ja nur noch die zwei Tragetaschen mit den Wein- und Bierflaschen. Den Rucksack setze ich mir auf.

Ich versuche, die beiden Jutetaschen zwischen unsere Reisetaschen zu werfen. Dummerweise bin ich noch nie gut im Zielen gewesen, und blöderweise habe ich weder dran gedacht, die Taschen a) zu verschließen und b) vielleicht die Bier- und Weinflaschen und Marmeladengläser herauszunehmen. Es gibt einen furchtbaren Schlag, als die Flaschen und Gläser beim Aufprall auf Deck zerbersten. Das Regenspaziergangspärchen lacht leise.

Doris steckt den Kopf wieder aus dem Niedergang und fragt: »Hallo? Was ist denn hier los? Ist jemand verletzt?«

»Nein, Doris, ich bin das bloß«, rufe ich verzweifelt. »Ich habe, glaube ich, Mist gebaut. Ich wollte die Taschen an Bord werfen und mir ist, hahaha, sozusagen ein kleines Missgeschick passiert.«

»Warum hast du die Taschen denn nicht an Land gelassen. Dein Mann kann die doch an Bord tun«, fragt Doris und dann: »Iiiih, stinkt das hier nach Bier. Und gerade heute, wo ich das Deck stundenlang geschrubbt habe! Also wirklich!«

Ich glaube, besser kann ein gemeinsames Wochenende nicht beginnen.

»Britta, nun komm doch endlich an Bord«, ruft Doris. Ihre Stimme klingt sauer. Ich kann hier nicht dauernd offen lassen, das ganze Schiff wird nass.«

»Jaha, ich komme ja schon«, rufe ich betont gelassen und beuge mich nach vorn, um den Bugkorb, oder wie das heißt, zu fassen zu kriegen. Es will so gar nicht zu mir, das Boot. Dann komme ich auf die Idee, an den Befestigungsleinen zu ziehen, um es so näher zu ziehen, was mir auch gelingt. Aber immer nur für einige Sekunden ist die *Victoria* so nah dran, dass ich aufsteigen könnte. Sobald ich aber einen Fuß auch nur anhebe, schwimmt sie wieder zurück. Ich habe die Befürchtung, dass die *Victoria* nicht meine Freundin wird.

Und kein Werner und kein Andreas weit und breit zu sehen. Endlich scheine ich eine günstige Situation erwischt zu haben, ich ziehe an den Leinen, die *Victoria* kommt mir entgegen und verharrt etwas länger in meiner Nähe. Todesmutig setze ich einen Fuß auf die Bugspitze. In diesem Moment überlegt es sich *Vicky* aber wieder anders und legt den Rückwärtsgang ein. Dummerweise verhakt sich mein Fuß im Bugkorb und ich habe nur zwei Möglichkeiten:

1. Ich bleibe mit Bein zwei an Land und Bein eins wird mir abgerissen – oder umgekehrt.

2. Ich halte mich jetzt fest und ziehe das Bein mit rüber.

Meine Hände umklammern die Reling. Mit letzter Kraft stoße ich mich ab und kauere daraufhin in der Hocke auf dem Bugkorb, der viel zu klein für einen längeren Aufenthalt ist. Ich schwitze. Ich traue mich nicht, nach rechts oder links zu schauen, weil da sowieso nur schwarzes Wasser ist, und ich traue mich nicht, aus der Hocke hochzukommen, weil ich entsetzliche Angst davor habe, dass ich da nichts finde, woran ich mich festhalten kann. Verstohlen blicke ich irgendwann doch nach oben und sehe meine Rettung: Eine Stange, um die ein Segel festgewickelt ist. Meine schweißnassen Hände umklammern die Stange und ich richte mich auf.

Eine Sekunde später knalle ich mit dem Rücken auf das Deck. Das Segel hat sich durch mein Klammern abgewickelt, und ich liege wie ein Käfer auf dem Rücken in einer Bier- und Weinlache und schnappe nach Luft. Beim Versuch mich aufzurichten ergreife ich die Reisetaschen. Die machen sich daraufhin selbstständig und schliddern auf dem alkoholgetränkten Deck herum, um dann ihre letzte Reise in die Ostsee anzutreten. Ich versuche, sie zu retten, greife versehentlich dabei in eine Glasscherbe und schneide mir die ganze Hand auf.

Ich bin an Bord!

»Du bist eben mein kleines Dummerchen«, sagt Andreas später gutmütig zu mir. Seine komische Art macht mich zunehmend aggressiv. Wir sitzen mit Doris und Werner unter

Deck im Salon und »trinken einen auf den Schrecken«. Meine verbundene Hand tut höllisch weh und ich bin die ganze Zeit am Überlegen, ob ich gegen Wundstarrkrampf geimpft bin. Die beiden unbrauchbaren Reisetaschen sind mittels Bootshaken nun auch wieder an Bord, zum Glück ist das Wasser nicht so tief an diesem Liegeplatz. »Die Sachen kannst du morgen im Hafengebäude waschen und trocknen«, sagt Doris.

Andreas ist ganz leicht an Bord gekommen, denn Werner hat ihm die *Victoria* so dicht an den Steg gezogen, dass sie quasi schon auf dem Steg gestanden hat. Doris meint die ganze Zeit nur: »Jetzt muss ich morgen wieder alles putzen!«

Doris und Werner gehören zu dem Schlag Leute, mit denen ich noch nie wirklich klar gekommen bin. Spießig und viel zu ordentlich.

Vor dem Niedergang liegt ein Fußabtreter mit einem Anker drauf. Daneben steht »Ahoi!« geschrieben. Im Boot selbst sind überall Putzlappen verteilt, und Doris ist ununterbrochen am Wischen und Polieren: »Wenn man nicht ständig dranbleibt, hat man verloren auf dem Boot«, sagt sie. Sie wohnen in Flensburg. Doris arbeitet in der Verpackungsstelle beim Orion-Versand und Werner verkauft auf Provisionsbasis Teppichbodenreinigungsmittel. »Ich habe eine Firma«, pflegt er zu sagen.

Das Boot ist winzig klein und man kann nicht aufrecht stehen darin. Dauernd stoße ich mir den Kopf.

Auf dem schwenkbaren Salontisch liegt eine geblümte Plastikdecke. Darauf steht eine Plastikvase mit Plastikrosen drin. Der Wein wird aus Plastikbechern getrunken. »Porzellan und Glas an Bord, das geht nicht«, erklärt Werner. »Das klötert beim Segeln durch die Gegend und geht sofort kaputt.« Deswegen kaufen die beiden auch keine Weinflaschen mehr, sondern Wein im Tetrapak. Das klingt beruhigend, dann ist es ja nicht weiter schlimm, dass unsere Weinflaschen kaputt sind.

»Das ist auch viel besser vom Gewicht her«, erzählt Doris keuchend, während sie den Salon feudelt. Wenn ich still sitzen bleibe und so tue, als gehörte ich zum Bootsinventar, feudelt sie bestimmt auch gleich mich. Ich sehe mich schon blank poliert als Gallionsfigur am Bug der *Victoria* enden.

Mittlerweile habe ich schrecklichen Hunger. »Sagt mal, wollen wir nicht noch essen gehen?«, frage ich zögernd. Um zwölf Uhr heute Mittag habe ich einen Müsliriegel zu mir genommen, das war alles. Doris und Werner schauen mich an, als sei ich völlig übergeschnappt.

»Essen gehen?«, fragt Werner. »Weißt du, wie teuer in Dänemark essen gehen ist?«

»Nein, das weiß ich nicht«, gebe ich leicht giftig zurück. »Aber ich habe Hunger und würde gern etwas essen. Und eine Pizza wird schon nicht die Welt kosten.«

»Britta, nun sei mal nicht so zickig«, mischt sich Andreas ein. »So ist sie immer, wenn sie Hunger hat«, sagt er beschwichtigend zu unseren neuen Freunden auf Lebenszeit.

»Ich könnte uns etwas kochen«, schlägt Doris vor, woraufhin wir zustimmend nicken. Doris öffnet daraufhin eine Dose Ravioli und zündet den Spirituskocher an. Während der mickrige Inhalt in einem Topf vor sich hinköchelt, beschlagen die Scheiben, und Kondenswasser fließt und tropft von den Plastikwänden. Werner raucht auch noch Zigarre, und lüften kann man nicht wegen des Regens, des Regens. Dann wird das Boot ja noch nasser! Nach zehn Minuten habe ich das Gefühl, Asthmatikerin zu sein.

»So, Essen ist fertig«, ruft Doris fröhlich, so als hätte sie in stundenlanger Arbeit ein Fünf-Gänge-Menü kreiert, und füllt jedem von uns fünf Ravioli auf die Plastikteller. »Selbst Konserven sind teuer geworden«, schmatzt Werner, »da muss man auf den Cent achten.«

Ich bin, nachdem ich aufgegessen habe, was weniger als fünfzehn Sekunden gedauert hat, noch hungriger als vorher. Wie ich diese Nacht überstehen soll, weiß ich nicht. Ich kann es nicht ertragen, hungrig zu sein. Ich ärgere mich maßlos darüber, dass ich keine Lebensmittel eingepackt habe – die wären auch nicht zerbrochen. Andreas scheint es genauso zu gehen wie mir und er erdreistet sich zu fragen: »Du, Werner, nimm's mir nicht übel, aber satt bin ich nicht geworden. Ist es möglich, noch eine Kleinigkeit zu bekommen?«

Doris und Werner schauen sich an. »Ich könnte noch eine Dose Ravioli aufmachen«, sagt Doris schließlich langsam und unwillig und macht dabei ein Gesicht, als hätte sie ein Dutzend Zitronenscheiben im Mund.

»Das ist doch ein Wort«, lacht Andreas und setzt noch einen drauf: »Die bezahlen wir euch natürlich, hahaha!«

»Darum wollte ich sowieso bitten«, gibt Werner zurück. »Schließlich soll ja alles gerecht zugehen. Zwei Euro dann bitte.«

Ich glaube, ich höre nicht richtig.

So unwohl habe ich mich noch nie in meinem Leben gefühlt.

Werner steht in einer unmissverständlichen Haltung vor Andreas; es fehlt nur noch, dass er die Hand aufhält.

»Ich weiß jetzt gar nicht, wo mein Portemonnaie ist«, sagt Andreas und schaut zu mir. »Britta, wenn du so lieb wärst!«

Weil mir nichts anderes übrig bleibt, hole ich meine Geldbörse aus dem Rucksack und suche nach Kleingeld. Ich habe immer Kleingeld. Natürlich habe ich heute kein Kleingeld; das Einzige, was ich finde, sind 20- und 50-Euro-Scheine.

»Kannst du mir rausgeben?«, frage ich Werner. Der schüttelt den Kopf. »Leider nein«, sagt er, »aber ihr habt ja auch schon Wein getrunken. Aber keine Angst, ich schreibe das alles genau auf und am Sonntag wird abgerechnet auf Heller und Pfennig, hahaha!«

Ich schwöre, so etwas habe ich noch nicht erlebt. Kann irgendjemand mir verübeln, dass ich in diesem Moment Segler noch mehr hasse als vorher? Nein. Ganz sicher nicht.

Also drücke ich Werner den 20-Euro-Schein in die Hand, den dieser sofort übereifrig wegpackt.

Doris wischt unterdessen, nachdem sie die zweite Dose Ravioli geöffnet hat, die Rumpffenster (nicht jedes Boot hat Rumpffenster, das hab ich in einem von Andreas' Büchern gelesen), die ja schon ganz beschlagen sind, mit Küchentüchern und Glasreiniger trocken, sodass man wieder rausschauen kann. Gleich nehme ich einen herumliegenden Putzlappen und erwürge sie damit.

Sie schwitzt schon, denn es ist so gut wie kein Sauerstoff mehr im ganzen Boot vorhanden. Ich bekomme schleichend Kopfschmerzen. Und Werner raucht weiter wie ein Schlot seine Zigarre. Meine Augen brennen.

Nachdem wir die zweite Portion Ravioli (mit Maggi macht das Kochen Spaß) zu uns genommen haben, bin ich immer noch schlimm hungrig und müde und wünsche mir nichts sehnlicher, als zu Hause zu sein.

Werner und Andreas fachsimpeln darüber, ob alte oder neue Segelboote besser sind. »Glaub mir«, beteuert Werner, während eine Qualmfontäne aus seinem Mund schießt, »die alten waren so schwer und waren nicht so wendig und haben völlig nass gesegelt. Unsere kleine *Victoria* ist behende und schnell. Klar kriegt man auch mal 'nen Schauer ab, sie ist ziemlich klein, aber im Großen und Ganzen sind wir sehr zufrieden mit ihr!«

»Papperlapapp«, schnaubt Andreas und gießt sich noch einen Tetrapak-Wein ein. »Dann bist du noch nie auf einem Folkeboot gesegelt. Das sind wenigstens noch Schiffe. Nur Holz und Handarbeit. Da fühlt man sich noch wie ein echter Segler!«

Ich blicke Andreas an, als hätte er sie nicht mehr alle. »Du spinnst ja«, sage ich. »Folkeboote sind total unhandlich, total schwer, da gibt's noch nicht mal elektrische Winschkurbeln, und eine Wende dauert so lange wie das Ablegen der *Titanic* in Southampton. Also wirklich ...«

Andreas wird rot vor Scham. Aber er wäre nicht Andreas, also der neue Andreas, der Segeln-ist-mein-Traum-und-ich-weiß-alles-darüber-Andreas, wenn er seinen Fehler zugeben würde.

»Was redest du denn da für einen Mist, Brittalein?«, fragt er süffisant und trinkt einen Schluck. »Folkeboote sind total spitze!«

»Britta hat Recht«, so Werner und blinzelt mir aufmunternd zu, was ich leider nur erahnen, aber nicht sehen kann (der Qualm, der Qualm). »Folkeboote wurden früher zuhauf gebaut und sie werden auch jetzt noch gebaut, aber für behände Fahrtensegler, für richtige Männer, wie du und ich sie sind, sind die nichts! Aber sag mal, Britta, woher kennst du dich eigentlich so gut aus?«

Ich zucke mit den Schultern: »Naja, ich lese halt viel. Wenn man etwas von der Pike auf lernen will, sollte man sich doch darüber informieren. Und Andreas hat einen Haufen Sachliteratur angeschleppt, da hab ich eben reingeschaut.«

Werner nickt und Andreas wird rot vor Zorn. Ob das jetzt ein Fehler von mir war? Aber man sollte sich doch wirklich informieren. Oder nicht? Andreas jedenfalls sagt gar nichts mehr, blickt wütend vor sich hin und ignoriert mich. Eine peinliche Stille entsteht, die zum Glück von Doris unterbrochen wird, die vom Putzen rote Backen hat:

»So, die Herrschaften, morgen müssen wir früh raus, denn wir wollen ja was vom Tag haben, auf in die Kojen!«

Welche Kojen? Außer einem Schlafplatz im Vorschiff ist leider keine einzige Koje zu entdecken. Aber Werner schraubt schon den Salontisch auf Polsterhöhe:

»Hier werdet ihr schlafen. Da kommt noch ein Polster in die Mitte, das ist super bequem.«

»Ich müsste aber noch mal auf die Toilette«, werfe ich ein. »Tja«, Werner kratzt sich am Kopf, »das ist jetzt doof. Du willst ja sicher nicht im strömenden Regen bis zu den Hafenklos laufen, oder?« Ich schüttele den Kopf. Da müsste ich ja von Bord und auch wieder an Bord. Wer weiß, was da wieder passiert.

»Für Notfälle der Damen haben wir natürlich einen Eimer an Bord«, grinst Werner. »Wir Männer verrichten unsere Notdurft am Bootsrand, aber bei euch ist das ja ein Problem, hihihi!« So ausführlich will ich das eigentlich nicht mit einem Menschen diskutieren, den ich erst ein paar Stunden kenne, aber meine Blase platzt gleich.

Eine Minute später sitze ich im Platzregen im Cockpit und ziehe mir die Hose runter. Innerhalb von zehn Sekunden bin ich patschenass. »Du kannst auch hier im Salon aufs Klo«, bietet Werner mir an. »Wir anderen schauen dann weg.« Nein danke. Nein danke.

›Du bist die blödeste Kuh auf der ganzen Welt‹, sage ich in Gedanken zu mir. ›Warum tust du dir das eigentlich an?‹ Niemand antwortet.

Es ist die schlimmste Nacht, die ich jemals verbracht habe. Ich liege mit Andreas im Salon, der völlig ungelüftet ist, weil ja sonst das Boot nass wird. Es stinkt nach Schweiß, nassen Klamotten, Ravioli, Spiritus und, nicht zu vergessen, Zigarrenqualm.

Ich tue kein Auge zu. Das Einzige, was Andreas zu mir sagt, bevor er einschläft, ist: »Du genießt es wohl, mich zu blamieren, ja?« Dann dreht er sich weg und kurze Zeit später schnarcht er so, dass meine Kopfschmerzen sich anfühlen, als ob eine Kreissäge in meinem Kopf arbeiten würde.

Werner und Doris sind in ihrem Vorschiff verschwunden, nicht ohne uns zu sagen, wie praktisch sie es finden, dass man da die Luke einen Spalt öffnen kann, ohne dass es reinregnet, das sei ja schrecklich mit dem Gestank im Salon.

Gegen drei Uhr morgens weine ich sogar vor Selbstmitleid. Es gibt nichts Schlimmeres, als nicht schlafen zu können, obwohl man total müde ist, und ich mochte es, unter uns gesagt, noch nie, mit Menschen auf so kurze Distanz die Nacht zu verbringen. Deswegen mochte ich auch noch nie Jugendherbergen oder Hotels mit Vier-Bett-Zimmern.

In meiner Verzweiflung stehe ich irgendwann auf und öffne das Schiebeluk, aber sofort peitscht der Regen seitlich herein, also schließe ich es schnell wieder.

Ich denke an Andreas' Bücher. Die meisten Menschen, die auf den Fotos darin abgebildet sind, lachen, und die pure Lebensfreude entspringt den Gesichtern.

Eine Profiseglerin, Ellen MacArthur, die allein durch die Meere schippert, hat sogar in einem Buch behauptet, sie habe sich in ihrem Leben noch nie so wohl gefühlt wie auf ihrem Boot. Warum kann es mir nicht so gehen wie Ellen MacArthur? Warum kann ich nicht einfach Ellen MacArthur sein?

Ganz einfach: a) Sie war meistens allein auf dem Boot und hat wahrscheinlich deswegen so gute Laune gehabt und b) sie ist erst Mitte zwanzig. Ich bin Ende dreißig und muss meine Fältchen wegschminken. Das muss Ellen noch nicht. Weil sie ja auch immer lacht und glücklich ist auf dem Boot. Deswegen passt das alles nicht. Ich muss noch mehr weinen.

Ich hab schlimm Angst vor morgen. Weil wir da segeln gehen.

4

Samstagmorgen. Sieben Uhr dreißig. Oh Gott, ist das früh. Ich blinzle und reiße dann die Augen auf.

Ach, das ist ja ein Service. Plötzlich ist alles gelüftet, meine Kopfschmerzen sind weg und der Regen hat auch aufgehört. Das Leben scheint es ja gut mit mir zu meinen!

Ich rieche frisch gekochten Kaffee und höre eine Brötchentüte knistern. Draußen ist strahlender Sonnenschein. Meine Güte, Doris hat im Cockpit den Tisch gedeckt und es gibt alles, was zu einem gemütlichen Samstagmorgenfrühstück dazu gehört: Aufschnitt, Schinken, Eier, Marmelade, Honig und Müsli und Räucherlachs. Sogar Tageszeitungen liegen bereit. Ich liebe es, samstags Zeitung zu lesen! Das müssen die beiden irgendwie gespürt haben!

»Wir wollen doch gestärkt den Tag beginnen«, lacht Doris. »Kommt hoch, alles ist gedeckt!«

Ich schäme mich. Wie habe ich nur die ganze Nacht lang schlecht über Doris und Werner denken und mit meinem Schicksal hadern können? Ich werde das alles wieder gutmachen. Ich werde Doris unter anderem anbieten, heute allein fürs Spülen und Saubermachen verantwortlich zu sein. Und mit Andreas werde ich mich auch vertragen. Man soll ja nicht immer so nachtragend sein.

Aber ich muss mich gar nicht mit Andreas vertragen. Er wacht nämlich gerade auf, schaut mich verschlafen an und sagt: »Guten Morgen, meine kleine Zaubermaus. Na, wird das ein wunderschöner Tag?« Ach, auf dem Boot zu sein, ist doch gar nicht so übel. Ich glaube, ich kann mich dran gewöhnen. Herrlich, wie die Sonne auf dem Wasser glitzert. Und die Möwen! Also wirklich, ich bin richtig beschwingt. Wie ich mich aufs Frühstück freue! Sehe ich da nicht eine Laugenbrezel aus der Tüte ragen?

Werner sitzt schon am Tisch und gießt uns Kaffee ein. Das Leben ist schön, schön, schön. Das Wochenende ist gerettet!

»Aufstehen, wir wollen bald los!«

Nein, noch ein bisschen dusseln.

»Britta, Andreas, aufstehen, wir wollen doch was vom Tag haben. Heute ist Samstag, das ist der einzige volle Tag! Wenn wir nicht bald ablegen, können wir das alles vergessen!«

Ich setze mich verschlafen auf. Hat Werner nicht eben noch in der Sonne im Cockpit gesessen und uns Kaffee eingegossen? War der Tisch nicht draußen gedeckt? Waren nicht alle freundlich? Wo ist der Sonnenschein, der eben noch da war?

Langsam werde ich wach. Neben mir schnarcht Andreas wie ein Waldarbeiter. Mein Schädel dröhnt. Wie eine zum Tode durch den Strang Verurteilte wird mir langsam, aber sicher klar, dass ich offenbar doch ein wenig geschlafen haben muss, weil ich sonst diesen wunderschönen Traum nicht gehabt hätte.

Von einem gedeckten Tisch ist nichts zu sehen, auch nicht von Brötchen. Von fröhlichen Gesichtern erst recht nichts. Werner und Doris stieben umher wie ein Ehepaar, das schon seit längerem an BSE erkrankt ist, dies aber nicht wahrhaben will. Es fehlt bloß noch, dass sie Schaum vorm Mund haben.

»Äh, wie spät ist es denn?«, wage ich zu fragen.

»Na, halb sieben«, gibt Werner aufgeregt zurück. »Ich hab schon ›Delta Papa Null Eins‹ gehört und der hat gesagt, dass der Regen gegen Mittag nachlässt, aber so lange wollen wir natürlich nicht warten.« Wer ist denn Delta Papa Null Eins? Das hört sich an wie ein Künstlername. Wahrscheinlich ist Delta Papa Null Eins ein DJ, ein Hip-Hopper und singt normalerweise johlend: »Eh, Mann, was geht ab? Homis, seid ihr bereit?« auf irgendwelchen Konzertevents, während er schrecklich schwitzt und Daumen und Zeigefinger weit von sich streckt. Und in seiner Freizeit verdient sich Delta Papa Null Eins etwas hinzu, indem er eine 0190er-Nummer angegeben hat, auf der, wenn man sie anruft, ein Band läuft, auf dem er singt: »Heute, Leute, wird es nass, gegen Mittag sonnig, ist das krass?«, und das jeden Tag. Meine Nichte Vivian hört diese furchtbare Hip-Hop-Musik, und als Patentante muss ich schließlich mitreden können.

Ich schaue nach draußen. Der Himmel ist bleischwarz, es regnet so stark, dass man keinen Hund auf die Straße jagen würde, und noch dazu kommt der starke Wind, der mich frösteln lässt. Sogar unter der Decke.

Ich rüttele Andreas. Der macht halb die Augen auf und murmelt: »Bridda-es-is-Wochenende« und macht die Augen wieder zu.

Ein paar Minuten später richtet er sich verschlafen auf, weil ich ihn ununterbrochen kneife. »Wassnlos?«

»Wir wollen doch segeln gehen, Schatz«, sage ich süffisant. Andreas liebt es nämlich auszuschlafen. Und ohne Kaffee geht gar nichts.

Andreas kratzt sich am Kopf und gähnt: »Och. Könnwirnichspätersegeln?«

»Nichts da«, krakeelt Werner. »Aufgestanden, Ölzeug an und an Deck kommen!«

»Ich würde gern erst duschen«, traue ich mich zu entgegnen.

»Aber Britta, ich bitte dich«, das ist Doris. »Du hast eine Gratis-Dusche draußen! Und außerdem dauert das jetzt viel zu lange.« Ich traue meinen Augen nicht. Doris feudelt schon wieder. Diesmal das Deck. Ununterbrochen wringt sie den Putzlappen aus, um wieder loszulegen. Dabei ist das völlig sinnlos, denn es regnet so stark, dass Doris bis an ihr Lebensende feudeln könnte, ohne ein Ergebnis auch nur zu erahnen.

Wir stehen auf. Ich fühle mich klebrig, meine Haare sind zerzaust und müssten gewaschen werden und ich habe schon wieder Hunger. Aber von Frühstück oder wenigstens einem heißen Kaffee ist keine Rede. Da fällt mir ein, dass ich auch unsere Wäsche noch trocknen müsste, aber Werner meint, dazu wäre jetzt keine Zeit mehr. Großartig.

Während ich mich in das Ölzeug zwänge, rede ich mir ein, dass das doch alles gar nicht so schlimm ist. Und morgen ist alles schon vorbei. ›In 36 Stunden bist du wieder zu Hause in Hamburg und liegst auf dem Sofa oder in der Badewanne‹, rede ich mir gut zu. Leider macht das meine Laune auch nicht besser. Im Gegenteil. Ich möchte sofort nach Hause.

Zwei Stunden später bin ich am Ende mit meinen Nerven.

Jeder, der das erste Mal gesegelt ist, wird mich verstehen: Zwar musste ich beim Ablegen nicht von Bord, wurde aber angehalten, das Boot wegen des Windes, des Windes, von anderen Booten abzudrücken, was gar nicht so einfach war, weil ich ständig zwischen Lee und Luv hin- und herhetzen musste.

Dass ich dabei mehrfach hingefallen bin, versteht sich wohl von selbst. Doris stand an Land und sprang im passenden Moment rüber, rannte nach hinten zu Werner, der unter Motor aus der Box fuhr und rief: »Schnell, Britta, die Leine vom Steuerbord-Pfahl ziehen!«, woraufhin ich vom Bug zum Heck hechtete und schreckliche Angst hatte, ins Wasser zu fallen. Natürlich habe ich die Leine erst nach dem dritten Versuch über den Pfahl ziehen können, weil sie stramm gespannt waren, denn die kleine *Victoria* wollte in die andere Richtung. Dabei riss ich mir alle Fingernägel ein.

»Du bist doch sonst so kräftig, Britta«, rief Andreas und schüttelte den Kopf. Er konnte leider nicht helfen, weil er beim Rausgehen über die Stufen des Niedergangs gestolpert war und sein linker Fuß wehtat, was wahrscheinlich ein Bänderriss sei, wie er uns versicherte. Die Schmerzen wünsche er keinem. Also saß Andreas die ganze Zeit an Deck auf einem Iso-Kissen und beobachtete kommentierend mein Tun. »Mensch, Britta, du musst noch mal nach vorn und die Festmacherleinen holen und zusammenlegen.« »Mensch Britta, schon mal was davon gehört, dass man Fender direkt nach dem Ablegen reintut?« »Mensch, Britta, kannst du an Deck nicht mal gerade gehen? Das kann man ja nicht mit ansehen!«

Ich bin leider kein Mensch, der seine Wut laut rausschreit. Meistens schlucke ich alles, weil ich so harmoniebedürftig bin. Aber in Gedanken werde ich gern zur Mörderin. Wie jetzt.

Endlich, endlich ist alles fertig. Die Fender verstaut, die Leinen aufgeschossen, und mein Magen knurrt wie ein Rudel hungriger Wölfe.

Ich möchte mich setzen und entspannen. »Wir setzen jetzt Segel, der Wind ist ideal!«, brüllt Werner und rennt zum Großbaum. »Britta, hilf mir mal!« Zusammen mit Werner nestle ich die Umhüllung des Segels ab. »Hier hast du eine Winschkurbel. So – schau, da stecken die wir jetzt drauf, und wenn ich sage ›Jetzt‹, fängst du an zu drehen!«

»Ich habe keine Kraft mehr«, sage ich leise. »Kann Andreas das nicht machen?« Wo ist eigentlich Doris? Ein Blick von oben in den Salon zeigt mir, dass Doris mit Polsterschaum alles Stoffhaltige am Einsprühen ist. Sie muss wahnsinnig sein.

»Au, aua«, jammert Andreas und streckt seinen verwundeten Fuß noch weiter von sich weg. »Ich kann noch nicht mal auftreten!«

»Du könntest es aber mal versuchen«, sage ich mit, wie ich hoffe, bösem Unterton. Aber Andreas verzieht das Gesicht und meint: »Ich glaube, ich brauche eine Wärmecreme oder wenigstens eine Stützbandage. Ich hatte das früher schon öfters als Kind. Meine Mutter hat mich dann immer eingecremt und bandagiert.«

Just in diesem Moment denke ich das Wort zum ersten Mal: Weichei!

Es ist ein historischer Augenblick.

Und es wird nicht das letzte Mal sein, das spüre ich.

Wir segeln. Ich muss zugeben, trotz des schlechten Wetters und des Regens ist es schön. Also wirklich schön. Ja. Wir haben ziemliche Schräglage und müssen uns festhalten, und Doris kommt irgendwann auch hoch und ölt irgendwelche Metallteile ein, während Werner steuert.

»Kann ich auch mal?«, frage ich. Andreas, der die ganze Zeit wegen seines Fußes nicht ansprechbar war, hebt ruckartig den Kopf: »Lass das besser, Britta, wir gehen sonst noch unter, hahaha!«, woraufhin ich entgegne: »Vielleicht möchtest du es ja mal versuchen!«. Andreas zögert, dann setzt er sich auf und robbt zum Ruder hinüber.

»Es ist nicht so einfach, wie es aussieht«, klärt Werner Andreas auf. »Also nicht gleich verzagen. Probieren geht über studieren! Hier, nimm die Pinne, damit du erst mal ein Gefühl dafür bekommst. Und wenn es nicht gleich klappt, ist das auch nicht schlimm.«

Andreas ergreift die Pinne und drückt sie ruckartig von sich weg. Das Großsegel fällt abrupt ein. Ist er bescheuert? Das steht doch in jedem Lehrbuch, dass das falsch ist. »Stopp!«, brüllt Werner, »so machen wir eine Wende!«

Sofort lässt Andreas die Pinne los. »Das war mein Fuß. Da war plötzlich wieder dieser stechende Schmerz. Aaaah!« Er robbt zurück auf sein Iso-Kissen. »Ich kann das wohl, aber mit diesen Schmerzen ...!«

Ich grinse. »Lass mich mal versuchen«, sage ich zu Werner, »mehr als schief gehen kann's ja nicht.« Werner nickt und gibt mir die Pinne und ich überhöre Andreas' Rufe: »Nein, Britta, nicht, wie soll das denn alles enden?«

Wenn wir wieder in Hamburg sind, kaufe ich ihm ein Schlabberlätzchen und eine Schnabeltasse. Vielleicht sogar ein Laufställchen. In dem kann er dann rumkriechen und mit einer Rassel spielen oder auf dem Rücken liegend auf ein Mobile starren, das aus Segelbooten besteht. Nur ein Bobby-Car darf der kleine Andi nicht haben. Wegen des Fußes. Der wird dann nämlich zu sehr belastet. Wenn Andi dann älter geworden ist, kann ich ja mit ihm ›Schiffe versenken‹ spielen. Wenn er es denn kapiert und der Fuß dann nicht mehr wehtut. Weichei.

Ich nehme die Pinne und spüre leicht den Wasserdruck. Instinktiv versuche ich, nur leicht gegenzusteuern, sodass das Segel nicht in sich zusammenfällt.

»Du machst das prima, Britta«, lobt mich Werner. »Weiter so.«

Ich berste vor Stolz. Und vor Schadenfreude. Warum ich schadenfroh bin? Weiß ich auch nicht. Ist aber gar kein schlechtes Gefühl, wie ich feststellen muss.

Nun steuere ich schon eine halbe Stunde und nichts ist passiert. Ich möchte gar nicht mehr aufhören, merke auch gar nicht mehr den Regen und finde es einfach nur toll, dass ich, Britta Schüchen, ein SEGELBOOT steuern kann. Wer hätte das gedacht? Ein Blick in Andreas' Richtung zeigt mir, dass es ihm so gar nicht Recht zu sein scheint, dass ich das kann. Denn er tut so, als ob er es gar nicht bemerken würde, dass ich steuere.

Noch bessere Laune bekomme ich, als Doris mit einer Kanne Kaffee nach oben kommt (»Ich musste die Kanne erst mal polieren, auf dem Aluminium gibt es ständig Flecken!«) und uns jedem gönnerhaft einen Becher füllt. Ohne Milch. Milch kostet nämlich Geld. Aber egal. Noch nie hat mir Kaffee besser geschmeckt. Dann bekomme ich ein belegtes Brötchen in die Hand gedrückt. Mit Bierschinken. Weil ich Angst habe, es eventuell gleich mit jemandem teilen zu müssen, verschlinge ich es innerhalb einer Zehntelsekunde.

Doris und Werner kauen. Andreas schaut vorwurfsvoll zu Doris: »Kann ich bitte auch ein Brötchen haben?«, fragt er flehend.

Doris schaut verwundert zu mir: »Gib Andreas die Hälfte ab, Britta«, sagt sie mit vollem Mund. »Für jeden ein halbes. Wisst ihr, wie teuer Brötchen sind?«

»Ups«, Gott, ist das peinlich, »ich dachte, das Brötchen sei für mich. Es war aber sehr lecker«, sage ich noch überflüssigerweise, während Andreas mich anschaut wie ein angeschossener Rehbock.

»Wir müssen auch noch abrechnen morgen«, kaut Werner vor sich hin. »Doris, sag mal, hast du zwei Scheiben Bierschinken auf das Brötchen gemacht?«

Doris nickt und wird rot. »Ich dachte, für jeden eine Scheibe«, rechtfertigt sie sich.

»Immer übertreibst du es, wenn wir Gäste an Bord haben«, Werner schüttelt den Kopf und dreht sich zu mir. »Vor drei Wochen ist ein Freund von mir mitgesegelt, und Doris hat allen Ernstes hundertfünzig Gramm Wurst besorgt. Nach einem Tag war die alle. Wäre es weniger gewesen, hätte es bestimmt länger gereicht.«

Ich versuche minutenlang, die Logik dieses Satzes zu verstehen, was mir aber leider misslingt.

Werner kaut immer noch an seinem halben Brötchen herum, dabei bedient er die Pinne. Andreas ist so hungrig, dass er anfängt, an den Fingernägeln zu knabbern.

»Ich würde sagen, heute segeln wir bis Ærøskøbing, dort legen wir an, und dann wird's gemütlich, Andreas«, zwinkert er ihm zu. Andreas versucht unterdessen, sich vor Hunger das Ohrläppchen abzureißen.

»Wie ich mich aufs Bier freue«, frohlockt Werner. »Heute lassen wir es uns so richtig gut gehen!« Was er wohl damit meint? Eine halbe Flasche für jeden? Und dann das Pfandgeld, das Pfandgeld! Das wird bestimmt auch mit abgerechnet.

Und aufgerundet zu unseren Ungunsten wird auch, denn wir wollen ja nicht kleinlich sein, hahaha!

5

Samstagabend. Ærøskøbing. Andreas' Fuß geht es etwas besser, aber noch nicht so gut, dass er beim Anlegen mit anpacken könnte. »Wenn da was gedehnt ist, können das bleibende Schäden werden«, erklärt er uns.

Nachdem die letzte Leine aufgeschossen ist und Werner tatsächlich vier ganze Flaschen Bier aus dem Kühlschrank geholt hat, geht es Andreas schlagartig besser.

»Ich hab mir ja überlegt, einen Segelschein zu machen«, erzählt er, während er die Flasche öffnet. »Aber dann«, er macht eine ausschweifende Handbewegung, »habe ich mir gedacht, dass das doch völliger Quatsch ist. Ich habe eine schnelle Auffassungsgabe, nicht, Britta, und lerne unheimlich schnell dazu. Das wäre ja rausgeschmissenes Geld. Wenn wir erst mal ein eigenes Boot haben, und das wird nicht mehr lange dauern, haha, dann kann ich das alles schon. Es gibt ja auch Bücher, haha, ich sag ja immer ›Learning by doing‹, haha.«

Ich glaube, ich höre nicht richtig. Eigenes Boot? Davon war doch nie wirklich die Rede. Ich werde mich daran ganz sicher nicht beteiligen. In Gedanken sehe ich mich schon wie Doris enden, die acht Stunden täglich im Schichtdienst in ihrem Orion-Versand hockt und Vibratoren und Gummipuppen an notgeile Alleinstehende verschickt, nur damit der Unterhalt des Bootes bezahlt werden kann. Nein! Ich möchte auch nicht Tag und Nacht feudeln oder polieren und mir sagen lassen, wieviele Scheiben Wurst ich auf ein Brötchen lege, für wen auch immer. Ich male mir weiter aus, was passieren wird:

Andreas und ich werden jeden Sommer die Ostseeküste entlangeiern und grundsätzlich an Bord kochen wegen der immensen Kosten, Andreas wird anfangen, Pfeife zu rauchen und ein blauweißgestreiftes Seemannshemd und ein rotes Halstuch mit einem Leuchtturm drauf tragen. Nach dem Anlegen »pflegt« er einen Rum zu trinken und kippt das erste Glas ins Meer, um irgendwelche griechischen Meeresgötter milde zu stimmen, und er wird auch irgendwann anfangen, Akkordeon zu spielen. Während er »Biscaya« von James Last einstudiert, hänge ich mit meinen zerschundenen, aufgequollenen, rissigen Händen gewaschene Wäsche an die Reling. Ich werde mir noch nicht mal dritte Zähne leisten können.

»Nun ja, Andreas, was du da sagst, hört sich zwar nicht schlecht an, aber«, Werner erhebt den Zeigefinger, »du musst auch wirklich was lernen. Bücher lesen allein reicht nicht. Nimm dir ein Beispiel an deiner Frau. Britta packt mit an und hat schon einiges gelernt.«

»Ach«, winkt Andreas mürrisch ab. »Das ist nur die Anfangseuphorie. Das vergeht bald wieder.«

Jetzt bin ich böse und mische mich ein: »Moment mal, mein Lieber! Wer von uns beiden wollte denn unbedingt segeln gehen? DU! Nicht ich! Von Euphorie kann hier keine Rede sein. Ich bin deinetwegen hier!« Gleich streiten wir uns. Doris schrubbt unterdessen die Bilge mit einer Zahnbürste. Sie keucht laut und ihr Atem geht rasselnd dabei.

»Nun reg dich mal ab, Mäuschen«, sagt Andreas in einem so arroganten Ton, dass ich ihm die Stimmbänder mit diesem Stechzirkel da entfernen möchte. Was ist bloß los mit ihm? Ich verstehe das gar nicht.

»Ich rege mich nicht auf!«, keife ich zurück und rege mich dabei so auf, dass ich Muskelzucken im rechten Oberschenkel bekomme. Ich bekomme immer Muskelzucken, wenn ich mich aufrege. Andreas hebt beide Hände und verdreht die Augen. »Das ist doch jetzt sinnlos. Ich schlage vor, wir begraben diese Diskussion und gehen essen. Was meint ihr?« Er blickt zu mir. Ich nicke, weil ich mal wieder schrecklichen Hunger habe. Wer kann schon von einem Brötchen am Tag leben. Werner und Doris schütteln den Kopf. »Wir haben noch selbstgemachte Suppe dabei«, ruft Doris aus dem Salon und hält einen Trinkbecher für Säuglinge von Tupperware hoch. Nein. Es reicht. Ich möchte Lasagne, Pizza oder ein Wildschwein essen oder auch zwei. »Ich lade euch ein«, rufe ich in die Runde. Woraufhin Werner jovial nickt und meint, es sei ja unhöflich, eine Einladung abzuschlagen. Hilf Himmel, wie freue ich mich auf eine warme Mahlzeit.

Zwanzig Minuten später sitzen wir im Restaurant »Mumm's« in der Altstadt. Es ist sehr gemütlich. Niedrige Decken, Kerzenleuchter in den Fenstern, Butzenscheiben und Dielenboden. Gierig lese ich die Speisekarte und entscheide mich für eine Hummersuppe und dann Ochsenfilet mit Kartoffelgratin und Gemüsebeilage. Selbstverständlich werde ich auch noch ein Dessert nehmen, aber das suche ich mir später aus. Doris, die mir gegenüber sitzt, starrt mit großen Augen in die Speisekarte, so als ob sie noch nie eine gesehen hätte. »Die haben ja sogar russischen Kaviar im Angebot«, sagt Werner weltmännisch und schüttelt den Kopf. »Das sind vielleicht Preise!«

»Ich möchte jetzt mal nicht ans Geld denken, sondern einfach schön essen«, sage ich und hoffe, dass mein Unterton nicht zu scharf ist. Die Stimmung ist frostig, und es will nicht wirklich eine Unterhaltung in Gang kommen.

Die Bedienung kommt an unseren Tisch und fragt freundlich nach unseren Wünschen. Sie spricht deutsch, was die Bestellung erleichtert.

»Na, was meint ihr, ein oder zwei Flaschen Champagner erst mal zur Feier des Tages, hahaha«, kreischt Werner und hält sich für unheimlich witzig.

»Super Idee, hahaha«, lache ich sarkastisch zurück.

»Nun, ich denke, Heidsieck wäre angemessen. Dann zwei Flaschen Heidsieck bitte und vier Gläser. Und den Champagner bitte auf Eis«, sagt er zu der Dame, die mit leuchtenden Augen alles auf einem Zettel notiert. Ich bin bitterböse, weil ich in der Karte gelesen habe, dass eine Flasche umgerechnet über 100 Euro kostet. Andreas sagt gar nichts und glotzt dümmlich in der Gegend herum. Kann er nicht mal Mann genug sein, um Werner auf seine Unverschämtheit hinzuweisen? Das kann ja wohl nicht wahr sein. Zu Hause fressen die beiden den Kitt von den Fenstern, und kaum zahlt ein anderer, werden sie völlig maßlos. Solche Leute konnte ich noch nie ausstehen.

Die Bedienung geht weg und wir schauen wieder schweigend in unsere Karten.

»Ich wäre soweit«, sagt Werner dann und klappt die Speisekarte zu.

Die nette Bedienung kommt mit dem Champagner und füllt ihn in Gläser. »Haben Sie schon gewählt?«, fragt sie freundlich. Am liebsten würde ich sagen, dass sie verschwinden soll, weil sich das erledigt hat mit der Bestellung. Aber das geht natürlich nicht.

Also bestelle ich meine Suppe und den Ochsen, und Andreas eine gegrillte Fischplatte. Dann ist Werner dran: »Für uns beiden Hübschen bitte vorneweg den Kaviar und Toast dazu. Und ich nehme dann das Seeteufelfilet. Doris, was möchtest du?« Doris ist sichtlich überfordert mit der Situation und zuckt mit den Schultern. Also bestellt Werner für sie einfach auch den Seeteufel. »Und Wein brauchen wir auch noch. Der 78-er Barolo hört sich gar nicht schlecht an. Davon zwei Flaschen. Ihr trinkt doch auch Wein?«, fragt er in unsere Richtung. Ich sage nichts, Andreas nickt.

Ich hasse ihn dafür. Wenn es wenigstens so wäre, dass Werner sich unheimlich gut mit Essen und Weinen auskennen würde, aber nein. Er hat einfach von beidem das Allerteuerste bestellt.

Doris und Werner scheinen nicht zu merken, dass eine angespannte Atmosphäre herrscht. Werner fängt an, Andreas gute Segelratschläge zu erteilen, und Doris will sich mit mir unterhalten.

»Vier Jahre haben wir die *Victoria* jetzt schon«, erzählt sie, während sie an ihrem Champagner nippt. »Weißt du, wir haben sie *Victoria* genannt, weil so die Kronprinzessin von Schweden heißt und wir schon mal neben dem Königspaar hergesegelt sind. Silvia stand an der Reling. Sie sieht in Wirklichkeit noch viel schöner aus als auf den Fotos in der ›Neuen Post‹. Ich habe ein Foto von ihr gemacht, hier!« Sie kramt in ihrer Tasche und holt ihr Portemonnaie hervor. Ein Bild von Königin Silvia steckt hinter einer Klarsichtfolie. »Ach, wie schön«, heuchle ich.

»Ich habe, als wir die *Victoria* dann hatten, ein Foto von ihr ans Königshaus geschickt mit der Geschichte dazu, warum wir sie so genannt haben. Aber Silvia hat gar nicht geantwortet. Das finde ich wiederum ziemlich arrogant.«

»Ja«, sage ich.

»Welche Königstochter findest du den reizender, Victoria oder Madeleine?«, fragt Doris.

»Keine Ahnung«, sage ich. Ich weiß noch nicht mal, wie die aussehen. So genau lese ich die ›Gala‹ nun auch wieder nicht.

»Ich mag Victoria ja lieber. Die ist sehr pflichtbewusst. Madeleine ist eher ein Mädchen, das ihr Leben in vollen Zügen genießt. Aber sie hat ja auch nicht die gleiche Verantwortung gegenüber der Krone wie ihre Schwester«, schwafelt Doris weiter. Was ist denn das bloß für eine langweilige Konversation. Aber noch dämlicher ist das Gespräch, das Andreas und Werner führen.

Mittlerweile ist die zweite Flasche Champagner fast leer und Werner bereits etwas angeheitert. Auf seiner Stirn haben sich Schweißperlen gebildet. Er redet von Minute zu Minute lauter:

»Das war ein Törn in Norwegen, Alter, das kann ich dir sagen. Vier erfahrene Männer an Bord, eine Menge Schnaps und Bier und natürlich keine Frauen, hahaha. Wir Männer brauchen ja auch mal eine Auszeit, nicht wahr?«, ruft er und blinzelt Andreas verschwörerisch zu. »Mir persönlich reicht es, wenn Doris das Boot wieder auf Vordermann bringt, wenn der Törn zu Ende ist, nicht, Doris?«

Doris sagt »Hihihi«, und nickt. Sie hat schon wieder rote Backen. Ich kann das alles gar nicht glauben.

»Am zweiten Tag, wir waren im Oslofjord und guter Dinge, da ging das los mit dem Unwetter. Mannomann. Wir haben das Ölzeug gar nicht mehr ausziehen können. Der Regen hat nicht mehr aufgehört. Bestimmt acht Meter hohe Wellen waren das. Richtige Brecher. Zwölf Windstärken. Aber wir Kameraden haben zusammengehalten, wie das eben so ist unter wahren Männern. Wir haben das Kind schon geschaukelt, hahahahahaha!« Die anderen Restaurantgäste drehen sich schon nach uns um. Doris glotzt Werner bewundernd mit großen Kuhaugen an. Andreas ist begeistert. »Wie lange hielt der Sturm denn an?«, fragt er gierig, während er nach seinem Weinglas greift, das die freundliche Bedienung soeben gefüllt hat. »Drei Tage! Drei ganze Tage lang nur Sturm. An Essen war nicht zu denken, wir mussten die ganze Zeit über an Deck bleiben wegen der Schräglage des Bootes. Es wäre viel zu gefährlich gewesen, nach unten zu gehen. Ich bekomme jetzt noch eine Gänsehaut, wenn ich an diesen Törn denke. Mein Kumpel Fred ist damals fast über Bord gegangen!«

»Wieso habt ihr euch denn nicht angeleint?«, werfe ich dazwischen.

»Angeleint? Bin ich ein Hund? Nein, nur Weicheier leinen sich bei Sturm an!«, klärt mich Werner auf. Dann wird Andreas sich wohl immer anleinen müssen.

Das habe ich in den Büchern, die schließlich von erfahrenen Seglern geschrieben wurden, zwar anders gelesen, aber es ist mir eigentlich auch wurstegal. Das Essen kommt nämlich, und ich löffle genüsslich meine Hummersuppe mit Sahnehaube, während Werner sich den Kaviar einverleibt. Er tut so viel davon auf seinen Toast, dass der Kaviar an der Seite wieder runterfällt. Ich muss mir vorstellen, wie Werner sich im Urlaub an einem Bufett benehmen würde. Den Teller randvoll gefüllt mit Sachen, die überhaupt nicht zusammenpassen, und viermal nachgeholt. Denn man hat ja dafür bezahlt. Im aktuellen Fall bezahle zwar ich, aber ich schätze ihn so ein.

Doris meint, dass ihr der Kaviar nicht schmeckt, und Werner sagt: »Selbst Schuld«, und tauscht ihren vollen gegen seinen leeren Teller. Er schwitzt mittlerweile so, dass das Wasser in Bächen über sein Gesicht läuft. Außerdem schmatzt er.

Mein Ochsenfilet schmeckt großartig und das hebt meine Laune etwas.

»Also, den Fisch hätte ich besser gemacht«, mäkelt Doris an ihrem Seeteufel herum. »Das Gemüse hat auch gar keinen Biss mehr. Und was haben die sich denn gedacht, als sie das Kartoffelgratin zubereitet haben. Da fehlen Butter und Rosmarin.«

»Reg dich nicht auf, Mutti«, sagt Werner zu seiner Frau. »Morgen Mittag stehst du wieder in deiner Kombüse und kannst lecker Essen kochen. Eine Frau gehört nun mal an den

Herd, nicht, Andreas?« Wenn der jetzt Ja sagt, bringe ich ihn um. Andreas sagt: »Britta kann gar nicht kochen.«

»Du kannst nicht kochen?«, Doris starrt mich an, als hätte sie erfahren, dass ich Lepra habe oder so. »Ich habe gar keine Zeit dazu. Ich stehe nämlich mit beiden Beinen im Berufsleben. Mir ist es wichtig, finanziell unabhängig zu sein.« Meine Stimme zittert vor Wut.

»Doris arbeitet doch auch«, sagt Werner. »Aber das Geld fließt in meine Kasse. Ich verwalte das alles. Doris kann ja noch nicht mal mit einer EC-Karte umgehen, nicht, Mutti, und das soll sie auch gar nicht, hahaha!«

»Keine schlechte Idee«, brüllt Andreas lachend. »Das machen wir ab sofort auch so.«

Beim Bezahlen wird mir schlecht. Das Ganze kostet mich umgerechnet über 500 Euro. Zähneknirschend reiche ich dem blonden Fräulein meine Kreditkarte. »Hat noch jemand Kleingeld fürs Trinkgeld?«, traue ich mich zu fragen. Niemand antwortet. Vielleicht hab ich ja zu leise gesprochen.

Wir gehen zurück an Bord. Weder Doris noch Werner haben sich für das Essen bei mir bedankt. Das Essen hat mich müde gemacht und ich bin es auch nicht gewohnt, den ganzen Tag an der frischen Seeluft zu sein. Ich möchte schlafen, schlafen, schlafen. Aber Werner möchte noch ein Bier mit uns trinken und uns noch ein paar Geschichten von sich erzählen, in denen er mit Sicherheit behaupten wird, der Schöpfer des Universums zu sein. Ich schlafe angezogen im Salon auf der Sitzgruppe ein und werde spätabends wieder geweckt, weil ja der Salontisch wieder runtergeschraubt werden muss. So kann man doch nicht freiwillig jedes Wochenende verbringen. Andreas ignoriert mich im übrigen auf eine unverschämte Art und Weise. Den werde ich mir spätestens auf der Heimfahrt nach Hamburg vorknöpfen.

6

Grundgütiger, ist das kalt hier! Ich stehe zitternd unter einer Hafendusche und warte darauf, dass das Wasser endlich angeht. Ein Fünf-Kronen-Stück habe ich ordnungsgemäß in diesen Apparat geworfen und weiß auch, dass ich mich beeilen muss, denn nach vier Minuten ist Schluss mit dem Wasser.

Es rumort in der Wand und endlich tut sich was. Im nächsten Moment schreie ich laut auf vor Entsetzen. Eine eiskalte Fontäne schießt aus der Dusche und ich springe schnell zur Seite. Allmächtiger, so warm ist es im März auch noch nicht, dass ich mich dazu überwinde, kalt zu duschen. Nach einer weiteren halben Minute merke ich, dass mir nichts anderes übrig bleiben wird, denn wärmer wird das Wasser nicht.

Also halte ich meinen Kopf in Intervallen unter die Brause und shampooniere die nassen Haare schnell ein. Mit den Händen benetze ich mich und verteile Duschgel auf Armen und Beinen. Das ist ja furchtbar. Ich habe nicht daran gedacht, dass ich mich ja auch wieder abbrausen muss. »Los jetzt!«, sage ich zu mir selbst und stelle mich mit angehaltenem Atem und Todesverachtung direkt unter den Strahl.

Es ist gar nicht so schlimm.

Genau genommen ist es auch gar nicht so nass.

Die vier Minuten sind nämlich um.

Muss ich extra erwähnen, dass ich selbstverständlich kein zweites Fünf-Kronen-Stück dabei habe?

Haben Sie sich schon mal über Ihren mit Duschgel eingeschäumten Körper eine Jeans und einen Pullover gezogen? Sind Sie schon mal mit eingeschäumten Haaren durch einen Hafen gelaufen? Nein?

»Sie hätte doch einfach ihren Kopf unter den Wasserhahn vom Waschbecken halten können«, höre ich Sie sagen. Ja, das wollte ich auch tun. Aber an allen Wasserhähnen waren die Mischbatterien abgeschraubt. Wahrscheinlich müssen sie gewartet oder eingeölt werden, bevor die Saison so richtig beginnt.

Wie ein Vollidiot stehe ich zehn Minuten später auf dem Steg und spüle meine blonden Locken mit Wasser aus einem Schlauch ab. Mich dort auch noch auszuziehen traue ich mich nicht, es sind mir zu viele Leute da.

»Oh Britta«, sagt Andreas süffisant, »du musst doch auch mal vorher nachdenken und mehr Kronen mitnehmen.« Er selbst will abends zu Hause duschen. Ein Mann ist schließlich nur ein Mann, wenn er stinkt.

»Na ja, Britta, das passiert dir jedenfalls nicht noch mal«, lacht Werner und schlägt mir auf die Schulter. Er ist wieder einigermaßen erträglich. Wahrscheinlich klopft er nur große Sprüche, wenn er was getrunken hat. Doris sagt gar nichts, denn sie zieht die Betten ab und klopft die Kojenpolster aus. Gleich wird sie die Polster noch feudeln.

Wir segeln dann zurück nach Sønderborg. Schlagartig verschlechtert sich der Gesundheitszustand von Andreas. Der Fuß, der Fuß. Vor einigen Minuten hat er nicht mal mehr gehumpelt, und jetzt geht es doch tatsächlich wieder los. »Das muss was im Gelenk sein«, sagt Andreas gequält. »Tut mir wahnsinnig Leid, aber ich muss den Fuß ein wenig hochlegen.« Er setzt sich unter Deck und liest Zeitung, während wir ablegen. Ziemlich bald setzen wir wieder Segel und ich betätige mich erneut an der Pinne, was wieder richtig Spaß macht. »Komm lieber nach oben«, ruft Werner in den Salon. »Sonst wird dir noch schlecht und du musst spucken!«

»Blödsinn«, kommt es von Andreas zurück.

»Ich hab dich gewarnt«, sagt Werner, »glaub mir, die kurze Welle ist tückisch!«

Die *Victoria* ruckelt wirklich ganz schön. Aber ich bin viel zu konzentriert, als dass mir schlecht werden könnte. Eine Viertelstunde später taumelt Andreas den Niedergang hoch. Er ist grün im Gesicht und seine Augen sind aufgerissen.

»Was ist denn los?«, rufe ich entsetzt.

»Hab ich es dir nicht gleich gesagt, dass du hochkommen sollst?« Das ist Wener. »Jetzt haben wir gleich den Salat! Doris!!!«

Doris, die am Bug irgendwas feudelt, kommt nach hinten. Werner nickt in Andreas' Richtung. »Kümmere dich um ihn.«

Andreas sinkt im Heck in sich zusammen und greift sich an den Hals: »Oh mein Gott, oh mein Gott, Hilfe, Hilfe!«, jammert er.

»Geh mit ihm neben den Außenborder. Er soll sich zwischen die beiden Relingsdrähte klemmen. Und wenn er gekotzt hat, soll er bloß nicht sofort ruckartig aufstehen. Das kann einen Leistenbruch geben«, ruft Werner zu Doris.

»Nein, nein, ich will nicht brechen«, brüllt Andreas verzweifelt und hält sich die Hand vor den Mund.

»Danach geht's dir besser, glaub mir«, ruft Werner.

»Komm, Andreas, ich helfe dir«, sagt Doris mütterlich.

Andreas schlägt mit der anderen Hand nach ihr. »Geh weg, geh weg, ich will nicht, ich will nicht, da krieg ich keine Luft mehr, da ersticke ich, geh weg, geh weg!« Er robbt auf den Knien an Deck herum und hustet. »Ich will nach Hause! Ich will heim!«, kreischt Andreas mit hoher Stimme. Man könnte annehmen, ein Eunuche sei an Bord.

Und dann fängt er laut an zu heulen. Er heult so laut, dass man den Wind nicht mehr hört und auch nicht mehr richtig Werner, der schreit: »Nun hab dich nicht so, kotz dich aus und nach zwei Minuten ist alles vorbei!«

»Bääääähäääää, buuuuhuuuuu!«, jault Andreas klagend. Das hält ja kein Mensch aus.

Ich steuere verzweifelt weiter. Endlich geht Werner zu Andreas, hievt ihn mit Doris' Hilfe hoch und schleppt ihn an die Reling.

»So!«, sagt Werner, während Andreas buchstäblich in den Seilen hängt, »und jetzt stell dir einfach vor, dass du ein Stück Fleisch runterschluckst, an dem ein Bindfaden drangeknotet ist. Damit ziehe ich das Fleisch wieder langsam aus deinem Magen hoch!« Mir kommt gleich das Ochsenfilet wieder hoch.

»Iiiiigiiiit, oh, oh, äääääh!«, lamentiert Andreas. Dann klammert er sich mit beiden Händen an den Drähten fest und würgt.

Endlich kotzt er. Dazwischen heult er laut: »Maaaamiiiii, Maaaamiiii! Andi bäh gemacht!«

Mir ist mein eigener Mann so peinlich, dass ich mich fremd schäme.

Die restliche Zeit liegt Andreas wimmernd im Cockpit herum, den Kopf auf zusammengelegten Leinen gebettet. Er behauptet ununterbrochen, dass er noch mal eben so dem Tod von der Schippe gesprungen sei.

Ich will ihn gar nicht ansehen, so unangenehm ist mir sein Gejammer.

»Britta«, Andreas setzt sich halb auf. »Würdest du Doris wohl bitten, mir etwas heiße Brühe zuzubereiten? Dieser entsetzliche Geschmack im Mund ist ja fürchterlich.«

Doris, die sich bereits unter Deck befindet, ruft nach oben: »Wir haben leider keine heiße Brühe, Andreas!«

Der verzieht schon wieder weinerlich das Gesicht. »Dann wenigstens ein Stück trockenes Brot.« Doris verdreht die Augen und kramt irgendwo herum. Dann reicht sie Andreas einen Brotkanten, der so hart ist, dass man jemandem damit den Schädel einschlagen könnte. Andreas nagt schluchzend daran herum. »Ich glaube, ich bekomme ein Magengeschwür«, klagt er. »Mir ist so unwohl. Ich werde mich für morgen krankmelden. Britta, rufst du morgen an und meldest mich krank?«

»Es wird dir morgen mit Sicherheit wieder besser gehen«, sage ich. »So ein bisschen Seekrankheit hat noch niemandem geschadet.«

Andreas schnaubt auf: »Ein bisschen Seekrankheit?«, faucht er mich an. »Du weißt ja überhaupt nicht, was es bedeutet, seekrank zu sein. Mir ist permanent übel. Mir ist schwindlig. Das hat was mit dem Gehörknöchelchen zu tun, das hab ich gelesen. Es sind schon Leute über Bord gesprungen, nur weil sie wollten, dass die Seekrankheit ein Ende hat. Und da sagst du, das hat noch niemandem geschadet.«

Ach, die Passagen hat er in seinen tausend Büchern gelesen. Wie man eine Wende macht oder eine Halse und wie man ablegt, ist egal, aber wie man seekrank wird, das hat er sich gemerkt.

»Ich hätte sterben können«, jammert Andreas weiter. »Weißt du, wie mein Magen rebelliert – immer noch!« Er hält sich den Bauch.

»Dann lass es doch am besten mit dem Segeln«, sage ich. Diese ganze Diskussion ist mir sowieso zuviel. Was für ein Jammerlappen. Wie lange bin ich verheiratet? Zwölf Jahre! Das glaubt mir kein Mensch.

»Das hättest du wohl gern«, keift Andreas mich an. »Aber glaub mal nicht, dass ich schlappmache. Ich werde weitersegeln wie ein Mann!« Ja, wie ein Mann.

Und dann legt er sich wieder auf seine Leinen und hadert mit seinem Schicksal.

»Streitet euch nicht, Kinder«, sagt Werner in jovialem Ton, während er irgendwelche Knoten fabriziert. »Streit auf dem Boot ist nie gut. Auf so engem Raum soll man sich doch vertragen.« Er hat gut reden.

In Sønderborg angekommen müssen wir natürlich wieder alleine anlegen; diesmal nicht wegen des Fußes, sondern des Magens, des Magens.

Danach möchte ich so schnell wie möglich aufbrechen. Aber meine Rechnung geht nicht auf. »So, dann wollen wir mal abrechnen«, sagt Werner in geschäftlichem Ton und setzt sich eine randlose Brille auf. Dann begibt er sich in den Salon und fängt an, alles Mögliche auf einem Zettel aufzuschreiben.

Ich muss Doris unterdessen helfen, ›das Boot wieder auf Vordermann zu bringen‹. Andreas liegt in den Polstern und macht ein Nickerchen.

Nach einer halben Stunde präsentiert Werner mir die Abrechnung. Und die sieht so aus:

Deckreinigung und Glasscherben entfernen (Freitag hat Britta abends die Tasche an Deck geworfen und die Flaschen gingen entzwei!!!)	*EUR*	*15,–*
Beziehen der Salonpolster mit Spannbettlaken; Beziehen der Inlets mit Überzügen	*EUR*	*25,–*

2 Dosen Ravioli anteilig (Gesamtwert EUR 4,–) (Da Andreas zwei Ravioli mehr hatte, geprüft durch Doris, die die Ravioli verteilte)	*EUR*	*3,–*
1 Brötchen mit 2 Scheiben Bierschinken, 4 Gramm Margarine	*EUR*	*1,70*
6 Tetrapak Weißwein anteilig:	*EUR*	*9,–*
4 Flaschen Bier zzgl. Pfand anteilig	*EUR*	*5,87*
Grundkurs Segeln	*EUR*	*150,–*
Hilfe bei Seekrankheit	*EUR*	*65,–*
1 Endstück Bauernbrot, 23 Gramm	*EUR*	*0,23*
Kaffee ohne Milch anteilig	*EUR*	*3,50*
Erzählen von Segelgeschichten, 1,5 Stunden	*EUR*	*55,–*
Gesamtsumme:	*EUR*	*340,–*

»Eigentlich sind es 333 Euro und 30 Cent«, lacht Werner. »Aber ich dachte mir, eine runde Summe ist besser«. Er muss völlig übergeschnappt sein. Das lasse ich mir nicht bieten. Da hätte ich auch ein Wellnesswochenende in einem Luxushotel machen können. Inklusive Halbpension. Dann wäre ich jetzt außerdem wahrscheinlich viel erholter.

»Ich glaube ihr spinnt«, sage ich und bin wirklich böse. »Was ist denn das für eine Berechnung? Und wer hat dir gesagt, dass wir deine Segelgeschichten hören wollten?«

»Moment«, erwidert Werner. »Während ich erzählt habe, hat Andreas doch dauernd gefragt, wie es weitergeht. Das stimmt schon so mit der Berechnung. Und auf die Uhr habe ich auch geschaut, das kommt alles hin.«

»Das ist ja wohl mehr als kleinlich«, gebe ich zurück. »Ich habe euch für wahnsinnig viel Geld gestern zum Essen eingeladen, und du hast das Teuerste bestellt, was es auf der Karte gab. Das hat mir auch gestunken, aber ich würde das eigentlich nie erwähnen. Aber wenn ich diese lächerliche Rechnung sehe, muss ich wirklich sagen, dass du der kleinlichste Mensch bist, der mir je über den Weg gelaufen ist!«

»Ich bitte dich, Britta«, sagt Werner und hebt beide Hände. »Du lädst uns ein und beschwerst dich dann noch? Das finde ich aber mehr als unfein!«

»Und ich habe alles gefeudelt«, kommt es überflüssigerweise noch von Doris.

Mir reicht es. »Es tut mir leid«, sage ich süffisant zu Werner. »Aber ich habe nicht genug Bargeld dabei. Kann ich vielleicht mit Karte zahlen?«

»Kein Problem«, kontert Werner und holt eine kleine Maschine hervor. »Die Karte bitte mit dem Magnetstreifen oben rechts einführen und dann zweimal bestätigen.«

Ich bin fassungslos. Irgendwie muss er einen Deal mit dem Hafenmeister gemacht haben, sodass er kabellos dessen Online-Netzwerk mitbenutzen kann.

Wie in Trance mache ich tatsächlich, was er sagt. Und dann will ich nur noch weg. Weg. Weg. Zum Glück sind unsere Taschen fertig gepackt. Da fällt mir auch noch ein, dass Werner gar nicht die 20 Euro abgezogen hat, die ich ihm am Freitag gegeben habe. Die Wut lähmt meine Stimmbänder, also sage ich nichts. Was hätte es denn auch gebracht?

»Los, wir fahren!«, herrsche ich Andreas böse an. Der kann natürlich nichts tragen wegen des Magens und so hieve ich alles allein von Bord. Das heißt, ich werfe wütend die Taschen auf den Steg. Die Weinflaschen können ja nun nicht mehr kaputtgehen.

Dann springe ich mit Todesverachtung an Land. Wenigstens das kann ich jetzt.

Ansonsten können mich alle mal.

Als ich noch einmal zurücklaufe, weil ich denke, ich hätte den Wagenschlüssel auf dem Steg verloren, höre ich, wie Doris und Werner sich unterhalten:

»Nicht schlecht, 340 Euro für ein Wochenende, oder?«, fragt Werner.

»Nein«, kichert Doris. »Das hast du gut gemacht. Wer kommt denn nächsten Freitag?«

7

Auf der Heimfahrt streite ich mich mit Andreas so wie in unserer gesamten Ehe nicht.

Dass schon wieder Stau ist, hebt meine Laune auch nicht wirklich.

»Wie du mir das antun konntest!«, kreische ich wütend. »Die ganze Woche arbeite ich und dann will ich mich am Wochenende erholen und mich nicht abzocken lassen. Und ich will auch nicht mit wildfremden Menschen zusammengepfercht sein! Ich möchte tun und lassen können, was ich möchte. Davon mal ganz abgesehen, war es ja nicht mit anzusehen, wie du da rumgesessen und -gelegen hast. Das war ja peinlich ohne Ende. So kenne ich dich gar nicht!«

»Britta, bitte, denk an meinen Magen«, kommt es von Andreas, »ich kann jetzt keine lauten Worte vertragen. Das bekommt mir gar nicht!«

»Bekommt mir gar nicht, bekommt mir gar nicht«, äffe ich ihn nach. »Ich glaube nicht, dass wirkliche Segler sich von einer Magenverstimmung oder von mir aus auch von einem kleinen Seekrankheitsanflug ins Bockshorn jagen lassen! Jetzt fang bloß nicht auch noch mit deinem Fuß an, sonst drehe ich durch!«, schreie ich, während ich auf der linken Spur entlangrase, weil gerade eben mal die Fahrbahn frei ist.

Andreas hält sich die Hand vor den Bauch: »Es rumort schon wieder, aahh, aahh«, ächzt er vor sich hin. »Es ist aber auch schrecklich eng hier im Fußraum, noch nicht mal die Beine kann ich ausstrecken. Das ist gar nicht gut für die Sehnen.«

»Dann häng die Beine doch aus dem Fenster«, rufe ich böse. »Es tut dem Fuß bestimmt gut, wenn ein wenig Luft dran kommt.«

Andreas schaut mich traurig an: »Du hast noch nie wirkliche Schmerzen gehabt«, klagt er. »Du hattest ja noch nicht einmal Zahnschmerzen.«

»Das kommt wahrscheinlich daher, dass ich regelmäßig zum Zahnarzt gehe«, gebe ich zurück. »Ich warte eben nicht, bis drei Weisheitszähne auf einmal nicht mehr in meinem Mund leben wollen.«

Andreas massiert seinen schlimmen Fuß. »Ich muss dringend morgen zum Arzt. Das hält ja kein Mensch aus.«

Bis Hamburg reden wir kein Wort mehr. So lange habe ich das noch nie ausgehalten. Aber ich bin so wütend, dass nur noch Schweigen helfen kann. Wenn überhaupt.

Natürlich kann Andreas mir nicht beim Ausladen helfen. Der Fuß braucht Zuwendung, und zwar nicht in der Form von Laufen und Taschentragen. Sondern in Form von ›Ich geh eben nach hinten in den Wintergarten und leg mich auf den Liegestuhl. Die ›Bild‹ nehme ich mit.‹

Nachdem ich endlich alle Sachen aus dem Wagen nach drinnen verfrachtet habe, gehe ich in die Küche und gieße mir erst mal einen Sherry ein. Dann setze ich mich an den Küchentisch und lege den Kopf in beide Hände. Was für ein Wochenende. Und was für komische, neue Seiten an meinem Mann. Ich schwöre, mir ist das vorher noch NIE aufgefallen. Und es gefällt mir ganz und gar nicht. Ich mag keine weichen Männer, die »Mama« rufen, wenn irgendwas Unvorhergesehenes passiert.

Im Schnelldurchlauf lasse ich die letzten Jahre Revue passieren. Naja, der Fleißigste war Andreas noch nie, und wenn er mal mit einkaufen gegangen ist, hat er immer noch länger im Markt rumgetrödelt, statt mir beim Tütentragen zu helfen. Aber so extrem war es bis jetzt nicht. Was ist denn bloß los?

Ich trinke meinen Sherry auf ex und schaue aus dem Küchenfenster in den Wintergarten. Andreas hat die ›Bild‹ beiseite gelegt und liest jetzt in einem Gebrauchtbootemagazin. Seine Augen leuchten. Mir ist das fast schon unheimlich. Einerseits tut er nichts, wenn wir an Bord sind, andererseits scheint er an nichts anderes als ein Boot zu denken.

Ich gieße mir noch einen Sherry ein. Ich trinke den Sherry auf ex.

Ich gieße mir noch einen Sherry ein. Ich trinke den Sherry auf ex.

Ich starre auf den Küchenfußboden. Sherry schmeckt richtig gut.

Die Taschen mit den immer noch nassen Sachen kann ich auch morgen noch auspacken und waschen. Oder am Dienstag. Oder gar nicht, weil ich nämlich eine Seefahrerin bin, die nur mal eben kurz nach Hause gekommen ist, um nach dem Rechten zu sehen. Gewischt werden müsste der Küchenboden auch mal wieder.

Ich gieße mir noch einen Sherry ein. Ich trinke den Sherry auf ex.

Schließlich kann ich steuern und eine Wende fahren. Und ich werde nicht seekrank. Ich glaube, ich kaufe mir eine Augenklappe und hacke mir eine Hand ab, aber nicht die rechte, um mir dann so ein Teil an den Stumpf anzusetzen, aus dem ein Haken ragt. Bestimmt kaufen dann ganz viele Leute Häuser bei mir, weil sie Mitleid haben.

Andreas kreuzt im Wintergarten irgendwas in dem Bootsmagazin an.

Ich gieße mir noch einen Sherry ein. Ich trinke den Sherry auf ex.

So ein Seemannshemd will ich dann natürlich auch haben. Damit sehe ich bestimmt toll aus. Und total glaubwürdig. Was dann noch fehlt, ist ein gemieteter VW-Bus, der in Cuxhaven zugelassen ist. Mit dem kurve ich dann durch Deutschland und verkaufe Tiefkühlfisch, den ich als frisch gefangen aus der Nordsee anpreise. Dabei rufe ich »Moin moin!«

Was bildet sich Andreas eigentlich ein? Was glaubt er denn, wer er ist? Denkt er, er kann so tun, als ob er von allen Dingen Ahnung hat, aber in Wirklichkeit von nichts eine Ahnung haben, abgesehen davon, wie man ein Plumpsklo in einer Puppenküche einbaut? Mit mir nicht. Mit mir nicht.

Ich gieße mir noch einen Sherry ein. Ich trinke den Sherry auf ex.

Soll er doch kommen und sagen, wir kaufen ein Boot. Dann kaufen wir eben ein Boot. Dann merkt er wenigstens, wie schwierig und ungemütlich das ist. Ein Boot ist wie ein Kind. Man muss ständig schauen, dass alles heil ist, und sich drum kümmern. Das wäre ja gelacht, wenn ich, Britta Schüchen, mit einem Boot nicht umgehen könnte!

Also, dass Sherry so gut schmecken kann.

Deswegen gieße ich mir noch einen Sherry ein. Leider schiele ich schon etwas und gieße den Sherry nicht ins Glas, sondern auf den Holztisch, an dem ich sitze. Egal. Ich setze die Flasche an und trinke den Sherry auf ex. Es ist noch relativ viel Sherry in der Flasche, aber das ist mir ganz egal.

Ich glaube, ich muss mich kurz mal hinlegen. Also den Kopf auf den Tisch oder so. Weil mir schlimm schummerig ist. Huh! Ganz schlimm schummerig.

Ach, ist das angenehm. Oh, in der Flasche ist ja noch was drin.

Auf ex. Auf ex. Aaaah! Guuut!

Bin so müde. Mache ein kleines Schläfchen, nur ein kleines. Gleich ist ...

»Ich finde das großartig«, sagt Andreas zum wiederholten Male, als wir am nächsten Morgen am Frühstückstisch sitzen. Mein Kopf dröhnt, es summt und mir ist so schlecht wie noch nie. Außerdem habe ich einen pelzigen Geschmack im Mund, so als hätte sich dort ein Waschbär eingenistet oder so was Ähnliches.

»Was findest du denn großartig?«, frage ich, ebenfalls zum wiederholten Male.

»Na, dass wir uns ein Boot kaufen! Du warst ja gestern Abend richtig euphorisch! Ich bin mir auch sehr sicher, dass du lernen wirst, damit so richtig gut umzugehen! Klar, aller Anfang ist schwer, aber kommt Zeit, kommt Seemannsbraut, hahaha!«

Leider ist mir so übel, dass ich keine Kraft zum Kontern habe. Angestrengt denke ich nach. Was um alles in der Welt habe ich gestern zugesagt? Ich weiß nur noch, dass ich irgendwann die Treppe zum Schlafzimmer hochgefallen bin. Noch nicht mal die Zähne geputzt hab ich mir. An ein Gespräch mit Andreas nach meiner Sherry-Orgie kann ich mich beim besten Willen nicht erinnern.

Was soll ich jetzt tun? Behaupten, dass ich eine Alkoholvergiftung hatte und deswegen sinnloses Zeug vor mich hingebrabbelt habe? Andreas wäre wieder beleidigt, und das Ende vom

Lied wäre womöglich das Ende unserer Ehe. Das fehlt mir jetzt gerade noch. Wobei ... wenn er so weitermacht, weiß ich wirklich nicht, was besser ist!

Andreas hat prächtige Laune. Fröhlich träufelt er sich Honig auf sein Brötchen.

»Das Beste wird sein, wir nehmen uns beide ein paar Tage Urlaub und schauen uns in Ruhe um«, schlägt er vor.

»Wenn du meinst«, antworte ich, weil ja jetzt sowieso alles egal ist. Was kostet so ein Boot überhaupt? Und auf was muss man alles achten beim Kauf? Bestimmt geraten wir an einen Halsabschneider, der uns ein Gebrauchtboot für ein Neuboot verkauft, und wenn wir auf hoher See unterwegs sind, stellt sich heraus, dass die zusätzlich eingebauten Luken in Wirklichkeit Löcher im Schiffsbauch sind. Ich sehe mich schon verzweifelt mit einer Suppenkelle Wasser schöpfen, aber vergeblich.

Aneinander geklammert werden wir ertrinken, und unsere Familien werden sich einmal im Jahr ein Schlauchboot mieten, um an die Unglücksstelle zu fahren und einen Whisky auf uns zu trinken. Dabei hören sie Freddy Quinn oder ein maritimes Stück der Fischer Chöre. Eigentlich ganz romantisch.

Mein Kopf, mein Kopf! Wie soll ich diesen Tag nur rumkriegen?

Halt! Was ist mit unseren Ersparnissen? Sollen die etwa für dieses Boot draufgehen? Eigentlich waren die dafür gedacht, eine Eigentumswohnung als Geldanlage zu kaufen und zu vermieten. Altersvorsorge sozusagen.

»Das mit der Eigentumswohnung lassen wir dann erst mal«, sagt Andreas, als würde er meine Gedanken erraten. »Vergnügen geht vor!«

Ich nicke wie eine entmündigte Iranerin. Ich glaube, ich werde mir ein Kopftuch kaufen und dann überall herumlaufen und rufen: »Nicht ohne mein Boot!«

In der Mittagspause gehe ich mit meinem Firmenpartner essen und erzähle ihm von unserem Vorhaben und dass ich einige Tage freihaben möchte. Beziehungsweise muss. Lars schaut mich ungläubig an: »Seit wann interessierst du dich denn für Wassersport?«, fragt er mich.

»Gar nicht«, gebe ich zerknirscht zu. »Aber Andreas wünscht sich das so, und vielleicht wird ja ein gemeinsames Hobby draus.«

»Aha«, sagt Lars. »Und wenn Andreas irgendwann Panther züchten möchte, wird vielleicht auch ein gemeinsames Hobby draus.«

»So schlimm ist es ja nun auch wieder nicht«, erwidere ich.

»Marie fährt einmal pro Jahr mit ihren Freundinnen Ski«, sagt Lars. »Sie weiß, dass ich Ski fahren hasse. Von mir aus kann sie das machen, ich hindere sie nicht dran. Aber sie würde nie von mir verlangen, dass ich mitkomme und mir die Knochen breche. Warum macht ihr das nicht genauso?«

»Weil Marie anders ist als Andreas«, antworte ich. »Andreas setzt sich was in den Kopf und dann will er es unbedingt genau so haben. Sprich – ich soll dabei sein. Also tu ich ihm den Gefallen.«

Lars schüttelt den Kopf. »Andreas ist so was von unsportlich. Der kriegt doch schon keine Luft mehr, wenn im Fernsehen jemand joggt.«

Dazu gibt es dann nichts mehr zu sagen.

8

»Das ist ein Einzelstück. Ein Selbstbau von einem Liebhaber. Eigentlich wollte ich es gar nicht verkaufen und wenn, dann nur an Menschen, die den Wert dieses einzigartigen Werkes zu schätzen wissen. Bei Ihnen, hahaha, habe ich das Gefühl, dass es genau passt!«

Herr Thieven von Grandomat Yachting schwitzt schon vor lauter Euphorie. Über seinem dicken Bauch spannt ein Poloshirt mit dem Aufdruck Volvo Ocean Race – round the world. Bestimmt denkt er, wir glauben, er sei da mitgesegelt. Seine Jeans ist ölverschmiert und sieht so aus, als sei sie noch nie gewaschen worden.

Das Einzelstück, das nur an Menschen verkauft wird, die den Wert zu schätzen wissen, liegt offenbar schon seit Monaten unbewegt im Wasser. An den Bootswänden klebt grüner Schlick und mehrere Muschelgenerationen haben hier ein neues Zuhause gefunden. In den 1950er-Jahren war das bestimmt ein ganz tolles Boot.

»Wie verhält sich das Boot denn in der Schräglage?«, frage ich und bin schon etwas genervt. »So wie es aussieht, also auf den ersten Blick, würde ich sagen, es segelt ganz schön nass.« Herr Thieven glotzt mich böse an, und Andreas stammelt wie immer, wenn er nicht weiter weiß: »Aber Britta, also also ...«

»Ich hätte gern ein etwas, sagen wir, moderneres Boot. Das entspricht doch alles gar nicht mehr dem neuesten Standard«, sage ich mit fester Stimme.

Herr Thieven hebt die Hände: »Bitte, wenn Sie meinen, dass Sie mehr Ahnung von Booten haben als ich ...! Ich bin nun schon seit dreißig Jahren im Geschäft und weiß, wovon ich spreche. Aber wenn Sie meinen, wenn Sie meinen!«

»Ja, ich meine«, meine Stimme hat den richtigen Klang. »Ich dachte an eine Etap oder eine Sunbeam. Nicht gleich so ein Riesentrümmer, schließlich sind wir Anfänger.«

»Du bist Anfänger, Britta, hahaha«, das ist schon wieder Andreas. Überflüssigerweise.

»Meine Frau segelt noch nicht so gut«, sagt er zu Herrn Thieven und blinzelt ihn verschwörerisch an und der blinzelt dümmlich zurück. So nach dem Motto »Männer unter sich und eine Frau dabei, ach Gott, hahaha, hihihi!«

Wie es sich wohl anhört, wenn die Schädeldecken zerspringen, nachdem ich beide mit den Köpfen zusammengeschlagen habe?

Weil ich ein so höflicher Mensch bin, stelle ich Andreas nicht bloß. Ich bin nur leider zu dumm, um zu merken, dass er mich ununterbrochen bloßstellt und das auch noch zu Unrecht.

Aber dann macht er einen großen Fehler.

»Finden Sie nicht auch, dass Frauen immer länger brauchen, um die kleinsten Kleinigkeiten zu kapieren?«, fragt Andreas Herrn Thieven. Der nickt und gibt dabei einen Schnauber von sich. »Da kann ich Ihnen ein Lied von singen. Meine Olle hat bis heute noch nicht kapiert, wo Luv ist und wo Lee. Aber wenigstens kocht sie ordentlich und sorgt für kühle Getränke an Bord. Das ist ja auch schon was. Harharharharhar!«

Mir schwillt der Kamm. Ich bin beileibe keine Emanze, doch Herr Thieven macht mich gerade zu einer.

Und Andreas setzt dem Ganzen noch die Krone auf:

»Meine spurt leider überhaupt nicht. Der ist jeder Handschlag zu viel. Letztes Wochenende waren wir zu viert auf einem Törn, und ich war leider außer Gefecht gesetzt wegen einer schrecklichen Fußverletzung. Herr Thieven, ich schwöre Ihnen, sowas Ungelenkiges und Schusseliges wie meine Britta haben Sie in Ihrer ganzen Laufbahn noch nicht gesehen. Ich konnte ja gar nicht hinsehen. So ... so hat sie diesen Stock gehalten, mit dem man das Boot lenkt!« Und dann macht er es so vor, wie ich es garantiert nicht gemacht habe, er es aber gemacht hätte.

Soll heißen, er beugt sich wie doof nach vorne und wackelt mit einem dummen Gesichtsausdruck hin und her wie ein Behinderter. Herr Thieven kann sich nicht mehr einkriegen vor Lachen.

»Mit diesem Stock meinst du sicher die Pinne, Andreas«, sage ich mit zuckersüßer Stimme. »Und hinsehen konntest du, glaube ich, deswegen nicht, weil du über der Reling gehangen und gekotzt hast, während du nach deiner Mama geschrien hast. An dieser Stelle würde es mich auch einfach mal interessieren, ob du mir den Unterschied zwischen Luv und Lee erklären kannst!«

Andreas schweigt und Herr Thieven kommt aus dem Grölen gar nicht mehr heraus:

»Sie haben ... Sie haben ... Sie haben nach Ihrer Mama geschrien?«, brüllt er in Andreas' Richtung und klopft sich auf seine fleischigen Oberschenkel. »Ja, Herr Thieven«, versichere ich ihm. »Fragen Sie mal nicht nach Sonnenschein. Und danach hat mein lieber Mann auf dem Boden gelegen und war zu gar nichts mehr in der Lage.«

Es wird nicht mehr lange dauern und ich werde Andreas anfangen zu hassen.

Er sagt jedenfalls nichts mehr und lässt mich dieses Verkaufsgespräch zu Ende führen.

»Eine Sunbeam kann ich Ihnen leider nicht anbieten«, Herr Thieven kratzt sich am Kopf. »Aber hier, diese Swan ist wirklich sehr schön und leicht zu handhaben. Ein edles Teil, schauen Sie nur, dieses fein gemaserte Holz.«

Ich bin begeistert. Ein herrliches Boot. »Versenkbare Klampen«, sagt Herr Thieven, »da kann sich ihr Mann nicht mehr am Fuß verletzen, hahaha!«

Die Swan ist wirklich außergewöhnlich. Sehr edel und doch nicht protzig. Ein wenig groß vielleicht, aber doch wirklich wunderschön!

»Was kostet die?«, frage ich und bin gespannt. Gleichzeitig freue ich mich schon. Ich bin bereit, bis 60 000 Euro auszugeben, und gebe zu, für dieses herrliche Schiff würde ich es tun. Ich würde sogar bis ... na, sagen wir, 65 000 Euro gehen!

»Sie ist ein Jahr alt und top in Schuss«, erklärt Herr Thieven und blättert in einem Notizbuch. »Ich verkaufe Sie Ihnen, sagen wir, hm, hm, da ist ja noch jede Menge Zubehör dran und auch unten ist sie komplett ausgestattet. Hm, also, ich, also weil Sie es sind, verkaufe ich Sie Ihnen für ...« Kunstpause. Ich bin kurz davor, mein Scheckbuch zu zücken.

»500 000 Euro«, höre ich Herrn Thieven sagen. Wie lustig. Der Mann scheint Humor zu haben. Ich fange an zu lachen und Herr Thieven lacht mit. Nur Andreas steht abseits und bohrt in der Nase.

»500 000 Euro!«, rufe ich laut. »Ja, 500 000 Euro!«, kreischt Herr Thieven fröhlich.

»Jetzt mal im Ernst!«, gluckse ich, merke aber schnell an Herrn Thievens Gesichtsausdruck, dass er es todernst meint.

Das glaube ich einfach nicht. Das ist ein luxuriöses Einfamilienhaus! Oder drei Reihenhäuser.

Oder was weiß ich.

»Das ist nicht wahr«, sage und hoffe ich.

»Natürlich ist das wahr. Neu kosten die Dinger noch weit mehr! Und die Ausstattung! Da ist kaum Kunststoff. Wenn Sie in einer Plastikbadewanne herumschippern wollen, müssen Sie sich eine Bavaria zulegen. Die gibt's natürlich für weit weniger. Aber – mal ganz unter uns: Richtige Boote sind das nicht.«

»Vielleicht gibt es ja irgend etwas, das preislich zwischen einer Swan und einer Bavaria liegt. Ich gehe ja auch nicht nur bei Feinkost Käfer und Aldi einkaufen, sondern ab und zu auch mal zum Toom-Markt«, versuche ich zu erklären.

Aber Herr Thieven ist ganz offensichtlich persönlich beleidigt darüber, dass ich keins der von ihm angebotenen Boote zu kaufen bereit bin. Bitte. Bitte. Wer nicht will, der hat schon.

Als wir über den Steg zurückgehen, sehe ich ein hübsches Boot in einer kleinen Größe. Ich bleibe stehen. Das sieht ja schön aus!

»Was ist damit?«, frage ich Herrn Thieven. »Ist eine Sunbeam 26«, sagt er mürrisch. »Das ist nichts für Sie!« Eben hat er doch noch gesagt, dass er keine Sunbeam hätte.

»Warum nicht?«

Herr Thieven flüstert: »Die Vorbesitzer waren schwul. Wollen Sie auf einem Boot segeln, das Schwulen gehört hat?«

Er tut ja gerade so, als ob man automatisch Hepatitis C hat, wenn man schwul ist.

Oder selber schwul wird. Na ja, bei unserem Glück wird Andreas nach der ersten Tour mit einer Handtasche durch den Hafen laufen und ein rosa T-Shirt tragen. Und diesen tuckigen Gang bekommen, den manche Schwule haben. Er wird nicht mehr normal sprechen, sondern näseln und jeden Satz mit »Eideidei« beginnen. Ich muss grinsen.

»Anschauen können wir sie uns ja mal«, sage ich in Andreas' Richtung, aber der ist immer noch beleidigt und zuckt mit den Schultern. Zum Glück, zum Glück liegt das Boot längsseits am Steg, sodass ich mich bequem an den Wanten festhalten kann um draufzuklettern.

»Schwule«, grummelt Herr Thieven vor sich hin, während er mir hinterherklettert. Dabei keucht er wie ein Güterzug. Umständlich nestelt er einen Schlüsselbund aus seiner Tasche und schließt auf.

Ich klettere runter. Also wirklich, so was Schnuckliges. Die Vorbesitzer müssen Schwule mit gutem Geschmack gewesen sein. Dunkles Holz, dunkelblau bezogene Salonmöbel und dunkelblaue Gardinen. Eigentlich mag ich ja keine Gardinen, aber wie soll man sich sonst umziehen, ohne dass Leute gaffend am Steg stehen bleiben?

Das Vorschiff ist sehr geräumig und es gibt genug Stauraum. Und das Schönste: Die Pantry ist direkt neben dem Niedergang angebracht, sodass Essensgeruch gleich abziehen kann. Nicht wie bei Doris und Werner mitten im Schiff, und alle Scheiben beschlagen und es müffelt. Nach Ravioli. Aber daran will ich jetzt gar nicht denken. Ich arbeite mich weiter vor. Im Salon reichlich Ablagefläche für Bücher und Zeitschriften und einen CD-Player gibt es auch. Was ich dann sehe, lässt mich innerlich jubilieren: Das Boot hat eine Toilette und eine Dusche. Nasszelle heißt das wohl im Fachjargon, aber das ist mir ganz egal. Eine Toilette! Ich bin so begeistert, dass ich sie am liebsten gleich benutzen möchte. Minutenlang starre ich darauf und Herr Thieven wird schon ungeduldig. »Also wirklich«, bringe ich hervor.

»Sehen Sie, ich hab doch gleich gesagt, dass das nichts für Sie ist. Schwule. Muss ich noch mehr sagen?«

Es gibt sogar einen Schrank auf diesem Boot!

»Komm doch mal«, rufe ich nach draußen zu Andreas. Der ist dabei, umständlich an Bord zu klettern und schafft es nicht auf Anhieb. Bestimmt der Fuß. Ein Hin- und Herschwanken bestätigt dann, dass er auf dem Boot ist.

Mürrisch klettert er zu uns unter Deck. »Ich kann ja noch nicht mal richtig stehen hier«, klagt er herum und zieht den Kopf ein. Also echt, man kann doch nicht alles haben. Wobei – da fällt mir gerade ein, dass ich Herrn Thieven ja noch gar nicht nach dem Preis fürs schwule Boot gefragt habe. Am besten, ich tue erst mal so, als sei ich noch nicht so richtig überzeugt.

»Hm hm«, mache ich und schaue mich um. »Na ja, so richtig groß ist es ja nicht. Und was alles zu reparieren ist, sieht man meistens erst auf den zweiten Blick. Also, nennen Sie mir mal einen Preis, Herr Thieven!«

Der starrt in seine Listen und blättert hin und her, bevor er endlich sagt: »Fünfzigtausend!«

Das ist weniger, als ich ursprünglich bereit war auszugeben. Nur keine Freude und Nervosität zeigen. Handeln, Britta, handeln. Das kannst du auf Flohmärkten doch auch immer so gut!

»Puh, so kommen wir wohl nicht zusammen«, sage ich entschuldigend. Andreas beachte ich überhaupt nicht. Aber der ist sowieso schon wieder oben, weil er ja hier unten nicht richtig stehen kann.

»Fünfundvierzigtausend«, feilsche ich. »Achtundvierzigfünf«, knurrt Herr Thieven zurück.

So geht das eine Weile hin und her, bis wir uns bei »Sechsundvierzigfünf« einig sind. Warum ich das tue, weiß ich auch nicht. Wahrscheinlich will ich diese Bootskaufgeschichte einfach hinter mich bringen.

Wir gehen von Bord und ins Büro von Herrn Thieven, um das Schriftliche zu regeln. Andreas sitzt auf einer Bank im Hafen und schmollt.

Herr Thieven betont ununterbrochen, dass er das Boot »weit unter Preis« verkauft habe und er wisse auch nicht, warum. Ich bin mir sicher, dass er einige tausend Euro Gewinn gemacht hat, sage aber nichts. Im Büro kann man kaum einen Fuß vor den anderen setzen, überall stehen und liegen Aktenordner und Prospekte und überquellende Aschenbecher. Nach einer Viertelstunde unterschreibe ich den Kaufvertrag und gebe Herrn Thieven einen Scheck. Der wiederum gibt mir die Bootsschlüssel und gratuliert mir mit böser Stimme. »Wie wollen Sie das Boot denn nennen?«, fragt er.

»Hat es denn noch keinen Namen?«

»Doch, die Schwulen haben es *Glitzerbarbie* getauft, das wollen Sie sich ja wohl nicht antun!«

Och, *Glitzerbarbie* ist doch süß!. Das muss ich mir erst noch mal alles überlegen.

Auf keinen Fall werde ich das Schiff *Neptun* oder *Meeresglück* oder *Rita* oder *Seemöwe* nennen. Diese Namen sind nämlich furchtbar. *Victoria* kommt übrigens auch nicht in Frage. Ich muss an Doris und Werner denken und werde schon wieder wütend.

»Sollen wir das Boot für Sie überführen oder machen Sie das selbst?«

Wie, Boot überführen? Ich glotze Herrn Thieven an. »Naja, hier kann die *Glitzerbarbie* ja nicht liegen bleiben, hier gibt es ja fast nur Gastliegeplätze und die Boote kommen und gehen. Außerdem – wollen Sie hier fest liegen? Hier ist doch nicht so furchtbar viel los!«

Das stimmt. Um ehrlich zu sein, weiß ich noch nicht mal, wo genau an der Ostsee wir uns befinden. Ach doch, jetzt. Damp.

»Ich empfehle Ihnen Sønderborg«, grummelt Herr Thieven, »da müssen Sie nicht so lange unter Motor fahren wie beispielsweise in Augustenborg.«

»Gut, dann überführen Sie das Boot bitte nach Sønderborg«, sage ich. Sønderborg kenne ich ja, wie wir wissen.

»Aber Sie haben dort doch gar keinen Liegeplatz«, geifert Herr Thieven weiter.

»Dann rufe ich eben dort an und miete mir einen«, entgegne ich selbstbewusst.

»Wir haben Ende März«, sagt Herr Thieven mit unheilvoller Stimme. »Da sind meistens schon alle Plätze vergeben.«

»Einer wird schon noch frei sein«, sage ich hoffnungsvoll. »Ich rufe gleich nachher mal an.«

»Wenn Sie meinen, wenn Sie meinen«, Herr Thieven resigniert. »Das kostet aber 500 Euro, die Überführung.«

Darauf kommt es jetzt auch nicht mehr an. »Okay«, sage ich und zucke mit den Schultern.

»Nächste Woche Samstag würde es gehen. So um 17 Uhr dann.«

Wir tauschen unsere Handynummern aus und ich erfahre, dass irgendein Björn mein Ansprechpartner ist, weil der das Boot überführt, und bekomme auch dessen Handynummer. Dann verabschiede ich mich von Herrn Thieven.

»Passen Sie bloß auf Ihren Mann auf«, sagt er zum Schluss. »Seefest sieht der mir nicht aus.«

Beschwingt gehe ich über den Steg in Andreas' Richtung. Der sitzt immer noch auf einer Bank und schaut einem Pärchen zu, das sein Boot dampfstrahlt, weil ja jetzt die Saison beginnt. Plötzlich bin ich richtig glücklich.

»Ich habe das Boot gekauft!«, schreie ich und drehe mich im Kreis. »Wir sind jetzt Bootseigner. Eigner! Na, was sagst du?«

Andreas starrt mich an wie ein Schafbock. »Wie, du hast das Boot gekauft?«, bringt er endlich heraus. »Naja, gekauft«, sage ich frohlockend.

»Ach«, sagt Andreas. »Und ich wollte dir gerade sagen, dass ich es mir anders überlegt habe!«

»Hab ich es nicht gesagt?«, ruft Herr Thieven, der mit seinem dicken Bauch hinter uns steht. Er ist uns gefolgt, weil ich meine Jacke im Büro liegen gelassen hatte.

9

Auf der Fahrt von Damp nach Hamburg benimmt sich Andreas so wie ein Mann, der gerade erfahren hat, dass er Vater von Fünflingen geworden ist und die Mutter sich leider nicht um die Kinder kümmern kann, weil sie direkt nach der Geburt schon wieder schwanger geworden ist – diesmal von einem anderen Mann.

Mit einem Gesichtsausdruck, als hätte er gerade alle fünf Säuglinge auf dem Schoß, nölt er herum: »Wie sollen wir das denn alles schaffen? Und das Anlegen? Was werden denn die Leute sagen? Wie bedient man einen Außenborder?«

Ich bin beschwingt und lache: »Ach, das kriegen wir schon alles hin!«

Andreas setzt sich auf: »Deine gute Laune finde ich zum Kotzen. Du machst dich lustig über mich!«

Fast fahre ich diesem Audi vor mir ins Heck. »Spinnst du oder was?«, frage ich und bin wirklich richtig sauer. »DU wolltest ein Boot. Jetzt haben wir ein Boot und du könntest dich freuen, dass ich das gut finde, aber nein, du nölst auch jetzt noch rum!«

»Du hast das Boot nur gekauft, um mich zu ärgern«, knatscht Andreas weiter. »Weil du denkst, ich kann damit nicht umgehen. Aber warte nur, in ein paar Wochen kann ich damit besser umgehen als du!«

»Dann sind wir doch alle froh«, erwidere ich zuckersüß und fahre in Hamburg-Schnelsen ab.

Zuhause angekommen versuche ich, den Hafenmeister von Sønderborg zu erreichen, was gar nicht so einfach ist. Weil ich nämlich kein Dänisch spreche.

Nach stundenlangem Warten, weil irgendein Hafenarbeiter, der ans Telefon gegangen ist, den Hafenmeister Ole suchen geht, während ich mir in der Zeit die Fingernägel ablackiere und wieder neu lackiere, kommt Ole endlich an den Apparat. Er duzt mich einfach, was ich ziemlich unverschämt finde.

»Du muss du vorher hier vorbeikommän und dann guckst du ein Platz dir ein und dann bin ich auch hier und du komm su mir, du!«, sagt er.

Wir machen aus, dass ich am Tag der Überführung nach Sønderborg komme, und dann wird Ole mir alles erklären.

Andreas befindet sich weiter in einer Weltuntergangsstimmung und will mir alles madig machen. »Das tust du alles extra«, wettert er herum. »Und Mitleid wegen meinem Fuß hast du auch nicht gehabt. Bei Püppi sagen auch alle, dass du das extra machst.«

Ich kenne Andreas' Kollegen bei Püppi. Sie würden ja ihrem Vorgesetzten nie offen ins Gesicht sagen, dass er ein Weichei ist oder Schlimmeres.

Ich wundere mich über mich selbst, weil ich mich so auf das Boot freue. Erwähnte ich schon, dass ich eine Bootseignerin bin? Ich werde alles lernen, von der Pike auf versteht sich, und mich dann auch irgendwann trauen, andere Segler auf dem Wasser zu grüßen. Als wir mit Doris und Werner unterwegs waren, hatte ich nämlich das Gefühl, nicht grüßen zu dürfen, weil ich ja noch gar nicht segeln konnte. Stapelweise Segelliteratur werde ich mir kaufen, aber auch lesen und verstehen. Und richtig an Land gehen werde ich auch lernen! Was Andreas dazu sagt, ist mir ganz egal. Er hat mich schließlich erst aufs Segeln gebracht.

Am Samstag fahre ich nach Sønderborg. Allein. Andreas will nicht mitkommen, weil er angeblich ein Angebot für einen Großkunden, einen Kindergarten, fertig stellen muss. Püppi soll nämlich landesspezifische Puppenküchen bauen, um ausländische Kinder im Kindergarten zu integrieren (»Schau, Sylvielein, so würde der Mustafa wohnen, wenn er noch in der Türkei zu Hause wäre!« »Schau, Alexanderchen, als Bojan noch in Kenia gewohnt hat, hatten sie diese Hütte!«).

Also mache ich mich nach dem Frühstück auf den Weg. Das Boot ist schon da, was mir der Hafenmeister freudestrahlend mitteilt. Ich bezahle die Überführung und frage, wo denn der nette Mann sei, Björn, der so kurzfristig für die Überführung

Zeit gehabt hätte. »Björn liegt auf demselben Steg wie du, du«, klärt mich der Hafenmeister auf. »Früher oder später wirst du ihn finden, du!« Dann gibt er mir noch einen Aufkleber mit, den ich am Boot anbringen soll, damit jeder weiß, dass das mein offizieller Liegeplatz ist. Meiner! Ich liege an Steg C. Platz 68. Beschwingt gehe ich zu meinem (meinem!) Liegeplatz und berste fast vor Stolz, als die Sunbeam da so vor mir liegt. Vorsichtig klettere ich drauf und schließe den Niedergang auf. Was sind das denn für Plastikscheiben und wie macht man die weg? Bei Doris und Werner war das nicht so! Ich drücke das Schiebeluk nach vorn. Dann versuche ich, über die Plastikscheiben drüberzuklettern, was gar nicht so einfach ist. Einen Schuh verliere ich auch dabei. Das Ende vom Lied ist, dass ich mit einem Bein über dem Steckschott hänge und mit dem anderen noch draußen. Quasi sitze ich auf einem Sattel. Bestimmt fangen die Plastikscheiben gleich an zu wiehern und werfen mich dann ab. Ich finde keinen Halt mit dem Fuß im Bootsinneren, weil da logischerweise nicht direkt der Boden anfängt. Da sind nur Treppenstufen, aber die sind auch zu weit weg. Was mache ich denn jetzt?

»Hallo!«, ruft jemand vom Boot nebenan fröhlich. »Was machen Sie denn da?«

Ich drehe mich um. Eine dunkelhaarige, schlanke Frau in meinem Alter steht an der Reling und grinst. »Ich komme mit den Plastikscheiben hier nicht so gut zurecht«, krächze ich. Mein Gott, ist das anstrengend in dieser Haltung.

»Die müssen Sie doch auch vorher rausziehen«, lacht die freundliche Frau. »Die zieht man nach oben hin weg, das ist ganz einfach. Warten Sie, ich komme rüber und helfe Ihnen!«

»Danke«, sage ich verzweifelt, während ich versuche das Gleichgewicht zu halten. Eine Sekunde später zieht mich die nette Frau an Deck zurück und zeigt mir, wie man das mit den Steckschotten löst. Eigentlich ganz einfach.

»Sind Sie neu hier in Sønderborg?«, fragt sie, nachdem sie sich als Frauke vorgestellt hat.

»Ja, das sind wir«, sage ich und überlege, ob ich ihr die ganze Wahrheit sagen soll oder erst mal vorsichtig bin. Ich entscheide mich für Letzteres und sage, dass wir neu sind und mein Mann heute leider keine Zeit gehabt hätte mitzukommen, das sei aber nicht schlimm, weil ich ja auch gern mal allein unterwegs sei, und es sei ja gar nicht so dramatisch, dass ich unser erstes Boot allein in Empfang nehme.

»Das ist euer erstes Boot und er hat dich allein herkommen lassen?«, fragt Frauke, die mich plötzlich duzt, was mir aber egal ist, und sieht mich fassungslos an.

»Ja, also ... ja ...«, sage ich und zucke mit den Schultern.

»Das glaub ich ja nicht«, Frauke schüttelt den Kopf. »Hanno und ich hatten nun schon drei Boote, und alle haben wir gemeinsam begrüßt!«

Sie sieht sich um. »Schön ist es aber, ehrlich! Wann ist denn die Taufe? Wie soll es denn heißen?«

»Naja, ursprünglich hieß das Boot *Glitzerbarbie*«, sage ich, »aber ich will ihm natürlich einen neuen Namen geben. Aber ich weiß echt nicht welchen, weil ich mir über einen Namen noch nie Gedanken gemacht habe.«

»Ach, weißt du was?«, ruft Frauke, »jetzt kommst du erst mal rüber zu uns und wir trinken einen Portwein auf euer neues Boot! Und dann denken wir uns einen Namen aus und dann sage ich dir, wo hier in Dänemark die besten Ankerplätze und so sind und wo die Hafenmeister nett sind und wo nicht und wo man gut essen kann und so, okay?«

»Okay«, sage ich dankbar und steige mit Frauke zusammen von der Sunbeam auf ihr Boot. »Hanno, komm mal hoch«, ruft Frauke nach unten, »wir haben neue Liegeplatznachbarn!«

Ein dunkelhaariger Mann steckt seinen Kopf nach oben und sagt freundlich »Hallo! Willkommen in Sønderborg! Ich mach dann mal weiter!«, und verschwindet sofort wieder nach unten.

»Hanno muss immer irgendwas bröseln«, lacht Frauke. »Er behauptet, er sei Bootsoptimierer, weil er immer was findet, das verändert werden muss, damit es noch funktionstüchtiger ist!« Sie geht nach unten und kommt eine halbe Minute später mit einer Flasche und zwei Gläsern zurück. »Auf euer Schiff«, strahlt sie und hält mir ein volles Portweinglas hin, das ich dankbar entgegennehme. Nur um es nebenbei zu betonen, es ist Samstagmorgen, 11 Uhr. Noch nie in meinem Leben habe ich um diese Uhrzeit Alkohol getrunken, und Portwein schon gar nicht. »Alkohol schmeckt auf einem Boot noch mal besser, daran wirst du dich schnell gewöhnen«, sagt Frauke, als könne sie meine Gedanken lesen. »Zum Wohl! Schön, dass du so nett bist! Wir hatten schon Liegeplatznachbarn, die waren so richtig zum Kotzen. Die haben nachts ihren Generator laufen lassen oder bis morgens um fünf Volksmusik gehört. Ich bin fast durchgedreht!«

»Nein, Volksmusik hören wir nicht«, lache ich. Nach drei Schluck Portwein fühle ich mich richtig beschwingt. Ich schaue aufs Wasser und auf die anderen Boote. Das Leben ist doch wirklich schön! Nach drei Gläsern Portwein finde ich das Leben noch schöner. Als die Flasche leer ist, sorgt Frauke unverzüglich für Nachschub, und ich habe den Eindruck, dass auch sie das Leben schön findet. Frauke ist Richterin, und sie und Hanno wohnen in Neumünster, arbeiten aber beide in Hamburg. Hanno ist Bewährungshelfer.

»Wir haben uns bei Gericht kennen gelernt. Ich hab einen Typen verknackt, den Hanno betreut hat. Das ist manchmal gar nicht so einfach mit unseren beiden Berufen. Ich komme oft in Versuchung, die Typen eher zu verknacken als sie auf Bewährung rauszulassen, weil ich dann denke, ach Gott, der arme Hanno, wahrscheinlich kriegt er den jetzt wieder aufgedrückt. Hanno ist auch so schrecklich gutmütig. Er hat es mal fertig gebracht, mit drei Schwerstkriminellen auf diesem unseren Boot eine Art Therapie-Törn zu machen. Davon mal ganz abgesehen, dass das Boot innerhalb einer Stunde aussah, als hätte eine Bombe eingeschlagen, sind die drei im ersten Hafen abgehauen. Das war vielleicht ein Zirkus.«

»DasissjadasAllerletzte«, lalle ich und fülle mir Portwein nach. Muss an Andreas denken und daran, dass er so doof ist.

»Mein Mann iss weeeder gudmüdig noch sonstwas«, rufe ich plötzlich. »Er ist der allerletzte Affenarsch!« Diesen Satz bringe ich glasklar hervor. Und dann erzähle ich Frauke doch alles von Anfang an. Gut, dass genug Portwein an Bord ist. Danach geht es mir besser.

Frauke ist eine wunderbare Zuhörerin. Ständig sagt sie Sachen wie »Dieser Idiot!« oder »Das glaub ich ja wohl nicht, nein, das kann nicht wahr sein!« und »Du Arme!« Ich glaube, ich weine zwischendurch auch ein bisschen, finde das aber gar nicht weiter schlimm. Schließlich ist Wochenende. Und der Portwein schmeckt von Flasche zu Flasche besser. »Dem wirst du es zeigen!«, schreit Frauke irgendwann gegen Nachmittag so laut, dass Leute auf dem Steg schon stehen bleiben und verwundert zu uns rüberschauen. »Dem müssen wir die Leviten lesen, der wird sich noch wundern!«

»Genau!«, brülle ich nicht leiser zurück. »Der wird sich noch wundern! Und wie der sich wundern wird!« Ich stehe auf, was ein Fehler ist, denn alles dreht sich um mich. Also setze ich mich lieber wieder hin. Ach, da ist ja noch Portwein. »Andreas ist ein Affenarsch! Affenarsch! Affenarsch!«

»Ich finde, wir taufen jetzt dein Boot!«, brüllt Frauke und wedelt mit der Flasche herum. »Los, wir denken uns einen Namen aus und dann machen wir eine Party! Wir haben noch Farbe an Bord, dann malen wir den Namen gleich drauf aufs Boot!«

»Eine gute Idee!«, kreische ich zurück. »Und dieser Affenarsch Andreas soll mir bloß blöd kommen, von wegen, er sei bei der Taufe nicht dabei gewesen!«

»Richtig so!« Frauke ist auf 180. »Ich hole jetzt die Farbe hoch und du überlegst dir einen schönen Namen! Hanno! Hanno! Wo ist denn unsere Farbe? Britta und ich wollen dem Boot einen Namen geben!« Hanno, der es offenbar überhaupt nicht verwunderlich findet, dass seine Frau mit der neuen Liegeplatznachbarin mittags sturzbetrunken an Deck herumlallt, ruft von unten hoch: »In der Backskiste unten links«, und bröselt weiter an irgendwas herum. Frauke kramt in der Backskiste herum und taucht mit einem Eimerchen wieder auf.

Ich überlege krampfhaft, wie ich das Boot nennen könnte. Es muss was ganz Besonderes sein, nicht *Ulla* oder *Großer Wagen* oder *Little Mechthild.* Nein, was Außergewöhnliches muss her. Und mein Mann, der Affenarsch Andreas, soll bloß die Klappe halten. Affenarsch. Affenarsch. »*Affenarsch*! Wir nennen das Boot *Affenarsch*«, zetere ich los und rüttele Frauke.

»*Affenarsch*! Natürlich *Affenarsch*. Wie denn sonst?«, brüllt sie zurück und lacht. »Dass wir darauf nicht gleich gekommen sind!«

Zehn Minuten später sitzen wir in Fraukes Beiboot und ziehen uns zur Sunbeam rüber. Mir ist so schwindelig, dass ich kaum gerade sitzen kann. Mit Todesverachtung stehe ich auf und schmiere gemeinsam mit Frauke auf beiden Bugseiten das Wort *Affenarsch* auf die Sunbeam. Professionell sieht's nicht gerade aus, aber das ist uns egal. Ich beschließe auch gerade, heute nicht mehr nach Hause zu fahren, soll Andreas doch denken, was er will, nein, ich schlafe auf meiner *Affenarsch*. So!

Wir taufen die *Affenarsch* dann mit einer Flasche Sekt, die ich im Hafenlädchen erstehe, und dann meint Frauke, es sei jetzt wirklich an der Zeit, was zu trinken. Da hat sie Recht! Schließlich ist das kein Kindergeburtstag hier!

Gegen Abend kommen noch mehr Leute an Bord, die an Steg C liegen. Offensichtlich ist das ein trinkfester Steg. Ich erzähle bereitwillig, dass ich eigentlich gar nicht segeln kann und dass es mir aber bestimmt eine Menge Spaß machen wird, wenn ich es erst mal kann und geht nicht – gibt's nicht und überhaupt. Ich lerne auch Björn kennen, der die Sunbeam überführt hat. Er meint, dass er mir gern behilflich wäre. Er hätte schon vielen hier geholfen, jeder hat ja mal angefangen, und gleich morgen könnten wir mit der *Affenarsch* eine kleine Tour machen, das Boot würde super segeln, ob ich denn Lust hätte? Ich habe Lust! Ich werde nämlich jetzt eine professionelle Seglerin, die einen Palstek so knotet, als hätte sie zur Geburt einen in der Nabelschnur gehabt! Den Namen *Affenarsch* finden übrigens alle gut. »Ich finde den süß, den Namen *Affenarsch*«, sagt eine junge Frau neben mir. Sie spricht den Namen »Affeeeenarsch« aus. »Ist das nicht das slowenische Wort für Sonnenaufgang?« Ja. Genau.

Hanno wirft irgendwann den CD-Player an und wir kreischen gruppendynamisch die Texte der Abba-Lieder mit, und als Udo Jürgens ins Spiel kommt, ist alles zu spät. Auch die Uhrzeit. Aber wen interessiert denn an einem solchen Tag die Uhrzeit? Die *Affenarsch* ist getauft und ich bin die Besitzerin. Holladriho.

10

Was ist das für ein Fremdkörper da auf meinen Schultern? Das kann mein Kopf nicht sein. Oh bitte, lieber Gott, lass das alles nicht wahr sein! Es ist Sonntagmorgen, die Sonne scheint durch das Vorluk direkt auf mein sich aufgedunsen anfühlendes Gesicht und ich glaube das alles nicht. Bis fünf Uhr oder sechs haben wir gesoffen und gesungen und gelacht und irgendwann auch getanzt. Ich weiß überhaupt nicht mehr, wie ich auf die *Affenarsch* gekommen bin. Ehrlich nicht. Tatsache ist, dass es mir überhaupt nicht gut geht. Um es genau zu nehmen: Es geht mir hundeelend.

Und wem gehört dieser Schlafsack, in dem ich stecke? Ich brauche Wasser, sonst werde ich kläglich verdursten. Wo ist Wasser? Und Aspirin! Ich setze mich auf, meine Augen brennen wegen der Wimperntusche, denn natürlich habe ich mich nicht abgeschminkt. Oh. Oh. Oh. Ist das alles furchtbar. Etwas rumpelt oben und die *Affenarsch* wackelt. Jemand klopft auf das Vorluk. Es ist Björn: »Guten Morgen! Tut mir Leid, ich hab mich ein bisschen verspätet, eigentlich waren wir ja für neun verabredet, aber es wurde ja später gestern!« Er lacht. »Hui, ich glaube, du hast einen Kater, Britta. Warte, ich hole dir was! Bin gleich wieder da!«

Er steigt wieder von meinem (meinem!) Boot runter und joggt zu seinem Boot zurück. Wie unangenehm. Man sieht mir also an, dass ich einen Kater habe. Schnell wanke ich ins Bad und schaue in den Spiegel. Nein. Nein. Meine Haare sehen aus, als hätten sich zwei Möwen darin einen Nahkampf geliefert und um meine blicklosen, stumpfen Augen ist es kohlrabenschwarz. Ich sehe aus wie Ozzy Osbourne in seiner allerschlimmsten Zeit. Und ich habe noch nicht mal Abschminkcreme dabei. Und auch keine Zahnbürste. Wäre ich doch bloß nach Hamburg zurückgefahren. Und was will Björn überhaupt um diese Zeit hier? Ich versuche krampfhaft, mich zu erinnern. Ich weiß nur noch, dass ich mit ihm segeln gehen wollte, weil ich das ja lernen will. Aber doch nicht heute!

Da rumpelt es schon wieder. »Hier, jetzt isst du erst mal das hier und dann nimmst du das hier und von Frauke hab ich dir eine Zahnbürste und -pasta und Cremes mitgebracht. Er schiebt mir ein Glas mit eingelegten Heringen hin. »Die sind schön salzig, dann geht es dir besser!« Zum Glück hat er auch Mineralwasser mitgebracht. Ich verschwinde erst mal ins Bad. Die gute Frauke hat sogar an Deo gedacht und an einen Waschlappen. Ich könnte sie küssen. Nachdem ich mich gewaschen und die Zähne geputzt und diese Heringe und Kopfschmerztabletten gegessen habe, geht es mir wirklich besser.

»Danke Björn«, sage ich dankbar.

»Ach was, das ist doch keine Ursache«, erwidert Björn und strahlt mich an. »Wollen wir dann mal los?«

»Ich weiß nicht, ich hab solche Kopfschmerzen«, versuche ich mich zu drücken.

»Irgendwann musst du aber anfangen«, sagt Björn ganz richtig. »Jetzt hast du dieses Boot und dann musst du doch auch damit segeln können.« Also ergebe ich mich meinem Schicksal und gucke erst mal zu, wie man richtig ablegt und das Boot aus der Box rauskriegt. »Du musst immer erst schauen, woher der Wind kommt«, erklärt mir Björn freundlich. »Der Wind treibt das Boot gegen das neben dir liegende und dann musst du abdrücken. Gleichzeitig müssen auch noch Leinen losgemacht werden und der Motor bedient werden, deswegen ist es immer gut, wenn man zu zweit ist. Dann ist einer vorne und einer hinten.« Das ist mit dem Ablegemanöver von Doris und Werner nicht zu vergleichen. Björn erkärt wenigstens *vorher*, was man machen muss. Ich traue mich sogar, mit den losgemachten Leinen an Land zu stehen und im richtigen Moment an Bord zu gehen mit den Leinen, aber auch nur, weil Björn sagt: »Wenn es beim ersten Mal nicht klappt, dann klappt es eben beim zweiten oder dritten Mal. Ich komme auch nah genug ran, sodass du bequem rüberklettern kannst. Sieh einfach nicht nach unten zum Wasser, sondern aufs Boot und dahin, wo du hinwillst.«

Es geht, es geht, es geht! Fast schon souverän steige ich auf die *Affenarsch.* Dann hole ich die Fender ein und die Vorleinen nach hinten, und Björn zeigt mir, wie man die richtig aufschießt. Meine Kopfschmerzen sind auch weg und es geht mir einigermaßen gut. So gut, dass ich mich richtig freue, auf meinem Boot zu segeln. »Es ist nicht so viel Wind heute«, meint Björn, »das ist gar nicht so schlecht für den Anfang. Bei viel Wind kann man auch nicht so viel machen. So, jetzt freunde dich mal mit dem Motor an.«

Ich fahre vorwärts und rückwärts, schalte in den Leerlauf, mache an und aus, und es klappt wunderbar. Auch das Hochziehen des Großsegels ist kein Thema. Und steuern kann ich ja, wie wir wissen. Wir segeln so vor uns hin und es ist ein herrlicher Sonnentag. Viele Boote sind noch nicht unterwegs, weil es ja so früh ist und so haben wir die Ostsee fast für uns.

Björn erzählt bereitwillig, dass er Zahnarzt ist, wie ich in Hamburg wohnt, zwei Mal verheiratet war, keine Kinder hat und nie wieder heiraten wird. »Ich gerate immer an die falschen Frauen«, sagt er resigniert. »Immer an solche, die mich ausnutzen. Mit meiner ersten Frau habe ich damals ein Haus gekauft, und bei der Scheidung hat sie mich so abgezockt, dass ich zwei Möglichkeiten hatte – entweder hätte ich ihr eine immense Abfindung zahlen oder ihr das Haus überlassen müssen. Ich habe damals gerade meine Praxis eröffnet und war hochverschuldet, also stand ich da ohne Haus. Aber wenigstens war ich diese Frau los. Meine zweite Frau war Patientin bei mir, und ich habe leider viel zu spät gemerkt, dass sie es nur auf mein Geld abgesehen hat. Sie hatte Kontovollmacht und irgendwann kam ich nach Hause und sie war weg. Spurlos verschwunden. Alle Sparbücher waren leer und alle Girokonten. Sie war so unverschämt, auch noch die Dispokredite bis zum letzten Cent auszureizen. Das war toll, als ich zur Bank kam und der nette Schalterbeamte meinte, ich solle mich doch mal eben beim Filialleiter melden. Aber ich hab es trotzdem geschafft. Wie ist das denn bei dir? Habt ihr getrennte Konten und einen Ehevertrag?«

Ich schüttele den Kopf. »Nein, über so was hab ich mir noch nie Gedanken gemacht«, sage ich, was auch stimmt. Sollte ich aber vielleicht mal. Wer weiß, was noch kommt. Jetzt aber will ich nur das Meer genießen. Es ist zwar wirklich nicht viel Wind, aber oder vielleicht gerade deswegen ist es herrlich, so vor sich hinzusegeln. Die *Affenarsch* durchpflügt das Wasser, die Wellen plätschern, die Sonne scheint und die Segel sind so schön weiß. Wenn mir jetzt noch jemand eine Flasche Bier reicht, könnte man meinen, sich inmitten eines Werbespots zu befinden. Den Gedanken an Bier verwerfe ich allerdings sofort wieder, weil mir übel wird beim Gedanken an Alkohol. Oje, oje! Jedenfalls ist das Segeln einfach göttlich !

»So, jetzt legen wir auch schon gleich wieder an«, sagt Björn und wirft den Motor an. »Bringst du die Fender aus? Ich hol mal das Großsegel runter.« Als ich die Fender an der Reling befestige, ja, auch diesen Knoten kann ich jetzt, schaue ich ungläubig auf meine rechte Hand. Ich erstarre zur Salzsäule. Da, wo sich mein Ehering befand, ist ein feiner weißer Streifen zu sehen. Sonst nichts. Ich habe meinen Ehering verloren!

Wir suchen überall auf der *Affenarsch* und auf dem Boot von Frauke. Aber der Ring taucht nicht wieder auf. Das ist ein Zeichen! Nur – was für ein Zeichen ist das? »Wenn ich ihn finde, rufe ich dich sofort an«, sagt Frauke. »Das ist vielleicht ein Zeichen!«, flüstert sie mir verschwörerisch ins Ohr. Sag ich ja.

»Das mit dem Anlegen üben wir das nächste Mal«, sagt Björn. »Aber du machst das schon richtig gut, Britta!« Er strahlt mich an und umarmt mich zum Abschied. »Komm gut nach Hause und vor allen Dingen bald wieder!« Björn ist wirklich nett. Und er sieht so gut und sympathisch aus. Ich mag ja breite Schultern und Männer, die dunkle Haare und helle Augen haben. Und wenn sie dann noch freundlich sind, ist das perfekt.

Aber ich muss jetzt erst mal damit fertig werden, dass ich meinen Ehering verloren habe. Und ich muss mir überlegen, wie ich das Andreas beibringe.

Komischerweise denke ich während der Heimfahrt fast nur darüber nach, wie schön das Segeln mit Björn war. Und dass es vielleicht ein Zeichen war mit dem Ehering.

Dann fällt mir das Allerletzte ein: Andreas hat mich nicht einmal auf dem Handy angerufen! Okay, ich hätte auch anrufen können und sagen, dass ich auf der *Affenarsch* schlafe, aber hat Andreas sich denn gar keine Sorgen gemacht? Ich würde mir Sorgen machen! Aber hallo!

Andreas reißt die Haustür auf, noch bevor ich sie aufschließen kann. Ich erwarte Vorwürfe und böse Worte. Aber er schaut mich freudig strahlend an und ruft: »Da bist du ja endlich, Zaubermaus, ich warte schon die ganze Zeit! Sicher bist du über Nacht auf dem Boot geblieben! Das macht gar nichts! Ich hab mir das schon gedacht. Das war ja auch nicht nett von mir gestern. Aber ich habe alles wieder gutgemacht. Du wirst dich freuen. Ich bin nämlich jetzt ein Seemann geworden! Komm rein und dann zeig ich dir, was ich gemacht habe! Das wird ein Spaß!« Er ist richtig rot im Gesicht und sieht müde aus. »Die ganze Nacht habe ich geschuftet, damit alles fertig wird!«

»Was denn? Was hast du denn gemacht?«, will ich wissen. Andreas sieht mich verschmitzt an. »Komm, zieh deine Jacke aus und dann geht es los!«

Er zieht mich in den Keller. Vor einem Raum, den wir ursprünglich mal als Partyraum einrichten wollten, bleibt er stehen. Was soll das denn? Außer einem Tresen aus den 1950er-Jahren, der von den Vorbesitzern stehen gelassen worden ist, und unseren Fahrrädern und Sperrmüll ist nichts da drin. »Du musst hier warten und die Augen zumachen«, ruft Andreas aufgeregt. Ich gehorche und höre, dass er in den Raum reingeht. Eine halbe Minute später ertönt laute Musik. »Ick heff mol en Hamborger Veermaster sehn, to my hooday, to my hooday ...« Ein Shanty. Grundgütiger. Wenn das die Überraschung gewesen sein soll, werde ich morgen die Scheidung einreichen. Nein, schon heute Abend vorab per Fax. »Augen auf«, kommt es von Andreas. Ich öffne die Augen und möchte im nächsten Moment keine mehr haben. Kann ich bitte unverzüglich erblinden oder wenigstens minus 20 Dioptrinen auf beiden Augen bekommen? Andreas steht vor mir wie ein aufgeregter Schuljunge und hebt beifallheischend die Hände. »Na, was sagst du?« Ich sage nichts. Weil es zu dem, was ich sehe, nichts mehr zu sagen gibt. Die Fahrräder und der Sperrmüll sind weg, der Tresen ist noch da, saubergemacht und beleuchtet. An der Decke hängt ein überdimensionales Fischernetz, was an sich schon schlimm genug ist. Aber es liegen auch noch Plastikhummer und Seepferdchen und Haifische in dem Netz. Mit toten Augen glotzen sie mich durch das Netz an. Ich muss schnell wegsehen, was ein Fehler ist. Andreas hat von Gott-weiß-wo eine nachgemachte antike Gallionsfigur organisiert, die an die Wand genagelt ist und aussieht wie ein Marterpfahl.

Weil ich kurzzeitig zur Masochistin werde, schaue ich mich weiter um. Auf dem Tresen Gläser mit der Aufschrift ›Haifischbar‹. Neben dem Tresen ein überdimensionales Plakat mit den zwei goldenen Seefahrtsregeln. Regel 1: Der Kapitän hat immer Recht. Regel 2: Wenn der Kapitän mal nicht Recht hat, tritt automatisch Regel eins in Kraft.« Ich drehe gleich durch. Aschenbecher mit rauchenden Seemännern drauf. Ich gehe weiter und stolpere über einen Anker, der mitten auf dem Boden liegt. »Da kommt noch Tang drauf, Britta, damit die Leute denken, er sei gerade eingeholt worden.« Danke, Andreas. An der Wand eine riesige Knotentafel, damit der Seefahrer auch immer weiß, welchen Knoten er gerade geknotet hat. »Das ist super, was?«, fragt Andreas. »Da hab ich noch eine zweite von fürs Boot, dann können wir schön üben!« Natürlich. Von den zweitausend Buddelschiffen, die mit Halterungen an der Wand angebracht wurden, möchte ich gar nicht sprechen. »Warum sagst du denn gar nichts? Freust du dich so, dass es dir die Sprache verschlagen hat?«, fragt Andreas und greift meinen Arm. »Britta, wir sind doch jetzt Bootseigner. Da muss man so was haben! Das hat der Mann, der mir die ganzen Sachen verkauft hat, auch gesagt.«

»Ich glaub das alles nicht«, stöhne ich.

»Das habe ich mir gedacht, dass du das nicht glauben wirst. Dass dein Mann so erfinderisch sein kann, was? Damit hast du nicht gerechnet! Komm, ich zapfe dir ein Bier!« Verzweifelt setze ich mich auf einen Barhocker am Tresen. Da ist ja auch noch ein ganz besonderer Aschenbecher. Ein Haifischmaul, das man nach Bedarf auf- und zuklappen kann. Andreas muss völlig verrückt geworden sein. »Was möchtest du trinken, Bier? Rum? Grog? Alles da!«, sagt Andreas euphorisch.

Eigentlich möchte ich gar nichts trinken, weil ich immer noch einen Dröhnschädel vom Saufgelage am Wochenende habe, aber was hilft in dieser Situation außer trinken? Nichts! Ich habe nichts mehr zu verlieren, also sage ich: »Rum ohne Eis. Doppelt.« Andreas hat rote Wangen vor Enthusiasmus und scheint zu schwitzen, denn er zieht seine Sweatshirtjacke aus. Jetzt werde ich gleich sterben. Denn unter der Jacke trägt er ein T-Shirt mit der Aufschrift: Lieber segeln statt kegeln! Und darunter ist eine Hand, die den Daumen hebt. Grundgütiger. Grundgütiger.

Verzweifelt setze ich mich auf einen Barhocker an die Wand und streiche mein Haar zurück. Im nächsten Augenblick schreie ich entsetzt auf, denn neben mir fängt jemand an zu singen. Nachdem ich mich traue, dorthin zu blicken, nehme ich einen Fisch wahr, dem man offensichtlich eine kleine Jukebox zwischen die Gräten gebaut hat. Er ist mit einer Schraube an einer Holztafel befestigt und bewegt Schwanzflosse und Kiemen zur Musik. Um Gottes Willen, wer sind diese Menschen, die sich so was ausdenken? Sie müssen einen Schlag haben. Das hier ist ja schlimmer als die Souvenirs, die man in Rüdesheim am Rhein in der Drosselgasse oder am Römer in Frankfurt kaufen kann. Ich dachte bislang immer, dass Hummelfiguren das Schlimmste seien, diese deformierten Keramik- oder Porzellanfiguren mit viel zu großen Köpfen und zu kleinen Körpern. Die haben immer Knickerbocker an oder eine Tracht, die Hummelfiguren, und Hüte mit Gamsbärten drauf. Also die männlichen Hummelfiguren. Die Hummelfrauen tragen Gänse auf dem Arm oder heben ihre Schürze hoch, damit das geerntete Obst nicht rausfallen kann. Sie schauen immer gestresst, diese Hummelfrauen oder hingebungsvoll ergeben, so nach dem Motto: »Ja, mein Körper ist ausgemergelt von der vielen Arbeit auf dem Feld, aber immerhin habe ich es zu einer weiblichen Hummelfigur gebracht!« Glupschaugen haben auch alle. Oder Swarovski-Tierfiguren, diese entsetzlichen Tiere aus Glas, die bei Lichteinfall in allen Regenbogenfarben schimmern. Ich wünschte, ich hätte Hummelfiguren und Swarovski-Tiere. Alles, wirklich alles, nur nicht das hier! Ich bemitleide mich so sehr selbst, dass ich mir sogar vorstellen kann, selbst Hummelfiguren zu entwerfen. Mit einem tumben Grinsen im Gesicht werde ich sie dann anschließend mit Naturfarben bemalen. In rot und braun. Zinnoberrot und kastanienbraun werde ich aber nicht hinkriegen, was daran liegt, dass ich mit einem einreihigen Malkasten aufgewachsen bin. Hätte der Malkasten zwei oder drei Reihen gehabt, wäre ich die Queen im Farbenmischen und könnte sogar einen kobaltblauen Himmel hinter den Hummelfiguren entwerfen. Wenn es einen Himmel gäbe bei den Hummelfiguren.

»Hier, bitte«, sagt Andreas und reicht mir ein Wasserglas, das bis oben hin mit purem Rum gefüllt ist. Ich setze es an und trinke es zur Hälfte leer. Bald bin ich suchtgefährdet. Aber dann kann ich das alles wenigstens ertragen.

Andreas steht immer noch hinter dem Tresen und hat sich ein Bier gezapft.

»Noch einen Wunsch, schöne Frau?«, ruft er über die Theke. Ich kann noch nicht mal mehr den Kopf schütteln. »Na, meine Schöne, wie wäre es denn mit einem Tänzchen«, gickelt er. »Übrigens, der Drink geht natürlich aufs Haus!«

»Andreas, hör mal«, sage ich. »Wie bist du denn bloß auf diese Idee gekommen?«

»Ich war am Hafen und habe nachgedacht«, entgegnet er. »Erst war ich sauer auf dich, aber dann hab ich mit Gunnar telefoniert und der meinte, das wäre doch alles wunderbar, und dann hat Gunnar gesagt, dass ich sowieso innerhalb kürzester Zeit der bessere Segler wäre von uns beiden, und dann hab ich gedacht, Gunnar hat Recht und habe diesen Anfang gemacht«, er macht eine ausschweifende Handbewegung durch den ganzen Raum, »Gunnar ist dann auch an den Hafen gekommen und gemeinsam sind wir losgezogen. Das Ergebnis siehst du ja!«

Alles klar. Gunnar ist Andreas' Trauzeuge gewesen und sein ältester Freund. Ich konnte ihn noch nie ausstehen und er mich auch nicht. Gunnar war immer eifersüchtig, weil er ja nun Andreas nicht mehr für sich hatte. Er will Andreas auch immer dazu überreden, mit ihm »ohne Anhang« mal Urlaub zu machen. Ich kann mir unschwer vorstellen, wie dieser Urlaub aussehen würde. Gunnars Frau Elke ist zu bemitleiden. Tagein, tagaus muss sie ihn bedienen. Gunnar weiß noch nicht mal, wie man einen Knopf annäht und ist auch noch stolz darauf. Wenn ich Gunnar das nächste Mal sehe, werde ich ihm kommentarlos den Hals umdrehen. Aber ganz langsam und mit Genuss. Vielleicht werde ich Gunnar auch skalpieren und ihn vorher an dieser Gallionsfigur festbinden. Indianermusik auf CD muss ich noch auftreiben, damit die Atmosphäre stimmt. Es muss ja alles seine Richtigkeit haben.

Was soll ich nun tun? Die Wahrheit sagen? Andreas strahlt so glücklich, dass ich es nicht übers Herz bringe, ihm zu gestehen, dass ich das alles ganz scheußlich finde. Davon mal ganz abgesehen, möchte ich gar nicht wissen, was das alles gekostet hat! Trotzdem, Andreas tut mir Leid.

»Und nächstes Wochenende fahre ich mit meinem kleinen Schusselchen auf unser neues Boot! Du wirst schon sehen, dass du mir bald nicht mehr das Wasser reichen kannst. Gunnar und Elke kommen übrigens mit.«

Ich bin also ein kleines Schusselchen und mein Mann hat mir gerade noch Leid getan. Ich explodiere innerlich, aber ich sage nichts. Plötzlich bin ich ganz ruhig, denn ich habe soeben einen Plan gefasst. Andreas, mein Bester, du wirst dich noch wundern. Und wie du dich wundern wirst. Ich werde dir zeigen, dass du eine kleine Wurst bist, vielleicht lernst du dann endlich mal, mich zu respektieren. Das hast du nämlich noch nie getan. Komisch, dass mir das eben erst auffällt. Aber es stimmt. Die ganzen Jahre war Andreas immer so gönnerhaft zu mir. Der kleine Hase verkauft zwar Häuser und verdient gar nicht schlecht, aber das ist eben alles nur Zufall. Eigentlich gehört Mutti ja nach Hause. Mir ist es auch plötzlich ganz egal, dass ich den doofen Ehering verloren habe. Was ist schon ein Ehering?

Ganz früher, also in den ersten Jahren unserer Beziehung, war Andreas anders. Da war er total lieb und zuvorkommend, hat mir kleine Zettelchen mit Liebesbotschaften geschrieben und mir auch mal Kleinigkeiten geschenkt. Außerhalb der Geburtstage. Einmal hat er mir einen kleinen Kaktus in einem senffarbenen Übertopf geschenkt und ein anderes Mal einen gebrauchten Fön. Neu hätte der hundert Mark gekostet, aber bei Laszlo auf dem Hamburger Hauptbahnhof hat er ihn für dreißig Mark bekommen. Ich habe den Fön nie benutzt. Die Geschenke wurden auch weniger mit der Zeit.

In Gedanken sehe ich mich bei voller Fahrt auf einer Regatta an der Pinne stehen und die unglaublichsten Manöver hinlegen, angespornt von meiner Crew, die natürlich nicht tatenlos herumsitzt, sondern in einem affenartigen Tempo Spinnaker setzt und birgt und mit sensiblem Fingerspitzengefühl das Beste aus den Segeln herausholt.

Die Krönung wird dann sein, dass ich bei Windstärke 25 oder so allein in den Mast klettere, um in stundenlanger Arbeit mit einem Teelöffel 60 Liter Öl in eine Hydraulikanlage nachzufüllen, um sie wieder auf Vordermann zu bringen. Das hab ich in einer Segelzeitschrift gelesen, dass Ellen MacArthur das gemacht hat.

Andreas fällt auch gar nicht auf, dass mein Ehering fehlt, also sage ich nichts.

»Ich gehe bald schlafen«, sage ich. »Die Woche wird anstrengend.«

»Aber am Wochenende fahren wir auf unser Boot«, ruft Andreas. »Gunnar freut sich schon. Elke muss er noch überreden.«

Oh, wie ich mich freue! Das wird bestimmt noch schöner als das Wochenende mit Werner und Doris. Wobei das ja an Schönheit kaum noch zu toppen ist. Hoffentlich sind Frauke und Björn da! Das ist mein einziger Lichtblick.

11

Ich gehe dann ins Bett, aber kann nicht schlafen. Unruhig wälze ich mich im Bett hin und her. Schließlich schlafe ich ein und träume davon, dass ich von einem Porzellanfisch angegriffen werde, während ich das Deck feudele, und der Fisch beißt sich in meinem Unterarm fest, nachdem er aus dem Wasser gesprungen ist und singt durch die Kiemen, und während ich verzweifelt nach Andreas brülle, kommt mir die Gallionsfigur zu Hilfe, die aber unglücklicherweise über eine Leine stolpert und aufs Maul fällt, aber zum Glück ist da Hans Albers, der mir zu Hilfe eilt, weil er gerade auf unserem Steg entlangläuft, aber der geht mit stoischer Ruhe an mir vorbei, nachdem er an Deck gekommen ist, und geht zu Andreas, der im Cockpit sitzt und einen eingegipsten Fuß hat, um ihn zu fragen, ob er ihm einen Schraubenzieher leihen kann, mit dem er sein Akkordeon zu reparieren gedenke, und während der Fisch immer fester zubeißt und immer lauter singt und ich immer lauter schreie wegen des Bluts, das Bluts, geht Andreas nach unten, um einen Schraubenzieher zu suchen, und Hans Albers lacht zynisch und montiert mir nichts, dir nichts unser Großsegel ab und geht damit von Bord und dann bindet er auch noch das Schiff los und wir treiben ab und knallen an die Schiffe rechts und links neben uns und alle Schiffe haben Kratzer und Dellen, aber das macht den Leuten gar nichts aus, weil sie alle mit Frauke zusammensitzen und Portwein trinken und Gunnar steht am Steg und singt »Britta, komm nicht wieder«, und der Himmel ist schwarz und da sind ganz hohe Wellen und das Meer ist grauschwarz und Andreas sucht immer noch einen Schraubendreher und der Fisch schaut mich ganz böse an, weil seine Zähne nicht die Kraft haben, sich durch meinen Unterarmknochen zu fräsen, und die *Affenarsch* treibt immer weiter und weiter und schon bald kann ich kein Land mehr sehen und ich habe schlimm Angst und ich schließe ab mit meinem Leben, ach hätte ich doch bloß nie geheiratet, ach wäre ich doch nie auf die Idee gekommen, die *Affenarsch* zu kaufen und hätte ich doch bloß diesen Fisch nicht immer noch am Arm hängen und wäre doch bloß Björn hier und würde mir helfen, aber da ist kein Björn und wir können noch nicht mal segeln, weil Hans Albers das Segel geklaut hat, und ich bin so schrecklich traurig, auch deswegen, weil mein Unterarm zusehends weniger wird, quasi ist nichts mehr davon zu sehen, aber der Fisch wird immer dicker, ich bin sehr unglücklich.

»Wie, du hast das Boot gekauft?«, fragt mich mein Geschäftspartner Lars, als wir – wie immer – zusammen beim Mittagessen sitzen. »Jajaja, ich weiß schon, was du mir gleich sagen wirst. Dass das unvernünftig ist und dass ich es Andreas nur Recht machen will und überhaupt«, ich bin ein wenig giftig, obwohl Lars das nun wirklich nicht verdient hat. Er ist immer lieb und hört mir immer zu. Seine Frau Marie kann wirklich froh sein, dass sie ihn hat, aber das ist sie auch. Die beiden passen wunderbar zusammen, und Lars nennt sie auch nie »Schusselchen« oder so. Mir schwillt schon wieder der Kamm.

Lars hebt die Hände: »Um Himmels willen, ihr könnt doch machen, was ihr wollt, ich versteh es nur nicht.«

»Eigentlich hab ich die *Affenarsch* nur gekauft, weil Andreas doch plötzlich kein Boot mehr wollte. Da sind auch nette Leute an dem Steg, an dem die *Affenarsch* liegt, und mit Frauke hab ich Samstag gesoffen und mit Björn bin ich Sonntag gesegelt, der ist total nett«, haspel ich heraus.

Lars legt sein Besteck zur Seite. »Wer ist denn die *Affenarsch*?«, fragt er verwundert.

»Na, das Boot!«, rufe ich und trinke einen Schluck Wein, weil das Leben ohne Alkohol ja mittlerweile nicht mehr zu ertragen ist. Außerdem habe ich mich an den Namen *Affenarsch* nun schon gewöhnt und finde ihn gar nicht mehr außergewöhnlich.

»Wie, du hast das Boot *Affenarsch* genannt?«, fragt er ungläubig. Ich nicke. »Wieso denn das?«, Lars kann es nicht glauben.

Ich schneide mir ein Stück Schnitzel ab: »Na, weil Andreas ein Affenarsch ist«, murmel ich. Ich glaube, meine Augen glitzern dabei. Lars starrt mich an, als hätte er eine Geistesgestörte vor sich. Dann winkt er nach dem Kellner: »Wir hätten gern noch eine Flasche von diesem Rotwein hier«, sagt er. »Und zwei Averna!«

Dann schaut er mich an und brüllt los. Ich brülle mit.

»Auf die *Affenarsch*«, kreischt Lars und hebt sein Glas. »Oh Mann, Britta, das ist ja zu herrlich!«

Ich muss, glaube ich, nicht extra erwähnen, dass wir an diesem Tag nicht mehr ins Büro zurückkehren. Nein, wir begießen die *Affenarsch.*

Am Freitagabend kommen Gunnar und Elke zu uns, worüber ich mich sehr freue, denn sie fahren ja mit auf das Boot. Ich bin sozusagen trunken vor Glück. Andreas weiß im Übrigen immer noch nicht, dass die *Affenarsch Affenarsch* heißt und ist ganz aufgeregt. Er hat eine ganze Tasche nur mit Klöterkram gepackt, den er auf dem Boot aufstellen oder anbringen wird.

Als es klingelt, mache ich auf und Gunnar grinst mich diabolisch an: »Na, Britta, hast du dich über deinen neuen Partykeller gefreut?«

Weil ich zu einer eiskalten, unberührbaren Frau geworden bin, für die Emotionen ein Fremdwort sind, antworte ich ganz fröhlich: »Mensch, Gunnar, ich hätte nie gedacht, dass du so viel Geschmack hast. Danke noch mal! Hallo Elke! Ich hoffe, ihr freut euch schon auf die Aff...., auf das Boot!«

Elke lächelt süßsauer: »Hallo Britta, also das ist ja gar nichts für mich, ich komme ja nur wegen Gunnar mit, aber ich muss dir ganz ehrlich sagen, dass ich ja lieber in meinen eigenen vier Wänden schlafe, ich weiß auch noch gar nicht, ob ich auf diesem Boot da schlafe, mein Rücken, meine Bandscheibe, aber das weißt du ja, und so warm ist es nachts nun auch nicht und in diesen öffentlich Duschen ...«

Ich drehe mich einfach um und gehe weg. Elke ist so dumm wie ein verschimmeltes Toastbrot, und ich möchte mich einfach nicht länger als nötig mit ihr unterhalten. Diese Frau ist so entsetzlich, dass ich lieber noch mal eine halbe Stunde mit Doris verbringen möchte. Wie kann man nur ununterbrochen herumnölen? Obwohl – bei diesem grauslichen Mann ...

Diesmal kommen wir gut über die A 7 und sind gegen 20 Uhr in Sønderborg. Auf der Fahrt unterhalten sich Gunnar und Andreas ununterbrochen darüber, was für scharfe Segler sie sind und dass sie alle anderen nass machen werden. Elke sagt gar nichts. Sie holt ihr vorgewärmtes Kirschkernkissen aus dem Rucksack, stopft es sich in den Nacken und betet glaube ich im Schlaf einen Rosenkranz. Als Erzkatholikin muss es für sie eine Sünde sein, an diesem Sonntag nicht in die Kirche zu gehen. Hoffentlich schläft sie bis Dänemark durch, sonst muss ich womöglich noch an einer Autobahnkapelle anhalten.

»Wir trinken erst mal ein Bier!«, rufen Andreas und Gunnar, als wir mit dem Auto vor dem Hafen am Schlagbaum stehen, was zur Folge hat, dass ich natürlich wieder alles an Bord buckeln muss. Steg C ist zwar nicht so weit vom Ausladeparkplatz entfernt, aber trotzdem ist es schwer. Elke kann leider nicht helfen, denn sie schläft noch. Andreas und Gunnar verschwinden auf Plastikstühle vor dem Hafensupermarkt und öffnen zischend Dosen. Ich bin auf 180. Wenigstens ist das Wetter gut.

»Hallo Britta!« Frauke kommt strahlend von ihrem Boot geklettert und freut sich sichtlich, mich zu sehen. »Wir haben ganz vergessen, Telefonnummern auszutauschen«, sagt sie und nimmt mir eine Tasche ab. »Bist du wieder allein?«

»Nein«, keuche ich und bin dankbar. »Mein Mann ist mit und noch ein befreundetes Ehepaar.«

»Ach«, sagt Frauke. »Und warum helfen die nicht?«

»Die sitzen da oben und trinken Bier und die Frau schläft auf einem Kirschkernkopfkissen«, erwidere ich wütend, während ich es bereue, nicht allein nach Sønderborg gefahren zu sein.

»Aha«, sagt Frauke. »Das ist ja nett! Komm, jetzt schleppen wir erst mal alles an Bord.«

»Danke, Frauke«, sage ich und bin wirklich froh, dass sie da ist. »Wie gehts euch denn?«

»Ach, gut«, sagt Frauke und klettert auf die *Affenarsch.* »Ich bin immer froh, wenn Freitag ist und wir aufs Boot können. Ist das nicht ein herrliches Wetter? Und dabei ist es gerade mal kurz nach acht! Wir wollen morgen in die Schlei segeln. Und ihr?« Ich kann doch gar nicht segeln. Allein zumindest nicht. Wobei – bei solch starken Männern wie Gunnar und Andreas ist es sicherlich ein Kinderspiel. Und Elke mit ihrem Kirschkernkopfkissen navigiert bestimmt prima. Wenn ich Elke zwinge, die Kirschkerne auf einmal runterzuschlucken, wird sie vielleicht daran ersticken. Ein Störfaktor weniger.

»He, Britta!«, sagt jemand neben mir. »Oh, hallo Björn«, sage ich und hoffe, dass ich nicht zu verschwitzt aussehe. Björn strahlt mich mit seinen hellen Augen an. »Schön, dass du da bist. Wir haben uns schon gefragt, ob du kommst. Ich hab nach dem Boot gesehen, alles okay!«

»Das ist aber lieb von dir«, freue ich mich.

»Na, gehen wir morgen wieder auf eine kleine Tour?«, fragt Björn.

»Ich würde zu gern, ehrlich«, antworte ich, während ich Frauke die Taschen anreiche, »aber ich bin an diesem Wochenende mit meinem Mann und Freunden hier!«

»Ach, das macht doch nichts«, sagt Björn, aber ich merke, dass seine grünen Augen so gar nicht mehr strahlen. »Dann fahren wir eben alle zusammen los. Die wollen doch sicher auch segeln lernen. Und mir hat es das letzte Mal so einen Spaß gemacht.« Wie lieb Björn ist.

»Von mir aus herzlich gern, wirklich wahr«, sage ich, »ich frag gleich mal die anderen, wenn sie an Bord kommen.«

»Tu das«, sagt Björn. »Gib mir einfach Bescheid. Mein Boot liegt fünf Plätze weiter. Klopf einfach auf den Bug. Es heißt *Breiz'h*! Das ist der einheimische Name für Bretagne«, sagt Björn. »Mein Ziel ist es nämlich, irgendwann mal in der Bretagne zu wohnen.«

»Oh«, sage ich. »Das muss schön da sein. Ich habe Fotos gesehen von einem Philip Plisson, der hat ganz wunderbare maritime Fotos gemacht von der Bretagne. Ich hab von meiner Schwester mal so einen Bildband geschenkt bekommen!«

»Echt?«, fragt Björn, »das ist ja lustig. Dann kennst du bestimmt das Foto von Point du Raz?«

»Das mit diesen riesigen Wellen, die sich an einem Leuchtturm brechen, und man denkt, der kippt gleich um?«

»Genau«, freut sich Björn. »Da werde ich irgendwann mal entlangsegeln!« Er schaut mich freundlich an. »Also Britta, wenn ihr Lust habt, einfach auf die *Breiz'h* klopfen!«

»Okay«, sage ich und habe Herzklopfen. Aber das kommt bestimmt nur von der Anstrengung, Frauke meinen Rucksack auf die *Affenarsch* zu reichen. Björn geht zu seiner *Breiz'h* und hat einen richtig knackigen Hintern, als er da so entlangläuft. So einen knackigen Hintern hat Andreas nicht. Nur mal so am Rande erwähnt.

»Hast du eigentlich deinen Ehering wiedergefunden?«, fragt Frauke, als alles, sogar ich, an Bord ist. Ich schüttele den Kopf. »Merkwürdig«, sagt sie, während sie in die Abendsonne schaut, »so ein Ring sitzt doch eigentlich sehr fest. Vermisst du ihn?«

»Ehrlich gesagt, nein«, muss ich zugeben, »komisch, ehrlich, seit zwölf Jahren war der fest an meinem Ringfinger, eigentlich müsste ich jetzt denken, da fehlt was, aber es ist nicht so.«

Frauke schaut auf meinen Ringfinger. »Da ist noch nicht mal mehr ein Streifen zu sehen«, sagt sie verwundert. »Alles ganz glatt!« Stimmt. Wer braucht schon einen Ehering? »Müssten dein Mann und deine Freunde jetzt nicht mal bald kommen?«, fragt Frauke. Ich schaue über den Steg.

»Ja, müssten sie«, sage ich, wobei ich hoffe, dass niemand mehr kommt, weil ich gern morgen mit Björn segeln gehen möchte, und zwar allein und nicht mit drei Leuten, die sich gegenseitig andauernd versichern, wie toll sie sind oder wie furchtbar das alles ist, wobei ich mit Letzterem Elke meine.

Frauke sagt erst mal gar nichts mehr und gießt uns noch mal Portwein nach. Ach, wenn es Portwein nicht gäbe! Ich schaue wieder auf den Steg, aber diesmal in die andere Richtung. Aber von Björn ist weit und breit nichts zu sehen.

»Wie, ich soll meine Schuhe ausziehen?«, kreischt Elke mit schriller Stimme. »Was ist das denn hier? Da ist ja überall Wasser!«

»Das ist so, wenn man am Meer ist«, sagt Frauke freundlich. »Halten Sie sich einfach an der Reling fest und setzen einen Fuß rüber! Dann den anderen nachziehen und über die Reling schwingen. Ich kann Ihnen auch gern die Hand reichen.«

»Die Hand reichen, die Hand reichen«, Elke hyperventiliert. »Das können Sie schon mir überlassen, wem ich die Hand reiche, meine Beste!«

Frauke schaut mich an und ich schaue Frauke an, und wir beide denken dasselbe. »Elke, deine Absätze sind zehn Zentimeter hoch, damit könntest du irgendwo hängen bleiben«, sage ich freundlich, freundlich, freundlich zu Elke und hoffe inständig, dass sie jetzt in diesem Moment mit diesem Scheißabsatz in einer Stegklampe hängen bleibt und das Wochenende damit verbringt, einen Schuster zu suchen. Ich werde vorfahren und alle dänischen Schuster bestechen, damit sie immer weiter zum nächsten Schuster fahren muss.

»Das ist ja menschenunwürdig«, zickt Elke weiter und tippelt vor der *Affenarsch* hin und her. »Wie will man denn auf einem Quadratmeter mit vier Personen überleben? Ekelhaft, ekelhaft, und die ganzen komischen Leute hier. Wie sehen die denn aus? Das ist ja schlimmer als auf einem Zeltplatz. Also wirklich, Britta!«

»Gehst du jetzt rüber oder gehst du nicht rüber?«, frage ich Elke zornig.

»Da kann ich mit meiner Bandscheibe doch gar nicht richtig stehen«, wütet Elke herum. »Oder willst du mich nächste Woche im Krankenhaus besuchen?«

»Nein«, sage ich aufrichtig, wobei ich mir leider sicher bin, dass Elke meinen Zynismus nicht bemerkt. Bevor ich Elke im Krankenhaus besuche, tanze ich lieber einen Foxtrott mit Andreas in unserem neuen Partykeller. Auch, wenn angemietete Seemänner einen Kanon dazu singen. Und das drei Stunden lang.

»Wenn ich das vorher gewusst hätte«, mosert Elke weiter. »Was ist, wenn ich mir hier an den Splittern den Fuß aufreiße?«

»Da sind keine Splitter«, sagt Frauke nett. »Schauen Sie, der Steg ist splitterfrei.«

»Splitterfrei, splitterfrei!« nölt Elke.

»Es ist wirklich ganz ungefährlich«, das ist Frauke wieder, die langsam und verständlicherweise keine Lust mehr auf diese sinnlose Diskussion hat.

»Das können Sie schon mir überlassen, was ich ungefährlich finde, meine Beste!« Gute Güte. »Bleib ruhig«, leiere ich herunter. »Bleib ruhig, bleib ruhig«, äfft mich Elke böse nach. »Dieses Boot und dieser Steg sollen ungefährlich sein! Ha, soll ich dir mal was sagen! ICH bin ungefährlich.«

»Natürlich, Elke«, sage ich und merke, dass ich (wann nicht) mal wieder angeschwipst bin. »Du bist ganz und gar ungefährlich. Das hat man damals von der Atomkraft auch behauptet!« Ich muss plötzlich losgickern, oje, der Alkohol. Aber Elke sieht so doof aus, wie sie mit ihren Pumps dasteht, und ich schaue zu Frauke und die hält sich die Hand vor den Mund und muss auch lachen. Wir prusten beide los und Elke schaut uns giftig an. »Wie witzig, wie witzig«, keift sie. »Ich gehe in ein Hotel, nein, besser ich fahre gleich nach Hause!«

»Ja«, rufe ich, »ich besuche dich dann auch nächste Woche nicht im Krankenhaus!« Elke ist außer sich: »Wie unverschämt, unverschämt, wo ich solche Probleme mit meiner Bandscheibe habe!« Wütend dreht sie sich um und trampelt Richtung Hafenmeister zurück. »Achtung«, ruft Frauke, »hier ist überall Wasser! Und da sind auch Splitter!« Wir grölen beide los, während Elke böse aus unserem Blickfeld verschwindet. »Nummer eins hätten wir geschafft«, kichert Frauke. »Aber wo sind die beiden Männer?«

»Lass die nur kommen«, sage ich und muss schon wieder laut lachen. »Die werden wir auch noch los.«

»Das ist ja wohl das Allerletzte!«, kreischt mich Gunnar an. Vor einer Viertelstunde ist Elke wütend vom Steg stolziert. Mit ihren zehn Zentimeter langen Absätzen.

Andreas steht dümmlich neben Gunnar und sagt nichts. Ich schaue erst Andreas, dann Gunnar an. Mit hochgezogenen Augenbrauen. »Was denn? Was ist das Allerletzte, Gunnar?«, frage ich Gunnar und tue so, als wüsste ich nicht, was er meint. »Du hast meine Frau zutiefst beleidigt«, herrscht mich Gunnar an.

»Ach, was du nicht sagst«, lächle ich. »Was das Beleidigen angeht, da muss ich noch eine ganze Menge lernen, um mit dir mitzuhalten!«

»Das ist doch ganz was anderes«, brüllt Gunnar auf dem Steg herum, und zwar so laut, dass ganze Familien ihre Köpfe durch Kuchenbuden stecken, damit sie bloß nichts verpassen. Ich finde das ganz witzig, denn es sieht so aus, als ob die Kuchenbuden Köpfe hätten.

»Andreas, sag doch auch mal was!«, Gunnar fährt Andreas an und der schaut in den Himmel und sagt: »Das Wetter hat sich ganz schön gehalten.«

Habe ich Ihnen eigentlich schon mitgeteilt, dass ich mit diesem Mann seit zwölf Jahren verheiratet bin? Gunnar ist nicht zu beruhigen und kündigt mir die Freundschaft (welche Freundschaft?) und sagt entrüstet zu Andreas: »Zwölf Jahre bist du nun schon mit dieser Frau zusammen. Zwölf Jahre. Ich hab gleich gewusst, dass das nicht gut gehen kann. Wenn Britta meine Frau wäre, der würde ich was erzählen!« Ich muss dauernd kichern, weil Gunnar so doof aussieht. Wenn ich ihm eine Ukulele oder ein Tambourin in die Hand drückte, könnte er als Minnesänger durchgehen. Aber als schlechter. Einen Hut für Münzen braucht er gar nicht erst auf den Steg zu legen, denn der wird leer bleiben.

»Du wirst dich bei Elke entschuldigen«, nun kippt Gunnars Stimme fast. »Auf der Stelle!«

»Ich entschuldige mich bei wem, wann und wo ich will«, gebe ich mit fester Stimme zurück. »Elke hat ja gerade so getan, als ob wir sie gezwungen hätten, auf ein sinkendes Schiff zu steigen.«

»Achtung«, sagt Frauke leise zu mir und stupst mich an. Ich sehe hoch und bemerke, dass Elke walkürenhaft über den Steg zurückgestampft kommt. Barfuß. Ihre Schuhe hält sie in der Hand. Vor der *Affenarsch* bleibt sie stehen. »Ich bin zutiefst verletzt«, schreit sie mich an. »Mit dir möchte ich nichts mehr zu tun haben.« Blablabla. »Los, Gunnar, wir fahren! Los!«

»Wann ich fahre, bestimme immer noch ich«, herrscht Gunnar seine Frau an. Eben der Gunnar, der mich eben noch als Beleidigerin beschimpft hat.

»Ich will fahren!«, kreischt Elke böse.

»Dann fahr doch«, sagt Gunnar gleichgültig. Elke stampft mit dem Fuß auf. Der Steg ist mittlerweile gefüllt mit Schaulustigen, Eignern und Spaziergängern, die sich über diese willkommene Abwechslung sehr freuen, denn niemand geht weiter. Lediglich einige Hunde, es sind auch Rottweiler dabei, ziehen verängstigt den Schwanz ein und wimmern leise. Nun hyperventiliert Elke. »Ich zähle bis drei und dann gehst du mit mir ZUM WAGEN!«

»Vier«, erwidert Gunnar.

»Ich lasse mich SCHEIDEN!«, brüllt Elke zu Gunnar.

»Ja, mal wieder«, sagt der gelassen.« »Dann kann ich ja am Montag zur Bank gehen und dir die Kontovollmacht löschen.«

»Du Schwein, du Schwein«, geifert Elke und bewirft Gunnar mit einem ihrer Pumps, zielt aber schlecht und der Schuh landet mit dem Absatz voran im Gesicht eines ungefähr 60-jährigen Rentners und steckt dann in dessen rechter Backe. Blut spritzt in Fontänen, die Frau des Rentners kollabiert und ein Tohuwabohu auf dem Steg beginnt. »Ach du liebe Zeit«, kommt es von Frauke.

»Ein Arzt, so holt doch einen Arzt«, brüllen diverse Menschen und jemand will den Absatz aus dem Gesicht des Rentners ziehen, aber der wehrt sich und kreischt in den höchsten Tönen. »Mein Schuh, mein Schuh«, das ist wieder Elke. »Das ist Wildleder, da geht kein Blut mehr raus, ich will meinen Schuh!« Zwei Dobermänner springen verzweifelt in die Ostsee und schwimmen um ihr Leben in Richtung offenes Meer, die Besitzer springen hinterher, und dann stellt sich raus, dass eine Frau gar nicht schwimmen kann und Leinen geholt werden müssen, aber die Frau steht unter Schock und spuckt Wasser und hat Angst um ihr Leben. Ein übereifriger Bootsbesitzer lässt ruckartig seinen Anker zu Wasser und trifft die Frau damit am Kopf, die dann ohnmächtig wird und deswegen endlich an Land zurückgehievt werden kann, weil sie nicht mehr so rumzappelt. Gunnar fängt an, sich mit einem herumstehenden Mann zu prügeln, der das ganze Geschehen fotografiert, und Andreas steht da und bohrt sich in der Nase.

Willkommen in Sønderborg! Wir freuen uns, Sie als Gast in unserem gemütlichen, ruhigen Hafen begrüßen zu dürfen!

12

Gegen 20 Uhr ist Ruhe eingekehrt auf Steg C. Der Rentner ist verarztet und will alle möglichen Leute verklagen, weil sich in seiner Wange jetzt ein Loch befindet, das angeblich nie wieder zuwachsen wird. Elke will mich verklagen, weil ich ja Schuld bin, dass am Schuh Blut ist und das angeblich nie wieder aus dem Wildleder rausgehen wird. Sie rauscht von dannen. Gunnar ist geblieben und mit Andreas in der kleinen Hafenkneipe verschwunden. Sie müssen das Ganze erst mal emotional verkraften. Möglicherweise wird sich Gunnar nämlich das Leben nehmen, er weiß es noch nicht genau, aber wenn, dann ist wer schuld? Richtig, ich! Andreas lässt mir einen waidwunden Blick zukommen, dann stellt er eine Reisetasche vor mich und sagt: »Hier, das ist fürs Boot«, und hakt sich bei Gunnar ein, der gebeugt dasteht, und beide zuckeln wie Vollidioten den Steg zurück. Die ganzen Schaulustigen verschwinden auch nach und nach und Frauke und ich sitzen im Cockpit der *Affenarsch* und haben diese bekloppte Reisetasche vor uns, in der sich dieser ganze maritime Müll befindet, der mein Boot schöner machen soll. Sogar ein Gästebuch befindet sich in der Tasche. Und ein Kochbuch: So schmeckt's dem Seemann! Grauenvoll.

Frauke ist fassungslos: »Wie kann man bloß so einen Mist gut finden?«, fragt sie mich und sich und hält einen Flaschenöffner in Fischform hoch. »Wenn Hanno so was anschleppen würde, ich weiß nicht, was ich täte!«

»Ich weiß es nicht«, sage ich ratlos. »Ich weiß es nicht.«

»Was mir auch aufgefallen ist vorhin«, sagt Frauke, »dein Mann steht überhaupt nicht hinter dir. Ich will dich jetzt nicht aufhetzen, aber wenn mich jemand so angehen würde wie dich dieser Gunnar, Hanno würde schon dafür sorgen, dass der ganz schnell die Klappe hält. Obwohl Hanno ein friedlicher Mensch ist. Aber dein Mann hat ja gar nichts gemacht. Nicht ein Ton kam von ihm!«

Das stimmt. Warum mir das alles erst auffällt, also so richtig auffällt, seitdem Andreas begonnen hat, wegen der Segelei rumzuspinnen, weiß ich auch nicht.

Ich erzähle das Frauke und sie überlegt einen Moment, bevor sie einen möglichen Grund nennt: »Möglicherweise hat er sich selbst überschätzt«, meint sie, »das ist manchmal so. Viele Männer, gerade schwache, können das dann nicht zugeben und gehen auf Gegenangriff. Charakterstärker finde ich persönlich allerdings Männer, die zugeben, was nicht zu können. Und viele Männer denken, dass sie sowieso alles besser können als Frauen, weil sie das von ihrem Vater damals so eingebläut bekommen haben. Da war es ja überall noch so, dass die Mutter nur Hausfrau war und der Vater der Geldverdiener, damit sind die groß geworden. Und können jetzt nicht damit umgehen, dass ihre Frauen vieles besser können als sie selbst. Das sieht man ja schon im Berufsleben.« Ich denke über Fraukes Worte nach und an Andreas Mutter. Stimmt schon. Kleingehalten und immer zurechtgewiesen hat Andreas Vater sie. Heute noch. Das Allerschlimmste: Er nennt sie »Mutti«: »Hmmm, ob Mutti uns was Leckeres auftischt nachher?« Oder wenn wir zusammen beim Kaffeetrinken sitzen: »Sag mal, Mutti, wolltest du nicht noch bügeln?« Und Mutti springt auf und hetzt zum Bügelbrett, um gramgebeugt Vatis Hemden glatt zu mangeln. Unglaublich, aber wahr. Und der Vollidiot Heinz bleibt seelenruhig am Kaffeetisch sitzen und sagt: »Den Apfelkuchen hat Mutti auch schon mal besser hingekriegt. Naja, das alte Mädchen wird auch nicht jünger. Wirst du auch bald merken, Britta.« Warum habe ich ihm damals nicht einfach volle Kanne eine gescheuert?

»Weil du vielleicht blind warst«, sagt Frauke, nachdem ich ihr diese unverschämte Story zum Besten gegeben habe. »Oft merkt man erst in Extremsituationen, was man sich über die Jahre alles hat bieten lassen.« Ich nehme noch einen Schluck Portwein und schaue in den sternenklaren Himmel. Plötzlich fallen mir tausend Sachen ein, die Andreas zu mir gesagt oder mir angetan hat. Einfach hingenommen habe ich blöde Sumpfkuh das, ohne ihm mal Contra zu geben. Contra hab ich ihm erst gegeben, als das mit dem Boot ins Spiel kam. Offenbar ist Andreas wirklich überfordert und sucht Schutz bei seinem tollen Gunnar, der sich für den Größten hält. Der ihn dazu überredet hat, das ganze sinnlose Zeug zu kaufen. Der mich deswegen nicht mag, weil ich ihm überlegen bin und einen eigenen Job habe. Diese Männer brauchen Frauen, die sie herumkommandieren können, Frauen, die keinen Job haben, die sie klein halten, damit sie nicht merken, dass sie eigentlich viel mehr können als Zahnputzbecher auszuwaschen oder Anzüge abzufusseln. Warum nur ist mir das nicht viel früher klar geworden? Ich, Britta Schüchen, bin eine erfolgreiche Immobilienmaklerin (okay, das Verkaufsgespräch vor ein paar Wochen mit der Rotznase Benni jetzt mal ausgenommen) und muss mich von meinem Mann »Schusselchen« nennen lassen? Ganz sicher nicht. Ich glaub, ich brenne.

Ich denke mal wieder an früher. »Wollen wir uns heute Abend was ganz Leckeres kochen und dabei einen alten Spielfilm schauen?«, hat Andreas oft gefragt. Wie oft haben wir in der kleinen Küche gestanden, in der Wohnung, die wir damals noch hatten. Kerzen haben wir uns angezündet und ganz laut klassische Musik gehört. Andreas hat manchmal hinter mir gestanden und mich umarmt, während ich eine Soße zubereitet habe, und hat mir eine vorwitzige Locke aus dem Nacken gepustet. Dann hat er mir zugeflüstert, was wir nach dem Spielfilm alles machen werden. Wie lange ist das alles her? Meinem Gefühl nach muss es Jahrzehnte her sein. Damals habe ich noch gerne gekocht. Heute koche ich nur vor Wut. »Ich muss es Andreas zeigen«, sage ich mehr zu mir selbst als zu Frauke.

»Das finde ich allerdings auch«, nickt sie zustimmend. »Wir überlegen uns was ganz Tolles, etwas, was ihn so richtig treffen wird!«

Plötzlich bin ich richtig aufgeregt und fühle mich wie mit neun, als ich mit meiner Freundin heimlich nachts unter der Bettdecke mit einer Taschenlampe »Hanni und Nanni in neuen Abenteuern« gelesen habe.

»Ich glaube, ich weiß auch schon, was ...«, beginnt Frauke, aber dann wird sie von einer schneidenden Stimme unterbrochen: »FRAUKE!!! FRAUKE!!! Komm mal nach VORN! FRAUKE!«

»Oh nein«, stöhnt Frauke, »auch das noch. Komm mal mit, ich stell dich am Besten gleich vor, dann hast du's hinter dir!« Angeschwipst taumle ich hinter Frauke her zum Bug. Eine hagere Frau mit raspelkurz geschnittenen Haaren und einer einzelnen, überdimensionalen Kreole im Ohr steht auf dem Steg und stemmt beide Hände in die Hüften.

»Da komm ich gerade hier an und muss erfahren, dass hier die Hölle losgewesen sein muss! Und du warst dabei! Was war denn bitte?«

»Hallo Georg!«, sagt Frauke zu der Frau mit den raspelkurz geschnittenen Haaren. »Das ist Britta, sie liegt mit ihrem Boot seit ein paar Tagen hier. Frauke, das ist Georg.« Ich gebe Georg die Hand und bereue es im nächsten Moment, denn sie drückt so fest zu, dass meine Finger taub werden. Wieso Georg?

»Georg segelt mit ihrer Crew auf vielen Regatten und deswegen ist sie tagsüber immer draußen zum Üben«, sagt Frauke. Jajaja, aber warum Georg?

Da Frauke es ganz normal zu finden scheint, dass Georg Georg heißt, sage ich schließlich: »Warum heißen Sie Georg? Das ist doch ein Männername!« Frauke schaut mich entsetzt an und weicht einen Schritt zurück. Die Frau schnaubt wie ein tollwütiger Fuchs und deutet mit dem Finger auf mich. »Wer ist das?«, schreit sie Frauke an, »und warum hast du ihr nicht gleich gesagt, was Sache ist?«

»Ich bin noch nicht dazu gekommen, Georg«, versucht Frauke zu beschwichtigen.

»Frauke!«, herrscht Georg Frauke an und hebt böse die Arme Richtung Himmel. Ich erstarre zur Salzsäule. Georg trägt nämlich ein Muskel-Shirt, das ärmellos ist, und das, was ich versuche, unter »jede Menge Achselhaare« abzulegen, geht nicht, mein Gehirn hat nicht genug Funktionalität, um Worte für das zu finden, was da unter Georgs Armen lebt! Das sind keine Achselhaare, das sind auf jeder Seite die Haare von fünf polynesischen Frauen Mitte fünfzig, und wir wissen, dass Polynesierinnen ihre Haare so gut wie nie schneiden, weil sie dann damit nicht mehr ihren Busen bedecken könnten oder so. Oder weil es einfach so ist. Aber das Entsetzlichste kommt jetzt: Die Haare sind geknotet. Also nicht einfach so geknotet, nein, ich entdecke eine »Lange Trompete«, einen »Palstek« und sogar einen »doppelten Palstek« und habe das Gefühl, gerade eben wahnsinnig geworden zu sein. Wahrscheinlich stellt sie ihrer Crew ihre Achselhaare zur Verfügung, damit die damit Fancywork üben kann. Wenn jetzt noch Kapitän Langstrumpf auf der *Hoppetosse* vorbeifährt und Blutsvente und Messerjocke mir gemeinsam zuwinken und plötzlich ein rothaariges Mädchen aus dem Nichts auftaucht und in Strapsen auf dem Steg herumhüpft und singt: »Ich heiße Pippilotta Viktualia Schokominza Rollgardina Ephraims Tochter Langstrumpf!«, kann es mir für den Rest meines Lebens egal sein, ob drei mal drei sechs oder neun sind. Dann mach ich mir die Welt »wiedewiedewie sie mir gefällt!«, und zwar in der geschlossenen Psychiatrie.

»... ein für allemal keine Lust mehr, gefragt zu werden, warum ich Georg heiße!«

Ooooh, ich habe den Anfang von Georgs Satz nicht mitbekommen und habe Angst, was Wichtiges verpasst zu haben. Frauke jedenfalls ist mittlerweile von der *Affenarsch* runter und steht auf dem Steg. Sie versucht, Georg zu beruhigen.

»Britta ist neu in Sønderborg«, sagt Frauke, »sie weiß doch noch gar nicht, dass du lesbisch bist!«

»FRAUKE!«, kreischt Georg. »Ich bin nicht einfach lesbisch. Ich HASSE MÄNNER!!!«

»Pschtpschtpscht«, macht Frauke, »das weiß ich doch, Georg, aber man muss das doch nicht jedem gleich auf die Nase binden. Weißt du noch, als du Hanno das Nasenbein gebrochen hast? Obwohl er dir gar nichts getan hat!«

»Hanno hat gesagt, ich sei eine LESBE!«, brüllt Georg so laut, dass die Kuchenbuden wieder Köpfe bekommen.

»Wir haben dieses Gespräch schon zu oft geführt«, beschwert

sich Frauke, »und ich sag es immer wieder: Du *bist* eine Lesbe!«

»Aber das muss ich mir nicht von einem MANN sagen lassen!«, herrscht Georg Frauke an. »Möglicherweise erinnerst du dich noch daran, dass Hanno sich darüber lustig gemacht hat, weil ich mir den Arm gebrochen habe!«

»Hanno hat sich nicht über deinen gebrochenen Arm lustig gemacht«, jetzt wird Frauke wirklich böse, und ich setze rasch die Portweinflasche an, damit sie leer ist und nichts von dem leckeren Portwein verloren geht, sollte ich Frauke mit der Flasche gleich verteidigen müssen. »Hanno hat lediglich gesagt, dass er es ungewöhnlich findet, dass du deinen gebrochenen Arm in deinen zusammengebundenen Achselhaaren trägst.«

»Das ist besser als ihn frei herumbaumeln zu lassen«, geiert Georg böse. »Und außerdem kann Hanno mich nicht leiden. Er hat zu mir gesagt, dass ich froh sein kann, eine Lesbe zu sein, weil ich sowieso keinen Mann abkriegen werde. Das hat Hanno zu mir gesagt.«

»Georg!«, Frauke verdreht die Augen. »Du willst doch auch gar keinen Mann abkriegen!«

»Aber das muss ich mir nicht von einem MANN sagen lassen!«

Was in Dreiteufelsnamen ist denn das für eine Diskussion? Diese Georg ist so was von aggressiv, ständig ballt sie die Faust und fuchtelt vor unseren Gesichtern damit herum. Um die Situation aufzulockern, sage ich einfach: »Ich finde es gar nicht schlimm, dass du eine Lesbe bist. Alice Schwarzer ist ja auch eine Lesbe«, woraufhin Georg mich mit blitzenden Augen ansieht und schreit: »Du willst mich nicht im Ernst mit Alice Schwarzer vergleichen, das willst du nicht im Ernst!« Sie kommt drohend auf mich zu. Herrje, aber Alice Schwarzer ist doch eine Lesbe, und halten Lesben nicht zusammen? Oder ist Alice Schwarzer doch keine Lesbe? Ich denke krampfhaft nach. Vielleicht möchte Georg lieber mit einer anderen Lesbe, einer lustigen, verglichen werden und nicht mit der ernsten Alice. Nur, wer ist noch prominent und lesbisch? »Ich meinte natürlich Hella von Sinnen«, sage ich verzweifelt, woraufhin Georg einen kehligen Laut von sich gibt, der sich anhört wie der von einem männlichen Wal, der gerade festgestellt hat, dass seine Frau umgekommen ist. In ein Fischernetz ist seine Frau geschwommen und darin hängen geblieben. Und dann hat sie keine Luft mehr bekommen, weil sie sich im Netz verheddert hat und nicht mehr an die Oberfläche schwimmen konnte, und dann war sie tot. Und Georg, das Männchen, hat das soeben erfahren. Der kehlige Laut ebbt ab und Georg kreischt nur noch: »Halt die mir bloß vom Leib, Frauke, halt die mir bloß vom Leib! Sonst werde ich womöglich hetero!«

»Nun beruhige dich mal, Georg«, kommt es von Frauke, »du benimmst dich wie immer unmöglich!«

»Pah«, faucht Georg. »Ich sage eben, was ich denke und von dir lasse ich mir schon mal gar nicht ...«

»Guten Abend«, sagen zwei Stimmen gleichzeitig direkt neben mir. Ich traue meinen Augen nicht. Zwei eineiige Zwillinge männlichen Geschlechts stehen in identischen türkisfarbenen Cordanzügen vor uns. Der rechte trägt einen Kuchen, auf dem sich ein Playmobil-Schiffchen befindet, der linke trägt einen Weidenkorb, in dem ein Laib Brot liegt. Das Brot ist in der Mitte eingedrückt, darin befindet sich ein kleines Fässchen mit Salz. »Isch bin Detlef«, sagt der rechte. »Isch bin Tobias«, sagt der linke. »Wir sind die Vorbesitzer von der *Glitzerbarbie.* Wir dachten, wir kommen mal vorbei und bringen ein paar Willkommensgeschenke mit. Hier, bitte, jetzt sind Sie ja quasi Hauseigner, haha!«

»Haha«, mache ich und gehe mit ungelenken Schritten auf die beiden zu, weil ich schreckliche Angst habe, dass Georg mir zuvorkommt und mir das Brot an den Kopf wirft.

»Wir waaaaren jaaaa sooooo traurisch, als wir die *Glitzi* verkaufen mussten, ähem, aber der Detlef hat Probleme mit dem Rücken und auf der *Glitzi* konnte er mit seinen zwei Metern nicht gerade stehen«, sagt Tobias näselnd.

»Ja, das verstehe ich gut«, sage ich, weil ich nicht weiß, was ich sonst sagen soll. Auch deswegen, weil Georg immer noch schnaubend neben mir steht und ich nicht weiß, was als Nächstes passieren wird. Ich schaue mich verstohlen um, weil ich Angst habe, dass gleich noch Zwitter auf Steg C auftauchen, die uns versichern, dass Segeln für sie auch mit zwei Geschlechtsorganen das Größte ist.

Frauke rettet die Situation und sagt: »Mensch, das ist ja toll, dass ihr hier seid, kommt rüber und wir trinken einen. Georg, kommst du auch?«

»Ich hasse Schwule«, sagt Georg und schaut Tobias und Detlef an, als hätten sie eitrigen Ausschlag. »Mit Schwulen trinke ich nichts!«

»Ich bin bisexuell«, sagt Detlef zu Georg schlagferig und lächelt freundlich, während er den Korb abstellt, »manchmal vögele ich auch mit Frauen.«

Georgs Gesichtszüge glätten sich. »Ach so«, sagt er, sie, es, »dann ist es okay.« Dann steigt sie rüber auf die *Affenarsch* und nimmt Detlef und Tobias sogar den Kuchen und das Brot ab, damit die bequemer rübersteigen können.

Wir sitzen zu fünft auf der *Affenarsch*, als es kurze Zeit später auf den Bug klopft. »Das ist bestimmt Hanno«, strahlt Frauke glücklich. »Er hat nämlich heute Leisten auf unserem Schiff eingepasst und ein neues Polster, damit endlich mal mehr als zwei Leute auf dem *Kleinen Bären* schlafen können.«

Aber es ist nicht Hanno, sondern Björn. Mein Herz klopft. »Hallo ihr«, sagt Björn, »ich wollte nur noch kurz gute Nacht sagen.«

»Setz dich doch zu uns«, erwidere ich, »ich hol Wein.«

»Hallo Björn«, knurrt Georg.

»Ach Georg«, sagt Björn, »na, was machen die Regatten?«

»Es geht, es geht«, antwortet Georg, »ohne dein dummes Geschwafel wäre es wahrscheinlich noch besser, aber du weißt ja immer alles noch mal besser. Bloß, weil du früher Whitbread gesegelt bist.«

»Du bist neidisch, Georg«, frohlockt Björn. »Wie schön, dass du dich nie ändern wirst.«

»Papperlapapp, ändern«, keift Georg, »ich konnte diese professionellen Regattasegler noch nie ausstehen«, sie wiehert auf wie ein Pferd, »ihr kommt euch alle so toll vor!«

»Ja, genau«, sagt Björn, »dann weiß du ja, wie du uns vorkommst!«

»Lass mich zufrieden, Björn«, Georg wedelt mit der Hand vor Björns Gesicht auf und ab, »ich habe heute keine Lust, jemanden zu verprügeln!«

Björn grinst mich an: »Jaja, unsere Georg«, sagt er, »eigentlich heißt Georg Irma. Nicht wahr, Irmchen?« Ich gehe schnell in Deckung.

»BJÖRN!!! Das ist jetzt wirklich genug!«, kommt es drohend von Irmchen-Georg.

»Ich will ja nicht so sein heute«, meint Björn gutmütig. »Normalerweise streiten wir uns mehrere Stunden am Stück. Aber man muss eine Frau ja auch mal gewinnen lassen können!« Er grinst. Tödlich beleidigt wendet Georg Björn den Rücken zu.

Fast sage ich: »Aber Irmchen ist doch ein schöner Name«, doch in letzter Sekunde kann ich meinen Mund wieder schließen. Nicht auszudenken, was dann passiert wäre.

»Ich geh noch mal eben nach vorn in den Supermarkt und hole uns ein paar Flaschen Wein«, beschließt Frauke. »An solch einem gemütlichen Abend wollen wir doch alle was zusammen trinken.«

Ich bleibe mit Björn, Georg und den beiden Schwulen an Bord der *Affenarsch* und suche verzweifelt nach einem Gesprächsthema, zu dem alle was sagen können, aber mir fällt nichts ein. Dann erinnere ich mich daran, dass ich ja Gin und Tonic und Zitrone und eine Thermoskanne mit Eiswürfeln aus Hamburg mitgebracht habe. Oh ja, bitte! Gin Tonic! Alle anderen wollen auch Gin Tonic, lediglich Georg meint: »Gin Tonic ist was für WEIBER!«, und setzt eine Flasche Rum an ihren Mund. Entsetzt stelle ich fest, dass sie einen ausgeprägten Damenbart hat. Huuh!

»Wo soll's denn morgen hingehen?«, fragt mich Björn.

»Am liebsten ganz weit weg«, entgegne ich so leise, dass nur Björn es hören kann.

»Wieso, was ist denn los?«, fragt er lieb, und weil ich ja nie was für mich behalten kann, erzähle ich ihm in Stichworten, was mit Gunnar und Elke und Andreas passiert ist, und werde dabei schon wieder wütend auf Andreas. Elke ist mir piepegal, aber ich bin auch total wütend auf Gunnar, diesen Vollidioten.

»Ach komm, das wird schon wieder. Dein Mann kann eben jetzt am Anfang noch nicht damit umgehen, dass du was besser kannst als er, wenn er auch mal richtig segelt, vergeht das schon wieder.« Björn streichelt meinen Arm. »Wenn du willst, bringe ich ihm Segeln bei. Willst du?«

»Die Frage ist nicht, ob ich will, sondern ob er will«, entgegne ich. »Er gibt ja nicht zu, dass er es nicht kann, das ist es ja. Und er beleidigt mich ständig vor anderen, und ich blöde Nuss bin immer noch höflich und gebe ihm noch nicht mal Contra. Und diesen Gunnar müsstest du mal sehen. Ein Ekelpaket. Unsympathisch ohne Ende. Na ja, du wirst ja später beide kennen lernen!« Da fällt mir auf, dass Gunnar und Andreas seit ewig langer Zeit weg sind. Ob sie immer noch Bier trinken nach dem Desaster vorhin? Ehrlich gesagt, ist es mir Jacke wie Hose. Vielleicht sind sie auch heimgefahren und versichern sich auf der A 7 gegenseitig, dass es ja unfair gewesen wäre zu bleiben, wo sie beide doch die einzigen sind in ganz Sønderborg, die was von Booten und vom Segeln verstehen.

Da kommt Frauke. »Sag mal«, fragt sie, nachdem sie die Tüten mit den Flaschen abgestellt hat. »Dein Mann und sein komischer Freund stehen vorne in dieser angebauten Wurstbude hinter dem Tresen und grillen. Warum tun sie das? Arbeiten die da?«

»Nicht das ich wüsste«, sage ich müde. Mir ist das auch ganz egal. Sollen sie doch grillen und sich ihre dummen Finger verbrennen. Ich gehe dann morgen schön mit Björn segeln. Der gießt uns Wein in die Gläser und wir stoßen an. Selbst Georg ist einigermaßen friedlich und sagt »Prost!« Das Weinglas leert sie in einem Zug. Tobias und Detlef, die sich die ganze Zeit darüber unterhalten haben, dass sie jetzt aber endlich ihre Einkommensteuererklärung machen müssen, entpuppen sich als wirkliche Kenner, was das Segeln angeht. Tobias ist auch mal Regatta gesegelt, wurde aber von der Crew gemobbt, weil er Wochentage-Unterhosen, also solche, auf denen Montag, Dienstag, Mittwoch steht, trug. Und Detlef ist Konstrukteur und entwirft

Segelboote in Kiel. Ich habe noch nie ein Paar gesehen, dass sich so ähnlich ist. Selbst die Mimik ist die gleiche. Sie könnten wirklich Zwillinge sein. Kurze Zeit später stellt sich heraus, dass Björn und die beiden gemeinsame Bekannte haben, und eine rege Diskussion beginnt. Währenddessen schläft Georg im Sitzen ein.

Plötzlich nickt Frauke heftig und beugt sich zu mir vor: »Wir haben uns doch vorhin schon überlegt, wie wir es deinem Göttergatten zeigen können. Also, ich habe mir Folgendes überlegt«, sie kommt verschwörerisch noch näher und ihre Augen funkeln. »Du kommst doch gut mit Björn klar, oder?« Ich nicke. »Siehst du, das ist schon mal der Anfang. Björn segelt jedes Jahr die Kieler Woche mit. Was hältst du davon, dass wir, beziehungsweise er dich so fit macht, dass du Skipper sein kannst! Wir nehmen dann noch ein paar Leute in die Crew auf und trainieren jedes Wochenende. Wie Georg. Die segelt auch mit, aber auf ihrem eigenen Boot. Und jetzt pass auf! Wir schlagen Andreas und diesem Gunnar vor, dass sie doch auch die Kieler Woche segeln sollen und dann ...«

»Warte mal«, unterbreche ich Frauke leise, »wenn wir das vorschlagen, wird Andreas gleich so was Bekloppptes sagen wie: »Ach die Kieler Woche, die ist 'ne Nummer zu klein für mich – weil er doch nicht zugeben kann, dass er was nicht kann!«

»Lass mich doch mal ausreden«, Frauke hat schon rote Wangen, »wir lassen natürlich Björn den beiden diesen Vorschlag unterbreiten. Er kennt so viele Leute hier, dann verfrachten wir die beiden an einen anderen Steg und lassen sie schön trainieren, natürlich müssen die Leute, mit denen die trainieren, von Björn eingeweiht sein. Und wir trainieren heimlich auf unserer kleinen *Affenarsch*! Abends behaupten wir dann einfach, wir hätten einen schönen Segeltag gehabt. Das ist doch ein wasserdichter Plan, das musst du doch zugeben!« Frauke ist ganz aufgeregt. »Dann stell dir vor, wir laufen unter den ersten zehn oder so bei der Kieler Woche ein, und dein lieber Mann dümpelt immer noch mit flatternden Segeln im Kattegat rum, weil sie sich verfahren haben oder lauter Kreise drehen.«

Ich denke nach. Eigentlich ein guter Plan. Ich mache mir Kopfbilder und sehe mich schon mit wehenden Haaren, natürlich am Bug stehend, einer begeisterten Menschenmenge zuwinken, ich, Britta, die strahlende Siegerin.

Begeistert schenkt Frauke uns Weißwein nach. Warum eigentlich nicht? Ja, warum nicht mal einem Möchtegern-Macho zeigen, wo der Hase langläuft.

»Das machen wir so«, gickele ich. »Hoffentlich macht Björn da mit.«

»Der wird mitmachen«, ist sich Frauke sicher. »Der kann deinen Mann nämlich auf den Tod nicht ausstehen, das hab ich schon gemerkt. Ich kenn Björn jetzt fast acht Jahre. Er ist ein feiner Kerl!«

»Oh ja«, sage ich und schaue zu Björn, der mit Tobias und Detlef laut am Lachen ist, »ein wirklich feiner Kerl!«

13

Kaum habe ich den Satz fertig ausgesprochen, gibt es schon wieder Lärm auf unserem Steg. Wir stehen alle gleichzeitig auf und beobachten Gunnar und Andreas, die sich zu allem Überfluss nun auch noch umgezogen haben und diese blauweißgestreiften Seemannshemden tragen. »Geh du zuerst rauf!«, lärmt Andreas und schubst Gunnar vor sich her. »Nein du!«, gibt Gunnar zurück und lacht wiehernd. »Soll ich den beiden helfen?«, bietet Tobias an. »Nein!«, sagen Frauke, Björn und ich gleichzeitig. Georg sagt immer noch nichts, sie schnarcht mittlerweile im Tiefschlaf.

»He, Schusselchen, wir sind's!«, ruft Andreas und winkt. Ich winke hämisch zurück. »Komm doch mal und hilf Gunnar, der ist doch noch nie auf 'nem Boot gewesen«, versucht Andreas mich anzulocken. Guter Versuch.

»Dann geh du doch zuerst rauf und hilf ihm, dann wird das schon klappen!«, gebe ich vom Heck aus zurück und bin gespannt, was Andreas nun tun wird. Bestimmt behauptet er, vor einer Minute an Multipler Sklerose erkrankt zu sein, oder er ist querschnittgelähmt und hat es bis eben gar nicht so richtig gemerkt.

»Ach Schusselchen, nun hilf doch mal Gunnar. Mein Fuß, du weißt doch ...!«, das ist wieder Andreas. Sagt er noch einmal Schusselchen, passiert was. Ich merke, dass ich immer zorniger werde. Frauke neben mir sagt leise: »Der wird sich noch umgucken, aber wie der sich umgucken wird!« Ich nicke. »Britta, du olle Dumpfbacke, jetzt schieb deinen verknöcherten Arsch doch mal hierher oder schick einen deiner Handlanger. Ich hab was getrunken und möchte jetzt gern auf Andreas' Boot!« Ich höre wohl nicht richtig. Was bildet sich Gunnar eigentlich ein?

»KÖNNT IHR BESCHISSENEN HETEROKERLE JETZT EURE FETTÄRSCHE GEFÄLLIGST SELBST HIER DRAUF-

SCHWINGEN UND WÜRDET IHR BITTE AUFHÖREN, BRITTA ZU BELEIDIGEN?« Erschrocken drehe ich mich um. Eine wütende Georg steht mit zerzaustem Haar und ihrer Rumflasche neben mir und macht ihrem Ärger lautstark Luft. »VOLLIDIOTEN! NICHTS KÖNNEN UND RUMKRAKEELEN! ICH SAG'S JA IMMER! MÄNNER!!! ODER SIND DIE GEDACHTEN FÜNF ZENTIMETER DA IN DER HOSE ZU SCHWER ZUM RÜBERSTEIGEN?« Verdutzt glotzen Gunnar und Andreas Georg an. Keiner sagt ein Wort. Selbst Björn ist still und schaut auf den Boden. Tobias und Detlef halten sich aneinander fest und atmen, glaube ich, überhaupt nicht mehr.

Aber nichts passiert. Noch nicht mal das können sie – schlagfertig sein. Noch nicht mal das. Große Klappe und nichts dahinter. Na dann gute Nacht, Marie.

Mir fällt lustigerweise das Lied »Männer« von Herbert Grönemeyer ein. Wann ist ein Mann ein Mann? Bestimmt nicht heute und hier in Sønderborg auf Steg C beim Versuch, auf ein kleines Segelboot zu steigen.

Andreas holt einen Tritt vom Boot gegenüber und stellt sich unbeholfen darauf. Nach einer Viertelstunde bringt er es fertig, einen Fuß auf die *Affenarsch* zu setzen, nach einer weiteren Ewigkeit ist er endlich an Bord. Dauernd macht er leise »Au, au, mein Fuß!«, denn wir erinnern uns ja alle an die schwere Verletzung, die er sich auf der *Victoria*, dem Boot von Doris und Werner, zugezogen hat. Klar, dass die Verletzung immer noch nicht endgültig auskuriert ist und man sie bei Bedarf wieder hervorholen kann.

Dann zieht Andreas Gunnar auf die *Affenarsch*, was ungefähr so lange dauert wie eine Reise zum Mond, und dann kommen beide nach hinten getaumelt. Gunnar hat schon wieder Oberwasser: »Das ist ja winzig, das Boot«, sagt er, »da muss man ja kleinwüchsig sein. Für mich wäre das nichts. Ich bin es gewohnt, auf den ganz großen Schiffen unterwegs zu sein.«

Ich verdrehe die Augen: »Gunnar, die Schiffe mit denen du unterwegs warst, waren keine Segelboote, sondern Passagierschiffe, die noch nicht mal Segel hatten. Das hier ist doch was ganz anderes.«

»Ach, DU willst mir was von Segelbooten erzählen, Britta?«, kontert Gunnar süffisant. »Das finde ich ja süß. Geh mal lieber schön nach Hause und mach Andreas einen leckeren Braten, wie sich das gehört.« Er dreht sich zu Andreas: »Wenn Elke so was zu mir sagen würde, der würde ich das Haushaltsgeld kürzen.«

Andreas, mein Mann Andreas, also der Mann, mit dem ich verheiratet bin, sagt: »Mir wäre es auch lieber, wenn Britta zu Hause wäre, Gunnar, das kann ich dir wohl sagen. Aufmüpfige Frauen brauchen wir nicht, was?«

Gunnar schüttelt den Kopf: »Ganz und gar nicht. Wozu gibt es denn Frauen? Zum Kochen und für zweimal in der Woche abends nach der Tagesschau. Hahaha!«

»Hahahaha!«, kreischt Andreas zurück.

Obwohl ich stinksauer bin, muss ich laut lachen: »Zweimal in der Woche?«, meine Stimme kippt, und es ist mir auch ganz egal, ob zwei Schwule, eine Lesbe und je ein Heteromann und eine Heterofrau solche intimen Dinge mitanhören, »zweimal in der Woche wäre großartig. Aber dann auch bitte länger als die üblichen dreißig Sekunden einmal pro Vierteljahr!«

Georg fängt schallend an zu lachen: »Ich sag's ja, Männer«, grölt sie laut, »dreißig Sekunden. Allmächtiger, Britta, du musst ja sexuell völlig ausgelastet sein!« Sie lacht so laut, dass die Kuchenbuden ringsherum schon wieder Köpfe bekommen. Ich bin mir sicher, dass vor meiner Ankunft hier auf Steg C noch nie so viel los war.

Frauke grinst Andreas schelmisch an: »Hui«, sagt sie süffisant, »wenn ich nicht schon glücklich verheiratet wäre, mit Ihnen würde ich es glatt ausprobieren!«, sie wendet sich zu mir. »Glückwunsch, Britta, zu diesem Prachtexemplar von Ehemann!«

Weil ich, glaube ich, schon etwas zu viel getrunken habe, kenne ich kein Ende und sage: »Aber Gunnars Frau musst du erst mal hören, Frauke, was die so alles erzählt. Du würdest blass vor Neid!«

»Halt bloß die Klappe, Britta!«, schnaubt mich Gunnar an und kommt drohend einen Schritt auf mich zu.

»Noch einen Schritt und es passiert hier was sehr, sehr Unangenehmes!« Das ist Björn. Er redet sehr ruhig. Fast schon zu ruhig.

»Mach dir keine Sorgen, Gunnar«, sage ich gelangweilt. »Elke erzählt nichts. Sie hat mir lediglich mal gesagt, es gäbe nichts zu erzählen. Na ja, ich finde das eher traurig ...!«

»Mein Sexualleben geht dich einen SCHEISSDRECK an!«, brüllt Gunnar hysterisch los.

»Zum Glück«, kontere ich, immer noch gelangweilt. Viel spannender als diese Unterhaltung ist es, sich noch einen Wein einzugießen. Und dann will ich möglichst schnell diese beiden Vollidioten loswerden, bevor hier noch ein Unglück geschieht. Wobei – was soll's? Peinlicher kann es ja nun wirklich nicht werden.

»Wären wir doch bloß vorne bei Orge und seinem leckeren Weißwein geblieben und hätten weiter gegrillt«, sagt Gunnar zu Andreas, »da war die eine Blonde mit den geilen Titten, ich glaub, die war scharf auf mich. Wie die mich angestarrt hat, hast du das gesehen, Andreas?«

Andreas nickt. »Die andere, die rothaarige, hast du diesen festen Arsch gesehen? Die hat sich doch extra gebückt in ihrer engen Jeans, dass ich diesen Arsch noch besser sehen konnte. Mannomann! Ich frag mich bloß, wieso die T-Shirts anhatten, auf denen *Bloody Mary* stand!«

Georg brüllt mittlerweile vor Lachen: »Das waren Luisa und Christina«, ruft sie. »Die beiden gehören zu meiner Crew. Unser Boot heißt *Bloody Mary.* Die haben geile Titten und Ärsche, ja!!! Aber da werdet ihr mit euren stinkenden Männerhänden ganz sicher nicht zum Zug kommen. Die beiden sind nämlich LESBEN!!! Und wenn ich euch so anschaue«, Georg hyperventiliert fast, »verstehe ich es besser denn je!«

Die Luft knistert vor Spannung. Ich kann es förmlich spüren. Ich kann auch Björns Zorn körperlich spüren. Er ist aufgeladen wie sonst was.

Andreas, der wohl merkt, dass er hier kein Land mehr gewinnen kann, wird plötzlich ganz geschäftsmännisch: »Britta, pack deine Sachen, wir fahren nach Hamburg!«, herrscht er mich an. »In einer Viertelstunde bist du beim Auto!«

Wie bitte? »Ich glaube, ich habe mich verhört«, sage ich mit fester Stimme. »Ich für meinen Teil bleibe auf meinem Boot. Was du machst, ist deine Sache!«

Andreas kommt auf mich zu und packt mich am Arm und zwar so fest, dass ich mit Sicherheit morgen einen blauen Fleck dort haben werde, weil ich schon immer anfällig war für blaue Flecken und, so ganz nebenbei bemerkt, ich es nicht mag, wenn mich jemand fest anpackt. »Aua!«, sage ich laut, »du lässt auf der Stelle meinen Arm los!« Aber Andreas quetscht noch fester. »Du kommst jetzt mit nach Hause!«, sagt er böse. Je mehr ich versuche, loszukommen, desto fester drückt Andreas zu.

Eine Sekunde später hängt Andreas in der Luft wie eine Marionette und strampelt mit den Beinen: »Hilfääää!«, röchelt er. Es ist Björn. Er hat eine Hand bequem in der Hosentasche stecken und hält mit dem ausgestreckten anderen Arm Andreas zehn Zentimeter über dem Deck. Ich glaube, Björn hat Kraft. Eigentlich bin ich mir sicher.

»Britta, du musst dich von diesem entsetzlichen Kerl trennen. Das ist ja nicht zum Aushalten!« Das sagt Frauke eine halbe Stunde später, nachdem Andreas und Gunnar sich vom Acker, beziehungsweise der *Affenarsch* gemacht haben. Wer weiß, wo sie hingehen oder -fahren, mir ist das ziemlich egal. Mir wird bewusst, dass ich noch nicht mal eifersüchtig wäre, sollte mich Andreas heute oder morgen oder wann auch immer betrügen. Ist das denn noch Liebe?

»Das ist doch keine Liebe mehr«, regt sich Frauke auf. »Wie kann der denn von dicken Titten erzählen, wenn die eigene Frau dabei ist!«

»Er hat von einem festen Arsch erzählt«, verteidige ich Andreas noch blödsinnigerweise. »Gunnar hat von Titten erzählt.«

»Was spielt denn das für eine Rolle?«, Frauke ist total entrüstet. »Wenn Hanno das machen würde, dann ... Moment mal, wo ist Hanno eigentlich?«

Stimmt. Hanno hab ich nur kurz bei der Ankunft gesehen, und das ist Stunden her. Frauke klettert rüber auf ihr Boot und ruft lauthals nach ihrem Mann, aber der antwortet nicht. Er schläft auch nicht in einer der Kojen, was wir überprüfen.

»Wenn er über Bord gegangen ist«, kreischt Frauke, »wenn er über Bord gegangen ist!«

»Das hätten wir doch gehört«, versucht Björn Frauke zu beruhigen. »Wir waren doch die ganze Zeit hier.«

»Trotzdem, trotzdem«, Frauke hüpft herum wie ein Huhn, »kann es sein, dass er auf der *Bloody Mary* ist?«, fragt sie Georg.

Die schüttelt den Kopf: »Hanno würde nie freiwillig auf die *Bloody Mary* steigen«, ist sie sich sicher, »eher würde er ganz mit dem Segeln aufhören.«

Wir rufen Hannos Namen über den ganzen Steg, leuchten mit Taschenlampen ins Wasser und fragen alle Leute, die wir treffen, ob sie einen Mann mit Werkzeug in der Hand gesehen hätten. Aber niemand hat Hanno gesichtet. Zwanzig Minuten später finden wir Hanno in einer Backskiste auf Björns Boot. Er wollte sich aus der Backskiste einen Schraubendreher in einer bestimmten Größe ausleihen, dabei ist der Deckel der Kiste unglücklicherweise zugefallen und hat sich der Scharnierverschluss so verhakt, dass Hanno den Deckel nicht mehr hochgekriegt hat.

Hanno sieht das alles sehr gelassen: »Es war zwar wie in einem Sarg«, sagt er, »aber ich hatte ja genug Sachen, mit denen ich mich beschäftigen konnte. Eine Taschenlampe lag auch herum. Björn, ich habe deine ganzen Muttern nach Größe sortiert, das war dringend nötig. Und Bier war auch da. Was habt ihr denn so gemacht heute Abend? Habe ich irgendwas verpasst?«

Gegen 23 Uhr sitzen wir immer noch an Deck der *Affenarsch*. Ich habe Detlef und Tobias angeboten, auf ihrem guten alten *Glitzi*-Boot zu übernachten und die beiden nehmen strahlend mein Angebot an. Wir essen das selbst gebackene Brot der beiden mit Käse und Schinken, Tomaten und Oliven und gesalzener Butter. Hätte mir vor ein paar Monaten jemand gesagt, dass mir eine so einfache Mahlzeit auf einem kleinen Segelboot so herrlich schmecken würde, ich hätte ihn ausgelacht. Es ist ein wenig kühl und Frauke holt Decken von ihrem *Kleinen Bären* und verteilt sie an uns.

Selbst Georg ist noch da. »So lange war sie noch nie bei uns«, vertraut mir Frauke an, »ich glaub, sie mag dich!« Oh, das ist schön! Wenn Georg mich mag, könnte das zur Folge haben, dass ich innerhalb von vierundzwanzig Stunden eine Lesbe bin, was mir in meiner momentanen Gemütsverfassung gar nicht so unmöglich vorkommt.

Vielleicht stehen mir ja Achselhaare ganz gut. Problematisch wird es nur, wenn sie sich dank meiner Schussligkeit (»Britta, du Schusselchen!«) um die Winsch legen, während ich kurbele, und sich darin verhaken.

»Ach, ist das schöööön, Detlef«, sagt Tobias und legt den Arm um seinen Freund. »Weißt du noch, als du mich vor zwei Jahren, als wir genau hier gesessen haben, gefragt hast, ob isch den Räst meines Lääääábens mit dir verbringen will?« Detlef nickt gerührt und zieht ein Taschentuch aus seiner Jacke. »Meine Leeeebensliebe hast du misch damals genannt«, erinnert er sich näselnd, »und dann hast du die Ringe hervooooorgeholt!« Stimmt, die beiden tragen so eine Art Ehering, goldene, schmale Reifen zieren den jeweils rechten Ringfinger. Ich muss mir zum Glück seit einer Woche keinen Kopf mehr um Eheringe machen. Sicher, ganz sicher war das sehr wohl ein Zeichen. Detlef nimmt eine Tomate, steckt sie sich zur Hälfte in den Mund und Detlef beißt die andere Hälfte ab. Der Tomatensaft spritzt in mein Auge, aber das tut der innigen Liebe der beiden zueinander keinen Abbruch. Versonnen stieren sie sich an.

Georg hat eine Seekarte vor sich ausgebreitet, und Björn gibt ihr Tipps für ihre Sommertour. Der Wein ist kühl und schmeckt, die Sterne leuchten und die ganze Stimmung ist träge und gelassen. Selbst Hanno ist bei uns. Er bastelt aus alten Fahrradreifen Ruckfender und ist sich selbst genug.

Ich habe die CD »The big blue« aufgelegt, sie passt wunderbar zu dieser herrlichen Nacht. Habe sie extra letzte Woche gekauft.

So und nie wieder anders möchte ich es haben. Wobei der Film ganz schrecklich endet, der eine taucht zu tief ins Meer und ertrinkt dann, und diese Rosanne Arquette hat eine furchtbar quietschige Synchronstimme. Mir sind Synchronstimmen immer total wichtig. Die von Robert de Niro zum Beispiel ist großartig. Oder die von Tom Hanks. Ob Robert und Tom wohl ihre deutschen Stimmen persönlich kennen? Und wie stellt man sich als deutsche Stimme denen dann vor? »Hallo, guten Tag, ich bin Ihre deutsche Stimme! Unterhalten Sie sich mit mir!« Das ganze scheitert dann bestimmt daran, dass die deutschen Stimmen kein englisch sprechen und umgekehrt (über was für einen Scheiß ich mir immer Gedanken mache).

»Wir müssen unbedingt noch mal über unseren Plan sprechen!«, sagt Frauke und stößt mit mir an. »Ich finde, wenn jemand so eine richtige Rache verdient hat, dann dein Mann! Hanno, Brittas Mann und ihr Freund haben in ihrem Beisein von dicken Titten gesprochen!«

Hanno blickt auf. »Dein Mann hat Titten?«, fragt er verwundert.

Frauke winkt ab. »Im Ernst, Britta, wir müssen einen Plan machen, der hieb- und stichfest ist!«

Ja, das müssen wir wohl. Mir ist auch im Moment nichts lieber, als alle Männer dieser Welt, ausgenommen die, die hier sitzen, ungespitzt in den Boden zu rammen. Georg mischt sich ein: »Ihr habt einen Plan für diese beiden armseligen Kreaturen von vorhin?«, fragt sie und hebt ihr Segelmesser. »Das wäre mein Plan!«, und dann tut sie so, als ob sie sich mit dem Segelmesser das Auge ausstechen würde.

»Nein, das ist zu billig«, sagt Frauke, »wir haben uns was viel Besseres ausgedacht!«

»Frauke!«, versuche ich sie zu stoppen, denn schließlich müssen wir doch erst mal Björn einweihen, denn wenn der nicht mitmacht, können wir das alles vergessen. Frauke ist nicht zu bremsen. Sie ist rot im Gesicht und muss sich mitteilen.

Sie klatscht in die Hände. »Mal alle herhören!« Detlef und Tobias, die seit ungefähr zehn Minuten eine Gewürzgurke in ihren Mündern austauschen, sind ganz Ohr. Georg sowieso.

Und Björn, der die ganze Zeit relativ ruhig ist, legt die Seekarte zur Seite und schaut uns an. Selbst Hanno blickt von seinen Ruckfendern auf. Was sage ich da, die Ruckfender sind längst fertig, momentan ist Hanno dabei, die Leinenenden mit Garn zu umwickeln.

»Also!«, Frauke zelebriert gern, wie ich gerade feststelle, »ihr habt ja wohl alle mitgekriegt, wie sich Brittas Mann samt Freund vorhin hier benommen haben!«

Einstimmiges Nicken. Kunstpause von Frauke. »Den beiden muss der Marsch geblasen werden!« Georg wiehert schon wieder: »Ob man denen den Marsch überhaupt blasen kann, daran zweifle ich noch!«, brüllt sie.

»Jetzt sei mal ruhig, Georg«, sagt Frauke, »hör einfach mal zu!«

»Ist ja gut, ist ja gut«, brummelt Georg und ist still.

»Bevor wir euch aber unseren Plan anvertrauen, müsst ihr schwören, ja, schwören, dass ihr dicht haltet, alle miteinander!«

»Ui ui ui«, sagt Tobias leise. »Ist es was ... was ... was ... Kriminelles?«

»Nein, nein«, Frauke verdreht die Augen. »Ich als Richterin und dann was Kriminelles, nein, natürlich nicht.«

»Ach, schaaaadääää«, näselt Tobias. »Isch hab nämlich mit sieben Jaaaahrääään mal einen Apfel geklaut und wollte so was Verbotenes seitdem immääär wieda tun!«

Die Sønderborger Kirchturmuhr schlägt eins, als wir im Cockpit der *Affenarsch* verschwörerisch alle die Hände übereinander legen, uns nacheinander anschauen und im Chor leise sagen: »Ich schwöre, ich bewahre unser Geheimnis für mich!«

Fast komme ich mir verwegen vor. Ein bisschen gerührt bin ich auch, weil ich das Gefühl habe, dass diese Menschen hier meine Freunde werden könnten. Ich hab mich selten so wohl gefühlt.

Zeugen gibt es nicht. Nur die Ostsee und die *Affenarsch.*

Und die beiden, die können ja nicht sprechen.

14

Das ist großartig, großartig, großartig!«, ruft Georg. »Ich bin dabei, darauf könnt ihr euch verlassen, Kinder, ich bin dabei, aber so was von dabei! Ich seh' die beiden Wichte schon herumeiern. Mit ihrem großen Maul. Hab keine Angst, Britta, das kriegen wir schon hin, wir werden trainieren, dass die Schwarte kracht, oder Björn?«

Björn, der eigentlich von Natur aus ein relativ ruhiger Mensch ist, teilt Georgs Begeisterung in vollen Zügen: »Wir starten mit der *Affenarsch*«, sagt er. »Am besten mit vier Mann. Also Britta und ich – und wer möchte noch in unserer Crew sein?«

Frauke winkt ab: »Lass mal, Björn, Hanno segelt die Kieler Woche seit Ewigkeiten mit seiner festen Crew, den wirst du davon nicht abbringen!«

Hanno setzt sich mit seinen Leinen auf und sieht Frauke mit festem Blick an: »Das hier ist ja wohl was ganz anderes. Hier geht es um Gerechtigkeit!« Seine Augen flackern. Seine Stimme bebt. Gleich wird er von irgendwo einen weißen Umhang hervorholen, eine lodernde Fackel schwenken und rufen: »Schwarze haben hier in South Carolina keine Rechte!«

»Ich habe mir auch meine Gedanken gemacht«, erzählt uns Hanno. »Ich finde den Plan, den ihr ausgeheckt habt, zwar im Großen und Ganzen ganz okay, aber es geht noch besser!«

Wir rücken zusammen. »Wie denn, was meinst du?«, fragt Björn. »Okay«, Hanno nimmt einen Schluck Weißwein und legt los: »Du und Britta und noch zwei, ihr segelt auf der *Affenarsch*. Das darf natürlich keiner wissen. Ich, und nicht du, Björn, werde zu Andreas gehen. Wenn du das machst, weiß Andreas sofort, woher der Wind weht oder könnte es zumindest ahnen, und das wollen wir ja nicht!« Wieder Nicken. »Ich werde so tun, als ob ich von meiner Frau klein gehalten werde und unterbreite Andreas den Vorschlag, sich doch fit für die Kieler Woche zu machen und es damit den Weibern so richtig zu zeigen. Und jetzt kommt's!« Wir lauschen gespannt.

Hanno holt Luft: »Ich werde ...«, er stockt und es kommt mir so vor, als bereue er seine Worte, bevor er sie endgültig ausgesprochen hat. »Ich werde ...«

»Hanno!«, Frauke ist ganz ungeduldig. »Was wirst du denn?«

Hanno nimmt noch schnell einen Schluck Wein, wahrscheinlich deshalb, weil er sonst die ganze Situation nicht mehr erträgt, »ich werde, ich werde, ich werde ... Andreas, also ich werde deinen Mann Andreas fragen, ob wir nicht gemeinsam die Kieler Woche segeln wollen und das ganze andere Pack niederschmettern!«

In sich zusammengesunken sitzt Hanno da. Seine Schultern hängen. Aber es kommt noch dicker: »Ich werde über Frauen lästern und über das Nichtkönnen und so, aber in Wirklichkeit, also wenn wir trainieren, werde ich sie alles extra falsch machen lassen.« Er blickt seine Frau an. »Nicht dass du jetzt denkst, ich meine das ernst, Frauke, aber ich finde, so ein Vollidiot wie Brittas Mann hat es wirklich nicht anders verdient!«

Frauke streichelt Hannos Arm. »Du weißt ja gar nicht, was für ein Opfer er gerade bringt«, flüstert sie mir zu. »Hanno, ich bin so stolz auf dich! Ich weiß doch, wie ehrgeizig du immer die Kieler Woche segelst.«

»Im Ernst, Hanno, du bist ganz groß«, sagt auch Björn und klopft Hanno auf die Schulter. »Aber du brauchst noch einen vierten Mann. Also du, Andreas, sein bekloppter Freund Gunnar. Hm. Wen könnten wir noch in die Crew aufnehmen?«

»Ich weiß es«, frohlockt Frauke. »Wir nehmen Werner!«

Werner. Werner? »Welchen Werner?«, frage ich und ahne Schlimmes.

»Ach, Werner ist der Mann von Doris, die liegen an Steg F«, sagt Frauke. »Der zockt immer ahnungslose Neueinsteiger ab. Aber für Werner ist nur Bares Wahres«, sie lacht, »für ein paar hundert Euro ist Werner verschwiegen wie ein Grab, wenn's darauf ankommt. Und es soll ja darauf ankommen! Werner ist unser Mann!«

Na gut. Mir soll's recht sein. Ich habe auch keine Lust, die Werner-und-Doris-Geschichte den anderen zu erzählen. Momentan haben wir Wichtigeres zu tun.

Björn stellt die Crews zusammen: »Britta, du und ich, das ist klar, aber wer könnte noch dabei sein?«, er überlegt krampfhaft, »wir wollen ja unter den ersten sein, deswegen brauchen wir Profis.« Sein Gesicht hellt sich auf: »Tobias. Detlef!!! Natürlich. Ihr beide! Habt ihr Lust?«

Tobias und Detlef, die sich gerade gegenseitig ein Dutzend speichelaufgeweichte Salzstangen mit den Zungen in ihren Speiseröhren verteilen, räuspern sich kurz, schlucken und sagen dann gleichzeitig: »Na klaaaar, Pjörn, wir wollten immer schon mal zusammen eine Reeeegaaaatttttaaaa sääääägeln!«

»Okay«, Björn holt einen Zettel und macht sich Notizen. »Also – Boot 1, die *Affenarsch*: Britta, Björn, Detlef, Tobias. Boot 2, also der *Kleine Bär*: Hanno, Andreas, Werner und Gunnar. Hm. Wir brauchen noch ein drittes Boot, eins, das eurem Boot, Hanno, immer wieder den Wind wegnimmt, wen nehmen wir denn da?«

»Was ist denn das für eine bescheuerte Frage?«, mischt sich Georg ein. Sie nimmt einen Schluck Rum und wischt sich mit ihren Achselhaaren das Kinn trocken.

»Das wird natürlich die *Bloody Mary* sein! Welches Boot denn sonst?« Georg grinst hämisch: »Deinem Mann, liebe Britta, werde ich den Wind aus den Segeln nehmen. Und zwar im wahrsten Sinne des Wortes!« Ich glaube ihr. »Zu meiner Crew gehört Sylvie. Und Luisa und Christina. Das sind die mit den dicken Titten und den festen Ärschen«, grunzt Georg. »Wollen wir doch mal sehen, wo den Kerlen die Schwänze hängen, wenn die den Spinnaker setzen!«

Welche Schwänze?

Jedenfalls sind wir riesig euphorisch und malen uns in tausend Farben aus, wie die Kieler Woche wohl enden wird. Es ist zu schön, sich gemeine Kopfbilder zu machen. Mein Handy piept und mit verschleierten Augen schau ich drauf. Es ist eine SMS von Andreas: »Du kommst sofort nach Hause! Sofort!«

Ich antworte: »Später. Vielleicht!« Woraufhin wiederum von Andreas kommt: »Dann eben nicht.« Hätte ich doch bloß nie geheiratet. Dann hätte ich jetzt nicht dieses ganze Tohuwabohu am Bein. Oder an der Backe. Oder auf der *Affenarsch.*

Die anderen sind schon am Weiterspinnen: »Das ist eine wirklich gute Strategie, Hanno!«, meint Björn und klopft Hanno auf die Schulter. »Du machst das, dich kennt er am allerwenigsten, da schöpft er keinen Verdacht. Aber dieser, wie hieß er noch, Gunnar?«

»Ja, Gunnar, das Arschloch!«, rufen wir gruppendynamisch.

»Also dieser Gunnar muss unbedingt dabei sein, der findet sich ja noch toller als dein Andreas, Britta!« Das sehe ich zwar nicht so, aber wenn Björn der Meinung ist, bitte!

»Du musst unbedingt dafür sorgen, dass die beiden oder zumindest Andreas nächstes Wochenende wieder nach Sønderborg kommen, damit wir den Plan starten können«, sagt er in meine Richtung, steht auf und hebt beide Arme: »Das wird ein Spaß! Und Frauke – wehe, du lachst oder wirst rot!«

»Ich lache nie bei solchen Sachen und werde auch nie rot«, sagt Frauke, während sie rot wird und gleich darauf anfängt zu lachen.

»Genau das meine ich, Frauke«, erwidert Björn und schüttelt den Kopf. »An dir wird das alles scheitern.«

»Ach was, du kannst dich auf mich verlassen«, verspricht Frauke und knufft Björn in die Seite. »Du weißt doch, wenn's drauf ankommt, bin ich da!«

»Das stimmt allerdings«, sagt Björn und sieht Frauke liebevoll an. »Du bist und bleibst ein Goldstück!«

»Wann fangen wir an zu trainieren?«, fragt Georg, während sie einen Klumpen Kautabak in ihren Mund steckt.

»Morgen«, kommt es von Björn. »Morgen fahren wir raus und fangen von der Pike auf an. Tobias, Detlef, habt ihr das Wochenende schon verplant oder kommt ihr mit?«

Weil Detlefs Zunge in Tobias' linkem Ohr steckt und Tobias wiederum mit seiner Zunge dabei ist, Detlef einen Knutschfleck mit den Ausmaßen Islands auf die rechte Halsseite zu verpassen, dauert es ein wenig mit der Antwort, aber die kommt dann synchron von beiden: »Türlisch sind wir daaaa, wir treeeeniern mit!«

Mich macht unser Vorhaben so froh, dass ich laut jubilieren könnte. Obwohl Missgunst oder Gehässigkeit noch nie meine Stärke war. Aber das hier ist was anderes!

Es ist mal wieder spät nachts, als die anderen gehen. Tobias und Detlef habe ich angeboten, im Vorschiff zu übernachten, ich selbst kann mich im Salon in einen Schlafsack packen. »Wir frühstücken morgen alle bei mir«, bestimmt Frauke. »Georg, bring die Mädels gleich mit, die müssen wir ja auch noch einweihen!«

Es ist glaube ich ungefähr drei oder vier Uhr morgens, als ich mich endlich – diesmal abgeschminkt und mit Aspirin für den nächsten Morgen gewappnet – in den Salon der *Affenarsch* lege. Tobias und Detlef haben sich mit Küsschen rechts und links von mir verabschiedet und sind im Vorschiff verschwunden. Beide tragen lindgrüne Frottee-Pyjamas. Detlef hat auf seinem Oberteil ein T aufgestickt, Tobias ein D. Sie haben Kuscheltiere im Arm. »Ach Britta, du bist so nett«, sind sich beide einig. »Dass wir noch mal auf unserer *Glitzerbarbie* schlafen können!« Dann setzen sie sich ihre Kieferschienen ein, damit sie sich nachts nicht gegenseitig durch Zähneknirschen wecken, legen sich auf ihre mitgebrachten ›Aristocats‹-Kissen und schlummern engumschlungen von dannen. Das muss wahre Liebe sein!

Es hat keinen Sinn. Ich kann nicht einschlafen. Leise setze ich mich auf und krieche aus meinem Schlafsack. Draußen wird es schon hell, und irgendwelche Möwen sind offenbar dabei, sich im Mast der *Affenarsch* ein Nest für die drei kommenden Generationen zu bauen, das Geschrei ist unerträglich. Vorsichtig schiebe ich das Luk auf und krabbel in meinem Schlafanzug nach draußen. Das ganze Cockpit ist nass vom Tau, aber da liegt noch eine Decke von Frauke, in die wickel ich mich ein. Da steht ja noch eine halbvolle Weinflasche und mein Glas. Warum sollte ich nicht hier ganz allein ein Glas Wein trinken? Ist ja nicht verboten.

Ich stütze den Kopf in beide Hände und denke nach. Ist das richtig, was du tust, Britta? Hast du es nötig, dich vor anderen so demütigen zu lassen? Hast du das Recht, dich zu rächen? Ja, sicher, aber warum bin ich trotzdem so traurig?

Weil ich verletzt bin. Weil ich meinen eigenen Mann so lange Jahre nicht richtig gekannt habe. Weil ich das nicht verdient habe! Ich war jahrelang stark und habe Karriere gemacht. Nie, nie, nie konnte ich mich mal an Andreas anlehnen. Wirklich nie! Ich denke an Björn und seine breiten Schultern und seine lieben Augen. Ja, natürlich, ich weiß, was jetzt jeder sagen wird.: »Sie kennt ihn doch noch gar nicht richtig. Wer weiß, wie er in Wirklichkeit ist!« Stimmt. Aber denken muss ich trotzdem an ihn. Ich nehme noch einen Schluck Wein und bin komischerweise überhaupt nicht mehr betrunken, so wie vorhin. Ich glaube, ich möchte schwimmen gehen. Nein, Britta, du gehst jetzt hier im Hafenbecken natürlich nicht schwimmen. Auch wenn du den Alkohol nicht merkst, du hast welchen getrunken. Das würde noch fehlen, dass du im Wasser Gleichgewichtsstörungen bekommst und absäufst wie eine nasse Katze. Wo du doch das erste Mal in deinem Leben RACHE üben willst.

Ich will aber trotzdem schwimmen gehen. Ich stehe auf, weil ich meinen Badeanzug holen möchte. Da plätschert es im Wasser. Irgendjemand kommt mit einem Dingi angefahren. »Pssst, Britta, Britta ...«, es ist Björn, »das hab ich gewusst, dass du auch nicht schlafen kannst. Komm, steig ein, ich zeig dir den Sonnenaufgang!«

Nie wieder, nie wieder werde ich einen solchen Morgen erleben. Wenn ich etwas weiß, dann das.

Ich paddele mit Björn, einer Flasche Champagner und Erdbeeren aus der Hafeneinfahrt raus, und dann lassen wir uns in dem kleinen Schlauchboot einfach so treiben. »Du siehst traurig aus, Britta«, sagt Björn und füllt mir noch mal Champagner in meinen Pappbecher nach. »Hier, nimm noch eine Erdbeere, Mund auf!«

Zerstreut esse ich die Erdbeere. »Kann man sich in einem Menschen so täuschen?«, frage ich Björn und hoffe, dass er Nein sagt und meiner Ehe noch eine Chance gibt.

Björn überlegt kurz und sagt dann: »Ja. Man kann. Ich hab mich auch getäuscht. So oft schon. Britta, ich muss dir was sagen!«

Ich schaue ihn an.

»Mit einer Frau wie dir wollte ich schon immer zusammensein. Einen Sonnenaufgang mit ihr erleben. Im Ernst, das ist jetzt kein Schmalz oder so, aber mit dir macht das einfach Spaß. Also, das ganze Zusammensein mit dir macht Spaß. Ich fühle mich so wohl, wenn du bei mir bist. Die ganze Woche hab ich mich auf den Freitag gefreut. Das musst du mir wirklich glauben. Schau mal, jetzt geht die Sonne richtig auf!« Eine rotgoldene Sichel erstreckt sich über dem Meer. Es ist gigantisch und ich könnte weinen vor Glück. Björn, der auch nur eine Shorts und ein T-Shirt trägt, legt den Arm um mich. Wir frösteln etwas, aber egal.

Er riecht verdammt gut. »Britta ...«, sagt er leise und kommt mit seinem Gesicht immer näher, »ach, Britta!« Sein Mund sieht schön aus, so aus nächster Nähe. Plötzlich bin ich verliebt wie eine 15-Jährige, die das erste Mal dieses bis dahin unbekannte Gefühl verspürt. Ich möchte Björn küssen. Und ich werde Björn küssen. Jetzt. Vielleicht werde ich sogar Sex mit Björn haben. Hier auf diesem Beiboot, mitten auf der Ostsee, im Frühnebel, umgeben von Champagner und Erdbeeren. Björn kommt immer näher und mein Herz rast wild vor Vorfreude auf diesen ersten Kuss ...

»OOOOOOOOOOOIIIIIIIIINNNNNNNNNNKKKK!«

Eine schwarze Bombe, ich vermute, eine aus dem zweiten Weltkrieg, ist soeben an die Oberfläche katapultiert worden und hat so viel Kraft in sich, dass man meinen könnte, sie lebt. Eventuell ist es auch eine Tellermine. So genau kann ich das nicht ausmachen, weil ich vor Entsetzen laut aufkreische. Vom Fluchtinstinkt getrieben springe ich auf. »BJÖRN!«, höre ich mich brüllen. »Eine Bombe, eine Bombe!«

»Oh mein Gott!«, auch Björn hat Angst, schließlich könnte die Bombe sekündlich explodieren. Was machen wir denn dann?

Wie können wir denn dann ohne Arme, die uns die Bombe mit Sicherheit abreißen wird, schwimmen? Das geht doch nicht. »Setz dich sofort wieder hin!«, brüllt Björn und hält sich mit beiden Händen am Bootsrand fest. »Hinsetzen, hab ich gesagt!« Aber ich bin vor Entsetzen unfähig, irgend etwas zu tun, stehe in meinem Schlafanzug auf dem Boot und kreische so laut, dass seemeilenweit entfernte Frachtschiffe mit Sicherheit annehmen, im Atlantischen Ozean sei ein Seebeben oder so was Ähnliches.

»OOOOIIIIIIIIIIIINNNNNNNNNNNNKKKKKK!«, macht die Bombe. Sie springt immer wieder aus dem Wasser, taucht wieder ins Wasser ein und dann wieder auf. Das Beiboot wackelt so, dass wir jede Sekunde umzukippen drohen, und ich bekomme richtiggehend Panikattacken. »Was sollen wir denn jetzt bloß machen?«, kreische ich in Björns Richtung. Er öffnet den Mund, um zu antworten, aber in diesem Moment sucht die Bombe die direkte Nähe zu uns. Mit einem weiteren »OOOOOOOOOOIIIIIIIIINNNNNNNNNKKKKKKKKK!«, springt sie aus der Ostsee direkt in unser Beiboot. Dann wackelt sie verzweifelt hin und her, und ich schließe mit meinem Leben ab, weil ich gleich in tausend Fetzen im Meer herumschwimmen werde. Höchstens an meinem Gebiss oder an meinen Haaren wird man mich noch identifizieren können.

Wasser schwappt in das Boot, und die Bombe spuckt im nächsten Moment eine Wasserfontäne aus. Dann bleckt sie die Zähne und beißt in das Beiboot.

»Ein Schweinswal!«, brüllt Björn. »Ein Schweinswal!« Das Boot verliert Luft.

Ich bin so erleichtert, dass die Bombe ein Schweinswal ist, dass ich ihn hätte küssen können. »Scheiße, wir sinken!«, krakeelt Björn herum. »Pass auf, dass er dich nicht beißt.«

»Ich dachte, es sei eine Bombe«, rufe ich in Björns Richtung. »Aber wenn es doch nur ein Schweinswal ist, dann ...«, und dann kriege ich keine Luft mehr, weil ich Wasser schlucke. Eine Sekunde später treibe ich mit Björn schwimmend in der Ostsee herum. Der Schweinswal schießt wie ein Geisteskranker mit unserem luftleeren Dingi auf der Flosse Richtung Schweden oder so. Dabei macht er »OOOOOIIIIIINNNNNKKK!« Wir sehen ihn noch mal eine Wasserfontäne hochspritzen. Auf der Spitze der Fontäne tanzt die Champagnerflasche.

Nie wieder, NIE WIEDER werde ich einen solchen Morgen erleben. Wenn ich etwas weiß, dann das.

15

Wer einmal mit einem Paddelboot eine halbe Stunde lang über die Ostsee gepaddelt ist und denkt, es dauert genauso lange zurückzuschwimmen, täuscht sich. Wir brauchen fast zwei Stunden. Das Wasser ist zwar nach ein paar Minuten nicht mehr so kalt, aber ich bin müde und entkräftet und habe vor allen Dingen Angst davor, mit den Füßen in Schlingpflanzen hängen zu bleiben, obwohl es hier gar keine Schlingpflanzen gibt, wie mir Björn versichert. Ich kenne Geschichten von Menschen, die nach dem Kontakt mit einer Schlingpflanze unter Wasser in Panik gerieten. Daraufhin hat sich die Schlingpflanze noch mehr um den Fuß oder die Füße gewickelt, was zur Folge hatte, dass die Leute in die Tiefe gezogen wurden. Ob sie ertrunken sind oder gerettet wurden, die Leute, ist nicht bekannt. Jedenfalls schwimme ich ganz flach, um nicht zu diesen Leuten zu gehören.

Gegen acht Uhr erreichen wir die Hafeneinfahrt. »Bitte beim Hafenmeister melden«, steht auf einem Schild. Das gilt wohl hoffentlich nur für die Leute auf Booten.

Eine Familie legt gerade ab. Sie grüßen uns freundlich, als wir vorbeischwimmen. Wir grüßen zurück. Es ist April.

Von weitem sehe ich Tobias und Detlef auf der *Affenarsch* stehen. Sie tragen noch ihre Schlafanzüge und haben Ferngläser vor den Augen. Als sie uns sehen, winken sie hektisch.

Frauke steht nebenan auf dem *Kleinen Bären* und schaut angstvoll.

Endlich, endlich sind wir am Boot. Detlef klappt die Schwimmleiter aus. Meine Beine sind schwer wie Blei, als ich mich aus dem Wasser ziehe.

»Oh Britta, oh Britta, wir hatten soooolsche Angst«, flüstert Tobias.

Als höflicher Mensch will er wohl die Liegeplatznachbarn links nicht wecken.

»Ich bin am Ende mit meinen Nerven«, sage ich mit normaler Stimme.

»Pssst!«, kommt es vom *Kleinen Bären.* Frauke legt den Finger an die Lippen und deutet auf den Steg. Da sitzt eine Gruppen von ungefähr zwölf Frauen im Schneidersitz. Sie haben weiße Stofftücher in den Händen. Vor ihnen stehen große Schüsseln mit verschiedenfarbigen Flüssigkeiten drin. Was in Dreiteufelsnamen hat denn das zu bedeuten? Was machen diese Frauen da?

Die Gruppenleiterin oder was auch immer redet leise und eindringlich auf die Frauen ein. Dann nimmt sie ihren Stofflappen und taucht ihn langsam in eine der Schüsseln ein. Die Frauen ringsherum machen erschrockene Gesichter und weichen einige Zentimeter zurück. Sie umklammern ihre Stofftücher. Ihre Fingerknöchel sind weiß.

»Das ist der Kurs: Keine Angst vor Batik«, klärt mich Frauke leise auf. »Alle zwei Wochen findet dieser Kurs hier statt. Das sind alles Frauen, die es emotional nicht verkraften, dass sie ihre Kleidung nicht eigenständig färben können und das jetzt lernen wollen! Sie machen das immer hier im Hafen, da ist die Atmosphäre lockerer.«

Oh, dann wollen wir ja mal leise sein. Was ist es schon, frühmorgens von einem Schweinswal das Boot in Stücke gerissen zu bekommen und dann zwei Stunden zum Hafen zurückzuschwimmen? Nichts im Vergleich zu: Keine Angst vor Batik. Da muss man Prioritäten setzen.

Björn und ich gehen erst mal duschen. Diesmal nehme ich ausreichend Fünf-Kronen-Stücke mit. Das heiße Wasser ist herrlich.

Dann hole ich in dem kleinen Supermarkt Brötchen und wir frühstücken auf dem *Kleinen Bären.* »Also wirklich«, meint Frauke verwundert, »dass so was passieren kann. Wie gut, dass ihr nicht noch weiter draußen wart. Nicht auszudenken ...«

»Ach«, winke ich ab, »langsam wundert mich gar nichts mehr. Was wollen wir denn nun heute machen?« Björn setzt sich auf.

Er trägt eine beige Segelhose und ein Poloshirt und sieht so richtig segelerfahren aus. Außerdem hat er muskulöse Arme. Zu dumm, dass der blöde Schweinswal gekommen ist. Wer weiß, wie unser Morgenausflug geendet hätte.

»Ich würde sagen, wir fangen gleich an und fahren raus«, meint Björn, der ein Sesambrötchen kaut. Detlef und Tobias essen Kleiemüsli, das sie immer dabeihaben, wie mir Tobias versichert. Warum sitzen die beiden eigentlich nicht im Batik-Kurs?

»Oh ja«, sagt Frauke. »Georg war schon da und kommt gleich mit den Mädels vorbei. Leute, das wird ein Spaß! Lasst uns in die Dywig segeln, da können wir mittags was essen.«

»Gut«, meint Björn, »ich hole noch eben Segelhandschuhe für Britta. Danke fürs Frühstück, Frauke!«

Kaum hat Björn den *Kleinen Bären* verlassen, schießen Frauke, Tobias und Detlef nach vorn: »Was war denn da draußen? Was habt ihr gemacht? Bist du verliebt? Ist Björn verliebt? Wirst du dich von Andreas trennen? War der Schweinswal groß? Hattet ihr Angst? War Nebel? Hat Björn dich gerettet?«, fragen alle durcheinander.

Ich hebe die Hände: »Nun mal langsam«, sage ich. »Alles zu seiner Zeit!«

Die drei machen enttäuschte Gesichter. »Ein bisschen was könntest du schon erzählen«, schmollt Detlef. »Bitte, Britta!«, das ist Tobias. »Los, Britta. Mach schon. Ich hatte die tolle Idee mit der Kieler Woche und so und jetzt gönnst du mir noch nicht mal eine nette kleine Story!«, sagt Frauke.

Na gut. »Also, wir hätten uns geküsst, wenn dieser Schweinswal nicht gekommen wäre. Björn kam hier gegen fünf mit dem Schlauchboot an und hatte Champagner und Erdbeeren dabei. Die haben wir dann gegessen. Also, Björn hat mich damit gefüttert. Das war vielleicht romantisch, kann ich euch sagen.«

»Er hat dich mit Erdbeeren gefüttert? Wo hatte er die denn um diese Jahreszeit her? Das hat Mickey Rourke mit Kim Basinger auch gemacht in 9 1/2 Wochen«, sagt Frauke ehrfürchtig. »Da haben die in der Küche rumgesaut. Er hat ihr aber auch Milch gegeben und so weiter. Und Peperoni und Wackelpudding. Dann hatten sie, glaube ich, Sex in der Küche. Es war sehr erotisch«, schwärmt sie weiter. »Ich habe Hanno mal vorgeschlagen, das auch zu tun, aber er meinte, dass man mit Lebensmitteln nicht spielen soll. Ach, Hanno immer mit seiner vernünftigen Ader. Meinst du denn, ihr hättet Sex gehabt, wenn der Wal nicht gekommen wäre?«

»Gut möglich«, sage ich und bin fast ein wenig stolz. Ich komme mir quasi verwegen vor. Eine Diskussion, wie man in einem Schlauchboot Sex haben kann, beginnt. Ich kann da nicht mitreden, weil ich noch nie Sex in einem Schlauchboot hatte. Aber fast.

Da kommt Björn zurück und kurze Zeit später Georg mit Luisa und Christina. Sie sehen wirklich gut aus, das muss ich zugeben. Trotzdem sollten Andreas und Gunnar nicht so über die beiden sprechen. Schon gar nicht in meiner Gegenwart. Aber jetzt will ich nur noch daran denken, wie ich die beiden am besten fertig mache.

»Ja, so ist es richtig, Britta, sehr gut«, lobt mich Björn. Ich stehe an der Pinne und habe soeben meine erste eigenständige Wende hingekriegt, ohne Fehler! Das macht mich schon stolz und ich würde am liebsten gleich noch mal wenden.

»Ganz wichtig ist es, dass du nicht in die Abdeckung der anderen Boote kommst. Das ist leider oder auch zum Glück – je nach Perspektive – oft so, wenn man so dicht nebeneinander segelt oder schräg versetzt. Wenn du Abwind kriegst, musst du gleich wegwenden, aber natürlich darfst du kein anderes Boot gefährden oder so. Wir üben das jetzt noch mal, wenn Georg mit ihrem Boot dichter an uns dran ist, okay?« Ich nicke. Björn bedient die ganze Zeit die Großschot, ununterbrochen fiert er irgendwelche Leinen oder holt sie wieder dicht, während ich steuere wie ein Weltmeister. Backbord von uns sind Frauke und Hanno. Werner und Doris waren leider nicht da, deswegen müssen wir erst mal ohne die Hilfe von Werner auskommen.

Da kommt eine Bö. »Nimm den Wind mit«, ruft Björn. Ich steuere den Wind aus, das Boot legt sich auf die Backe und beschleunigt spürbar. Da kommt Georg von Steuerbord und versucht uns den Wind zu nehmen, aber ich mache sofort eine Wende und rausche davon. Sie lacht und brüllt: »He, Britta, super gemacht!« von ihrer *Bloody Mary* zu mir rüber. Um es auf den Punkt zu bringen: Es macht Spaß. Ach, was sage ich, es macht riesigen Spaß! Mittags legen wir in der Dywig an und essen in einem kleinen Imbiss gebackenen Fisch mit Kartoffelsalat und Remoulade. Ich bin sehr stolz auf mich, denn ich habe das erste Mal selbst unter Motor angelegt und nichts gerammt oder so. Es macht mir eine Riesenfreude, dies alles zu lernen.

»Dein Vorteil ist, dass du zugeben kannst, dass du was nicht kannst oder was nicht gleich verstanden hast«, sagt Björn und legt den Arm freundschaftlich um mich. »Nur so kann man wirklich was lernen.« Ich bin fast gerührt über seine Worte. Und wie er mich dabei ansieht! Seine wunderschönen grünen Augen haben kleine braune Punkte. Echt süß.

»In acht Wochen müssen wir fit sein«, überlegt Björn. »Das heißt im Klartext, dass wir wirklich jedes Wochenende trainieren müssen. Hanno, du musst gleich am nächsten Wochenende Andreas ansprechen. Und Gunnar natürlich auch.«

O Gott, nur zwei Monate? Das sind ja nur acht Wochenenden. »Meinst du wirklich, dass wir eine Chance haben? Da segeln doch bestimmt nur lauter Profis mit?«, frage ich Björn.

»Nicht nur«, erwidert er, »jedenfalls passen wir von der Crew her sehr gut zusammen, und das ist schon mal die halbe Miete.«

Gut. Björn muss es schließlich wissen. »Gegen Andreas und Gunnar gewinnen wir in jedem Fall«, ist sich Hanno sicher. »Dafür werde ich schon sorgen. Hab mal keine Angst, dass die vor uns im Ziel sind.« Gut. Hanno muss es schließlich wissen.

Aber auch Georg ist zuversichtlich: »Wenn wir vorher den Teufel an die Wand malen, können wir es gleich vergessen«, sagt sie und lacht kehlig. »Aber nun lasst uns mal weitermachen. Der Tag ist noch nicht vorbei.«

Wir üben und üben und üben. Halsen, wenden, reffen. Tobias und Detlef springen je nach Windlage auf der *Affenarsch* hin und her und setzen sich nebeneinander auf die Kante, wegen der Stabilität (meint Björn). Sie bewegen sich immer völlig synchron, was mir fast schon unheimlich ist. Aber das ist wohl so bei Leuten, die schon sehr lange zusammen sind und vor allen Dingen glücklich. Andreas und ich bewegen uns nie synchron. Mit Björn würde ich mich gerne mal synchron bewegen.

Gegen fünf Uhr werde ich langsam müde. Wir haben saubere Manöver hingelegt, Georg hat die *Bloody Mary* immer absichtlich fast in uns reinrasseln lassen, und ich musste innerhalb von Sekunden ausweichen. Dasselbe Spiel mit Hanno. Ich habe gelernt, wann wir reffen müssen und kann fast perfekt nach Windfäden steuern. Obwohl ich lieber nach Gefühl steuere. Mir wird immer schwindlig, wenn ich zu lange nach oben schauen muss.

»Gut, Schluss für heute«, bestimmt Björn. »Das muss sich jetzt erst mal bei dir setzen. Morgen machen wir weiter. Ich habe tierisch Lust auf einen Gin Tonic. Wie sieht's bei euch aus, Jungs?«, ruft er in Detlefs und Tobias Richtung. Die nicken strahlend (synchron).

Mich braucht Björn gar nicht erst zu fragen, ich habe seit geraumer Zeit immer Lust auf was zu trinken. Also fahren wir nach Sønderborg zurück und ich mixe uns die Drinks. »Ich habe ein verdammt gutes Gefühl bei der ganzen Sache«, lacht Björn, und die anderen stimmen ihm nicht weniger fröhlich zu. »Kompliment, Britta«, Georg schlägt mir auf die Schulter. Dasselbe tun Luisa und Christina, die sich als sehr nett entpuppen. »Für 'ne Frau nicht schlecht«, sagen sie, meinen es aber nicht böse.

Ich gehe nach unten und mache neue Gin Tonics. Wie gut, dass ich vier Flaschen Gin mitgenommen habe. »Ich helfe dir«, sagt Björn. Wir stehen dicht nebeneinander. Schon wieder habe ich Herzklopfen. Was ist bloß los mit mir?

»Britta«, sagt Björn leise, »hast du Lust, heute Abend mit mir essen zu gehen?«

»Oh ja«, sage ich und lache ihn an. »Sehr gern sogar. Aber was ist mit den anderen?«

»Das habe ich schon mit Frauke abgeklärt«, lächelt Björn. »Die kochen alle bei ihr drüben. Und wir beide machen uns gleich vom Acker, oder?« Ich nicke und freue mich sehr. Sehr sehr.

»Viel Spaß«, freut sich Frauke, als ich von der *Affenarsch* steige. Gott sei Dank habe ich auch noch einigermaßen vorzeigbare Klamotten eingepackt und nicht nur Jeans und T-Shirts. Detlef und Tobias hat Frauke zu sich abkommandiert, die beiden schnippeln an Deck haufenweise Gemüse. Selbst da machen sie synchrone Handbewegungen. Ich glaube, sie atmen auch gleichzeitig. Wenn einer krank wird, geht es dem anderen bestimmt auch gleich schlecht.

Wir gehen den Steg entlang und schauen uns die verschiedenen Boote an, die hier liegen. »Eins finde ich komisch«, sage ich. »Ich hab das Gefühl, dass gar nicht alle Leute segeln, die ein Boot haben. Ein paar sitzen immer nur unter den Kuchenbuden und trinken den ganzen Tag lang Kaffee und essen Torte.«

»Deswegen heißt das ja auch Kuchenbude«, klärt mich Björn auf. »Viele sind einfach zu faul zum Segeln. Die kommen am Freitag her und fahren am Sonntag wieder nach Hause und sitzen zwei Tage lang nur herum. Verstehen kann ich das auch nicht, aber es muss ja solche und solche geben. Ich fände es langweilig. Ich hab auch gar keine Kuchenbude auf der *Breiz'h.*« Das finde ich sympathisch. Aber was finde ich an Björn denn nicht sympathisch? Ihm ist es auch nicht zuzutrauen, dass er diese dämlichen Steggespräche führt, die ich ab und an mal aufschnappe:

»Neu hier in Sønderborg?«

»Ja, ist unsere erste Saison. Ist aber schön hier!«

»Stimmt. Wir liegen hier jetzt schon vier Jahre.«

»Vier Jahre?«

»Vier Jahre.«

»Ach. Sind denn die Duschen okay?«

»Ja, werden zweimal täglich gereinigt. Da kann man nicht klagen.«

»Nein, da kann man nicht klagen. Und wie ist denn der kleine Supermarkt da oben sortiert?«

»Völlig ausreichend. Natürlich teurer als im Ort. Aber für zwischendurch ist er gut. Es gibt auch morgens frische Brötchen.«

»Das ist ja ein guter Service. Da kann man nicht meckern. Ist es denn ruhig hier?«

»Absolut ruhig. Es sei denn, die Opti-Kinder grillen und zelten. Da ist es natürlich ein wenig lauter. Aber es sind eben Kinder, hahaha.«

»Ja, Kinder, hahaha. Wir waren ja selber mal klein.«

»Ja, haha, auch wenn's schon 'ne Weile her ist, haha.«

»Hahaha.«

»Hahaha.«

»Wo kommen Sie denn her?«

»Aus Hamburg, und Sie?«

»Kiel.«

»Ach, da haben Sie es ja nicht so weit. Wenn wir Pech haben, ist freitags immer Stau auf der A 7.«

»Jaja, der Berufsverkehr. Furchtbar.«

Und so weiter.

Ich bin ja noch nie vom Hafen aus in den Ort Sønderborg gelaufen und angenehm überrascht. Ein breiter Weg führt direkt am Wasser entlang, und es gibt eine kleine Kaimauer, auf die ich springe, weil ich schon als Kind gern auf Mauern gelaufen bin. »Pass bloß auf, Britta«, sagt Björn. »Du hast schon was getrunken, nicht dass du mir noch auf die Steine fällst.« Er nimmt meine Hand und hält sie ganz fest. Ist das schön hier! Es gibt sogar einen kleinen Badestrand. Und ein Schloss am Ortseingang. »Hier wohnt die dänische Königin manchmal«, erzählt Björn. »Letztens war Kronprinz Frederik mit seiner Mary hier. Da war vielleicht ein Wirbel. Die segeln auch beide und sogar sehr gut. Der ganze Hafen war voll mit Sicherheitsbeamten, und wir mussten uns alle ausweisen. Georg hat sich fürchterlich aufgeregt und die Beamten angeschnauzt. Fast wäre sie festgenommen worden. In letzter Minute konnten wir das verhindern.« Er lacht. »Georg ist wirklich unmöglich, aber eigentlich ist sie eine Seele von Mensch. Sie muss nur ständig allen beweisen, dass sie besser als ein Mann ist.« Ich muss kichern, weil ich an Georgs Achselbehaarung denken muss. »Wir haben uns mittlerweile daran gewöhnt«, sagt Björn. »Am Anfang waren wir natürlich genau so schockiert wie du.«

Wir betreten ein schnuckeliges Restaurant direkt gegenüber vom Sønderborger Stadthafen, und ich bestelle Weinbergschnecken und dann Red Snapper mit Gemüse. Björn nimmt ein Steak mit grünem Pfeffer und bestellt uns eine Flasche Chablis. Das Restaurant ist sehr gemütlich, überall stehen Antiquitäten herum und klassische Musik läuft im Hintergrund. Ich finde gute oder, sagen wir, mir genehme Musik enorm wichtig, gerade wenn man in einem Restaurant sitzt. Es gibt nichts schlimmeres, als wenn jetzt Technomusik oder Peter Maffay laufen würde. Noch furchtbarer aber ist es, wenn das Radio läuft und der Sender nicht richtig eingestellt ist und es dauernd im Lautsprecher krisselt. Da könnte ich wahnsinnig werden.

Komischerweise bin ich fast gar nicht müde, obwohl ich keine Minute geschlafen habe in der letzten Nacht. Der Wein schmeckt wunderbar und hat die richtige Temperatur, und ich fühle mich so verdammt wohl in Björns Gegenwart. Diese Augen. Diese Augen!

»Britta«, sagt Björn, »ich liebe dich.«

Und dann beugt er sich nach vorn und bringt das zu Ende, was ein Schweinswal heute Morgen auf der Ostsee verhindert hat.

Eine Viertelstunde später küssen wir uns immer noch. Es ist uns auch ganz egal, dass die Leute an den Nebentischen sich wundern oder sich räuspern. Ich werfe auch mein Weinglas um, aber das interessiert mich nicht. Noch nie habe ich etwas so toll gefunden wie das hier! Mich mit Björn zu küssen. Es ist einzigartig.

Ich weiß nicht mehr, wie das Essen geschmeckt hat an diesem Abend, ich weiß nur noch, dass die Situation kurz eskalierte, weil ich eine Weinbergschnecke mit dem Gehäuse zerkaue und mir dabei fast eine Plombe rausbeiße.

Ich, Britta Schüchen, küsse mich mit einem Mann, der nicht mein Mann ist, denn ich bin verheiratet! Und ich, Britta Schüchen, finde das enorm toll!

16

Niemals hätte ich gedacht, dass es so schwierig sein könnte, auf einem Boot Sex zu haben. Auf der *Affenarsch* angekommen reißen wir noch eine Flasche Wein auf, nicht ohne uns ständig dabei zu küssen. Die *Affenarsch* ist eben nicht so groß, deswegen stoßen wir ständig was um. Aber das ist ja nicht so schlimm. Viel schlimmer finde ich die Enge in der Koje. Wohin soll ich mit meinen Beinen? Meine Füße donnern ständig gegen die Wände, und als ich mich umdrehen will, schlage ich Björn versehentlich ins Gesicht. Dazu kommt, dass das Boot bei jeder Bewegung hin- und herwackelt. Dauernd habe ich Angst, dass ein wütender Stegnachbar plötzlich auf das Vorschiff klopft. Menschen, die über 1,68 groß sind, werden sexmäßig Probleme bekommen bei 26 Fuß Bootslänge. Zumindest, wenn sie nicht nur auf die Missionarsstellung stehen. Es sei denn, diese Leute sind Schlangenmenschen. Dann dürfte das alles kein Problem sein. Oder wenn diese Leute es lieben, sich zu verletzen, »wenn sie dem Beischlaf frönen« (wie Georg es ausdrücken würde). Björn zumindest haut sich mindestens sechsmal den Kopf an der Decke, und ich habe eine Prellung am rechten Fuß. Möglicherweise auch am linken.

»Das geht so alles nicht«, kichere ich angeschwipst herum. »Komm, wir machen es ganz normal.«

»Ich will es aber nicht ganz normal machen«, keucht Björn. »Warte, ich hab eine Idee!« Die Idee endet damit, dass ich rückwärts aus der Koje falle und aufs Steißbein knalle. Wir machen es dann doch ganz normal.

Es gibt keinen Begriff für den Sex mit Björn, auch wenn der Stellungswechsel eher dürftig ist. Es ist zärtlich, es ist wild, es ist hemmungslos, es ist liebevoll, es ist gigantisch. Nie wieder will ich mit jemand anderem Sex haben. Dazu kommt mit Sicherheit noch der Faktor, dass ich bis über beide Ohren verliebt bin, wenn nicht sogar liebe! Mit dem Begriff Liebe möchte ich lieber noch ein wenig vorsichtig sein. Denn aus Erfahrung wird man ja bekanntlich klug, wie wir wissen.

»Oh Gott«, sage ich, als wir irgendwann atemlos nebeneinander liegen. »Schau mal hier!« An den Wänden läuft Kondenswasser in Strömen herunter. Das Luk ist völlig beschlagen.

»Warte, ich lüfte mal eben«, sagt Björn und steht auf. »Möchtest du noch einen Wein?« Au ja. Eine gute Idee. Wir wickeln uns in die Schlafsäcke und kuscheln uns eng aneinander. »Hast du jetzt ein schlechtes Gewissen wegen Andreas?«, fragt mich Björn vorsichtig. Ich schüttele mit Nachdruck den Kopf.

»Oh nein. Warum denn? Außerdem bin ich mir mittlerweile sicher, dass er mich auch schon betrogen hat. Diese Sprüche, die er mit Gunnar gebracht hat. Oder?«

»Weiß nicht«, überlegt Björn. »Das waren vielleicht wirklich nur Sprüche. Aber – du hast doch nicht nur aus Rache oder vorsorglich mit mir geschlafen, oder?«

»Nein. Ehrenwort!«, sage ich ehrlich. »Das wäre doch mehr als billig.«

Björn küsst meine Schulter. »Das stimmt. Und es würde auch überhaupt nicht zu dir passen. Nur – wie geht es jetzt weiter?«

»Ich weiß es nicht«, sage ich ehrlich. »Momentan bin ich in der Stimmung, sofort meine Sachen zu packen, um erst mal auf die *Affenarsch* zu ziehen. Und dann sehe ich weiter. Im Ernst, ich weiß es nicht. Was meinst du?«

Björn denkt nach. »Du hast Recht. Wir warten jetzt erst mal ab, wie sich das entwickelt, okay? Aber du weißt, dass ich immer für dich da bin! Ich kann warten.«

Wir küssen uns wieder. Die *Affenarsch* wackelt kurze Zeit später wieder hin und her.

Wie abwechslungsreich man doch in der Missionarsstellung Sex haben kann!

»Du hattest Sex mit Björn!« Frauke stellt keine Frage, sie stellt fest. Ich werde rot. »Wie kommst du denn darauf?«, frage ich scheinheilig und greife mit zitternden Händen nach der Thermoskanne, denn das war jetzt die zweite Nacht, in der ich nicht geschlafen habe. »Schau einfach mal in den Spiegel«, klärt mich Frauke auf und lacht. »War es schön?«

»Äh, ja ...«, sage ich zögernd, weil ich es nicht gewohnt bin, dass mir jemand in Bezug auf mein Sexualleben solche offenen Fragen stellt.

Detlef und Tobias, die vorsorglich auf dem *Kleinen Bären* übernachtet haben, grinsen synchron und schaufeln ihr Kleie-Müsli in sich rein.

Kurze Zeit später kommt Björn von seiner *Breiz'h* zurück, auf die er gegen sieben Uhr morgens gewankt ist. Muss ja nicht jeder alles mitkriegen.

Er sieht übernächtigt, aber gut aus. Ich kann es einfach nicht verstehen, dass es Frauen gibt, die solch einen tollen Mann belügen und betrügen. Mein Herz klopft wie verrückt. »Guten Morgen, Britta«, sagt Björn und streichelt mir übers Haar.

»Ist Georg schon wach?«, fragt er Frauke.

»Sie kommt gleich«, antwortet Frauke und reicht Björn den Brötchenkorb. »Hier, bitte. Du siehst aus, als ob du was zu essen vertragen könntest.« Björn wird rot. OH MEIN GOTT, WIE SÜSS SIEHT DAS DENN AUS???

Wir fahren dann wieder alle raus mit den drei Booten und es klappt noch besser als gestern. Ich zelebriere die perfekte Gennakerhalse und ich lerne, den Wind noch besser auszunutzen, und ich spüre plötzlich noch ganz viele andere Sachen, unter anderem, aus der *Affenarsch* die höchstmögliche Geschwindigkeit vor dem Wind rauszuholen. Björn ist voll des Lobes und ich bin stolz wie sonst was! Ach, könnte das doch immer so weitergehen.

Wenn ich jedoch an heute Abend denke, wird mir schlecht. Denn ich muss ja zurück nach Hamburg fahren zu Andreas, der mit Sicherheit stinkwütend ist und vielleicht gar nicht mit mir reden wird. Hoffentlich, hoffentlich wird er nicht mit mir reden.

Wieder in Sønderborg angekommen, packe ich widerwillig meine Sachen und schließe das Boot ab. Björn hilft mir beim Tragen. Hanno wird im Laufe der Woche bei Andreas anrufen und ihn überreden, am Wochenende mitzukommen, weil er ihm einen wichtigen Vorschlag unterbreiten muss. Frauke umarmt mich zum Abschied: »Halt die Ohren steif«, tröstet sie mich. »Bis nächste Woche, meine Liebe!«

Björn bringt mich zum Auto und wir stellen fest, dass da ja gar kein Auto mehr ist. Andreas und Gunnar haben einfach den Wagen genommen. Klar, wir sind ja auch nur mit einem Wagen (meinem Wagen!) nach Sønderborg gefahren am Freitag.

Ich bin so dermaßen wütend, dass ich keine Worte mehr finde. »Das ist ja wohl die Krönung«, brülle ich auf dem Parkplatz herum. »Er hätte mir das wenigstens mal sagen können!« Gut, ich hätte auch von selbst drauf kommen können. Aber ich habe einfach nicht dran gedacht.

»Ich fahre dich nach Hause«, sagt Björn, »komm, dann sind wir wenigstens noch zwei Stunden zusammen!«

»Danke, das ist sehr lieb von dir«, nehme ich sein Angebot an. Je näher wir Hamburg kommen, desto mehr schnürt sich mein Hals zu. »Ich will überhaupt nicht nach Hause«, sage ich leise.

»Jetzt davonlaufen ist falsch«, so Björn. Er hat ja Recht. Er hilft mir sogar noch beim Ausladen. Jetzt kann ich ihn noch nicht mal richtig küssen zum Abschied, denn womöglich steht Andreas hinter dem Küchenfenster und beobachtet uns. Björn scheint die Situation zu begreifen und gibt mir kameradschaftlich Küsschen rechts und links. »Bis nächstes Wochenende dann, Britta«, sagt er laut. »Und noch einen schönen Sonntagabend.« Dann fährt er mit seinem Volvo davon.

Leise schließe ich die Haustür auf. Totenstille. Kein Licht. Ich gehe ins Wohnzimmer und knipse den Lichtschalter an. Ich gehe sofort zwei Schritte zurück. Das Zimmer sieht aus, als hätte eine Bombe eingeschlagen. Überall stehen Bier- und Weingläser, überquellende Aschenbecher und Pizzareste auf Tellern. Auf dem Sofa hat irgendjemand was verschüttet, es befinden sich dunkle Flecken darauf. Auf dem chinesischen Seidenteppich hat irgendeine Kreatur Käsereste festgetreten. Ich glaube das nicht. Schnell gehe ich zur Terrassentür und öffne sie. Dann mache ich weiter einen Rundgang. In der Küche gibt es kein unbenutztes Geschirr mehr. Niemand hat sich die Mühe gemacht, die Teller und Tassen und Messer und Gabeln mal in die Spülmaschine zu räumen. Alles steht verkrustet auf der Arbeitsplatte oder auf dem Tisch. Okay. Das ist nicht das erste Mal, dass ich nach Hause komme und es hier so aussieht. Normalerweise würde ich mich jetzt hinstellen und alles brav sauber machen, aber diesmal nicht! Soll Andreas doch in seinem Dreck ersticken.

Er, der immer zu geizig für eine Putzhilfe war, weil ich ja alles gemacht habe. Nie wieder! Ich muss zur Toilette und gehe dann doch nicht, weil niemand, der die Toilette benutzt hat, es für nötig gehalten hat, diese danach zu säubern. Alles was Recht ist, aber das finde ich mehr als ekelhaft. Wütend schleppe ich meine Taschen in den ersten Stock und hieve alles ins Schlafzimmer. Das Bett ist ungemacht und völlig zerwühlt. Beide Seiten. Das muss ich mir doch mal näher ansehen.

Davon mal ganz abgesehen, dass auch noch zwei Sektgläser rechts und links neben dem Doppelbett stehen, finde ich einen roten Slip und einen roten BH. Körbchengröße 90 D. Aha. Ich bin noch nicht mal sauer auf Andreas, wie könnte ich mir das auch anmaßen, aber rücksichtslos finde ich das alles hier doch. Mit spitzen Fingern ziehe ich den BH aus den Laken und muss im nächsten Moment loslachen.

Am BH befindet sich nämlich an einem kleinen Plastikband ein Preisschild. 45 Euro. Auch am Slip befindet sich ein kleines Preisschild. Beide Sachen sehen unbenutzt aus. Da hat Andreas aber nicht weit genug gedacht. Eigentlich drollig. Ein süßer Versuch, mich eifersüchtig zu machen. Bestimmt hat er im Badezimmer auch noch was Ähnliches deponiert. Klar. Da liegen eine Zahnbürste und ein Lippenstift von Dior. Beides unbenutzt. Oh meine Güte, wie arm kann man denn noch sein?

Während ich meine Tasche auspacke, höre ich etwas und gehe zur Schlafzimmertür. Von irgendwoher kommen Stimmen und Musik.

Eine Minute später orte ich den Partykeller als möglichen Herkunftsort und behalte Recht.

Andreas und Gunnar sitzen in trauter Zweisamkeit und völlig

betrunken auf zwei Barhockern und prosten sich zu. Aus der Jukebox singen die Kastelruther Spatzen ein Seemannslied von undefinierbarer Herkunft. Der Refrain jedenfalls lautet irgendwas mit »Meer, ich lieb dich so sehr!«

»Ach, da ist ja unsere Profi-Seglerin«, begrüßt mich Gunnar mit glasigem Blick. »Na, Bootsbesitzerin, haste viel gelernt am Wochenende?« Ich würdige ihn keinen Blickes. »Nein, Gunnar, ich hab gar nichts gelernt, ich hab bloß rumgevögelt«, sage ich liebenswürdig in Gunnars Richtung.

»Hahahahahaha«, grölt Gunnar. »Andreas, mein guter Freund, sie hat RUMGEVÖGELT!«

»Hat es denn Spaß gemacht, Schusselchen?«, fragt Andreas und lallt dabei. Ich konnte es noch nie ausstehen, als Nüchterne in einen Kreis Betrunkener zu kommen und mir die dummen Sprüche anzuhören.

»Ja, es war richtig geil«, sage ich zu Andreas. »Aber ihr hattet ja wohl offensichtlich auch euren Spaß?« Beide nicken. »Klar«, schreien sie laut, »mehr Spaß als du jemals haben wirst.«

»Warst du denn schon oben, Trottelchen?«, fragt mich Andreas.

»Ja«, strahle ich und halte ihm den roten Slip und den BH hin. »Das muss ja eine Granate gewesen sein! Das nächste Mal solltest du allerdings ein bisschen besser sein bei den Vorbereitungen auf eine billige Rache!« Ich halte ihm beides vor die Nase. »Die Dame, mit der du es angeblich getrieben hast, hat komischerweise die Preisschilder von ihren Dessous im Eifer des Gefechts gar nicht mehr abtrennen können. Und«, ich mache eine Kunstpause, »im Slip klebt noch dieser durchsichtige Streifen, den man erst abmachen darf, wenn man ihn gekauft hat.«

Andreas schaut mich bedröppelt an, und wenn ich nicht so enttäuscht und wütend wäre, hätte ich Mitleid. Aber so nicht. Oh nein!

»Äh«, macht Andreas wie ein Vollidiot. »Bestimmt hast du auch noch mit deiner EC-Karte bezahlt«, sage ich verächtlich und schüttle den Kopf. »Du bist einfach solch eine Nullnummer!« Und dann verlasse ich den Partykeller. Die Tür schließe ich leise.

Im Wohnzimmer stehen unter anderem auch noch halbvolle Weinflaschen. Und ein Modell, das Andreas für Püppi hergestellt hat. Ich schaue es mir näher an. Andreas fertigt ja, bevor die richtigen Puppenküchen hergestellt werden, immer in Kleinst-Tüftel-Arbeit Modelle an. Dies hier ist das Modell Jähzorn. Alle Sachen wie Tassen und so sind mehrfach vorhanden, damit der Jähzornige immer alles kaputt machen kann und immer Ersatz da ist. Die Wände sind auch besonders dick, damit der Kranke darauf mit der Faust einschlagen kann, ohne dass was passiert. Tische und Stühle sind mit extra stabilen Schrauben im Boden befestigt. Es gibt sogar eine kleine Küche, in der der Jähzornige sich austoben kann. Es ist nämlich nicht möglich, die Pfannen und Töpfe vom Herd zu nehmen. Das ist wichtig, weil es könnten ja Nicht-Jähzornige davon getroffen werden, wenn der jähzornige Mensch einen Anfall hat. Klug gedacht. War bestimmt eine Menge Arbeit.

Genüsslich nehme ich die Rot- und Weißweinflaschen und kippe deren Inhalt über die Puppenküche aus. Die Inhalte der Aschenbecher schütte ich hinterher. Und weil ich nie weiß, wann Schluss ist, hole ich noch ein paar abgelaufene Joghurts aus dem Kühlschrank und kröne das ganze mit dem Inhalt eines Honigglases. Noch ein bisschen Mehl und Zucker drauf, fein! Ich heize den Backofen auf 200 Grad vor und stelle alles hinein. Natürlich nicht ohne vorher ein wenig Gouda darauf zu legen. Wir wollen doch, dass der Auflauf schmeckt!

Ich gehe dann ins Bett. Mir doch egal, ob die Küche abfackelt. Aber laute Stimmen verraten mir eine halbe Stunde später, dass Andreas das Malheur entdeckt hat. Der verbrannte Geruch zieht zu mir hoch und ist mehr als eklig. Holz mit Käse und Wein ist eben nicht zu unterschätzen. Zwei Minuten später steht Andreas wie ein Racheengel im Schlafzimmer: »Das wirst du büßen, Britta!«, brüllt er mich an.

Ich grinse in mich rein. »Ich bin doch ein Schusselchen und ein Trottelchen«, sage ich in seine Richtung. »Dann musst du doch eigentlich stolz darauf sein, dass das Schusselchen mal eine gute Idee hatte.«

»Halt einfach deinen dummen Mund«, herrscht mich

Andreas lallend an. »Du hast dich so zu deinem Nachteil verändert, dass es ja nicht mehr zum Aushalten ist!«

»Ich glaube, mein Lieber, du sprichst gerade von dir selbst«, sage ich selbstbewusst. »Überleg dir einfach mal, wie DU dich verändert hast, dann reden wir weiter. Es ist einfach ekelhaft, wie du versuchst, mich vor anderen bloß zu stellen, bloß weil du es einfach nicht schaffst, auf ein lächerliches Boot zu klettern, und weil du nicht segeln kannst.«

»Das wirst du noch sehen, dass ich segeln kann«, kreischt Andreas böse. »Du wirst noch dein blaues Wunder erleben!«

»Na dann«, ich drehe mich um, »sind wir ja mal alle gespannt.«

»Gleich nächstes Wochenende werde ich anfangen«, Andreas Stimme kippt, »aber glaub mal nicht, dass ich auf DEIN Boot steige. Oh nein! Ich werde mir jemand anderen suchen und dann wirst du Hochachtung vor mir haben! Hochachtung!«

»Ich hätte mehr Hochachtung vor dir, wenn du vor MIR Achtung hättest«, sage ich abschließend. »Ich mache Achtung nicht an irgendeinem Können fest. Mein Selbstbewusstsein hat das nicht nötig. Aber du brauchst das ganz offensichtlich. Und jetzt lass mich bitte schlafen. Geh zu deinem süßen Gunnar, der wartet bestimmt schon sehnsüchtig auf dich.«

»Gunnar ist am Ende mit seinen Nerven«, brüllt Andreas weiter, »Elke hat sich von ihm getrennt!«

Na, das ist ja mal eine gute Nachricht! Neugierig setze ich mich im Bett auf. »Ach Gott«, sage ich scheinheilig, »das war ja gar nicht abzusehen!«

»Du bist Schuld«, Andreas deutet mit dem Zeigefinger auf mich und bellt: »Weil du Elke an deinem doofen Boot so vorgeführt hast!«

»Natürlich bin ich schuld«, nicke ich, »Gunnar hat sich ja unglaublich toll Elke gegenüber benommen. Da kann man nichts gegen sagen!«

»Eben«, nickt Andreas, »er hat ihr lediglich gesagt, dass sie bei allem was ist, immer noch finanziell von ihm abhängig ist. Und da muss sie sich ja wohl entsprechend benehmen!«

»Ja, eigentlich müsste Elke den ganzen Tag in einer Kittelschürze herumlaufen und Gunnar fragen, ob sie ihm noch Frikadellen braten soll oder ihm beim Atmen behilflich sein kann«, sage ich süffisant. »Wie Recht du hast!«

Wie schon gesagt, ich konnte die biedere Elke noch nie leiden, aber ich kann es gut verstehen, dass sie sich von Gunnar getrennt hat. Im Mittelalter hätte Gunnar wahrscheinlich dafür gesorgt, dass sie auf dem Marktplatz zusammen mit einer anderen keifenden Frau steht, und zwar in einer Halsgeige, und alle, die mal eben so vorbeikommen, die beiden mit faulen Eiern oder Essensresten bewerfen können.

»Gunnar ist völlig verzweifelt«, Andreas Stimme bebt. »Er weiß gar nicht, wie es jetzt weitergehen soll.« Ach, Gunnar hat Emotionen. Unglaublich.

»Dann muss er jetzt wohl lernen, Weißbrot in den Toaster zu schieben«, schlage ich vor. »Und wenn seine Lernfähigkeit ausreicht, könnte er versuchen, Butter drauf zu schmieren.«

»Darum geht es doch gar nicht!«, echauffiert sich Andreas. »Es geht doch nur darum, dass sie gesagt hat, dass sie am Montag zum Anwalt geht und Unterhalt einklagt! Weißt du, wie der arme Gunnar dann finanziell bluten muss?«

»Das hätte er sich vorher überlegen können«, entgegne ich, »hätte er Elke mal arbeiten gehen lassen, wie sie es immer wollte, könnte sie selbst für sich sorgen. Aber so – tja. Selber Schuld.«

Andreas kratzt sich am Kopf. »Du könntest ja keinen Unterhalt von mir verlangen«, sagt er schließlich. »Insofern hab ich ja noch mal Glück gehabt.«

»Das hast du schön gesagt«, erwidere ich zynisch, bin mir aber wiederum wie immer sicher, dass Andreas meinen Zynismus nicht bemerkt. »Das finde ich ja wirklich rührend.«

Andreas nickt. »Ja«, sagt er langsam. »Bin ich froh!«

Dann geht er zu seinem armen Gunnar und ich kann endlich schlafen. Muss beim Einschlafen an Björn denken. Schöne Gedanken. Björn ...

17

Am nächsten Morgen wache ich allein auf. Die Bettseite neben mir ist unbenutzt. Entweder hat Andreas gar nicht geschlafen oder die Nacht mit seinem besten, besten, besten Freund in unserem tollen Partykeller verbracht. Jedenfalls ist das Haus leer. Kurz überlege ich, mir einen Tag frei zu nehmen und die Bude auf Vordermann zu bringen, aber dann fällt mir ein, dass Frau Spatz ja heute kommt. Frau Spatz kommt zweimal pro Woche und macht sauber. Ich muss nicht extra erwähnen, dass natürlich ich Frau Spatz bezahle, weil mein Mann der Meinung ist, das wäre meine Sache. Ich schreibe Frau Spatz einen Zettel und entschuldige mich für das Schlachtfeld, das unser Haus momentan ist, dann gehe ich ins Büro.

Erst mal mit Lars einen Kaffee trinken, wie jeden Morgen. »Hast du dich mit Andreas ausgesprochen?«, fragt Lars, »du siehst so glücklich aus!« Ich verneine und erzähle, dass es mit dem Segeln so gut klappt und das wahrscheinlich der Grund ist, und Lars erzählt vom Wochenende. Er hat Marie zum Geburtstag mit einem Wochenende in einem romantischen Schlosshotel überrascht und sieht erholt und guter Dinge aus.

Mich hat mein Mann noch nie mit irgendwas zum Wochenende überrascht. Noch nicht mal zum Geburtstag, den vergisst er seit längerem immer. »Ach Britta«, pflegt Andreas zu sagen, »gerade als Frau muss man es doch nicht feiern, schon wieder ein Jahr den Wechseljahren näher gekommen zu sein. Und die Krähenfüße um die Augen werden auch nicht weniger mit den Jahren.« Ich habe das dann auch immer irgendwie eingesehen, doof wie ich war. Wenn ich allerdings konsequent Andreas auch nichts zum Geburtstag schenke, schmollt er tagelang, weil ich rücksichtslos und egoistisch sei. Was zur Folge hatte, dass ich schuldbewusst in die Stadt fahre und mit Seidenkrawatten oder einer neuen Uhr wiederkomme. Andreas nimmt die Dinge dann wie selbstverständlich entgegen und bedankt sich noch nicht mal.

Ich telefoniere den ganzen Vormittag herum und mache Besichtigungstermine für verschiedene Objekte aus. Um 11 Uhr klingelt es, und eine Minute später kommt etwas in mein Büro. Es handelt sich um einen laufenden Blumenstrauß, der aber nicht sehen kann und mich deswegen fast umrennt. Dann erkenne ich, dass sich ein junger Mann hinter dem Blumenstrauß befindet. Er wird kaum Herr über das Gewicht des Gebindes. »Britta Schüchen?«, fragt er atemlos. Ich nicke. »Das ist für Sie!«, sagt er und drückt mir die tonnenschwere Last in die Arme. Ich falle sofort vornüber. Zum Glück kommt Lars und eilt uns zur Hilfe. Ich muss eine Empfangsbestätigung unterschreiben, dann zieht der Blumenbote erleichtert von dannen.

»Allmächtiger«, macht Lars, »von wem ist das denn? Das ist ja kein Strauß. Das ist ein ganzer Garten!« Wir sehen uns die Blumenpracht näher an. Dunkelrote Rosen, weiße Lilien, blassrosa Orchideen und andere Blumen, die ich nicht definieren kann. Einfach wunderschön. »Da ist ein Umschlag«, sagt Lars und zieht ihn hervor. »Bestimmt ist der Strauß von Andreas!«

Schnell nehme ich den Umschlag an mich: »Vielleicht«, sage ich langsam. Lars blickt mich neugierig an. Wir kennen uns nun schon seit der Schulzeit und erzählen uns eigentlich alles, aber ich möchte allein den Umschlag öffnen. Enttäuscht dackelt Lars davon. Früher oder später werde ich ihm schon alles sagen, aber ich will erst mal alles auf die Reihe bringen.

Mit zitternden Händen öffne ich den Umschlag.

»Seine große Liebe, die findet man nur einmal! Ich habe sie gefunden! B.«

Ein Schauer läuft mir über den Rücken. »Wer ist B.?«, fragt Lars hinter mir. Er hat sich einfach heimlich in mein Büro geschlichen und liest über meiner Schulter mit.

»Also wirklich, Lars«, sage ich, bin aber nicht wirklich böse. »Nun sag schon, wer ist B.?«, fragt Lars ungeduldig. »Ein Verehrer? Jemand vom Segeln oder ein Kunde?«

Jetzt ist es auch egal. »Jemand vom Segeln. Er heißt Björn. Ich habe vorgestern mit ihm geschlafen«, sage ich mechanisch. Lars ist fassungslos. »Du bist fremdgegangen?«, fragt er ungläubig. Fremdgehen wäre für Lars undenkbar. Er ist nach so vielen Jahren immer noch so schlimm verliebt in Marie und sie in ihn. Die beiden benehmen sich teilweise wie 15-Jährige. Knutschen auf Hafenfesten herum, halten ununterbrochen Händchen und schreiben sich ständig Liebesbriefe. »Marie und Lars sind füreinander gemacht«, sind sich alle sicher. Es liegt bestimmt auch daran, dass die beiden sich so absolut ihre Freiräume lassen. Dabei wollen sie eigentlich gar keine haben. Wenn Marie Ski fahren geht, kommt schon die erste SMS, wenn sie kurz vor der Autobahn ist. Und Lars lässt ihr ununterbrochen Blumen aufs Hotelzimmer stellen und hat ihr auch schon mal einen Brillantring nach Sölden geschickt.

Wenn die beiden sich dann nach einer Wochen endlich, endlich, endlich wiederhaben, feiern sie das, als sei Marie ein Jahr lang weg gewesen.

»Ja, ich bin fremdgegangen«, sage ich. Und dann setzen wir uns aufs Besuchersofa, und ich erzähle Lars alles. Auch das mit Andreas und Gunnar und der Unterwäsche in rot und dem Jähzorn-Püppi-Modell. Und natürlich von dem Schweinswal und den Erdbeeren und dem Schwimmen. Und von Björn. Und wie gedemütigt ich mich fühle von Andreas. Und dass ich so sehr in Björn verliebt bin. Und dass Andreas mich für eine Idiotin hält, die nichts kann und und und überhaupt. Einfach alles.

Lars sagt eine ganze Zeit lang überhaupt nichts. Dann kommt er näher und legt den Arm um mich. »Arme Kleine, ich kann dich so gut verstehen. Dieses hochgradige Arschloch!« Endlich, endlich kann ich anfangen zu weinen.

»Das ist eine großartige Idee«, finden Lars und Marie. Lars hatte beschlossen, mich abends mit zu sich nach Hause zu nehmen, und Marie hat eine Lasagne gemacht.

Beim Essen erzähle ich den beiden unseren Segelplan mit der Kieler Woche.

Marie ist richtig wütend: »Andreas soll froh sein, eine Frau wie dich zu haben«, sagt sie böse. »Er gehört zu der Spezies

Mann, die ich aufgrund solcher Vorfälle vor versammelter Mannschaft ungespitzt in den Boden stampfen würde!«

Marie ist nämlich Rhetoriktrainerin, und wenn sie eines beherrscht, dann ist das auf den Punkt gebrachte Schlagfertigkeit. Mir fällt immer erst eine Stunde später eine passende Antwort auf Unverschämtheiten meiner Mitmenschen ein.

Marie hat es schon fertig gebracht, dass total von sich überzeugte Männer eine Party mit eingezogenem Schwanz und ohne sich zu verabschieden verlassen haben. Sie würde nie jemanden angreifen, aber versucht jemand, sie bloßzustellen oder so was Ähnliches, kriegt er es hundertfach zurück: »Wenn mich jemand meint grundlos beleidigen zu müssen, dann muss er damit rechnen, dass er die zehnfache Dosis zurückkriegt«, pflegt sie zu sagen, und ich finde, dass sie Recht hat. Dabei ist Marie beileibe keine Emanze, sondern eine hochattraktive Frau mit braunroten Haaren und einer sportlichen Figur. Und einer gehörigen Portion gesunden Selbstbewusstseins. Das alles gepaart mit einem hohen IQ. Findet man selten.

»Du musst uns unbedingt noch das genaue Datum sagen, wann ihr da einlauft«, sagen beide. »Wir kommen dahin, das ist doch wohl klar!«

Dann erzähle ich noch mal ausführlich von Björn, und Marie findet es überhaupt nicht schlimm, dass ich Andreas betrogen habe: »Seien wir doch mal ehrlich, Britta«, sagt sie, »ist das denn noch betrügen? Ich meine, wenn ihr beide glücklich wärt, wäre das doch nie passiert. Ich könnte mir nie vorstellen, einen anderen Mann als Lars auch nur anzuschauen, und ihm geht es hoffentlich genauso. Nein, wenn so was passiert, ist irgendwas nicht in Ordnung. Nach dem Ganzen, was du jetzt von Andreas erzählt hast, würde ich dir sogar RATEN, mit jemand anderem zu schlafen. Und wenn es nur für dein Ego wäre. Das ist ja so ein Vollidiot. Unglaublich. Hoffentlich klappt das alles so, wie ihr euch das vorgestellt habt. Dieses tumbe Gesicht von ihm und diesem Gunnar möchte ich sehen. Oh Mann, wie ich mich darauf freue!«

Gegen elf fahre ich nach Hause. Zweimal habe ich heute mit Björn telefoniert. »Es freut mich, dass du dich über die Blumen gefreut hast«, sagte er lieb. »Und was ich geschrieben habe, meine ich genau so!« »Noch vier Tage, dann sehen wir uns wieder«, sagte er beim zweiten Telefonat. »Ich freue mich so auf dich!«

Im Haus brennt noch Licht, also ist Andreas noch wach. Er telefoniert. Als ich ins mittlerweile von Frau Spatz aufgeräumte Wohnzimmer komme, sagt er nur noch schnell: »Alles klar. Dann bis Freitag. Das ist eine klasse Idee! Und danke! Wir Männer müssen ja schließlich zusammenhalten! Hahaha!«, und legt dann auf.

Spitzbübisch schaut er mich an. »Wer war denn das?«, frage ich, obwohl ich genau weiß, wer das war.

»Ooooch, jemand von Püppi«, sagt Andreas. Klar, um halb zwölf abends.

»Ach so«, sage ich lapidar. »Gunnar und ich fahren am nächsten Wochenende übrigens auch wieder nach Sønderborg. Aber mit Gunnars Auto. Du kannst also den Saab haben.«

»Das ist ja nett«, sage ich freundlich. »Übrigens ist der Saab mein Auto. Erinnerst du dich?«

Andreas glotzt mich dümmlich an. »Du weißt doch, dass mein neuer Dienstwagen erst in zwei Monaten kommt«, sagt er überflüssigerweise und beantwortet somit noch nicht mal meine Frage.

Ich gebe es auf. »Was macht ihr denn in Sønderborg?«, frage ich. »Grillen und geilen Weibern auf die Titten schauen?«

»Dass du immer so nachtragend sein musst«, beschwert sich Andreas. »Du weißt doch, wie Gunnar ist.«

»Ich fahre auch nach Sønderborg«, sage ich. »Ich werde mit Frauke einen kleinen Törn machen.«

»Mach das, mach das«, Andreas freut sich, »man muss ja nicht immer alles zusammen machen.«

»Genau«, sage ich. »Gute Nacht!«

»Nacht«, sagt Andreas und liest wieder in seiner Zeitung.

Würde Björn hier sitzen, hätte er schon eine Flasche Wein aufgemacht und ein paar Kerzen angezündet. Wir würden beide über unseren Tag sprechen und uns lieb haben. Und dann gemeinsam schlafen gehen.

Während ich mich abschminke, denke ich daran, dass Andreas gar nichts mehr zu der zerstörten Jähzorn-Puppenküche gesagt hat. Vielleicht sagt er ja deswegen nichts mehr dazu, weil er im Grunde genommen mein Handeln versteht, also so langsam einsichtig wird. Ich verteile die Abschminkcreme im Gesicht und schaue in den Spiegel. Das wäre schön. Vielleicht litt er ja unter einer kurzfristigen Hirnstörung oder so. Dann muss ich lachen. Blödsinn, Britta, denke ich. Andreas und Einsicht, das passt nicht zusammen.

Am Dienstag – Andreas ist schon wieder weg, als ich aufstehe, verlasse ich gegen halb neun das Haus. Da kommt Frau Schreiber, die Briefträgerin. »Gut, dass ich Sie noch antreffe, Frau Schüchen«, sagt sie, »hier ist ein Einschreiben für Sie.«

Der Brief ist von einer mir unbekannten Anwaltskanzlei. Ich steige ins Auto und reiße ihn auf. Das glaube ich doch nicht! Mein eigener Mann verklagt mich über Anwälte auf Schadenersatz: » ... zeigen an, dass uns Herr Andreas Günther Schüchen mit der Wahrnehmung seiner rechtlichen Interessen beauftragt hat. Ihnen wird vorgeworfen, am blabla eine von ihm hergestellte Puppenküche völlig zerstört zu haben. Wir fordern Sie auf, den Schadensbetrag in Höhe von EUR 2496,– zzgl. Zinsen ... an uns als Empfangsbevollmächtigte zu zahlen. Sollte der Betrag bis zum ... nicht gezahlt werden, ... Zwangsvollstreckung betreiben ... damit rechnen, dass Ihr Arbeitseinkommen gepfändet wird blabla ... mit vorzüglicher Hochachtung blabla.«

So. Jetzt ist Schluss. Mein letzter Funke von Mitleid oder Versöhnungsbereitschaft ist in dieser Sekunde erloschen. Andreas, jetzt musst du dich aber so richtig warm anziehen!

»Ich weiß nicht, was ich sagen soll«, Lars rauft sich die Haare. »Was denkt er sich bei solchen Sachen?«

»Nichts«, sage ich, »nichts denkt er sich. Er fühlt sich noch im Recht. Das ist es ja. Lars«, ich hole tief Luft, »Lars, ich werde mich von Andreas trennen!«

Lars nickt. »Ja, was soll ich dazu noch sagen, außer dass es sicher die richtige Entscheidung ist.« Ich fühle mich wie ein getretener Hund. »Sag einfach nichts und bezahle die Rechnung«, sagt Lars. »Deine Rache kommt ja noch.«

Ich bin niedergeschmettert. »Andreas würde kommentarlos über Anwälte einen Rechtsstreit mit mir durchfechten«, sage ich. »Und abends ganz normal davon ausgehen, dass ein Sauerbraten mit Knödeln auf dem Tisch steht, wenn er nach Hause kommt.«

Endlich ist es Freitag. Ich mache um drei Schluss; meine Tasche habe ich am Abend vorher schon gepackt und ins Auto gestellt. Ohne mich von Andreas zu verabschieden, fahre ich bei strahlendem Frühlingswetter Richtung Dänemark.

Jeden Tag habe ich mit Björn telefoniert, jeden Tag haben wir uns wie Kinder aufs Wochenende gefreut: »Ich habe eine Strichliste in der Praxis hängen«, erzählt Björn und lacht. »Eigentlich sind es zwei Strichlisten. Eine für die Wochentage und eine für die Stunden. Die für die Stunden mag ich lieber, da kann ich ständig was durchstreichen.«

Björn wartet schon auf dem Parkplatz. »Andreas kommt mit Gunnar gegen acht«, sagt er und gibt mir einen Kuss. »Er hat vor einer Viertelstunde bei Hanno angerufen!«

Er holt eine Gepäckkarre, stellt meine Tasche und die Weinflaschen und die Lebensmittel drauf und geht mit mir Richtung *Affenarsch.* »Hanno hat den *Kleinen Bären* schon an einen anderen Liegeplatz bugsiert. Er hat mit Georg getauscht. So können wir morgen bequem losstarten, Frauke schläft auf der *Bloody Mary* und Detlef und Tobias auf der *Affenarsch.* Werner ist auch da. Er meint, er kennt euch ...«

»Das stimmt«, sage ich, während wir über Steg C laufen. »Wir gehören quasi zu Werners Opfern. Unseren ersten Segeltörn haben wir mit Werner und Doris gemacht, und ich habe was weiß ich wie viele hundert Euro bezahlt. Unter anderem für das Erzählen von Seemannsgeschichten.« Ich muss lachen und Björn lacht mit.

»Aus Erfahrung wird man klug«, tröstet er mich. »Die beiden versuchen es halt immer wieder. Werner ist die Begegnung mit dir jetzt total peinlich. Also versuch einfach, so neutral wie möglich zu sein. Schließlich brauchen wir ihn! Er ist soweit gebrieft und wird dichthalten.«

»Und diese Doris?«, frage ich.

»Doris ist gar nicht hier«, sagt Björn. »Sie hat Wochenenddienst in ihrem Orion-Versandhaus.« Gut. Wenigstens das.

Frauke wartet schon auf dem Steg auf uns. »Oh Britta, Hanno hat bei Andreas angerufen. Er war sofort Feuer und Flamme. Ich hab am zweiten Handgerät mitgehört. Hanno ist ja über sich selbst hinausgewachsen. Er hat ja so über mich geschimpft und über Frauen im Allgemeinen. Andreas ist sofort eingestiegen. Morgen früh um sieben wollen sie mit dem *Kleinen Bären* rausfahren und anfangen zu trainieren.«

Georg kommt aus der *Bloody Mary* gekrochen. »Moin, Britta, schön dich zu sehen«, sagt sie und grinst. »Auf in den Kampf, was? Aber erst mal machen wir uns einen schönen Abend. Wir haben Chili con carne gemacht, und die Jungs haben Salat vorbereitet und frisches Baguette ist auch da.« Mit den Jungs meint sie wohl Detlef und Tobias, die in identischen karierten Schürzen aus der *Bloody Mary* winken und sich sichtlich freuen, mich zu sehen. Unter Deck haben es sich Detlef und Tobias schon gemütlich eingerichtet, ich habe ihnen die Ersatzschlüssel für die *Affenarsch* gegeben. Ich glaube, sie freuen sich, dass sie so wieder auf ihrer *Glitzerbarbie* sein können. Und sie stören ja nicht. »Der arme Hanno«, sage ich zu Björn, »jetzt kann er gar nicht mit uns essen.«

»Ach, der hat schon gegessen«, beruhigt mich Björn. »Er kommt auch gleich noch mal vorbei, weil er Werner abholt. Der gute Hanno – er bringt ein ganz schönes Opfer. Mehrere Wochenenden mit diesen Schwachmaten zu verbringen ... und ohne seine Frau.«

»Dafür sehen sie sich die ganze Woche über jeden Tag«, stelle ich fest.

»Ich würde aber gern mit dir nicht nur unter der Woche jeden Tag zusammen sein, sondern auch am Wochenende und überhaupt immer«, sagt Björn verliebt und umarmt mich. »Komm, wir gehen rüber zu Georg!«

Auf der *Bloody Mary* sitzt Werner, der rot wird, als er mich begrüßt: »Ähem, hallo Britta«, stammelt er und kann mir gar nicht richtig in die Augen schauen.

»Nett, dass du bei unserem Vorhaben dabei bist«, sage ich und lockere so die Situation auf. »Danke schön!«

»Ach, nicht der Rede wert«, Werner winkt ab. »Dein Mann hat's verdient. Der ist mir vielleicht auf den Keks gegangen mit seinem Fuß und seinen dauernden Wehwehchen.« So hätten wir das also auch erledigt. Luisa und Christina haben schon den Tisch gedeckt. Wir essen unter Deck, weil Georg »ums Verrecken keine Kuchenbude haben will« und es draußen schon zu kühl ist. Hanno holt dann Werner ab, und wir wünschen ihnen viel Erfolg beim ersten Trainingswochenende und müssen alle lachen. Hanno will dafür sorgen, dass Andreas und Gunnar nicht mehr auf unseren Steg kommen, nein, sie sollen früh schlafen gehen, weil es ja morgen quasi im Morgengrauen losgeht. »Zuerst mal üben wir mit den beiden Mann über Bord«, grinst Werner giftig. »Die Ostsee ist ja um diese Jahreszeit schon richtig warm!« Bibber.

»Wer's verdient hat«, Hanno zuckt mit den Schultern. »Komm jetzt, Werner, die müssten gleich ankommen. Ich melde mich später noch mal übers Handy«, verabschiedet er sich von Frauke. »Tschüss, mein Schatz!« Dann ziehen die beiden von dannen.

Frauke lacht: »Die werden die beiden schön die Taschen schleppen lassen!«

18

Wir spielen dann in Gruppen ›Mensch ärgere dich nicht‹, was in einer Katastrophe endet, weil sich herausstellt, dass Georg nicht gut im Verlieren ist und ständig die Männchen umwirft, wenn eines von ihren überholt wird oder aufgrund eines guten Wurfes zurück zum Start muss. »Ihr habt den Würfel manipuliert«, sagt sie böse und überprüft das Plastikteil.

Unsere Einwände beachtet sie nicht. Als Björn dann auch noch sein zweites Männchen ins Ziel bringt, flippt Georg völlig aus. »Das liegt an der Farbe«, brüllt sie uns an. »Gelb. Ich habe gelb. Damit kann man ja nicht gewinnen!«

Nach einer weiteren Viertelstunde kippt sie einfach das Spielbrett um und verzieht sich nach draußen, um zu schmollen.

»Es ist furchtbar mit Georg«, erzählt Frauke. »Neulich haben wir Rommé gespielt. Die ganzen Karten hat sie herumgeworfen, weil ich angeblich so gemischt hätte, dass alle Asse weg waren. Unfassbar!«

Björn und ich halten unter dem Tisch Händchen. Ich bin SO verliebt! Und ich kann es kaum erwarten, endlich allein mit ihm zu sein! Obwohl ich mir die ganze Zeit Gedanken darüber mache, dass Andreas doch noch mal auf Steg C kommen könnte. Wenn er mich knutschend mit Björn erwischt, komme ich in Erklärungsnot (»Ich hatte solchen Appetit auf rote Paprika und zufälligerweise hatte Björn gerade ein Stück an der Lippe kleben! – Mein Mund war plötzlich mit einer Eisschicht bedeckt und Björn war so nett, ihn mit seiner Zunge wieder aufzutauen!«)

Aber das Glück ist uns hold, denn kurze Zeit später klingelt Fraukes Handy. Es ist Hanno, der die beiden in die Kojen geschickt hat, weil es ja morgen früh raus geht. Aber so was von früh.

Ich gehe mit Björn zum Ende des Stegs und wir lassen die Beine über die Stegkante baumeln. Björn legt den Arm um mich. »Ich hab ich dich vermisst. Ich konnte mich in der Praxis kaum konzentrieren«, erzählt er. »Es war so schlimm, dass ich versehentlich einem Patienten eine Betäubungsspritze gesetzt habe, obwohl eigentlich nur eine Zahnreinigung anstand.«

Ich nicke. »Ich war auch völlig unkonzentriert die ganze Woche über«, sage ich. Ich hab aus Versehen potentiellen Hauskäufern einen viel zu niedrigen Preis genannt, und der Verkäufer war stinksauer auf mich. Aber das ist mir ganz egal. Hauptsache, ich bin jetzt bei dir.«

»Wie war denn die Woche mit Andreas?«, fragt Björn lieb.

»Furchtbar«, stöhne ich.

»Britta, willst du nicht reinen Tisch machen?«, so Björn. »Ich meine, wozu noch bis zur Kieler Woche warten? Oder brauchst du diese Genugtuung?«

Ich überlege kurz, dann nicke ich: »Doch, lass uns warten. Ich möchte sein Gesicht sehen. Und dann, dann sage ich ihm alles. Komisch«, ich wickle eine Haarlocke um meinen Finger, »er hat mich noch nicht mal gefragt, mit wem ich neben Frauke an diesem Wochenende in Sønderborg bin, und ich glaube, es interessiert ihn auch überhaupt nicht. Hauptsache er, er, er! Davon mal ganz abgesehen, hat er mir auch gar nicht gesagt, warum ER eigentlich hier ist. Ich habe auch nicht nachgefragt, weil ich es ja weiß. Aber er ist so uninteressiert an Dingen, die mich betreffen. Hauptsache, die Kohle stimmt!« Und dann erzähle ich Björn die Story mit dem Jähzorn-Modell und der Anwaltsrechung.

Björn ist fassungslos: »Er schickt seiner eigenen Frau über einen Anwalt eine Rechnung? Okay, eigentlich finde ich es verständlich, dass er sich über deine Aktion aufgeregt hat, richtig war das ja auch nicht gerade, Britta, aber das klärt man doch unter sich!«

»Stimmt«, nicke ich, »aber Andreas nicht. Der hat offene Aussprachen noch nie gewollt. Genauso wenig wie Kritik. Nein, nein, da wird schön der Kopf in den Sand gesteckt oder Dritte regeln das alles für ihn. Eigentlich eklig.«

Björn schüttelt ungläubig den Kopf: »Dass du das die ganzen Jahre nicht wenigstens ansatzweise gemerkt hast«, sagt er leise. »Du hast wirklich was Besseres verdient. Damit meine ich jetzt nicht mich, das musst du mir glauben, sondern ich meine das ganz allgemein. Aber jetzt wollen wir den Abend noch ein bisschen genießen, okay?«

Ich nicke. »Was machen wir denn morgen?«, frage ich.

»Wenden und Halsen üben«, klärt mich Björn auf. »Das ist bei einer Regatta mit die Grundlage. Wenn wir das nicht aus dem Effeff beherrschen, haben wir keine Chance. Und wir müssen im Wenden und Halsen sehr schnell sein und uns aufeinander verlassen. Jeder Handgriff muss sitzen. Deswegen dachte ich, wir fahren keine so lange Strecke, sondern beispielsweise nach Flensburg und üben auf dem Weg dahin. Also immer vor und zurück. Wenn du überhaupt nach Flensburg willst.«

»Klar«, sage ich, »warum nicht. Wir müssen ja Doris nicht bei Orion besuchen.«

»Nö«, sagt Björn und lacht. »Die träumt bestimmt nachts schon von Dessous und Dildos.«

»Besser als von Werner«, kichere ich. »Wenn ich die Wahl hätte, wüsste ich, was ich nehmen würde.«

Björn wird wieder ernst: »Glaubst du eigentlich, dass das Zufall ist, dass wir uns kennen gelernt haben?«, fragt er. »Ich bin eigentlich gar nicht so romantisch veranlagt, aber ich mache mir darüber oft Gedanken!«

»Das werden wir wohl nie herausfinden«, antworte ich und spiele mit einem vergessenen Stück Leine, das neben mir liegt. »Aber selbst wenn es Zufall war, ist es ein verdammt schöner Zufall!«

»Das stimmt«, sagt Björn abschließend. »Ich liebe dich so, Britta. Ich hab das Gefühl, dass du die erste Frau bist, die wirklich so richtig gut für mich ist!«

Am liebsten würde ich sagen, dass ich ihn auch liebe, aber ich bin momentan so verwirrt in meinen ganzen Gedanken. Nichts steht mehr auf dem rechten Platz, und in den letzten Wochen hat sich so viel auf einmal wie noch nie in meinem Leben getan, deshalb kann ich jetzt nicht einfach sagen: »Ich liebe dich!«

Wenn ich das zu Björn sage, muss es mit klarem Kopf und von ganzem Herzen kommen. Und ich muss mir sicher sein, dass es für immer ist. Für wirklich immer.

»Du musst jetzt nichts sagen«, Björn zieht mich an sich. »Für den Moment genügt es mir einfach, dass ich dich liebe und du bei mir bist.«

»Danke«, sage ich und lege meinen Kopf in seine Armbeuge. Könnte dieser Augenblick doch ewig währen!

Wir schauen beide in den Sternenhimmel und in diesem Moment sehen wir zwei Sternschnuppen. Ich bekomme eine Gänsehaut. »Die waren bestimmt für uns«, sagt Björn.

»Na, da seid ihr ja, ihr beiden Turteltauben«, begrüßt uns Frauke später und lacht.

»Ich habe gerade noch eine Flasche Wein aufgemacht. Setzt euch!«

»Wo sind denn Tobias und Detlef?«, frage ich.

»Auf der *Affenarsch*«, sagt Frauke. »Die beiden sind so glücklich, dass sie wieder auf ihrer alten *Glitzerbarbie* sein können. Sie haben sich auch gestritten, weil Tobias, oder war es Detlef, meinte, so schlimm sei das mit seiner Bandscheibe doch gar nicht gewesen und nie, nie, nie hätten sie dieses wundervolle Boot verkaufen dürfen.«

»Jetzt haben sie es doch zumindest teilweise wieder«, sage ich. »Es sei ihnen vergönnt.«

»Georg ist schlafen gegangen«, erzählt Frauke weiter. »Sie hat gesagt, dass sie die Firma verklagen wird, die ›Mensch ärgere dich nicht‹ herstellt. Im Spielbrett ist angeblich irgendein Magnet, der den Würfel dazu bringt, immer die falsche Zahl zu würfeln, wenn sie an der Reihe ist. Die anderen schlafen auch schon alle.«

»Wollen wir dann nicht lieber rüber auf die *Affenarsch* gehen?«, fragt Björn. »Du weißt ja, wie empfindlich Georg ist, wenn man sie beim Schlafen stört, Frauke.«

Frauke verdreht die Augen und holt sich eine Jacke. Dann klettern wir rüber auf die *Affenarsch*. Was ist denn hier los? Davon mal ganz abgesehen, dass ich es nicht weiter verwunderlich finde, dass Tobias und Detlef schon wieder ihre komischen Superman-Schlafanzüge mit den aufgestickten Buchstaben anhaben und ein Dreitausend-Teile-Puzzle puzzeln, erkenne ich mein Boot nicht wieder. Offensichtlich haben sie alles wieder so eingerichtet wie vor dem Verkauf. An den Wänden hängen Bilder, die Bohrlöcher waren ja noch im Holz, und eine Menge Kissen, Decken und Bücher liegen herum sowie Rätselhefte. Außerdem befinden sich im Salon Leselampen, auch dafür waren schon Öffnungen vorhanden. Ich schaue Richtung Koje und sehe Federbetten und Kissen mit identischen Bezügen, die nicht mir gehören. Auch ein kleiner Fernseher ist vorhanden. Er steht auf dem kleinen Kleiderschrank im Salon. Die Antenne ist schief angebracht. In einem Drahtkorb, dessen Ende in der Decke (ja, richtig, auch dafür gab es schon ein Loch und sogar einen Dübel, den ich nicht rausgekriegt habe) festgemacht ist, liegt Gemüse und frisches Obst. Geschirrhandtücher mit dem eingestickten Wort *Glitzerbarbie* hängen an Haken. Eine Rolf-Zuckowski-CD mit Kinderliedern läuft, warum auch immer. Ist ja auch egal. Tobias springt auf und lacht uns an: »Hallooooooo! Kommt doch rein, es ist beschdimmt ziiieemlich kalt draußen. Britta, möchtest du einen heißen Tee? Setzt euch doch hin, Moment, ich mache Platz. Die ganzen Bücher, aber wir leeeeesen nun mal sooooo gärn auf dem Booot, man kommt ja sonst niiieeeee dazu!«

Unbeholfen stehe ich herum und traue mich nicht, was zu sagen. Frauke und Björn scheint es überhaupt nicht aufzufallen, dass Tobias und Detlef sich hier eingenistet haben, aber sie waren ja auch noch nicht so oft unter Deck. Wenn man es genau nimmt, ich auch nicht. Ist ja alles auch nicht so schlimm. Was ist denn schon dabei? Verdammt, das ist mein Boot! Aber Tobias und Detlef sind so freundlich, dass ich es nicht übers Herz bringe, meine Meinung zu äußern.

»Wir puzzeln gerade«, sagt Detlef überflüssigerweise und hat einen hochroten Kopf. »Wenn das Puzzle fertig ist, kleben wir es auf Pappe und schenken es unserer Wichtelgruppe. Die werden sich vielleicht freuen!« Er ist so konzentriert auf das Puzzle, dass er noch nicht mal mehr tuckig redet.

»Welcher Wichtelgruppe?«, frage ich irritiert. »Na, die Gruppe, die wir betreuen«, klärt mich Detlef auf. »Es gibt die Wichtelgruppe, die Zwergengruppe, die Gnomengruppe, die Wurzelseppgruppe und die Dämonengruppe. Das sind die schwer Erziehbaren.« Ich verstehe immer noch nicht, was er meint. »Na, wir arbeiten ehrenamtlich aushilfsweise im Kindergarten«, sagt Detlef. »Und unsere Gruppe ist die Wichtelgruppe. Die Kindergartenleiterin wollte Tobias und mich trennen und als Betreuer in unterschiedlichen Gruppen einteilen, aber das haben wir uns nicht bieten lassen. Ich war einige Tage in der Dämonengruppe, aber das war gar nicht schön. Die sind mir auf dem Kopf herumgetanzt. Und allein kann ich mich nicht so gut wehren. Also hat sie zugestimmt, dass ich zu Tobias zurück in die Wichtelgruppe gehe. Das ist so schön. Wir basteln und kneten und kriegen immer was von den Wichteln geschenkt. Hier, schaut«, er deutet auf die Ablagefläche hinter der Sitzbank. Dort türmen sich Fimo-Figuren in Hülle und Fülle, dort befinden sich Häuser aus Streichhölzern und verschrumpelte Kastanien mit aufgemalten Gesichtern. Und Klopapierrollen, auf denen Bärte aus Wollresten kleben. »Aha«, sage ich und schaue an die Decke mit der Befürchtung, dass dort Lampions oder ausgehöhlte Kürbisse mit eingeschnitzten Fratzen ihr Dasein fristen.

»Gemütlich ist es hier«, findet Björn und setzt sich.

»Ja, das finde ich auch«, sage ich mechanisch und suche einen freien Platz.

Meine Tasche befindet sich im Übrigen noch auf der *Bloody Mary*, hier hätte sie sowieso keinen Platz mehr gehabt. »Habt ihr Hunger?«, fragt Detlef fürsorglich. »Ich könnte euch belegte Brote und Gewürzgürkchen anbieten, diese ganz kleinen Gürkchen, die in Gläsern schwimmen, wisst ihr?« Wir nicken. »Und Cocktailtomätchen, wisst ihr, diese ganz kleinen Minitomaten. Die sehen auch so schön aus, so süß, wisst ihr, die eignen sich auch gut zur Dekoration auf einem Bufett, Tobias, wir müssen bald mal wieder eine Party machen und dann laden wir alle ein!« Tobias nickt. »Ja, ich mache dann auch einen Käse-Igel«, sagt er und freut sich, »und eine Bowle. Wir sorgen nämlich gern für Gäste. Also, wollt ihr nun was essen oder nicht? Keine falschen Schamgefühle bitte! Wir möchten, dass ihr euch so richtig zu Hause fühlt!«

Ah ja. Ich soll mich nicht dafür schämen, mich auf meinem eigenen Boot zu Hause zu fühlen. Das ist aber nett!

»Das ist aber nett«, sage ich und merke, dass ich tatsächlich wieder Hunger habe. »Also, so ein paar belegte Brote mit Gewürzgürkchen und Cocktailtomätchen wären wirklich klasse. Aber nur, wenn es euch keine Umstände macht!«

»Unsinn«, winkt Detlef ab, »das machen wir doch gern!«

Ich schaue zu Björn, aber der starrt bloß auf das Puzzle und merkt gar nichts. Dann sehe ich zu Frauke, die auf der Saloncouch sitzt. Sie muss verzweifelt ihr Lachen unterdrücken. Die Tränen laufen ihr aus den Augen, was aber keiner außer mir zu bemerken scheint.

»Ich glaub es nicht, ich glaub es ja nicht«, gickelt Frauke, als wir gemeinsam ungefähr eine Viertelstunde später zum Wäschereiraum gehen. Frank hatte Wäsche getrocknet. »Ernie und Bert haben ihr Boot wieder und so ein dickes Fell, dass sie seelenruhig ihre ganzen Sachen wieder draufpacken. Ich glaube, die meinen das noch nicht mal böse, Britta!«

»Natürlich meinen sie es nicht böse«, sage ich, »die sind viel zu liebenswürdig, um irgendwas böse zu meinen. Die machen das einfach, ohne nachzudenken. Unfassbar, unfassbar«, kann ich nur dauernd wiederholen. »Wirklich unfassbar. Hast du gesehen, dass sie sogar die alten Gläser wieder an Bord gebracht haben? Auf denen stand *Glitzerbarbie.*«

Frauke nickt. »Oh Gott«, sagt sie plötzlich, »nicht dass die beiden verrückt sind oder so. Oder schizophren und sich jetzt auf einmal wieder für die wirklichen Besitzer halten.«

»Und wenn schon«, sage ich gleichgültig, »eigentlich ist es ja schon so.«

Weil wir gerade in Klonähe sind, gehe ich auch noch dorthin. Obwohl: Ich hasse öffentliche Klos. Ich mag mich nicht auf die Brille setzen, weil ich Angst vor einer Infektion habe. Also hänge ich halb über dem Klo und kann es gerade noch verhindern, dass ich mir die Hosenbeine voll mache. Eklig. Öffentliche Klos sind so was von eklig. Davon mal ganz abgesehen, dass sie nie richtig sauber sind, auch wenn sie so aussehen. Niemals würde ich eine Klobürste in einem öffentlichen Klo anfassen. Allein der Gedanke verursacht bei mir Ganzkörperherpes. Ich hätte natürlich auf der *Affenarsch* aufs Klo gehen können, aber es wird nicht gern gesehen, wenn man im Hafen das olle Klo abpumpt.

Auf der *Affenarsch* zurück essen wir belegte Brote und müssen Tobias und Detlef ungefähr zehntausendmal versichern, wie unglaublich lecker sie doch schmecken. Die beiden freuen sich. »Wir müssen langsam mal ins Bett«, sagt Björn und schaut auf seine Uhr, »es ist schon wieder fast Mitternacht und wir müssen morgen fit sein.«

Ich bin aber gar nicht müde. Außerdem – wo soll ich schlafen? Zwischen den beiden Supermännern im Vorschiff? Und überhaupt – wer hat eigentlich beschlossen, dass sie auf der *Affenarsch* schlafen dürfen? Ich erinnere mich nicht daran, dazu jemals eine Zusage erteilt zu haben.

»Britta, du kannst gern hier im Salon schlafen«, bietet mir Detlef hilfsbereit an. Frauke muss schon wieder grinsen. »Wir haben auch eine Gästebettdecke.«

Da jetzt ja sowieso alles egal ist, sage ich »Nein danke« und überlege gleichzeitig, wo ich nun wirklich schlafen soll. Auf der *Bloody Mary*? Frauke schläft schon auf der *Bloody Mary* und sooo groß ist das Boot auch nicht. Und wenn ich eines hasse, dann unbequem schlafen zu müssen. Schaudernd erinnere ich mich an die Nacht auf der *Victoria*, wo ich vor Rauch und Essensgerüchen kaum ein Auge zugetan habe.

Björn schaut mich an und blinzelt. Ich verstehe schon, was er meint – ich soll bei ihm auf seiner *Breiz'h* schlafen. Aber was machen wir, wenn Andreas mich morgen sehen will und ich eng umschlungen mit Björn nach einer heißen Nacht daliege und in Erklärungsnot gerate? Ich muss nachdenken. Ich muss nachdenken.

Frauke sagt: »Ich ruf noch mal eben bei Hanno an«, und

klettert nach draußen. Kurze Zeit später winkt sie mich zu sich: »Andreas und Gunnar schlafen schon lange«, sagt sie und freut sich. »Und Hanno wird dafür sorgen, dass sie morgen ganz sicher nicht hierher kommen. Die legen ja schon vor sieben Uhr ab. Wenn es allerdings trotzdem passieren sollte, ruft Hanno mich auf dem Handy an und ich sag dir schnell Bescheid. Die brauchen ja mindestens fünf Minuten, um hier zu sein. Und wir könnten dann behaupten, dass wir alle zusammen bei Björn frühstücken!«

Juhu. Juhu! Ach, ich könnte Frauke umarmen! »Danke, du bist so lieb«, sage ich.

Freundschaftlich legt Frauke den Arm um mich: »Du doch auch«, meint sie, »es ist klasse, dass du hier bist. Im Übrigen passen Björn und du wunderbar zusammen.«

Das finde ich auch, oh, wie ich das finde!

Kurze Zeit später klettern wir auf die *Breiz'h* und Björn meint: »Aber einen Wein trinken wir noch!« Natürlich trinken wir noch einen Wein. Ich bin völlig aufgedreht und kein bisschen müde: »Das kommt, sobald du liegst«, ist sich Björn sicher. »Ich bin momentan auch gar nicht müde.«

So unglaubwürdig es klingt, aber wir haben keinen Sex in dieser Nacht. Wir kuscheln uns eng aneinander und reden. Es ist wunderbar, mit Björn zu reden. Wir erzählen uns von unserem Leben und was wir eigentlich mal werden wollten und von unserem Alltag und überhaupt. Es ist auch herrlich, mit ihm zu lachen. Meine Güte, wie lange ist das her, dass ich mit Andreas gelacht habe. Ich muss tatsächlich darüber nachdenken, ob ich überhaupt jemals mit ihm gelacht habe. Wahrscheinlich nicht, wenn mir noch nicht mal eine einzige Situation einfällt.

Um es kurz zu machen: Mit Björn ist alles perfekt.

Es ist auch perfekt, mit ihm einzuschlafen. Aneinandergekuschelt natürlich. Ganz eng.

19

Hui, ist das ein schöner Tag! Sonne über Sønderborg, so muss das sein. Und guter Wind, wie Björn versichert: »Ideal, um nach Flensburg zu segeln«, meint er und misst irgendwas mit dem Stechzirkel in einer Karte aus. Wir verzichten auf ein großes Frühstück, und ich mache uns Brötchen für unterwegs zurecht, die Frauke, die ja immer als Erste wach ist, besorgt hat. Andreas und Gunnar haben sich zum Glück nicht auf Steg C blicken lassen, von Frauke weiß ich, dass Hanno die beiden schon gegen sechs Uhr geweckt hat. Frauke kichert: »Sie mussten Kniebeugen auf dem Steg machen und dann einmal in den Ort laufen und zurück. Hanno hat behauptet, das sei bei Anfängern so üblich. Er sagt, die beiden hätten fertig wie sonst was ausgesehen, als sie wiederkamen. So ist es richtig, so ist es richtig!«

Georg nickt: »Er hätte sie nach Kolding und zurück laufen lassen sollen«, krakeelt sie herum. Mit Marschgepäck wie bei der Bundeswehr. Dreißig Kilo mindestens. Ich weiß Bescheid!«

»Du warst bei der Bundeswehr?«, frage ich. »Das ist doch noch gar nicht so lange erlaubt, dass Frauen zur Bundeswehr dürfen!« Georg schlürft ihren Kaffee und blitzt mich böse an: »Ach, sehe ich so alt aus, ja?«, fragt sie.

»Nein, nein«, beeile ich mich zu schlichten. »Wie alt bist du denn?«

»Man fragt eine Frau *nie* nach ihrem Alter«, herrscht Georg mich an und bohrt in der Nase.

»Aber du willst doch nie wie eine behandelt werden«, sagt Frauke mild und lächelt Georg an. »Dann musst du auch solche Fragen beantworten. Wie ein ganzer Mann eben.«

Man sieht es Georg förmlich an, wie es in ihrem Kopf arbeitet. »Zweiundvierzig«, sagt sie schließlich, »ja, ich bin zweiundvierzig. Ihr braucht gar nicht so blöde zu gucken.«

»Das ist doch das beste Alter«, sage ich nett.

»So, findest du, ja?«, jetzt ist Georg nicht mehr so erzürnt. »Na ja, wenn du meinst.«

»Also warst du jetzt bei der Bundeswehr oder nicht?«, will ich wissen.

»Nein, natürlich nicht«, antwortet Georg und belegt sich ein Brötchen mit fünf Scheiben gekochtem Schinken, »ich hab mich eingeschmuggelt, aber die haben mich nach zwei Tagen erwischt.«

»Wie das denn?«, das ist Frauke.

»Wie das denn? Wie das denn?«, Georg verdreht die Augen. »Schon mal was von Gemeinschaftsduschen gehört? Ich konnte mir ja schlecht einen Pimmel wachsen lassen.«

Ich muss laut lachen. »Und dann? Was haben sie dann gemacht?«

»Ach«, Georg winkt ab, »Vollidioten, alles Vollidioten, das kann ich euch sagen. Ich hab behauptet, dass meine Geschlechtsorgane nach innen gewachsen seien, aber das haben sie mir nicht geglaubt. Und dann hab ich ja Titten, die hab ich zwar ganz vergessen, aber die haben es gesehen. Tja. Lange Rede, kurzer Sinn, ich musste sogar noch eine Strafe wegen Betruges zahlen, ist denn das zu glauben?« Während sich Georg erinnert, wird sie schon wieder stocksauer. »Leider gab es damals noch keine Talkshows, sonst hätte ich diese Geschichte ganz Deutschland erzählt. Ich und Betrug. Du kennst mich Frauke, ich bin ehrlich. Sag, dass ich ehrlich bin, los!«

Schnell sagt Frauke: »Aber natürlich, Georg, aber natürlich!«, und kann so einen Eklat verhindern. Wir belegen dann die Brötchen zu Ende und Frauke geht nach oben, um Leinen zu kontrollieren. »Oh Britta, du siehst sooo verliebt aus«, sagt Frauke. »War es denn schön? Oh meine Güte, wie soll das bloß alles weitergehen? Das ist doch kein Zustand nicht!«

»Stimmt, irgendwann muss ich mich entscheiden«, erwidere ich. »Aber ich hab schon mit Björn gesprochen. Nach der Kieler Woche, nach der Kieler Woche werde ich wissen, was Sache ist.«

»Ach, die blöde Kieler Woche«, winkt Frauke ab, »was hat die denn damit zu tun? Du und Björn – ihr seid für einander gemacht. Nein«, jetzt wird Frauke theatralisch, »ihr seid für einander *bestimmt*!«

»Das glaube ich ja auch«, sage ich, »aber ich kann doch jetzt nichts überstürzen. Außerdem würde ich uns ja dann den Spaß nehmen, vor den beiden Affenärschen ins Ziel zu laufen, oder?«

Frauke nickt: »Da hast du Recht. Darauf will ich auf gar keinen Fall verzichten. So, ich glaube, wir müssen langsam mal hoch.«

Auf der *Affenarsch* ist soweit alles startklar, und weil Hanno ja diesmal nicht dabei ist, fahren wir mit zwei Booten los. Frauke bleibt bei uns und Georg segelt wieder mit ihren Mädels auf der *Bloody Mary*.

Mit Hanno haben wir uns kurzgeschlossen, er wird mit Andreas und Gunnar in eine andere Richtung fahren, sodass eine Begegnung ausgeschlossen ist. Das erleichtert mich sehr.

Detlef und Tobias, die mittlerweile auch schon mitgekriegt haben, dass da was läuft zwischen Björn und mir, scheinen uns unser Glück zu gönnen: »Liebe ist waaaaas sooooo Schööööes, Britta«, beteuert mir Tobias. »Seitdem isch mit dem Detlef zuuuusaaaammeeen bin, weiß isch erst, was würklische Liebe ist!«

Und Detlef, der Tobias natürlich ohne Wenn und Aber zustimmt, sagt: »Du kannst disch soooo auf uns verlasssssen, Britta, wir saaaagennn nischts.«

Na, dann kann ja nichts mehr passieren.

Die nächsten Stunden üben wir Wenden und Halsen bis zum Erbrechen. Gute Güte, ist das anstrengend, dauernd Leinen los und wieder anziehen und rum das Schiff und alle auf die andere Seite und Vorsicht und die Pinne wegdrücken und Luv und Lee und steuerbord und backbord und alles wieder von vorn und Wind weg und Wind wieder da und so weiter und so fort. Uuuuh. Mein Nagellack ist nach einer Stunde an allen Nägeln abgeplatzt und drei Nägel sind eingerissen, was mich sehr wütend macht. Ich, die ich immer so stolz auf meine perfekt manikürten und gepflegten Hände bin, sehe aus, als hätte ich mit der bloßen Hand Runkelrüben geerntet. Und das acht Jahre ohne Unterbrechung. Bestimmt werden sich auch Schwielen bilden. Und danach Hornhaut. Björn lacht, als ich mich bei ihm beschwere: »Das musst du lernen, Britta – schneide die Nägel immer ganz kurz, und Nagellack kannst du auf einem Boot komplett vergessen. Frag mal Frauke.«

Die nickt und zeigt mir ihre Hände. »Ich hab seit ungefähr fünf Jahren keinen Lack mehr benutzt«, sagt sie. »Man gewöhnt sich dran.« Na toll. Was mache ich denn jetzt mit meinen vierundfünfzig Nagellackflaschen? Ich habe einen Nagellacktick. Nein. Ich hatte einen Nagellacktick. Dann versteigere ich die eben bei eBay oder schenke sie einem Altersheim. Oder einer Theatergruppe. Oder Detlefs und Tobias Wichtelgruppe. Falls die mal eine Veranstaltung mit Kinderschminken haben, sind sie jedenfalls nagellackmäßig bestens ausgestattet.

»Binde dir auch besser die Haare zusammen«, empfiehlt mir Frauke. Ich mag mir die Haare aber nicht zusammenbinden. Ich mag es, wenn meine blonden Locken im Wind wehen. Das sieht doch sportlich aus! Oder soll ich mir die Haare gleich so kurz schneiden lassen wie Georg? Im gleichen Zug könnte ich ja dann anfangen, mir die Achseln und die Beine nicht mehr zu rasieren und Hormone nehmen, damit meine Oberweite schrumpft und mir gleichzeitig ein Schnurrbart wächst.

Da, die nächste Wende. Während ich kurble, macht die *Affenarsch* einen Satz und ich drehe mich schnell um, kurble aber weiter. Im nächsten Moment schreie ich laut auf: »Oooooooooh meiiiiiiin Gooooooooott, auaaaaaaaaa!«

Björn brüllt: »Hör sofort auf zu kurbeln!«, und Frauke springt erschrocken herum.

Detlef und Tobias schreien: »Um Gottes willen!« Ich hänge mit meinem Kopf direkt über der Winsch und habe meine kompletten Haare darin eingekurbelt. Und weil ich ein Depp bin, habe ich noch weitergekurbelt, als ich es schon bemerkt hatte.

»Nicht bewegen«, sagt Björn ruhig. »Detlef, steuere weiter, aber so, dass wir keine Schräglage haben.«

»Aye aye, Sir«, gibt Detlef zurück und fasst sich noch mit Zeige- und Mittelfinger an seine Baseballkappe. Ich versuche, so wenig wie möglich zu atmen, weil ich mit jedem Atemzug kurzzeitig dichter zur Kurbel gezogen werde. Björn und Frauke sehen sich die Sache an: »Scheiße«, sagen sie dann gleichzeitig. Björn versucht, die Leine, die um die Winsch liegt, zu lösen, aber die hat sich in sich um die Kurbel gewickelt und es gibt kein vor und zurück. »Geh nach unten und hol eine Schere, Frauke«, sagt Björn und streichelt meinen Arm. »Britta, es tut mir so Leid, aber wir müssen deine Haare abschneiden!« Meine Haare abschneiden?

Meine Haare abschneiden? »MEINE HAARE ABSCHNEIDEN??? SEID IHR VÖLLIG WAHNSINNIG GEWORDEN???«, brülle ich herum und Tränen schießen mir in die Augen. »AUF GAR KEINEN FALL SCHNEIDET IHR MEINE HAARE AB!!!« Böse will ich mich aufrichten, um meine Gegner zu vernichten, aber die Winsch hält mich fest, an meiner Kopfhaut reißt es, dass ich richtig anfangen muss zu heulen, und das macht die ganze Sache auch nicht besser. Da kommt Frauke mit der Schere.

»GEH WEG! NIMM DIE SCHERE WEG!«, kreische ich herum wie verrückt. »Meine HAARE, meine HAARE!« Hilflos versuche ich, um mich zu schlagen, und fühle mich wie dieser kleine Giftzwerg, der sich in Schneeweißchen und Rosenrot mit seinem Bart in einem Baumstamm verheddert hat und nicht mehr freikommt. Oder kam er letztendlich doch mit einem Zauberwort frei? Ich weiß es nicht. Es ist ja auch ganz egal. Ich jedenfalls komme weder mit noch ohne Zauberwort frei und bin verzweifelt.

»Britta, ich würde dir die Haare nicht abschneiden, wenn es anders ginge«, sagt Frauke.

»HOL EINEN FRISEUR!«, bettele ich herum. »Oder hol Detlef und Tobias, die könnten auch Friseure sein, die sind ja schwul!«

»Britta, deine Haare befinden sich komplett und ungefähr zehnfach verwickelt in dieser verdammten Wuling und die lässt sich nicht lösen, wir haben es doch versucht«, bittet mich Frauke. »Du musst jetzt vernünftig sein. Die Haare wachsen doch wieder nach!«

Die Tränen laufen mir in Strömen übers Gesicht. HÄTTE ICH DOCH BLOSS MEINE HAARE ZUSAMMENGEBUNDEN!!! DAS IST JETZT DIE STRAFE!!!

Resigniert halte ich still, während ich das Ritsch-Ratsch, Ritsch-Ratsch direkt neben meinem Ohr höre. Ich hatte noch nie kurze Haare und ich wollte auch noch nie kurze Haare haben. Es sind entsetzliche Sekunden. Endlich ist Frauke fertig. Wir müssen noch nicht mal die Haare zusammenfegen, denn die sind ja alle um die Winschkurbel gewickelt. Ich hebe langsam meinen Kopf und kann endlich wieder gerade sitzen. Dann hebe ich noch langsamer eine Hand und fasse meinen Kopf an.

Oh nein. Oh nein. Alles weg. Alles, alles weg!

»Gebt mir einen Spiegel«, krächze ich kraftlos und schaue die anderen an. Niemand sagt ein Wort. »Ich möchte einen Spiegel«, sage ich. Frauke schüttelt den Kopf.

»Lass das bitte lieber«, sagt sie. »Lass daaaaas biiiiittttteeeee liiiiieeebaaaa«, kommt es synchron von Detlef und Tobias. »Geh am besten in Flensburg erst mal zum Friseur«, kommt es von Björn. »Das ist bestimmt besser.«

Ich hyperventiliere fast: »Ich möchte sofort einen Spiegel«, schreie ich herum.

Weil keiner reagiert, renne ich nach unten und gehe in den WC-Raum, wo ein ziemlich großer Spiegel hängt.

Das bin nicht ich. Das kann ich nicht sein. Wo einmal meine goldblonden Locken in Hülle und Fülle bis zu meinen Schultern hingen, befinden sich nun einzelne Fetzen und Stoppeln. Dazu kommt noch, dass meine Kopfhaut knallrot ist, weil ich ja ruckartig den Kopf hochgerissen habe. Meine Augen wirken so groß wie die einer Biaffra-Frau. Es fehlt nur noch, dass eine Fliege am Lid klebt.

Ich bin so geschockt, dass ich wie gelähmt bin.

Langsam und wie in Trance gehe ich aus dem Klo und setze mich in den Salon. Von oben höre ich murmelnde Stimmen. Sicher beratschlagt man gerade, zu welchem Psychiater man mich schicken wird. Und sicher versteckt man gerade alle spitzen Gegenstände, mit denen ich mir sonst die Halsschlagader durchtrennen könnte.

O mein Gott. Am besten, ich kaufe mir einen weißen Kaftan und nenne mich fortan Annie Lennox. Oder ich bewerbe mich bei der Serie ›Hinter Gittern‹ und spiele eine drogenabhängige, rauchende Kampflesbe. So kann ich mit meinem entstellten Aussehen wenigstens noch ein wenig Geld verdienen.

Mir gegenüber sitzt ein Affe. Er schaut mich mitleidig an. Immer noch geschockt breite ich meine Arme aus und der Affe springt hinein. Es ist ein kleiner Affe. Er will gekrault werden und bleckt genüsslich die Zähne, als ich ihn mechanisch streichle.

In der nächsten Sekunde bohren sich die gebleckten Zähne mit voller Wucht in meinen Unterarm.

Es blutet. Ich kann kein Blut sehen. Ich kippe vornüber auf den Holzboden und dann wird mir schwarz vor Augen.

»Hier, trink das«, sagt Frauke und hält mir einen Flachmann hin. Ich reiße ihr die Flasche aus der Hand und setze sie an.

»Ihr hättet uns das früher sagen sollen«, fährt sie Tobias und Detlef zum wiederholten Mal an. Die sitzen mit dem Affen in einer Ecke, und alles tut ihnen so schrecklich Leid. Der Affe isst eine Banane und glotzt mit seinen dunklen Augen interessiert umher. Ich bin immer noch fix und fertig.

»Wo war denn dieses Tier die ganze Zeit?«, frage ich matt.

»Unter Deck, unter Deck. Im Schrank. Oh Briiiiitttaaa, dasistunssounangenehm, duglaubstgarnichtwie«, faseln die beiden durcheinander. »Raststätte Berfa ist soooo ein ruhiiiiiiiiiger Verträäääääääätääääääär, normalerweiiiiise ist er sooooo lieb, aber er maaaaag es nischt, wenn man ihn am Hals krauuuult. Dann ist mit ihm nischt soooo guuuut Kirschen essen!«

»Ach so«, sage ich, während Björn meine Wunde mit Jod desinfiziert, was ungefähr dreimal so weh tut wie der Affenbiss.

»Wieso bitte heißt der Affe denn Raststätte Berfa?«, fragt Frauke ungläubig.

Es stellt sich heraus, dass Detlef und Tobias den Affen auf der Raststätte Berfa, die sich irgendwo in Nordhessen befindet, gefunden haben. Er wurde wohl ausgesetzt. Möglicherweise ist er auch von einer Zirkustruppe geflüchtet. Jedenfalls war er sehr unterernährt und musste erst mal mit Flaschenmilch und Bananenbrei hochgepäppelt werden.

Wenn ich mal einen Hund in Oer-Erkenschwick finde, werde ich ihn auch nach dem Ort benennen. »Oer-Erkenschwick, such verlorn' Apport! Oer-Erkenschwick, fass!«

Und wenn mein Kind, falls ich mal eins bekommen sollte, in einem Freizeitpark gezeugt wird, könnte es doch gut Taunus-Wunderland, Warner Brother's Movie World oder Vogelpark Walsrode heißen.

So langsam geht es mir besser. Ich habe mir schlimm den Kopf gestoßen bei dem Sturz, aber Björn war gleich zur Stelle und hat mich wieder aufgerichtet. Dann war ich wohl noch ungefähr zehn Minuten nicht ganz bei mir. Allmächtiger.

Georg ist mit der *Bloody Mary* schon mal weiter Richtung Flensburg, und wir haben die Segel unten und dümpeln im Fahrwasser herum.

»Arrrgh, arrrgh, grrrrr!«, macht Raststätte Berfa. »Er will sich bei dir entschuldigen«, sagt Tobias und hebt Raststätte Berfas rechten Arm und winkt mir damit zu. »Es tut mir Leid, es tut mir Leid, ich mach's nie wieder!«, fiept er mit verstellter Stimme.

Ich verdrehe die Augen. »Schon gut, schon gut«, sage ich.

»So, fertig«, sagt Björn. Er hat mir einen professionellen Verband angelegt und dann gibt er mir zwei Schmerztabletten.

Automatisch fahre ich mir durch die Haare, und erst da merke ich wieder, dass die ja weg sind. Gleich muss ich wieder anfangen zu heulen. Meine Locken. Oh. Oh.

Quasi fühle ich mich wie vom Affen gebissen.

»Wir fahren jetzt ganz in Ruhe nach Flensburg. Du ruhst dich unter Deck aus, Britta«, bestimmt Björn, »wir machen das hier oben schon.«

Mir ist alles recht, Hauptsache der Affe will sich nicht zu mir legen.

Aber Raststätte Berfa hockt auf Detlefs Schulter und krault in dessen Haaren herum.

Wir fahren dann unter Motor nach Flensburg, weil man mich schonen will, und ich liege in Detlefs und Tobias Bettzeug und gebe mich meinem Selbstmitleid hin.

Ich bin eine unattraktive Frau Mitte oder fast schon Ende dreißig mit entstellter Frisur und entstelltem Unterarm. Die Wunde wird nie heilen und mein restliches Leben werde ich mit zwei Löchern im Arm leben müssen, die ständig eitern und sich entzünden. Vielleicht bekomme ich auch Lähmungserscheinungen durch den Affenbiss. Oder Malaria. Oder es bildet sich eine große Beule, die irgendwann aufplatzt, und dann kriechen Tausende von Maden aus meinem Unterarm. Ich werde hilfeschreiend durch irgendwelche Häfen laufen, aber niemand möchte etwas mit mir und meinen Maden zu tun haben. Mit diesen Gedanken schlafe ich langsam ein.

Ich bin so unglücklich, dass ich dabei am Daumen lutsche.

Das habe ich zum letzten Mal mit einunddreißig gemacht.

20

Ich bin ja so froh, dass es dir wieder besser geht«, sagt Björn fürsorglich und überprüft meinen Verband. »Hast du eine Tetanusimpfung?« Ich nicke. Gott sei Dank lasse ich solche Sachen nicht schleifen. »Wenn du dich fit genug fühlst, können wir mal rüber zu den anderen gehen. Die sitzen alle bei Georg und ihren Mädels. Die wollen natürlich haarklein erzählt bekommen, was passiert ist.«
»Klar, das würde ich auch wissen wollen«, sage ich. »Ja, lass uns mal rübergehen.« Ich setze mich auf und mir ist glücklicherweise nicht mehr schwindlig. Ich habe zwei Stunden geschlafen und von meinen langen, blonden Haaren geträumt. Rapunzel, lass dein Haar herunter.

Georg springt sofort auf, als wir die *Bloody Mary* betreten: »Mensch Britta, Kopf hoch, das ist ja eine verdammte Scheiße«, sagt sie und streichelt meinen Rücken. »He, Schwester, jetzt siehst du mir wenigstens ein bisschen ähnlich.« Noch so ein Satz und ich werde ihr jedes Achselhaar einzeln ausreißen.

Luisa betrachtet sich meine Zotteln: »Ich hol mal meine Schere«, meint sie und geht nach unten. Ich bin derzeit übersensibel, was das Wort »Schere« betrifft und sage laut: »NEIN! NICHT!«, weil ich Angst habe, dass sie mir eine Glatze schneiden will oder eine Punkfrisur. Einfach mal so zum Zeitvertreib.

»Luisa ist gelernte Friseurmeisterin, sie hatte bis vor kurzem einen eigenen Salon«, sagt Christina, ihre Freundin, »die weiß schon, was sie tut!«

Da kommt Luisa mit Schere und Handtuch zurück und sagt: »Stillhalten!«

Dann beginnt sie konzentriert mit ihrer Arbeit.

Zwanzig Minuten später hält sie mir stolz einen Spiegel vors Gesicht. »Schau«, sagt sie fröhlich. Ich traue mich erst nicht reinzuschauen, tue es dann aber doch.

He! He! Heeee! Ich schaue wieder und wieder in den Spiegel.

Luisa hat ihr Bestes gegeben. Mein verbliebenes längeres Resthaar hat sie irgendwie so verteilt, dass es in Stufen fällt. So kann man die zotteligen Stellen nicht sehen. Ich hab jetzt einen Scheitel und meine Kopfhaut ist auch nicht mehr rot.

»Die Zotteln unter den Stufen wachsen bald nach, in vier Wochen sollte man nichts mehr davon sehen, dann haben die genau die Länge wie die längeren Haare jetzt«, erklärt mir Luisa freudig, »am besten, ich schneide immer am Wochenende ein paar Millimeter nach, damit alles wieder gleichmäßig wird.«

»Oh Luisa, danke«, sage ich erleichtert. Im Ernst, es sieht gar nicht schlecht aus.

So spare ich mir jedenfalls das Haargummi. Grrr.

»Wie süß du aussiehst, Britta«, sagt auch Frauke und klatscht begeistert in die Hände. »Irgendwie, ja, wie soll ich sagen, sportlicher. Einfach jünger! Das steht dir verdammt gut.«

»Findest du, ja?«, frage ich und schaue immer wieder in den Spiegel.

Auch Björn ist begeistert: »Du siehst klasse aus, Britta«, sagt er fröhlich. Detlef und Tobias sind erleichtert, dass ich mich jetzt nur noch auf meine neue Frisur und nicht mehr auf Raststätte Berfa konzentriere, und laden uns alle zum Abendessen ein.

Flensburg ist wirklich schön. Wir liegen im Stadthafen, ringsherum sind kleine Kneipen und Restaurants. Das einzige, was mich stört, ist der Affe. Er sitzt auf Tobias Arm und schaut mich die ganze Zeit hasserfüllt an. Bestimmt hat ihm mein Blut geschmeckt und er möchte mehr davon.

In dem kleinen Fischrestaurant, für das wir uns dann entscheiden, wird Raststätte Berfa in einen Netzrucksack gesetzt und bekommt Nüsse und Obst. Ich wähle den entferntesten Platz von ihm und studiere hungrig die Speisekarte. Björn sitzt natürlich neben mir. Dauernd streichelt er mein Bein.

Eigentlich ist es ganz angenehm mit kurzen Haaren. Ich muss sie nicht dauernd aus dem Gesicht streichen.

Ich trinke Campari-Orange, oh, wie lange schon hab ich

keinen Campari-Orange getrunken, ich glaube das letzte Mal mit zwanzig, schmeckt das gut! Björn bestellt Barolo und wir sind alle in einer gelösten, heiteren Stimmung. Das Leben ist schön!

Fraukes Handy klingelt und sie geht raus. Ich beobachte sie durchs Fenster. Das muss Hanno sein, denn Frauke springt auf und ab und ist nur am Lachen.

»Wollt ihr wissen, wie es den beiden Profi-Seglern heute so ergangen ist?«, fragt sie, als sie sich wieder zu uns an den Tisch setzt. Die Antwort auf diese Frage erübrigt sich ja wohl und Frauke legt los:

»Also, Britta, Andreas war es erst sehr peinlich, weil Werner da war, aber Andreas, der guuute Andreas, hat sofort angefangen, über dich herzuziehen, und das kann er gut, das kannst du mir wirklich glauben. Wusstest du schon, dass du eine«, sie holt Luft.

»Was ist Britta?«, fragen alle außer mir, und ich frage: »Was bin ich?«

Frauke muss sich sammeln: »Wusstest du, dass du eine ... Niete und Nullnummer auf ganzer Linie bist, Britta?«

»WAS?«, schreit der ganze Tisch so laut, dass alle anderen Restaurantgäste zu uns rüberschauen und Raststätte Berfa sich an einem Stück Mango verschluckt und husten muss.

»Oh ja«, erzählt Frauke weiter. »Dieses grenzenlose Arschloch hat behauptet, dass du Aushilfskraft in einem Immobilienbüro bist und er dich quasi durchfinanziert. Und er hat erzählt, dass du nur auf sein Drängen hin angefangen hast zu arbeiten. Eigentlich liegst du am liebsten den ganzen Tag zu Hause auf dem Sofa rum und schaust Richterin Barbara Salesch! Der ist völlig durchgeknallt. Und Gunnar ist auch total durchgedreht. Er meinte, du würdest Andreas auf der Tasche liegen und der müsste deine Schulden abbezahlen.«

Ich muss dringend noch ein Glas Barolo haben. Björn liest meine Gedanken und schenkt mir nach. »Und weiter?« Ich knirsche mit den Zähnen.

»Als ob das nicht schon genügen würde«, prustet Frauke.

»Aber bitte. Also – Hanno hat dann gesagt, dass es bei uns

genauso wäre, und das hat Andreas wohl angespornt, noch weiter über dich herzuziehen. Er meinte, Frauen wären im Allgemeinen eigentlich völlig überflüssig und er hätte dich geheiratet, um halt eben zu heiraten, weil ja alle heiraten irgendwann. Solch eine Unverschämtheit. Na ja, aber jetzt kommt die Krönung!«

Wir setzen uns gespannt auf.

»Zum Glück hätte er schon Geld zur Seite geschafft, hat Andreas Hanno unter dem Siegel der Verschwiegenheit erzählt. Falls ihr euch mal trennt, hat er wenigstens so schon vorgesorgt. Und zwei Lebensversicherungen hat er dir auch verheimlicht. Und jetzt kommst du!«

Mein Mund ist völlig ausgetrocknet. Niemand am Tisch sagt was. Selbst Raststätte Berfa hat aufgehört, an dem Mangostück herumzukauen.

Ich fühle mich entsetzlich gedemütigt. Nicht dass das ein nicht gekannter Zustand ist, denn seit ein paar Wochen hat Andreas mich ja ständig zumindest versucht zu demütigen. Aber das jetzt alles von Frauke zu hören, trifft mich tief. Versicherungen verheimlicht. Warum hat er mich dann überhaupt damals geheiratet?

»Andreas hat sich totgelacht über dich«, erzählt Frauke weiter. »Und Hanno hat sich innerlich so aufgeregt, dass er einen Schluckauf bekommen hat. So was hat er auch noch nicht erlebt. Dieser Typ ist das Allerletzte! Also Andreas. Nicht Hanno natürlich!«

»Pah«, meint Georg. »Das Allerletzte? Der ist weniger wert als Dreck! Wo gibt es denn so was? Am liebsten würde ich ihm jeden Zahn einzeln ausschlagen!«

Auch Detlef und Tobias sind wütend: »Davon mal ganz abgesehen, dass man so was nie sagt, sagt man so was erst recht nicht jemandem, den man erst ein oder zwei Mal gesehen hat!«

Das stimmt.

»Das ist einfach charakterlos«, meint Björn und schüttelt den Kopf. »Wahrscheinlich, nein, ganz bestimmt, wollte dein Andreas sich bei Gunnar und den anderen wichtig machen!«

So sehe ich das auch. Gunnar ist bestimmt total wütend, weil Elke ihn verlassen hat und jetzt Geld von ihm fordert, mit Sicherheit hat er Andreas aufgehetzt. Aber ist es nicht eigentlich völlig egal? Tatsache ist, dass mein Mann so abfällig über mich redet.

Wie soll ich mich bloß zu Hause in Hamburg ihm gegenüber verhalten? Ich weiß nicht, ob ich mich so gut verstellen kann, dass er mir nichts anmerkt. Am liebsten würde ich meine Sachen packen und sofort dieses Haus verlassen. Der doofe Garten macht sowieso viel zu viel Arbeit. Darauf kann ich genauso gut verzichten wie auf diese Ehe.

»Um es auf den Punkt zu bringen, Gunnar und Andreas haben beide enorm über dich abgelästert, Britta«, sagt Frauke abschließend. »Hanno meinte, ›ja, diese Weiber‹, und alle zusammen haben sich totgelacht. Auch Werner hat eifrig mitgemischt. Dem nimmt man das aber auch am besten ab. Er behandelt Doris ja tatsächlich so ähnlich. Hanno fällt das alles entsetzlich schwer.«

Ich werde Hanno als Dankeschön ein Multifunktions-Messer schenken, damit er immer alles griffbereit hat, wenn er mal wieder eine Leine kürzen will oder eine Schraube nachziehen. Der Mann leistet momentan wirklich Übermenschliches.

Zum Glück haben wir uns dazu entschlossen, hier in Flensburg zu übernachten, ich wäre jetzt nicht in der Lage, noch nach Sønderborg zurückzufahren. Also trinken wir noch ein bisschen Barolo, reden darüber, wie unverschämt das alles ist, und beschließen dann, auf die Boote zurückzugehen.

Ich bin ziemlich müde. Ich werde mit Björn im Salon der *Glitzerbarbie*, ich meine natürlich der *Affenarsch*, schlafen, für eine Nacht wird das ja wohl gehen.

Neben uns macht gerade ein großes Boot fest. Die Segler, die sich darauf befinden, ausschließlich Männer, sind alle ziemlich angetrunken und johlen laut herum.

»Oh nein, jetzt nicht auch noch eine Chartercrew«, sagt Björn leise. »Furchtbar, die saufen die ganze Nacht und singen herum und finden sich ganz toll mit ihren Goldkettchen und Baseballkappen. Das hat jetzt gerade noch gefehlt.«

Interessiert schaue ich dem Anlegemanöver zu. Die Segel sind noch nicht mal richtig unten und flattern im Wind herum, und ein volltrunkener Mann, ich vermute, ein Versicherungsvertreter, der mal Seemann spielen möchte, versucht unter Motor anzulegen, was ihm aber nicht wirklich gelingt, denn überall dotzt das Boot an. Die Fender sind viel zu tief angebracht und auch nicht richtig an die Reling geknotet, denn nach der dritten Kollision mit dem Nachbarboot fallen zwei davon ins Wasser. Sie haben eine gehäkelte Schutzhülle. Das sind Fendersocken, wie mir Björn später erklärt.

Es sind sieben Männer, und einer sieht dämlicher aus als der andere. Alle tragen ein geschmackloses T-Shirt mit dem Aufdruck ›Made in Giebelstadt‹. Das will doch nun wirklich keiner wissen.

Dauernd brüllen sie sich völlig bekloppte Befehle zu:

»Mensch, Hinnerk, siescht net, dasch i noch nit vorn bin?«

»Mensch, Alfred, bischt nu endli vorn?«

»Mensch, Günther, was willscht denn vorn?«

»Mensch, Rainer, sag doch, dasch d'vorne bischt!«

»Mensch, Benno, komm g'schwind nach vorn!«

»Mensch, Hinnerk, sieschst nit, dasch i längscht vorn bin?«

Dann hechten zwei von dem Boot mit dem außergewöhnlichen Namen *Martha* um festzumachen. Wie Derwische springen sie auf dem Steg herum und belegen Pfähle mit den Leinen, um dann festzustellen, dass sie leider vergessen haben, die Leinen vorher an der *Martha* zu befestigen. Ich bin quasi belustigt und muss feststellen, dass ich das Ganze mit einem Anflug von Arroganz beobachte, obwohl Arroganz so eigentlich gar nicht zu mir passt. Aber ist es nicht herrlich, auf seinem sicher festgemachten Boot zu sitzen und Leuten zuzuschauen, die gerade anlegen? Ist es nicht? Ach, Entschuldigung. Björn, der ja immer so nett ist, geht an Land, um zu helfen.

»He, Alter, hau ab, des schaffe mer au allein!«, wird Björn vom rotgesichtigen Steuermann angemacht, und alle anderen johlen und grölen: »Ja, hau ab, du Pimpf!«. Björn hebt entschuldigend beide Hände: »Ich wollte nur freundlich sein«, sagt er und geht zurück. Hinnerk oder Rainer oder Alfred oder vielleicht auch Benno schreien: »Ja, des is au' besser so!«, und versuchen, wieder an Bord der *Martha* zu steigen, was aber gar nicht so einfach ist, weil der Idiot, der den Motor bedient, aus Versehen den Rückwärtsgang eingelegt hat. Es ist ein herrliches Schauspiel. Frauke holt Rum und wir setzen uns gemütlich hin. Das ist ja schöner als im Kino.

»Kann emal einer nach vorn kumma un'd Leine annehme?«, brüllt einer der Volldeppen und alle stehen verzweifelt da, die Leinen in der Hand. Aber niemand kommt. »Was soll i denn jetzt bloß mache?«, brüllt der unter Motor steuernde Seemann und kuppelt verzweifelt so herum, dass es in der Gangschaltung entsetzlich laut knirscht. »Macht desch Boot doch emal g'schwind fest!«, brüllt er die an Land Stehenden an. »Ja, wie denn, d'Leine sin doch noch nit am Boot festg'macht!«, kommt es von Land zurück.

»Des is dei Schuld!«

»Des is dei Schuld!«

»Des is dei Schuld!«, fahren sich alle gegenseitig an. Hmm, lecker Rum!

»Hallo!«, ruft der Steuermann Björn zu, »könnte Sie wohl emal rüberkomme von Ihr'm Boot aus und uns helfe?« Björn legt die Hand hinter sein Ohr: »Wie bitte?«, fragt er freundlich. »Könnte Sie uns g'schwind HELFE?«, kreischt der Steuermann verzweifelt. Seine Kappe ist verrutscht. Seine schweißnassen Hände rutschen am Steuer ab.

»Aber eben gerade haben Sie doch gesagt, dass Sie das allein können«, gibt Björn zurück und lächelt noch freundlicher. Die *Martha* knallt gegen das Boot neben ihr, zum Glück hat das Fender, die sogar richtig festgemacht sind.

»Es war nit so g'meint!«, kreischt die Segeltruppe, »es tut uns ährlich LEID!«

Schade, jetzt geht Björn doch rüber auf das Schiff. Der überforderte Kappenmann steuert um sein Leben. Björn macht die Leinen, die ihm von der restlichen, an Land stehenden Besatzung zugeworfen werden, fest und wirft die Enden wieder rüber.

Dümmlich stehen Hinnerk & Co. dann mit den Bändern in der Hand da und wissen nicht, was sie tun sollen. Björn klettert von der *Martha* und macht das Boot an Dalben fest. »Es gibt übrigens auch Segelschulen«, sagt er freundlich zu unseren neuen Nachbarn. »Da lernt man so was, das kann nie schaden.«

Anstatt dankbar zu sein, blitzen die Männer Björn böse an. »Des hätt' mer au ohne Ihr Hilfä g'schafft«, schwäbelt einer der Idioten los, »mir segeln all scho' sehr lang!«

Aha. »Das ist ja sehr schön«, sagt Björn höflich. »Das merkt man auch.«

Der Steuermann versucht mit rotem Kopf, den Motor auszukriegen, aber er tuckert immer weiter. Schließlich reißt er verzweifelt den Hebel ab.

Wir trinken dann unseren Rum und betrachten das Szenario heimlich weiter.

»Erscht ma Bier, ihr Leut', oder?«, fragt einer der sieben Zwerge. Einstimmiges Nicken, Dosen werden zischend geöffnet.

»Ah, des is schö hier!«, sind sich alle einig. »Ein Bier trinkma no, dann geh'n ma los!«

»Wohi soll mer zuerscht? Erscht esse und dann bumse?«

Ich spitze die Ohren wie alle auf der *Affenarsch.*

»Erscht esse! Oder mer maches so, dass mer welche uffs Boot b'stelle!«

»Ha noi, desch wird zu laud!«

»I brauch heud ei mit große Glocke!«

»Wirscht scho finde! Wirscht scho finde!«

»Besser als dahaim krieg mers hier g'schwind allemal, oder?«

»Desch kannst laut sage! Schau dir doch unser Weiber an z'haus, da isch do nix mehr los! Weder unnerd'Blus noch sonschtwo!«

»Dafür konn dei Gerlind wenigschtens no koche! Bei mir z'Haus gibt's ja dagaus dagein bloß die labberige Fischstäble!«

»Isch net dein Ernst?«

»Wenn i's dir sog!«

»Die sollt sich lieber mol mit deim Stäble beschäftige!«

Alle: »Hahahahahaha! Hohohohohoho!«

Ich kotze gleich. Das ist ja nicht zu fassen. Trotzdem höre ich weiter zu.

»Aber eins kann i euch soge! Die vier Kerle, die mir heut morge getroffe han, dene geht's schlechter als uns alle miteinand! Wie hieß blosch der eine, Hinnerk, wo von de Frau verlasse worn is?«

»Ach, die vier meinscht. Gunnar hieß der. Un der Kumpel hieß Andreas. Die han ja wirklich großes Pech mit ihre Weiber, ha noi!«

Wir setzen uns gleichzeitig auf. Und zwar kerzengerade. Meine Ohren müssen groß wie Langspielplatten sein, so lausche ich. Und ich habe Angst, auch nur ein Wort zu verpassen!

»Desch müsse ja die letzte Zicke g'wese sein«, schwäbelt Hinnerk weiter, »han dene bloß uff'd Dasch g'lege un selbst nie was uff'd Beine g'stellt! Die solle froh sei, dass die sie los sin, die beide Männer!«

»Der eine is sei Alde ja no gar nit los«, geht es weiter, »no nit! Aber der wird sie garantiert bald verlasse, wenn desch so weider geht. Ha noi, dann hat er doch au noch verzählt, dass desch e Nullnummer uf ganzer Linie wär. Könnt nit koche, sieht ung'pflägt aus un isch au no frigid. So ei wollt i au nit han. Aber er will ihr jetscht emal zeige, dass er en ganze Kerl isch. Die übe heimlich für die Kieler Woch und sin sicher, dass sie gewinne werde. Da wird die Alde von dem Andreas aber Auge mache. Die hat nämli b'hauptet, dass er nit segele könnt!«

»Recht hat der, un wie«, sind sich alle einig. »Die wird gucke, wenn die ins Ziel einlaufe!«

Wir schauen uns an und müssen grinsen.

»So, nu aber auf in den Kampf, Bube«, ruft einer der Schwaben, »des horizontale Gewerbe dud scho uff uns warde!«

»Ich freue mich immer mehr auf die Kieler Woche«, sagt Björn, »irgendjemand muss zwingend einen Fotoapparat mitnehmen, das muss festgehalten werden. Und verplappere dich bloß nicht bei deinem lieben Mann, Britta, wir müssen bis zum Schluss wirklich alle dichthalten.«

»Von mir erfährt er gar nichts«, sage ich süffisant. »Ich verderbe mir doch nicht selbst den größten Spaß meines Lebens!«

»Richtig so«, kommt es von Georg, »ganz im Ernst, Leute. Langsam schäme ich mich dafür, ein Mann sein zu wollen. Zum Glück gibt's da Unterschiede!«

»Ich finde diese Typen so was von eklig«, kommt es von Frauke. »Die erfüllen ja wirklich das widerlichste Klischee. Lassen sich von Mutti das Essen vorkochen und nehmen das in Tupperschüsseln mit aufs Boot, erzählen sich gegenseitig, wie toll sie doch sind, und dann geht's ab in den Puff. Wahrscheinlich denken sie noch, dass die Nutten in sie verliebt sind. Und wirklich kommen. Bäh!«

Eine Diskussion über Männer, die in den Puff gehen, beginnt. Ob das Betrügen ist oder nicht, und was daran eigentlich so reizvoll ist.

»Wahrscheinlich, dass man sich einfach so eine Frau aussuchen kann und nicht erst lange rumbaggern muss«, meint Frauke. »Vielleicht haben viele Männer einfach keinen Bock auf große Aktion und wollen einfach nur mal eben schnell, na ja, ihr wisst schon. Das ist ja auch völlig in Ordnung, wenn ein Mann gerade keine Frau oder Freundin hat. Aber Betrug ist es, wenn er eine Beziehung hat. Er hat Sex mit einer anderen. Ob das eine Nutte ist oder ein anderer Seitensprung. Und den Quatsch mit ›aber da sind doch keine Gefühle dabei‹ können die sich sparen. Es ist Sex. Punkt. Alles andere ist Dahingesabbele. Klar, die reden sich das zurecht, damit sie kein schlechtes Gewissen haben müssen. Denn eine Frau hat ja angeblich immer Gefühle beim Sex und ein Mann, der zu einer Nutte geht, nicht. So einfach kann man es sich machen. Für mich wäre es gleich, ob Hanno mich einfach so mit einer anderen betrügt oder in den Puff geht. Beides ist Betrug.«

Ich sehe das genauso. Wobei es mir egal ist, ob Andreas mich schon mal mit wem auch immer betrogen hat. Ich glaube, das ist ein Zeichen dafür, dass ich ihn nicht mehr liebe. Außerdem habe ich ihn ja auch betrogen. Was heißt auch? Ich weiß ja gar nicht, ob er es getan hat. Bei Gunnar bin ich mir allerdings hundertprozentig sicher.

»Ja, du hast Recht«, sagt Björn zu Frauke. »Betrug ist gleich Betrug.«

Auch Tobias und Detlef nicken, was eigentlich völlig überflüssig ist, denn sie haben wohl noch nie vor der Wahl gestanden, ihre Frau zu betrügen.

Raststätte Berfa, der die ganze Zeit friedlich auf dem Großbaum gesessen hat, fängt plötzlich schlimm an zu husten. Entsetzt springt Detlef auf: »Es geht wieder los!«, kreischt er, »wo ist das Spray, Tobias?«

Ein Tumult beginnt, weil Tobias das Spray nicht findet. »Welches Spray suchst du denn?«, frage ich.

»Raststätte Berfas Hustenspray«, ruft Tobias verzweifelt. »Wo ist nur mein Kulturbeutel?« Alle springen herum. Detlef wiegt den Affen auf dem Arm, der schrecklich röchelt. Seine Augen sind aufgerissen. Er umklammert Detlefs Arm. »Ruhig, mein Schatz, ruhig, gleich bringt Papi dein Spray«, versucht Detlef ihn zu beruhigen. »BEEILT EUCH DOCH MAL! SEHT IHR NICHT, WIE SCHLECHT ES IHM GEHT?«, Detlef ist außer sich vor Sorge. Endlich findet Tobias das Hustenspray und sprüht es Raststätte Berfa stoßweise in den Rachen. Er beruhigt sich dann langsam wieder. Mein Gott, das ist ja wie mit einem Kleinkind, wenn man einen Affen hat. Eigentlich seltsam, dass der Affe keine Windeln trägt und sie ihm keine Gute-Nacht-Geschichte vorlesen müssen. Wundern würde es mich nicht.

21

Am Sonntag sind wir alle relativ früh wach und segeln los. Ich vermisse meine langen Haare überhaupt nicht mehr, zumindest rede ich mir das ein. Es ist doch viel praktischer so. Das Wenden und Halsen geht immer besser und schneller, Björn zeigt mir, wie man refft und vor allen Dingen erklärt er mir, wann man refft: »Damit verkleinerst du die Segelfläche. Eine Faustregel sagt, wenn man das erste Mal ans Reffen denkt, sollte man es tun!« Da ich aber vorher noch nie ans Reffen gedacht habe, muss ich mir das erst mal verinnerlichen. Ich lerne auch die ganzen Ausdrücke beim Segeln, wobei das nun wirklich kompliziert ist. Allein für das Genuasegel gibt es ungefähr fünf verschiedene Namen. »Zieh die Blase hoch, zieh die Tüte hoch, zieh den Gennaker hoch« und so weiter. Wie soll ich mir denn das alles merken? »Dann musst du das eben auswendig lernen«, sagt Björn, »ich gebe dir heute Abend ein Buch mit. Da stehen die ganzen Grundregeln drin.« Ah, gut. Dann hab ich ja die nächste Woche abends wenigstens was zu tun und muss mich nicht mit Andreas unterhalten.

Auf dem Rückweg nach Sønderborg will Raststätte Berfa dauernd beschäftigt werden. Ihm ist langweilig. Er turnt ununterbrochen an der Reling herum und schaut ins Wasser: »Grrrrag, grrrrag«, macht er vorwurfsvoll in Tobias Richtung. »Ach, er will Ski fahren«, sagt der und öffnet die Backskiste. »Warte, mein Kleiner, Papi holt die Sachen!« Ich verstehe überhaupt nichts mehr. Tobias befördert aus der Backskiste zwei kleine Holzbretter mit Bindung und hält sie Raststätte Berfa vor die Nase, der vor Freude einen Salto schlägt und laut grunzt.

Zwei Minuten später steht der Affe jauchzend auf den Skiern und wird von Tobias ins Wasser gelassen. In den Händchen hält er ein Band, dessen Ende von Tobias an der Reling festgemacht wurde. Dann fährt Raststätte Berfa Wasserski. Während die *Affenarsch* bei gutem Wind schnell vorankommt, springt der Affe auf den Holzskiern herum und krakeelt fröhlich. Er leuchtet rot im Wasser, denn Tobias und Detlef haben ihm auch noch eine Mini-Schwimmweste angezogen, die kleiner ist als eine, die ein Säugling tragen könnte. »Er ist so ein lustiges Kerlchen«, freut sich Tobias, und Detlef nickt, »und so leicht zu begeistern.« Ich denke an den Biss in meinen Unterarm und sage besser nichts.

Jedenfalls lerne ich sehr viel an diesem Sonntag, wir sind auch schneller als Georg, und Björn sagt: »Morgen melde ich uns für die Kieler Woche. Aber unter meinem Namen, nicht dass die anderen was mitkriegen.« Oh, wird das schön!

»Können wir uns nicht nächste Woche mal abends in Hamburg treffen?«, fragt mich Björn später. »Immer so lange warten, das ist gar nicht gut! Ich möchte dich so gern öfters sehen.«

Mir geht es genauso. »Warum nicht?«, sage ich und küsse Björn lange, »ich kann ja zu Andreas sagen, dass ich eine Freundin besuche, wenn er überhaupt fragt, wo ich hingehe! So wenig, wie er sich zur Zeit für mich interessiert, ist es ihm bestimmt völlig schnuppe.«

»Willst du wirklich ...«, beginnt Björn und dann bricht er den Satz ab. Wir schweigen und schauen uns an. »Britta«, sagt Björn und drückt mich fest an sich, »ich habe nur eine Bitte!«

»Welche denn?«, frage ich verliebt.

»Bitte spiel nicht mit mir. Verarsch mich nicht. Das könnte ich nicht ertragen!«

Ich schaue ihn erschrocken an: »Das würde ich niemals tun«, sage ich mit fester Stimme und ganz ehrlich, »niemals. Wenn jemand es nicht verdient hat, verarscht zu werden, dann bist du das!«

»Wie lange wollen wir noch warten? Was ist, wenn die Kieler Woche vorbei ist?«, fragt Björn und schaut aufs Meer. »Was ist, wenn du dich dann immer noch nicht entscheiden kannst?«

Eine gute Frage. »Ich verspreche dir, dass ich danach eine Entscheidung treffen werde«, sage ich, »Ehrenwort!«

»Und was meinst du, wie diese Entscheidung aussehen wird?«, fragt Björn wiederum und schaut immer noch aufs Meer.

»Ich weiß es nicht«, sage ich. »Ich weiß es wirklich nicht. Zwölf Jahre bin ich verheiratet. Zwölf Jahre.«

»Das ist doch ganz egal«, sagt Björn, »wichtig ist doch bloß, wie du dich jetzt fühlst.«

»Ich bin durcheinander«, antworte ich ehrlich. »Immer noch total durcheinander.«

»Das verstehe ich ja«, nickt Björn, »aber man kann nicht alles darauf schieben, dass man durcheinander ist. Und irgendwann ist die Zeit gekommen, wo man nicht mehr durcheinander zu sein braucht.«

Da hat er Recht. Ich schiebe meine Entscheidungsverzögerung auf das Durcheinandersein. Das ist nicht fair, das weiß ich wohl. Aber ich will mich noch nicht entscheiden. Bin ich feige? Möglich. Bin ich zu Björn ehrlich? Ja. Nein. Vielleicht. Oh Mann, warum muss alles so kompliziert sein? »Lass uns nächste Woche abends mal allein darüber reden«, sage ich zu Björn und der nickt.

»Ich liebe dich«, sagt er zärtlich und streichelt mir über die Wange. »Du weißt gar nicht, wie sehr ich dich liebe.«

Da kommt Hanno über den Steg und winkt. Wir fahren auseinander.

Trotz allem habe ich Andreas gegenüber plötzlich ein schlechtes Gewissen. Ich weiß auch nicht, warum. Ach so, weil ich so durcheinander bin.

»Die sind schon gefahren«, lacht Hanno und umarmt erst mal Frauke stundenlang. »Ich hab dich ja so vermisst«, sagt er, »Mann, war das ein Wochenende.« Er reibt sich die Hände. »Na ja, den Großteil der Beleidigungen hat euch Frauke wohl schon erzählt?« Wir nicken. »Ganz ehrlich, so was habe ich überhaupt noch nicht erlebt«, er schüttelt den Kopf«, »solch eine Selbstüberschätzung! Die sind auf dem Boot herumgekrochen wie Greise und haben ständig behauptet, entweder Bandscheibenvorfälle oder Gicht zu haben. Bei Gunnar war es auch kurzzeitig Schüttellähmung. Und dann diese Sprüche!«, Hanno schüttelt sich. »Ich war nur froh, dass Werner dabei war. Man kann ja von Werner halten, was man will, aber in dem Fall war er eine Wohltat!«

»Welche Sprüche denn?«, fragt Björn. »Ach, die meisten habe ich verdrängt, um nicht völlig verrückt zu werden«, sagt Hanno. »So dämlicher Macho-Kram. ›Hahaha, wir sind doch alle ganze Kerle und Männer müssen zusammenhalten‹. Dann kam noch so eine Männercrew aus Giebelstadt oder so, mit denen haben sie sich dann Freitagabend zusammengesetzt und sich gegenseitig ihr Leid geklagt.« Hanno zieht mich zur Seite, sodass die anderen uns nicht hören können: »Wusstest du eigentlich, Britta, dass Andreas schon jahrelang ein Verhältnis mit einer Karin hat?«

Mir wird schwarz vor Augen. Mein Mund trocknet aus. Karin. »Nein, das wusste ich nicht«, krächze ich. Gleich werde ich umkippen. »Karin ist meine beste Freundin«, sage ich mit zittriger Stimme. »Also, ich vermute, dass es die Karin ist, ansonsten könnte es natürlich auch eine ganz fremde Karin sein. Oder eine Karin aus Andreas Firma.«

»Sie hat lange, schwarze Haare und ist Boutique-Besitzerin«, kommt von Hanno die Bestätigung, dass es sich um meine beste Freundin handelt. »Sie hat ihren Laden am Jungfernstieg.«

Meine beste Freundin Karin. Die ich seit unserer Schulzeit kenne. Die ich getröstet habe, als drei Ehen scheiterten, weil sie von ihren Männern betrogen wurde. Alles haben wir uns erzählt, alles anvertraut. In den letzten Wochen habe ich zugegebenermaßen wenig Kontakt mit ihr gehabt wegen der ganzen Segelei, aber im Nachhinein bin ich sehr froh darüber. So habe ich ihr wenigstens nicht erzählt, was wir vorhaben. Denn mit Sicherheit hätte sie das ja ihrem Geliebten Andreas sofort weitergetratscht. Ich bin verletzt und enttäuscht.

»Andreas hat das mit dieser Karin nicht direkt mir erzählt«, sagt Hanno, »Werner und ich haben die beiden belauscht, als die bei dieser Crew auf dem Boot waren. Ich dachte, ich erzähle das erst jetzt, sonst wäre dein Wochenende verdorben, Britta, und ihr müsst doch fit sein. Bald ist die Kieler Woche!«

»Schon okay«, sage ich, »schon okay.«

Was soll ich jetzt tun? Karin anrufen? Nein. Morgen zu Karin gehen? Ja.

»Er hat Karin auch schon oft auf Geschäftsreisen mitgenommen«, erzählt Hanno weiter. »Und einen Urlaub auf Kreta haben die beiden auch gemacht.«

Aha. Ich will gar nicht mehr wissen. Wir gehen zurück zu den anderen. Meine Knie bestehen aus Wackelpudding.

»Eines könnt ihr mir glauben«, versichert uns Hanno, »das sind die letzten Charakterschweine. Wer so übel über seine Frau herzieht, ist zu verachten! Und ich musste ja auch noch dasselbe machen«, sagt er verzweifelt, »mir hat das so Leid getan, Frauke, so Leid!« Fast muss Hanno anfangen zu weinen.

»Ist doch schon gut, Hanno, ist doch gut!«, beruhigt ihn Frauke. »Das war doch so abgesprochen.«

»Trotzdem«, sagt Hanno mit stockender Stimme und schaut seine Frau an, »ich hab dich blöde Kuh und dumme Nuss und Kostenfaktor und überflüssig wie ein Geschwür genannt und dachte nur, oh Gott, meine Frauke, meine Frauke!« Hanno steigert sich in seine Verzweiflung hinein: »Es war so schrecklich, ich bin nervlich völlig am Ende«, sagt er verbittert. »Dann haben diese Vollidioten mir auch noch auf die Schulter geklopft und gemeint, ich hätte ja Recht.«

Er fängt sich. »Wenigstens haben wir ihnen alles falsch beigebracht. Die verwechseln jetzt schön Luv und Lee und eine Halse mit einer Wende, und wie man falsch steuert, beherrschen sie auch bis zur Perfektion. Eigentlich mussten wir gar nichts machen, denn sie haben natürlich alles am Anfang falsch gemacht, und wir haben gesagt, dass das ja super sei, wie toll sie das schon beherrschen. Oh Gott, und nächstes Wochenende wieder. Ich darf gar nicht daran denken!«

»Wir ziehen das aber durch, Hanno, oder?«, fragt Georg, »du machst uns jetzt keinen Rückzieher, mein Junge!«

»Nein, nein, Georg, keine Angst«, sagt Hanno entschlossen, »am Freitag machen wir weiter!«

»Ich bin stolz auf dich, Sportsfreund«, sagt Georg und klopft Hanno auf den Rücken.

Andreas ist schon zu Hause, als ich gegen halb neun in Hamburg ankomme.

»Na, wie war dein Wochenende auf deinem kleinen Boot?«, fragt er und sein Zynismus ist nicht zu überhören.

»Ach, ganz schön«, sage ich freundlich, »wir sind so ein bisschen herumgesegelt und waren nett essen.«

»So ein bisschen herumgesegelt«, lacht Andreas, »ha! Ich hab knallhart gearbeitet. Mit Gunnar zusammen. Und dem Mann von dieser Dingsda. Und noch jemandem!«

»Welche Dingsda meinst du denn?«, frage ich und weide mich an dem Bewusstsein, die Antwort ja schon zu kennen. »Frauke oder wie die heißt. Diese komische Emanze da. Na ja«, Andreas legt seine Zeitung beiseite, »eigentlich wollte ich es dir ja jetzt noch gar nicht sagen, aber warum eigentlich nicht, Schusselchen!« Er setzt sich auf und sagt arrogant: »Wir haben eine Crew gebildet und uns zur Kieler Woche angemeldet. Ich werde jetzt jedes Wochenende segeln gehen. Aber nicht auf deinem kleinen, unhandlichen Boot, sondern auf einem richtigen, auf dem von Hanno!«

Er blickt mich beifallheischend an: »Na, da staunst du, was?« Er lacht. »Wollen wir doch mal sehen, wer hier segeln kann und wer nicht. Schippere du nur schön herum und geh fein essen mit deinen netten Stegleuten. Richtiges Segeln ist ja sowieso nur was für richtige Männer!«

Ich tue so, als sei ich völlig von der Rolle: »WAS? Du willst die Kieler Woche segeln?«, sage ich, »das ist doch nur was für die Profis!«

»Eben, eben«, nickt Andreas jovial und macht es sich wieder in seinem Sessel bequem. Er bemerkt übrigens noch nicht mal, dass ich kurze Haare habe. Genauso wenig, wie er bemerkt hat, dass ich seit geraumer Zeit keinen Ehering trage. Aber egal. Ich jubiliere innerlich. Das klappt ja wie am Schnürchen. Das Schusselchen überlässt das richtige Segeln den Profis. Jawollja.

Ich täusche Kopfschmerzen vor und verziehe mich ins Schlafzimmer. Dort schlage ich an meinem kleinen Sekretär das Segelhandbuch auf, das Björn mir mitgegeben hat. Im Schlussteil kann man sein Wissen an einem Original-Testbogen für den Segelschein testen. Au ja, ich teste jetzt mal mein Wissen. Aufgeregt lese ich mir die Fragen durch. Ich beginne mit dem Segelgrundschein Fragebogen C:

Ihr Boot ist gekentert. Wie verhalten Sie sich, wenn Sie es nicht mehr aufrichten können?

Wie soll man sich da verhalten? Ich würde mal sagen, schnell wegschwimmen, damit man von dem Sog, wenn das Boot untergeht, nicht mit runtergezogen wird. Das Problem kennen wir ja aus dem Jahr 1912. Da ging schließlich die *Titanic* unter. Problematisch mit dem Wegschwimmen wird es nur, wenn kein Land oder kein anderes Boot in der Nähe ist. Trotzdem halte ich schnelles Wegschwimmen für die einzige Alternative.

Antwort: Auf keinen Fall wegschwimmen. Vollständigkeit der Crew überprüfen. Am Boot festhalten oder sich aufs Boot setzen. Ggf. Notsignale geben.

Ach so, die Frage bezog sich darauf, dass mehrere Leute dabei sind. Aber was macht man, wenn das Boot sinkt, während man draufsitzt? Mit ihm untergehen? Diese Problematik wird in der Antwort nicht beantwortet.

Nächste Frage: *Weshalb sollten Sie seichte Gewässer in dichtbewachsenen Uferzonen meiden?*

Hm. Weil da Krokodile schwimmen könnten. Weil sich Schlingpflanzen um die Beine wickeln könnten. Weil das Wasser zum Schwimmen zu schmutzig ist. Alles ist möglich.

Antwort: Weil diese seichten Gewässer Fisch- bzw. Froschlaichgebiete sind, in denen auch schutzbedürftige Pflanzen vorkommen.

Das ist doch lächerlich. Frösche gibt es wohl wahrlich genug und dieses Drama mit den ganzen Pflanzen. Es gibt genug Pflanzen.

Wie heißen die Ecken der Segel?

Na, oben, unten rechts, unten links. Das ist doch wirklich einfach. Ich freue mich.

Antwort: Kopf, Hals und Schothorn.

Das machen die extra in dem Segellehrbuch. Die wollen einen durcheinander bringen. Ich werde langsam zornig.

Vor dem Befahren eines fremden Reviers holen Sie sich mindestens welche Informationen ein?

Wo befinden sich die sanitären Anlagen in den Häfen?

Wo befinden sich die guten Restaurants?

Wo kann man Zeitschriften kaufen?

Wo ist ein Friseur?

Wo befindet sich das Zentrum mit vielen schicken Läden?

Antwort: a) Befahrensvorschriften, Sonderregelungen b) Gefahrenstellen wie Untiefen, Strömungen usw. c) Wetter- und Revierbesonderheiten.

Moment mal. Es war nicht ausdrücklich davon die Rede, dass es sich bei der Frage um Sicherheit dreht. Dann hätten die das anders formulieren müssen. Das ist eine Fangfrage. Die machen das extra, damit möglichst wenig Leute ihren Segelschein bestehen.

Bei zunehmendem ablandigem Wind entschließen Sie sich beim Jollensegeln, eines der beiden Segel ganz zu bergen, damit Sie das Boot besser unter Kontrolle halten können. Welches Segel lassen Sie stehen, damit Sie noch nach Hause kreuzen können?

Was soll das denn? Ich kann doch gar nicht nach Hause kreuzen. Wie soll ich denn nach Hamburg kreuzen? Das dauert doch ewig. Das ist eine völlig verwirrende Frage und die muss ich auch überhaupt nicht beantworten, weil ich gar nicht weiß, wie eine Jolle so segelmäßig ausgestattet ist. Wenn ich einmal meinen Segelschein machen sollte, werde ich dem Prüfer das so erklären. Die machen sich das ziemlich einfach mit diesen komplizierten Fragen. Außerdem machen die das extra. Die freuen sich doch nur, wenn jemand durchfällt.

Antwort: Das Großsegel.

Das passt ja alles überhaupt nicht zusammen, solch eine lange Frage und dann so eine knappe Antwort. Ich werde diese Fragen heute Abend nicht mehr beantworten.

Ich klappe das Buch zu, verstecke es ganz hinten in meiner Nachttischschublade und beschließe, mir morgen früh freizunehmen. Ich möchte nämlich Karin besuchen.

»Britta!«, Karin freut sich, mich zu sehen. Zumindest wirkt es so. Sie ist wie immer aus dem Ei gepellt, trägt einen dunkelroten Samtanzug, Sandaletten und hat ihre Haare hochgesteckt.

»Du hast ja jetzt kurze Haare«, lacht sie, »das sieht ja richtig sportlich aus.«

»Danke«, sage ich nett, »du siehst aber auch wie immer perfekt aus.«

»Ja, man tut, was man kann«, Karin streicht mit ihren perfekt manikürten Fingern, an denen sich Rubinringe – passend zum Anzug – befinden, die Samtjacke glatt. »Aber sag mal, ich hab gehört, du hast jetzt ein Boot!«

»Ja, das stimmt«, antworte ich, »von wem hast du das denn gehört?«

»Von Andreas«, sagt Karin leise. »Deswegen wollte ich dich auch noch anrufen!«

»Ach ja, wieso denn?«

»Na ja«, Karin spricht plötzlich ganz langsam und wird auch etwas rot dabei, »er war vorletzte Woche hier, ohne Voranmeldung, und meinte, dass du ein Boot gekauft hättest. Er war aber irgendwie komisch, na ja, und dann hat er mich ...«, sie stockt und schaut mich an, »ja, also, er hat mich sozusagen angemacht. Mich gefragt, ob ich mit ihm abends mal essen gehen würde, und demnächst würde eine Reise anstehen, für die würde er noch eine nette Begleitung suchen, weil es bei euch beiden wohl nicht mehr so richtig funktioniert.«

Intelligent! Sehr intelligent! Das haben die beiden ja dufte abgesprochen. »Wenn Britta dich auf die Sache mal irgendwann ansprechen sollte, sag einfach dies und das, und schon ist das Schusselchen beruhigt. Sehr clever.

Ich koche vor Wut, tue aber so, als sei ich ganz gefasst, wenn auch traurig. »Das gibt es doch nicht«, sage ich zu Karin, »und du? Was hast du gesagt?«

Karin befreit ihre Jacke von imaginären Fusseln: »Ich habe natürlich Nein gesagt, was denkst du denn von mir?«, antwortet sie empört. »Traust du mir das tatsächlich zu, dass ich mit deinem Mann was anfange?«

»Nein, natürlich nicht«, sage ich euphorisch und würde ihr am liebsten Säure auf ihre Jacke kippen. »Aber warum hast du mich nicht gleich angerufen?«

»Du weißt doch, wie das ist«, stöhnt Karin, »die Boutique ist bis acht geöffnet, und dann war ja gerade Messe, und ich musste ständig mit den ganzen Leuten essen gehen. Dann hab ich es auch irgendwann vergessen.«

»Verstehbar«, sage ich, »jedenfalls ist es sehr lieb von dir, dass du es mir jetzt erzählt hast. Wie geht es dir denn sonst? Was macht Giovanni?« Karin hat eine Vorliebe für brustbehaarte, goldkettchenbehängte und gelgekämmte Italiener und behauptet immer, nur die hätten es so richtig drauf.

Karin lacht: »Ach, Giovanni! Der ist nach Capri zurück. Seine Mutter hat ihn wohl unter Druck gesetzt. Er solle jetzt endlich heiraten und seine Frau mit auf die Insel bringen, und ganz viele Bambini wünscht sie sich wohl auch. Damit konnte ich leider nicht dienen. Also ist Giovanni abgezischt. Er hat vor drei Wochen geheiratet und hat mir ein paar Hochzeitsfotos geschickt. Als ich die Massen von Familie gesehen habe, war ich heilfroh, dass ich nicht dazugehöre.«

»Dann bist du jetzt ja Single«, stelle ich fest.

»Aber nein«, lacht Karin. »Ich bin sozusagen frisch verliebt!«

»Welcher glutäugige Eros Ramazotti ist es denn wohl diesmal?«

»Du wirst es nicht glauben«, Karin kichert, »ich habe in eine völlig andere Richtung tendiert! Ich hab mich in meinen Zahnarzt verliebt!«

Nein. Nein. Nein. Das kann nicht sein. Bitte sag jetzt, dass er nicht Björn heißt.

»Er heißt Björn«, schwärmt Karin, »und er hat die schönsten Augen, die du dir vorstellen kannst!«

»Wirklich«, sage ich und bin schon wieder kurz vor einer Kreislaufschwäche, »welche Farbe haben seine Augen denn?«

»Na, grün sind sie«, sagt Frauke und schaut ganz verliebt und glücklich aus. »Morgen gehe ich wieder zu ihm. Ich lasse meine ganzen Amalgam-Plomben gegen Keramikfüllungen austauschen«, sie erzählt das so, als ob sie sich auf eine sechswöchige Kreuzfahrt im Mittelmeer freuen würde. »Das ist eine längere Geschichte!«

»Und dieser ... Björn«, sage ich, wobei es mir schwer fällt, seinen Namen auszusprechen, »ist der auch verliebt in dich?«

»Na hör mal!«, Karin ist außer sich, »was glaubst du denn? Er hat mich sogar zum Essen eingeladen. Wir sind wie geschaffen füreinander.« Ja. Wie geschaffen für einander. Für einander bestimmt. So wie Björn und ich.

Ich muss mich sammeln. »So, ich gehe dann mal wieder«, sage ich zu Karin, »ich ruf bald mal an.«

»Ach bleib doch noch«, ruft sie, »ich mach uns einen Kaffee, und du erzählst mir, was es so Neues gibt. Von Andreas musst du mir auch erzählen. Was stimmt denn bei euch nicht im Moment?«

»Nicht heute, ich hab wirklich keine Zeit mehr«, wehre ich ab, »ich hab auch gleich noch einen Besichtigungstermin. Aber ich melde mich bald, ehrlich!« Karin ist sichtlich enttäuscht, lässt mich aber von dannen ziehen. Im nächsten Café bestelle ich mir erst mal einen doppelten Cognac. Auch wenn es erst 11 Uhr ist. Den brauch ich jetzt.

Denk nach, Britta, denk nach. Also: Andreas hat oder hatte was mit Karin. Die gibt es aber nicht zu. Andreas gibt es auch nicht zu, die beiden haben sich abgesprochen.

So. Und Björn hat was mit Karin. Er weiß aber nicht, dass ich das weiß, weil er am Sonntag nicht mitbekommen hat, dass Hanno mir das erzählt hat. Möglich ist auch, dass er noch gar nichts mit Karin hat, sondern sie sich nur warm hält, falls das mit mir nichts wird. Karin andererseits behauptet, dass Björn verliebt in sie sei. Und noch ein Indiz, dass Björn zumindest Interesse an Karin hat, ist die Tatsache, dass er sie zum Essen einlädt. Wie praktisch. Dienstags Karin, mittwochs Britta und wer weiß, wer donnerstags und freitags dran ist. Schon schick gelöst, die Feierabendeinsamkeit. Dieser Schuft. Halt! Was ist, wenn es ein ganz anderer Björn ist? Björns gibt es viele und auch Björns mit grünen Augen und Björns, die Zahnärzte sind. Ich hole mein Handy raus und wähle Karins Nummer: »Du sag mal, ist dieser Björn eigentlich ein guter Zahnarzt?«, heuchle ich am Telefon herum, »ich muss nämlich auch bald mal wieder hin und suche einen neuen, meiner ist doch nach Lübeck gezogen!« »Ja, total klasse«, sagt Karin, »er hat seine Praxis in der Böttgerstraße. Soll ich dir mal die Nummer geben?«

»Die such ich mir dann raus, danke erst mal und bis bald«, verabschiede ich mich.

Björn hat seine Praxis in der Böttgerstraße.

Ich stütze den Kopf in beide Hände. Ich werde betrogen oder ausgenutzt oder benutzt oder alles zusammen. Vor ein paar Wochen noch war alles in bester Ordnung, und seit ein paar Wochen läuft hier alles aus dem Ruder.

Was soll ich denn jetzt nur machen?

»Soll ich Ihnen noch einen doppelten Cognac bringen oder lieber gleich einen dreifachen?«, fragt die freundliche Kellnerin besorgt, »Sie sehen aus, als ob Sie einen dreifachen nötiger hätten!«

22

Ich könnte in eine katholische Kirche gehen und beichten und den Priester danach fragen, was ich machen soll. Aber bei dieser komplizierten, verworrenen Geschichte kommt kein Priester mit.

Wem kann ich das erzählen? Wem kann ich mich anvertrauen? Hilfe.

Eine halbe Stunde später sitze ich in meinem Büro und denke immer noch nach. Frauke? Nein. Was ist, wenn Frauke Bescheid weiß und Björn deckt? Vielleicht hat sie ja auch was mit ihm. Moment, jetzt bin ich sehr ungerecht. Frauke liebt Hanno, das sieht ein Blinder mit Krückstock. Ich krieg ja langsam eine Paranoia.

Georg? Ach nein. Georg wird, egal was ist, zu Björn halten, weil Björn ja ein Mann ist. Hanno? Ach, Hanno weiß es ja schon. Und der hat es vielleicht schon Frauke erzählt. Und Georg. Und allen anderen am Steg C. Alle lachen sich tot über die doofe Britta. Björn, der Schwerenöter, hat vielleicht mit allen Frauen von Steg A – Z was gehabt. Womöglich weiß keine von der anderen.

Je mehr ich grübele und nachdenke, desto verwirrter werde ich. Zum Schluss weiß ich noch nicht mal, wie ich heiße.

Zum Glück ist mein Geschäftspartner Lars nicht da. Der würde mir sofort anmerken, dass irgendetwas nicht stimmt, aber er hat den ganzen Tag Termine in Schleswig-Holstein und kommt erst morgen wieder rein. Ich habe keine Termine, worüber ich sehr froh bin.

Aber ich muss mit jemandem reden. Und zwar jetzt.

Ich gebe im Internet bei Google »bei Problemen mit jemandem reden« ein und es kommen 22 341 Ergebnisse. Und ganz viele Telefonnummern.

Bei vielen steht »diskret und anonym« oder »professionell« dabei. Das ist ja herrlich. Ich kann unerkannt bleiben und einem

Profi meine Sorgen anvertrauen. Warum bin ich nicht schon früher auf diese geniale Idee gekommen?

Ich wähle eine Nummer, wo man mir anonym, diskret, professionell und liebevoll weiterhelfen will.

»Hallo«, sagt eine tiefe Frauenstimme, »hier spricht Vanessa, was kann ich denn für dich tun?« Vanessa klingt so nett und verbindlich, dass ich sofort Vertrauen zu ihr habe. Vanessa ist bestimmt eine ausgebildete Psychotherapeutin oder zumindest leistet sie aktive Sozialarbeit für Menschen wie mich.

»Hier spricht Britta«, sage ich leise. »Ich bin ganz durcheinander und weiß überhaupt nicht, was ich tun soll!«

»Oh, Britta«, sagt Vanessa, »wir werden dein Problem schon gemeinsam lösen. Wie sieht es denn aus, das Problem? Entspann dich einfach und erzähl mir alles!« Ich könnte Vanessa durch die Telefonleitung umarmen.

»Ich bin in einen Mann verliebt, aber noch verheiratet und mein eigener Mann behandelt mich ganz schlecht und der Mann, in den ich verliebt bin, ist auch mit anderen zusammen und ich habe ein Boot gekauft und er ist so böse zu mir, also mein eigener Mann, und jetzt wollen wir die Kieler Woche segeln, um es ihm zu zeigen und dann wollte ich mich eigentlich von ihm trennen und mit dem anderen Mann zusammen sein, aber der hat ganz viele andere, also ich vermute es, jedenfalls geht er mit meiner Freundin essen und er ist Zahnarzt und sie lässt sich jetzt ihre Amalgam-Plomben entfernen und die beiden Schwulen, die mein Boot vorher hatten, die tun jetzt wieder so, als ob es ihr Boot wäre und haben wieder ihren alten Gemüsekorb darin aufgehängt und ihr Affe hat mich in den Arm gebissen und davor musste ich meine Haare von einer Lesbe nachschneiden lassen, weil sie sich in einer Winschkurbel verfangen hatten und der Affe fährt auch Wasserski und ich habe mit dem Mann, in den ich verliebt bin, geschlafen und wir waren mit einem Schlauchboot frühmorgens auf der Ostsee und das hat ein Schweinswal kaputtgemacht und mitgenommen und wir mussten schwimmen, also zurückschwimmen in den Hafen im Schlafanzug und dann mussten wir auch noch leise sein wegen der Frauengruppe, die Angst davor hatte, ihre Kleidungsstücke zu färben und jetzt sitze ich hier und weiß überhaupt nicht, was ich tun soll! Bitte helfen Sie mir!«

Vanessa schweigt einen Moment, dann sagt sie:

»Oh Süße, das ist ja wirklich schlimm. Aber weißt du was? Wir beide machen es uns jetzt mal ganz gemütlich!« Jetzt gurrt Vanessa quasi. »Lehn dich zurück und lass deine Hand über deine Oberschenkel gleiten!«

»Warum? Was sollte das nützen?«, frage ich sie.

»Gleich, gleich«, flüstert Vanessa weiter, »wir wollen doch, dass du dich entspannst! Und dann ziehst du langsam deinen Rock hoch! Ich mache das auch gerade, uuuh, ist das gut, uuuh, ist das geil!«

Ich setze mich auf und kapiere plötzlich, wo ich angerufen habe. Nein! Nein! Ich Idiotentussi habe bei einer Telefonsex-Hotline angerufen und irgendeiner Tante meine privaten Probleme erzählt. Klar. Anonym und professionell.

»Entschuldigen Sie bitte«, sage ich zu Vanessa. »Das ist ein Missverständnis. Ich dachte, ich sei bei einer Telefonseelsorge oder so. Ich wollte, also, ich wollte gar nicht bei Ihnen anrufen. Das war eine Verwechslung.«

»Oh Mann, das ist aber auch wirklich eine verdammt blöde Situation, in der Sie sich befinden«, sagt Vanessa mit normaler Stimme. »Ich glaube nicht, dass Ihnen da eine Telefonseelsorge weiterhelfen kann. Ehrlich gesagt, glaube ich nicht, dass Ihnen da überhaupt jemand weiterhelfen kann!« Danke, Vanessa, danke. Genau das wollte ich hören. »Aber wenn Sie mal wieder einfach so reden wollen, können Sie mich gern wieder anrufen«, bietet Vanessa mir freundlich an, »es interessiert mich schon, wie die Sache ausgegangen ist.«

Wir wünschen uns dann noch gegenseitig einen schönen Tag und ich lege auf.

Ich schaue auf das Display. Ach du liebe Güte. Das war ja auch noch eine 0190er-Nummer. Das Gespräch mit Vanessa hat über vierzig Euro gekostet. Wie soll ich das denn Lars erklären?

Mein Handy klingelt. Es ist Björn. Sei ganz normal, Britta, sei ganz normal.

»Hallo«, sage ich fröhlich. »Hallo«, sagt auch Björn. »Ich vermisse dich. Wie geht es dir?«

»Gut, gut, viel zu tun, und dir?«

»Ich muss dauernd an dich denken«, sagt Björn verliebt, »wann können wir essen gehen? Wann kannst du?«

»Morgen?«, frage ich. »Morgen ist es schlecht«, sagt Björn. »Da hab ich ganz spät noch einen Patienten mit vier Weisheitszähnen. Das kann dauern.«

Natürlich. Der Patient mit den Weisheitszähnen. Der Patient ist in Wirklichkeit eine Patientin und heißt Karin und mit der gehst du essen, du Lügner. »Dann übermorgen?«, frage ich fröhlich.

»Übermorgen ist perfekt«, sagt Björn und freut sich. »Ich kann es kaum erwarten!«

»Ich auch nicht«, sage ich fast zu fröhlich und hoffe, dass er das nicht merkt.

»Wollen wir uns im ›Legendär‹ treffen? Eppendorfer Landstraße? Um acht?«

»Okay, das ist gut«, sage ich und dann legen wir auf.

An Arbeiten ist heute nicht mehr zu denken, und ich fahre relativ früh nach Hause. Ich muss mich auch endlich mal wieder um den Garten kümmern. Das lenkt mich vielleicht ab, und hoffentlich ändert sich dann mein desolater Zustand. Außerdem muss ich mal nach den Fischen im Teich schauen. Den Teich habe ich auch vernachlässigt. Es ist erst halb drei, als ich meine Sachen packe und losfahre. Ich freue mich darauf, allein zu Hause zu sein und einfach mal normale Dinge zu tun.

Vielleicht backe ich späte sogar einen Kuchen. Nur für wen? Ich mag keinen Kuchen. Und für Andreas will ich ganz sicher keinen Kuchen backen. Ich könnte ihn Frau Gruber, unserer Nachbarin, schenken.

Als ich vor unserem Haus parke, steht Gunnars Auto in der Einfahrt. Was will der denn schon wieder hier? Ich bin richtig zornig, als ich die Haustür aufschließe. »Hallo!«, rufe ich, aber niemand antwortet. Im Wohnzimmer ist auch niemand, aber die Terrassentür steht offen. Ich gehe raus und traue meinen Augen nicht: In unserem Gartenteich schwimmt ein Optimist, also so ein kleines Boot, in dem eigentlich nur Kinder segeln. In dem Optimisten stehen Gunnar und Andreas in Schwimmwesten, was ich nun überhaupt nicht verstehe, denn der Teich ist nur einen Meter zwanzig tief. Sie ziehen an Leinen und rufen sich gegenseitig Befehle zu. Vor dem Teich auf der Wiese steht eine riesige Windmaschine. Ich vermute, sie hat einen Durchmesser von drei Metern. Die Windmaschine ist offenbar auf ›Orkan‹ eingestellt, denn der Optimist droht umzukippen. »Wende!«, ruft Andreas und macht eine Halse. Ich freue mich, das klappt ja super, sie machen tatsächlich alles genau anders herum. So ist es gut! Dass während der vermeintlichen Wende die Seerosen dran glauben müssen und auch sonst einige Pflanzen, übersehe ich jetzt einfach mal.

»Na, Schusselchen«, ruft Andreas und strahlt, »das hast du nicht gedacht, dass wir mal so gut sein könnten!«

»Nein«, rufe ich zurück.

»Das wird alles noch viel besser!«, brüllt Andreas weiter. Rechts und links stehen unsere Nachbarn und glotzen über die Hecken. Gunnar nickt mit rotem Kopf.

»Wir werden alle besiegen!«, krakeelt er herum und zieht hektisch an Leinen, was zur Folge hat, dass der Optimist im falschen Winkel zur Windmaschine steht und kentert. Das Segel verheddert sich in unseren Farnsträuchern, und Andreas und Gunnar liegen im Teichwasser.

Ja, ihr werdet alle, alle besiegen!

Ich gehe ins Haus zurück und mache mir erst mal einen Cappuccino. Dann fange ich sinnlos an zu putzen, weil ich keine Kraft mehr zum Nachdenken habe.

Gunnar und Andreas kommen ins Haus und laufen klatschnass über den frisch geputzten Boden und entschuldigen sich noch nicht mal dafür.

Aber warum denn auch? Das macht doch nichts. Ich mache das wie die fröhliche Frau in der Werbung für Meister Proper. Ein schmutziger Hund und eine ungefähr zehnköpfige Kinderschar laufen völlig verdreckt und verschlammt über frisch gewienerte Fliesen. Während die Dreckklumpen kiloweise von ihren Schuhen fallen und sie die auch noch breittreten, lachen sie fröhlich. Die Mutter steht lächelnd im Türrahmen und anstatt einer geladenen Schrotflinte hält sie eine Flasche Meister Proper in der Hand. Die Kamera zeigt ihr Gesicht in Großaufnahme, und sie sagt mit heiterer Stimme und blendend weißen Zähnen: »Ach ja, Kinder machen nun mal Schmutz. Aber zum Glück gibt's ja Meister Proper!« Eine Zehntelsekunde später sieht man sie pfeifend wischen, und dann kommt die Meister-Proper-Flasche in Großaufnahme und der Glatzkopf mit dem Ring im Ohr zwinkert mit dem einen Auge.

Für wie blöd halten die einen eigentlich in der Werbung? Denken die im Ernst, ich würde auf solch einen Quatsch reinfallen? Dann fällt mein Blick auf meinen Bodenreiniger. Es ist Meister Proper. Resigniert wische ich die ganzen Böden noch mal.

Gunnar und Andreas gehen abends zusammen einen trinken. Ich bin froh, dass sie nicht auf die Idee kommen, mal Segelratgeber zu lesen, dann würden sie ganz schnell merken, dass sie alles falsch machen.

Apropos Segelratgeber. Ich sollte doch laut Björn alles auswendig lernen. Bei allem, was mit Björn ist, werde ich das mit der Kieler Woche auf jeden Fall durchziehen. Ich bin bloß froh, dass ich hier noch nicht Hals über Kopf ausgezogen bin. Dann hätte ich weder einen Mann noch ein Haus. Aber immer noch ein Boot. Ich könnte ja dann auf der *Affenarsch* wohnen.

Mein Handy klingelt. Das ist bestimmt wieder Björn. Aber auf dem Display steht ›unbekannter Teilnehmer ruft an‹. »Hallo«, sage ich.

»Hier ist Vanessa von der Hot-Call-Agency!« Huch. Woher hat die denn meine Handynummer? »Ich habe Ihre Nummer ja vorhin auf der Liste gehabt, und dann hab ich die Nummer zurückgerufen, und dann war da ein Anrufbeantworter dran und da haben Sie gesagt, also ich glaube, dass Sie das waren, die das gesagt hat, dass man Sie in dringenden Fällen auf dem Handy erreichen kann!«

»Äh, ja«, sage ich.

»Ich musste den ganzen Tag über Ihre schlimme Geschichte nachdenken«, sagt Vanessa aufgeregt.

»Und?«, frage ich, »was ist dabei herausgekommen?«

»Na ja«, sagt Vanessa, »ich hab die Geschichte hier meinen Kolleginnen erzählt, und wir haben gemeinsam beratschlagt, was man in einem solchen Fall tun kann!« Ich sehe die Telefonsexdamen von der Hot-Call-Agency quasi vor mir, wie sie mit hochrotem Kopf versuchen, eine Lösung zu finden, und ihre Telefonsexkunden abwimmeln, weil das ja wichtiger ist. (»Du, Süßer, sei nicht böse, aber ich kann mich jetzt nicht darauf konzentrieren, wie es wäre, Sex mit dir in einer laufenden Betonmischmaschine zu haben, stell dir vor, eine frustrierte Frau hat hier angerufen, ihr ging und geht es gar nicht gut, unter anderem hat sie zwei Männer, aber eigentlich keinen und mit ihren Haaren liegt auch so einiges im Argen und dann war da noch dieser Schweinswal! Ruf einfach morgen noch mal an, ja?«)

»Ach, das ist ja nett«, plötzlich freue ich mich richtig über Vanessas Anruf. »Ich bin ja richtig gespannt!« Hurra, die Lösung naht!

»Also«, sagt Vanessa langsam, »die Sache ist die, dass es keine Lösung gibt. Die einzige Lösung wäre wohl, sich umzubringen. Eine andere Möglichkeit sehen wir nicht. Das heißt jetzt natürlich nicht, dass wir wollen, dass Sie sich umbringen, wir wollten Ihnen nur sagen, dass wir alle miteinander so was noch nicht erlebt haben. Und Ihnen sozusagen unser herzliches Beileid aussprechen! Aber Sie werden das schon schaffen!«

»Danke, Vanessa, vielen Dank, das ist sehr nett von Ihnen«, antworte ich mechanisch. »Ich melde mich, wenn es was Neues gibt!«

»Oh bitte, ja, tun Sie das«, fleht Vanessa, »das ist spannender als bei ›Der Rosenkrieg‹. Da sind zum Schluss aber beide tot. Die fallen doch mit einem Kronleuchter runter, der Michael Douglas ist glaube ich sofort tot und seine Frau, die Kathleen Turner, erst später! Oder umgekehrt!«

»Ja, ich melde mich, wenn es was Neues gibt«, verspreche ich Vanessa und schreibe mir vorsichtshalber noch mal ihre Nummer auf. »Ich nenne mich aber nicht nur Vanessa, sondern manchmal auch Tina oder Sabrina«, erklärt mir Vanessa noch. »Aber wenn sie eine dieser Frauen verlangen, bin ich garantiert am Apparat!«

Wir verabschieden uns höflich und beenden das Gespräch.

Es ist schon so weit mit mir gekommen, dass ich einer Telefonsextante versprechen muss, mich zu melden, wenn es was Neues gibt.

Resigniert hole ich mein Segellehrbuch aus dem Nachttisch.

Welchen Vorteil hat der »Nahezu-Aufschießer« gegenüber dem direkten Aufschießer beim Mann-über-Bord-Manöver?

Ach, lasst mich doch alle mit diesem Mist in Ruhe.

»Du siehst angespannt aus, Britta, was ist denn los?«, fragt mich Björn. Wir sitzen wie verabredet im ›Legendär‹ und ich rühre in einer Sauerampferrahmsuppe mit Croutons.

»Nichts Besonderes«, sage ich, »ich habe im Moment so viel zu tun und dann ist noch die ganze Sache mit Andreas, das macht mich irgendwie total fertig!«

»Verstehe ich«, Björn nickt. »Du kennst meine Meinung und meine Einstellung. Ich halte es für richtig, reinen Tisch zu machen. Liebst du ihn denn noch?«

Was soll diese freche Frage? Ich sollte Björn besser fragen, ob er Karin liebt. Aber ich sage nichts.

»Nein, ich liebe ihn nicht mehr«, sage ich schärfer als ich will.

Björn schaut mich erschrocken an: »He, so war das doch nicht gemeint«, sagt er. »Aber du musst dich auch mal in meine Situation reinversetzen. Ich bin derjenige, der wartet und wartet und hofft, dass alles gut wird.« Genau. Und die Wartezeit versüßt du dir mit Karin. Und wenn's mit Britta nichts wird, ist ja immer noch Karin da.

»Du bist irgendwie komisch Britta, so anders als sonst«, stellt Björn fest und legt seine Gabel hin. »Kannst du mir bitte sagen, was los ist?«

»Nichts ist los«, wehre ich ab und esse einen Löffel Suppe und kleckere dabei auch noch. »Die Situation ist nicht nur für dich schwer!«

»Das weiß ich doch. Aber ich liebe dich nun mal und ich bin mir immer noch nicht sicher, ob du mich wirklich liebst. Ich will keine Übergangslösung sein, Britta!« Björn fasst über den Tisch und nimmt meine Hände in seine. »Bitte nicht!«

»Nein«, sage ich leise, »wollen wir noch einen Wein trinken?«

Später, draußen vor der Kneipe, küssen wir uns. Ich weiß nicht, warum ich das tue, aber ich tue es einfach. Dabei horche ich in mich rein und versuche, meine Gefühle, die ich beim Küssen haben, zu deuten. Mein Herz klopft. Ich muss an Karin denken und küsse Björn noch heftiger. Jetzt weiß ich, was das für Gefühle sind: Ich bin eifersüchtig. Hochgradig eifersüchtig. Ich will Björn haben.

Nur wie? Wie?

»Ich freue mich auf Freitag«, sagt Björn, »versuch bitte, ganz früh zu kommen, ja?«

»So früh ich kann«, verspreche ich.

Auf dem Nachhauseweg kommt noch eine SMS von Björn: »Das war sooo schön! Ich lebe nur noch fürs Wochenende! B.«

Spielt er ein Spiel? Und wenn ja, welches? Ich muss es herausfinden.

23

Britta, hier ist Besuch für dich«, sagt Lars am nächsten Morgen. Ich bin gerade bei der komplizierten Angelegenheit, dreieinhalb Prozent Provision aus einer Verkaufssumme herauszurechnen und erwarte eigentlich niemanden.

Aber der Besuch steht schon hinter Lars. »Guten Morgen, Britta«, sagt Elke, Gunnars Frau, und setzt sich unaufgefordert hin. Mit zitternden Fingern zündet sie sich eine Zigarette an.

»Elke«, sage ich überrascht. »Mit dir hätte ich so gar nicht gerechnet.«

Elke lacht böse: »Ich weiß, du konntest mich noch nie leiden«, sagt sie und stößt den Zigarettenrauch durch ihre etwas zu groß geratene Nase aus.

Ich sage nichts, was Elke als Zustimmung deutet: »Du musst gar nichts sagen, ich *weiß* es«, sie beugt sich nach vorn, »und du musst mir auch wirklich glauben, dass es mir nicht besonders leicht gefallen ist, hierher zu kommen!«

Sie lehnt sich zurück: »Ich brauche deine Hilfe!«

»Äh, wie denn?«, frage ich. Elke steht auf und läuft unruhig im Zimmer umher. Am Fenster bleibt sie stehen.

»Gunnar hat mir alle Kontovollmachten gesperrt und zu Hause die Schlösser austauschen lassen. Mein Auto hat er irgendwo versteckt, ich war schon bei der Polizei, aber die hatten schon ein psychologisches Gutachten vorliegen, das Gunnar sich von einem befreundeten Psychologen hat erstellen lassen. Darin steht, dass ich gemeingefährlich und bösartig sei und eine Gefahr für ihn darstellen würde. Kannst du das glauben? Die haben mir einen richterlichen Beschluss gezeigt, den Gunnar erwirkt hat. Darin steht unter anderem, dass eine Entmündigung beantragt wird! Um es kurz zu machen, ich habe keine Rechte mehr!«

Ich bin entsetzt: »Du musst sofort zum Anwalt gehen«, sage ich, »unbedingt! Soll ich mitkommen?« Elke schüttelt den Kopf.

»Ich war schon beim Anwalt. Das alles durchzufechten dauert Monate. Und das dauert mir zu lange. Nein, ich habe eine andere Idee!« Um Gottes Willen, das ist ja furchtbar. Wie konnte Gunnar so was machen? Kann man denn nicht in Würde auseinandergehen? Andererseits – wenn ich an eine Trennung von Andreas denke, könnte mir eventuell dasselbe passieren. Ich muss bloß an die Rechnung für das zerstörte Puppenhaus denken.

»Ich habe keine Lust, dass irgendwelche Weißkittel auftauchen und mich in eine Klinik ohne Türklinken sperren, Britta!«, sagt Elke und schluckt. »Jahrelang hab ich Gunnar alles vor den Hintern getragen, nie kam mal ein Danke. Die Trennung war richtig, Britta, ich hätte mich schon viel früher trennen sollen. Ich wollte mir auch immer einen Job suchen, aber er wollte es nicht. Er meinte, eine Frau hätte zu Hause zu sein und es ihrem Mann schön zu machen. Und glaub mal nicht, dass er mir mal was geschenkt hat. Nichts. Nie! Einmal die Woche hat er sich hingesetzt und mir vorgerechnet, dass ich zu viel Geld ausgeben würde. Ein Haushaltsbuch hat er mich führen lassen, wie in der Nachkriegszeit. Ich bin doch keine Trümmerfrau. Und wenn ich mal was zum Anziehen wollte, meinte er, ich solle zu Aldi oder Woolworth gehen. Aber er selbst hatte die teuersten Anzüge von Armani und Versace und was weiß ich. Nur wenn wir irgendwo eingeladen waren, durfte ich mir was Edles anziehen. Das hat er dann erlaubt. Die Sachen hat er dann aber sofort wieder weggehängt, damit sie nicht verstauben. Und der Schmuck – alles geliehen!« Elke schnaubt laut auf.

»Das ist ja schrecklich«, sage ich. »Das habe ich nicht gewusst.«

»Das hat keiner gewusst«, kommt es von Elke. »Ist es denn ein Wunder, dass ich unzufrieden und launisch und mürrisch geworden bin mit den Jahren? Ist das ein Wunder?« Ich schüttle den Kopf. Elke beugt sich nach vorn: »Du bist die Einzige, der ich das erzählen kann, sonst glaubt mir niemand. Bitte glaub mir!«

»Ich glaube dir ja«, sage ich.

»Hat Gunnar irgendwas angedeutet bei Euch?«, fragt Elke.

»Nein«, ich versuche mich zu erinnern, »Andreas hat nur mal gesagt, dass du dich von Gunnar getrennt hast und wie schlimm das doch jetzt für Gunnar sei, dass du Unterhalt forderst!«

»So war das gar nicht«, stellt Elke klar. »Ich habe Gunnar gebeten, mir vorübergehend eine bestimmte Summe im Monat zu zahlen, bis ich einen Job gefunden habe. Ich wollte immer arbeiten! Ich hab das nicht mehr ausgehalten. Du weißt gar nicht, wie er mich gedemütigt hat. Seine ganzen Affären. Er hat die Unverschämtheit besessen, mir auch noch davon zu erzählen. So unter dem Motto ›Du bringst es ja sowieso nicht mehr‹. Aber weißt du, was das Fass zum Überlaufen gebracht hat?«

»Was denn?«, frage ich ängstlich. Kann es noch schlimmer kommen?

»Kurz bevor wir zu Euch auf das Boot gefahren sind, hat er doch allen Ernstes eine seiner Geliebten mit zu uns nach Hause gebracht. ›Koch mal Kaffee für Diana‹ hat er gesagt. Und diese 20-Jährige hat mich hämisch angegrinst. Und weißt du, was ich gemacht habe?« Kaffee gekocht. »Kaffee gekocht! Als ich so in der Küche gestanden und Filterpapier gesucht habe, habe ich plötzlich gemerkt, dass es so nicht mehr weitergeht. Es ist entwürdigend! Da ist es doch nur mehr als logisch, dass ich irgendwann abhaue! Oder? Oder?« Meine Güte, ist das schrecklich. Das hatte ich nie gedacht, dass es bei Gunnar und Elke *so* schrecklich ist. Das ist ja ein Albtraum. Nein, schlimmer noch. Elke tut mir sehr Leid.

»Wo wohnst du denn jetzt?«, frage ich. »In der Wohnung meiner Schwester, die ist für drei Monate in Australien. Ich dachte mir, dass ich von dort aus eine eigene Wohnung suche und einen Job, ich hab schon viele Bewerbungen geschrieben, ich meine, schließlich habe ich Anglistik, Germanistik und Geschichte studiert, und dann muss ich mir jahrelang vorschreiben lassen, was ich zu tun und zu lassen habe.«

»Gunnar hat nicht studiert, stimmt's?«, frage ich und kenne die Antwort.

»Nein, Quatsch, der ist Einzelhandelskaufmann. Das ist ja auch in Ordnung, er hat sich eben hochgearbeitet. Natürlich war auch Glück dabei, dass er jetzt Abteilungsleiter ist, aber darum geht es doch gar nicht!«

»Oh doch, auch«, stelle ich fest. »Gunnar ist neidisch darauf, dass du studiert hast. Deswegen hat er dich schön kleinhalten wollen! Das liegt doch glasklar auf der Hand!«

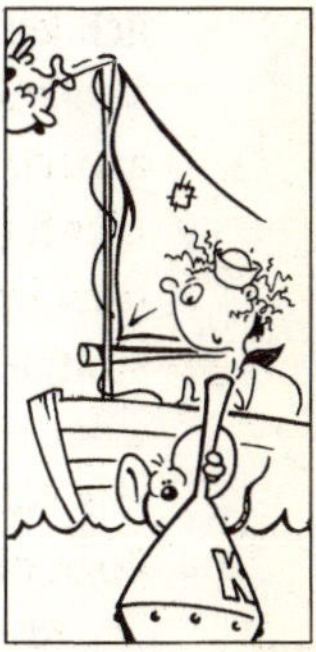

Elke starrt mich an: »Jetzt, wo du's sagst«, kommt es langsam. »Meinst du wirklich?«

Ich grinse: »Ich bin mir noch nie so sicher gewesen«, sage ich mit fester Stimme. »Das Verhalten passt auch einfach zu ihm.«

Elke kommt zu meinem Schreibtisch und setzt sich auf den Besucherstuhl davor: »Dieses Schwein«, sagt sie mit kalter Stimme. »Dieses Schwein!«

Ich nicke. »Ja genau«, sage ich. »Und jetzt sag mir mal, wie ich dir helfen kann!«

Elke richtet sich auf wie ein Racheengel:

»Weißt du noch, als wir abends mal bei euch waren vor ein paar Jahren?«, fängt sie an. Ich weiß nicht gleich, welchen Abend sie meint, aber sie redet weiter: »Da haben wir zusammen in der Küche gestanden und gewartet, bis die Nudeln fertig waren oder Kartoffeln oder so! Da lagen Schriftstücke von Andreas auf dem Tisch herum und du hast einen Stift genommen. Da war seine Unterschrift, und dann hast du gekichert und gesagt, du könntest problemlos seine Unterschrift fälschen, du hättest immer schon alle Schriften perfekt nachmachen können. Weißt du noch?«

Jetzt erinnere ich mich. Es stimmt, schon als Kind konnte ich die Unterschrift meines Vaters 1:1 fälschen, was mir bei schlechten Zeugnisnoten oder Zensuren in Mathearbeiten immer sehr geholfen hat. Gemerkt hat das niemand.

Elke holt einen Stapel mit Unterlagen aus ihrer Tasche. »Hier«, sagt sie aufgeregt, »das ist Gunnars Unterschrift. Kannst du die nachmachen?«

So langsam wird mir klar, was Elke möchte. »Elke, das ist Urkundenfälschung«, sage ich leise.

»Ich weiß«, sagt Elke, »und was Gunnar mit mir macht, ist mehr als Urkundenfälschung.« Da hat sie Recht. Ich schaue mir

Gunnars Unterschrift an. Dann nehme ich einen Kugelschreiber und unterschreibe mit ›Gunnar Wittmann‹ auf einem Block. »Perfekt!«, Elke hat glänzende Augen. »Und jetzt hier, der richterliche Beschluss, und dann hier, die Unterschrift von Gunnars Anwalt!« Alle Unterschriften bekomme ich auf Anhieb perfekt hin. Ich kann es noch, ich kann es noch!

»Aber was willst du denn damit jetzt machen?«, frage ich neugierig.

Elke hat schon einen wasserdichten Plan: »Erstens werde ich per Anwaltsschreiben alle Punkte, die gegen mich sprechen, aufheben lassen. Mit deiner Unterschrift, also natürlich mit der nachgemachten. Dann werden wir ein Schreiben von Gunnar an die Bank verfassen, in dem ich wieder alle Kontovollmachten habe. Dann werden wir einen Brief verfassen, in dem der Psychiater seinen Irrtum erkennt und mich für voll zurechnungsfähig hält. Und dann gehe ich zur Bank und hebe das ganze Geld ab! Einen Schlüsseldienst für das Haus müssen wir noch bestellen.«

»Das muss aber alles dann passieren, wenn Gunnar nicht da ist«, sage ich.

»Richtig!«, Elke nickt zustimmend. »Er fährt doch an diesem Freitag wieder mit Andreas nach Dänemark, oder?«

»Ja«, sage ich.

»Siehst du«, sagt Elke. »Heute ist Donnerstag. Und wenn du mir wirklich helfen möchtest, dann könnten wir heute zusammen die Schreiben verfassen, und morgen ist mein großßer Tag. Ach so, ja, und es wäre klasse, wenn du vielleicht bei diesen Leuten, mit denen Gunnar segelt, anrufen und sie bitten könntest, ihn anzurufen und ihm zu sagen, dass er diesmal früher da sein soll!«

»Das kann ich machen«, sage ich, »aber was ist, wenn die Bank dann morgen bei Gunnar auf dem Handy anruft und fragt, ob das alles seine Richtigkeit hat?«

»Stimmt«, kommt es von Elke, »daran habe ich gar nicht gedacht. Nun – vielleicht ist es möglich, dass einer der Mitsegler ihm das Handy irgendwie wegnehmen kann, ohne dass er es merkt?«

Hanno macht da bestimmt mit. »Gut, okay«, stimme ich zu. »Lass mich mal eben kurz telefonieren, ja?«

Elke strahlt: »Danke, Britta, das vergesse ich dir nie!«

»Ist doch für einen guten Zweck«, sage ich und muss lachen. Elke ist mir plötzlich richtig sympathisch.

Ich rufe bei Hanno auf dem Handy an, erzähle ihm nur das Nötigste und er fragt auch nicht weiter nach: »Geht klar, Britta, ich kann irgendwas davon erzählen, dass der Wind ab dem frühen Mittag gut ist für die geplanten Manöver oder so. Und das mit dem Handy sollte kein Problem sein. Das hat er letztes Wochenende gleich ausgestellt und in einen Schrank gelegt. Dann nehme ich es da raus und verstecke es.«

»Danke, Hanno!«, sage ich. Er ist wirklich ein lieber Mensch.

»Wie geht's dir denn, Britta?«, fragt Hanno. »Hast du Andreas mal auf die Sache mit dieser Karin angesprochen?«

»Nein, habe ich nicht«, sage ich, »ich weiß noch nicht, wann ich das tue!«

»Unmöglich, dieser Mann, unmöglich«, sagt Hanno. »Kommst du denn am Freitag hoch?«

»Ja, aber später«, erwidere ich, »ach so, könntest du Björn und den anderen ausrichten, dass ich erst abends komme?« Hanno verspricht mir, alles auszurichten, und dann kann ich mich wieder Elke widmen.

Oh Gott, ich habe so viel Arbeit hier liegen und kann es mir eigentlich überhaupt nicht leisten, wieder gar nichts zu tun, aber ich bringe es auch nicht übers Herz, Elke nach Hause zu schicken. Außerdem brenne ich darauf, Gunnar eins auszuwischen. Mit roten Wangen sitzt sie vor mir und sieht richtig jung und dynamisch aus.

Es ist bloß alles gar nicht so einfach.

»Wir können diese ganzen Schreiben ja nicht auf Blanko-Papier verfassen«, stelle ich fest. Wir müssen die jeweiligen Briefköpfe kopieren und dann wieder auf weißes Papier kopieren. Oder wir müssen die amtlichen Sachen ausschneiden, auf weißes Papier draufkleben und dann kopieren.« Wir entscheiden uns fürs Ausschneiden und hantieren mit Schere und Klebstoff herum.

Nach drei Stunden haben wir die unterschiedlichen Briefköpfe fertig gestellt. Dann erstellen wir amtliche Schreiben. Am Schwierigsten ist das psychiatrische Gutachten. Im Internet recherchieren bringt Erfolg, und wir werfen mit Fachausdrücken nur so um uns. Jetzt müssen wir das nur noch im PC so ausdrucken, dass es passt. Zum Glück kenne ich mich mit so was aus. Gebannt schauen wir auf den Drucker.

Das erste Schreiben, das Gutachten, kommt langsam aus dem Laserjet. Es könnte nicht besser sein. Jetzt kommt der große Moment der Unterschrift. »Hier«, sagt Elke aufgeregt, »ich hab extra Gummihandschuhe aus dem Erste-Hilfe-Kasten mitgebracht. Wegen der Fingerabdrücke!« Ich komme mir fast kriminell vor, als ich meinen Füllfederhalter zur Hand nehme und in geschwungener Schrift ›Adalbert von der Lindenruh‹ unter das Gutachten setze. Um acht Uhr abends sind wir mit allem fertig.

»Oh, ist das großartig«, ruft Elke zum wiederholten Mal, und auch ich bin mehr als begeistert von unserem Werk. Dauernd schauen wir uns die Briefe wieder an. »Kommst du morgen vielleicht auch mit zur Bank?«, fragt mich Elke vorsichtig. »Ich hab Angst, dass ich mich allein verhasple oder so!«

Diese Frage habe ich befürchtet, aber ich kann Elke da auch nicht allein hingehen lassen. »Klar komme ich mit«, sage ich. »Wir müssen nur warten, bis Gunnar und Andreas in Sønderborg angekommen sind. Alles andere habe ich ja schon geregelt.«

Elke ist erleichtert: »Danke, oh danke«, sagt sie. »Wollen wir noch irgendwo was trinken gehen?«

Warum eigentlich nicht? Wir suchen eine Kneipe in Eimsbüttel auf und bestellen eine Karaffe Weißwein. »Hoffentlich klappt das morgen alles«, Elke ist schrecklich aufgeregt. »Was machen wir denn, wenn wir festgenommen werden?«

»Wir werden schon nicht festgenommen«, sage ich und denke darüber nach, was denn ist, wenn wir tatsächlich festgenommen werden. Kommen wir dann erst mal in Untersuchungshaft und werden einem Verhör unterzogen? Wird uns dann eine Lampe mit gleißendem Licht ins Gesicht gehalten, um ein Geständnis zu erpressen? Oder kommen wir gleich in Einzelhaft in eine zwei Quadratmeter große Zelle mit Klo ohne Deckel? Plötzlich bin ich mir gar nicht mehr so sicher, ob das so eine gute Idee ist. Aber nun haben wir den ganzen Tag so schöne Dinge gebastelt, es wäre doch schade, wenn die nicht zum Einsatz kämen.

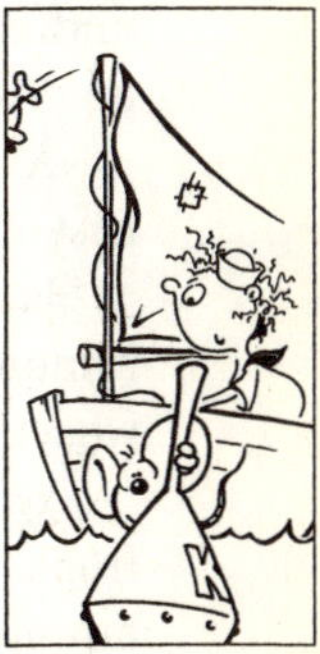

Ich bin sehr müde und deswegen gehen wir bald zu meinem Auto zurück. Es steht vor einer anderen Kneipe mit Außenbereich. Als wir an dem Außenbereich vorbeigehen, der mit großen Pflanzenkübeln vom Gehweg abgeteilt ist, höre ich eine Frau kichern. Ich bleibe stehen. Das Kichern kenne ich.

»Was ist denn?«, fragt Elke.

»Pscht«, mache ich und lege den Finger an den Mund. Dann schaue ich vorsichtig zwischen den Topfpflanzen und versuche die Frau mit dem Kichern zu orten. Da! Es ist Karin! Wusste ich es doch! Langsam schiebe ich die Blätter zur Seite, weil ich sehen will, mit wem Karin in der Gartenwirtschaft sitzt. Ihr gegenüber sitzt Björn. Mein Herz zieht sich zusammen. Er trägt ein dunkelgrün-weiß-gestreiftes Hemd und Jeans. Er trägt eine randlose Brille, die ich nicht kenne. Wahrscheinlich setzt er sie nur auf, um damit auf Frauen Eindruck zu machen. Bestimmt sind das Gläser ohne Dioptrin. Weil Björn intellektuell wirken will. Er hält Karins Hand. Die hat ihre Schuhe ausgezogen und streichelt Björns Beine mit den Füßen.

Wütend fahre ich Elke in die Wohnung ihrer Schwester und dann fahre ich allein an die Elbe. Vor der ›Strandperle‹ am kleinen Sandstrand grillen einige Jugendliche, andere machen ein Lagerfeuer. Irgendjemand spielt Gitarre. Ich setze mich in den Sand und starre auf das Container-Terminal gegenüber. Eine Schiffsladung wird gerade gelöscht, und ich schaue zu, wie sich die Kräne langsam hoch und runter bewegen. Die Elbe fließt zuverlässig wie immer vor sich hin. Sie wird auch vor sich hinfließen, wenn es mich nicht mehr gibt. Die Elbe kennt keine Probleme. Ihre einzige Aufgabe ist es, immer weiter vor sich hinzufließen. Mal schneller und mal langsamer. Mal vor und zurück. Bestimmt eine dreiviertel Stunde sitze ich hier und starre dauernd aufs Wasser.

Dann habe ich eine Idee. Ich werde Björn jetzt auf dem Handy anrufen. Mal schauen, wie er sich rausredet. Es tutet und tutet und endlich nimmt er ab: »Hallo Britta«, sagt er fröhlich und etwas außer Atem. Ich bin gerade joggen. Bist du noch unterwegs?«

»Äh ja«, sage ich, »ich wollte dich fragen, ob du vielleicht Lust hast, noch irgendwo was trinken zu gehen!«

Ha, jetzt hab ich dich! »Klar«, sagt Björn. »Ich bin in fünf Minuten zu Hause, ich zieh mich eben um und dann gern! Wo wollen wir uns denn treffen?«

»Wie wäre es mit dem ›Maybach‹ in Eimsbüttel?«, frage ich fröhlich. Da genau bist du noch vor einer Stunde gewesen. Oder bist noch da und Karin ist gerade gegangen. Oder Karin ist zum Glück gerade auf dem Klo und du musst jetzt schnell sehen, dass du sie los wirst! »Okay, im ›Maybach‹«, sagt Björn. »Ich bin in einer halben Stunde da.«

Jetzt verstehe ich überhaupt nichts mehr.

Als ich im ›Maybach‹ ankomme, wartet Björn schon. Von wegen umziehen. Er trägt das gleiche grüne Hemd wie vorhin. Ich platze fast vor Wut. Bloß die Brille hat er nicht auf. Klar, Karin ist ja auch weg. Ich bin ja mal gespannt, ob die Bedienung was dazu sagt, dass ein und derselbe Mann an einem Abend mit zwei unterschiedlichen Frauen hier ist. Aber die Kellnerin kommt nur und sagt: »Hi, Björn, auch mal wieder da?«, und fragt nach unseren Wünschen. Er muss sie bestochen haben.

»Das war eine wirklich gute Idee, dass wir uns noch mal sehen«, lacht Björn und freut sich sichtlich, »wie war denn dein Tag?« Ich erzähle von Elke und Gunnar und hoffe, dass ich in seinem Gesicht so was wie Zerknirschtheit entdecke, weil er sich ja mir gegenüber auch nicht gerade toll verhalten hat. Aber er sieht mich bloß groß an: »Das ist ja nicht zu fassen«, sagt er und schüttelt den Kopf. »Und nun?« Weil ich immer wütender werde und weil mir immer alles egal ist, wenn ich wütend werde, erzähle ich auch noch, dass ich morgen mit Elke zur Bank gehe und das mit den gefälschten Unterschriften. »Oh je«, Björn ist besorgt, »das ist strafbar, das wisst ihr, oder?« Ich nicke, denn mittlerweile ist es mir auch ganz egal, ob ich morgen verhaftet werde. Eigentlich wäre eine Verhaftung das, was ich mir wünsche, endlich kehrt dann mal wieder Ruhe in mein Leben ein. Von morgens bis abends werde ich gemütlich in meiner Zelle sitzen und lesen und bei guter Führung bekomme ich vielleicht einen Schwarzweißfernseher und kann ununterbrochen Serien schauen. Auf den Freigang werde ich verzichten, es ist viel zu gemütlich in meiner Zelle.

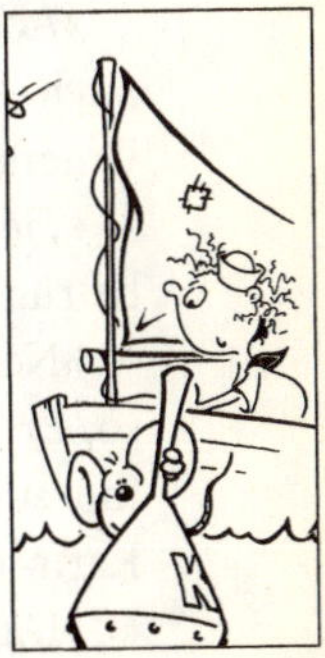

»... uns alle angemeldet. Jetzt gibt es kein Zurück mehr!« Ich hab nicht zugehört.

»Was hast du gesagt?«, frage ich.

»Dass ich uns jetzt für die Kieler Woche gemeldet habe«, wiederholt Björn, »jetzt gibt es kein Zurück mehr!«

»Gut, das ist sehr gut«, sage ich und nicke, während ich mit dem Strohhalm in meiner Caipirinha herumrühre.

»Britta, würdest du mir denn jetzt endlich mal sagen, was los ist?«, Björn sieht mich beunruhigt an. »Du hast dich wirklich verändert. Seit ein paar Tagen bist du gar nicht mehr wie sonst!«

»Das wird schon wieder anders«, versichere ich ihm. Verflixt, wie kann ich bloß das Gespräch auf Karin lenken? Ich möchte sein ertapptes Gesicht sehen. Dann mache ich eine Szene, kippe alle Gläser um und fahre wie ein Racheengel nach Hause. Ich bin so eifersüchtig, so eifersüchtig und vor allen Dingen so schrecklich enttäuscht! Ich bin über Björn enttäuschter als über Andreas. »Ach, da ist noch was gewesen«, sage ich, »Andreas hat seit Jahren ein Verhältnis mit meiner besten Freundin!«

»Auch das noch«, Björn ist erzürnt, »wie hast du das denn rausbekommen?«

»Durch Zufall«, sage ich. »Das hätte ich von Karin nie gedacht!« Keine Reaktion auf den Namen, noch nicht mal ein Zucken. Nichts. »Dabei kann Karin jeden haben. Sie sieht supergut aus und hat eine Boutique am Jungfernstieg!« Null Erschrecken, nichts. Lediglich Kopfschütteln. Verdammt! Aber vielleicht weiß Björn ja gar nicht, dass Karin eine Boutique hat. »Karin will sich auch demnächst ihre Amalgam-Plomben rausnehmen lassen«, sage ich wie ein Vollidiot. »Vielleicht sollte ich sie zu dir schicken!« Jetzt muss es doch Klick machen.

»Ganz ehrlich«, sagt Björn, »aber ich habe keine Lust, der Frau, die dich mit deinem Mann betrügt, auch noch die Zähne zu machen!«

»Ach, ich hab Andreas doch auch betrogen«, sage ich, was ja auch stimmt. »Insofern bleibt es sich gleich. Der einzige Unterschied ist, dass er es früher gemacht hat als ich.«

»Siehst du mich nur als den Mann, mit dem du deinen Mann betrügst?«, fragt Björn und räuspert sich.

»Nein, natürlich nicht«, sage ich schnell. Das ist ja auch nicht so. Er ist ein verdammt guter Schauspieler. Noch ein Versuch, ihn aus der Reserve zu locken: »Sie heißt übrigens Hasseldorf. Karin Hasseldorf.«

»Danke«, sagt Björn, »wenn die einen Termin bei mir macht, hab ich wenigstens schon den Namen und kann sie ablehnen!«

Null Punkte.

24

Auf der Heimfahrt bin ich so wütend, dass ich ständig mit der Hand auf das Lenkrad schlage: »So ein Mist, Mist, Mist!«, schreie ich vor mich hin. »Wie abgebrüht ist der denn?«

Andreas sitzt mit Gunnar im Partykeller. Aus der Jukebox dröhnt ›My Bonnie is over the ocean, my bonnie is over the sea‹, und die beiden üben Knoten. »Die Knotentafel, die ich da am Hafen gekauft habe, ist der letzte Mist«, beschwert sich Andreas, »das ist ja alles total falsch!«

»Die bescheißen einen auch, wo sie nur können«, pflichtet Gunnar ihm bei, »die denken auch, dass man den Beschiss nicht merkt!«

Gut gemacht, Hanno! Hast du den beiden schön einen Palstek für einen Kreuzknoten vorgemacht? Ich könnte dich küssen dafür! »Na, Britta, geht's denn morgen wieder aufs eigene Boot?«, lacht Gunnar herablassend.

»Klar«, sage ich, »wir fahren ein Stück raus und ankern. Das wird bestimmt schön. Frauke kommt auch wieder mit!«

»Ja genau, diese Frauke, das ist doch die vom Hanno, oder?«, fragt Gunnar und Andreas nickt. »Ui ui, noch so eine«, grölt Gunnar und schaut mich von oben bis unten an. »Da ist Britta ja in bester Gesellschaft. Geht ihr mal schön ankern und kocht euch was Schönes. Wir trainieren weiter für unser Lebenswerk, was, Andi?«

Andreas nickt. »Na, Schusselchen, kannst du denn auch schon Knoten?«

»Nö, nicht so«, sage ich. »Die braucht man doch auch gar nicht. Außerdem ist ja immer jemand da, der das kann!« Dröhnendes Gelächter. »Wie geht's eigentlich Elke?«, frage ich scheinheilig.

Gunnars Miene hellt sich auf: »Bestens, bestens«, lacht er und reibt sich die Hände, »die bereut es sicher schon, dass sie ausgezogen ist. Der hab ich nämlich ganz schön die Hölle heiß gemacht! Spätestens nächste Woche kommt sie wieder angekrochen, da kannst du Gift drauf nehmen! Und dann heißt es erst mal alles wieder gutmachen. Na ja, zu putzen gibt es genug, und die Bügelwäsche wartet schon. Wenn Elke brav ist, darf sie vielleicht irgendwann wieder mit mir am Tisch sitzen und essen. Aber vorerst natürlich nicht!« Wüsste ich nicht, dass morgen unser großer Tag ist, hätte ich Gunnar wahrscheinlich eine reingeschlagen. Aber so sage ich nichts und freue mich noch mal mehr auf den Besuch bei der Bank.

»Soso«, sage ich zu Gunnar. »Na ja, du kannst mir ja mal Bescheid geben, wenn sie zurückgekommen ist!« Aber Gunnar hört schon gar nicht mehr zu und knotet wieder an einem Band herum. Er sieht dumm dabei aus.

»Übrigens«, kommt es von Andreas, »ich fahre mit Gunnar morgen schon früher nach Sønderborg. Wir müssen den guten Wind ausnutzen.«

Fast sage ich »Ich weiß«, zum Glück kann ich das gerade noch verhindern. »Wann fahrt ihr denn?«, frage ich heimtückisch.

»So um zwölf«, sagt Andreas. So um zwölf ist gut, dann kann ich morgen früh Elke entsprechend informieren.

»Ich trau mich nicht, ich trau mich nicht!«, Elke trippelt auf und ab. Es ist 14 Uhr 30. Hanno hat angerufen und bestätigt, dass Gunnar und Andreas angekommen sind und er das Handy schon weggelegt habe. »Jetzt muss ich wieder ein ganzes Wochenende über meine Frau herziehen«, erzählt er böse. »Das macht mich fertig. Wenn das alles vorbei ist, muss ich mich einer Therapie unterziehen!«

Das glaube ich Hanno sogar. Ich nehme mir fest vor, ihm und Frauke was richtig Gutes zu tun, wenn alles durch ist.

»Elke, nun lass uns da reingehen und die Sache hinter uns bringen«, sage ich. »Dieses dauernde Rauszögern bringt doch nichts. Hast du alle Unterlagen dabei?« Elke nickt und holt eine Klarsichthülle mit den von mir unterschriebenen Gutachten und Bestätigungen heraus. Sie atmet tief durch. »Okay«, sagt sie, »okay!«

In der Bank ist viel los, hauptsächlich Rentner zahlen etwas auf ihre Sparbücher ein oder verwickeln die Schalterbeamten in sinnlose Gespräche. »Ich kann Flocki noch nicht mal mehr sein Lieblingsfutter kaufen«, klagt eine 90-Jährige mit schlohweißem Haar. Der neben ihr sitzende Terrier ist so fett, dass er kaum noch atmen kann. Sie sollte Flocki eine Zeit lang überhaupt nichts mehr zu fressen geben. »Alles wird teurer«, jammert sie, »da arbeitet man sein Leben lang und zieht fünf Kinder groß und nach dem Krieg war alles so schlimm und im Alter wird man dafür auch noch bestraft.« Ich kann ihr Klagen nicht ganz nachvollziehen, denn sie ist mit Goldschmuck nur so behängt und trägt an jedem Ringfinger taubeneigroße Saphirringe. Aber das ist nicht mein Problem. Endlich sind wir an der Reihe.

»Guten Tag«, sagt Elke und räuspert sich. Die Aufregung, die Aufregung. »Guten Tag, Wittmann, mein Name, Elke Wittmann.« Der Schalterbeamte fragt freundlich, was sie denn für einen Wunsch hätte, und Elke räuspert sich erneut. Dann holt sie ihre Unterlagen aus der Tasche. »Es ist so, dass ich mich kurzzeitig mit meinem Mann zerworfen habe«, sagt sie und lacht künstlich, und ich bete, dass der Schalterbeamte nicht merkt, dass es künstlich ist. »Ja«, redet Elke weiter, »und in einer Kurzschlussreaktion hat er mir die Konten sperren lassen. Aber nun haben wir uns wieder versöhnt und alles tut ihm ganz schrecklich Leid.« Der Schalterbeamte schaut Elke durch seine dunkelbraune Hornbrille emotionslos an. Fast lauernd, wie ich finde. ›Es bedient Sie Malte Murmel‹, steht an einem kleinen Namensschild, das an seiner Anzugsjacke befestigt ist.

»Er wäre gern selbst gekommen, um die Sache zu klären, aber er musste kurzfristig verreisen, deswegen bin ich jetzt hier und habe Ihnen dies hier mitgebracht!« Sie reicht Herrn Murmel die Bestätigung von Gunnar, also von mir, in der er die Kontosperrung für alle bestehenden Konten aufhebt. Herr Murmel nimmt die Bestätigung mit spitzen Fingern entgegen und legt sie vor sich.

»Herr Wittmann war diese Woche persönlich hier und hat vorgesprochen. *Bei mir*!«, sagt er und betont das ›bei mir‹ so, als ob es etwas ganz Besonderes wäre, von ihm, Herrn Murmel, bedient zu werden.

»Ach so«, sagt Elke und wird sichtlich nervös. Ich trete ihr heimlich auf den Fuß. »Na und«, sagt Elke, »aber jetzt soll das, wie schon gesagt, alles rückgängig gemacht werden.«

Herr Murmel rückt seine Brille zurecht und liest sich das Schreiben durch. »Einen Moment mal bitte«, sagt er dann und geht hinter eine Trennwand. Offenbar bespricht er sich mit einem Kollegen. Er kommt mit dem Kollegen zurück, der einen seriösen schwarzen Anzug trägt und eine eckige Brille. ›Matthies von Heidenthal. Filialleiter‹ steht auf einem kleinen Namensschild. Herr von Heidenthal und Herr Murmel schauen sich gemeinsam das Schreiben an.

Mit wachsamen Augen schaut Herr von Heidenthal dann Elke an. »Uns wurde von Herrn Wittmann ein psychiatrisches Gutachten vorgelegt, in dem stand, dass man es für besser hielte, Sie zu entmündigen!«, sagt er laut. Zu laut. Das ist nicht gerade kundenfreundlich. Jeder in der Umgebung von drei Metern kann seine Worte hören.

»Ach«, lacht Elke wieder künstlich, »*das* meinen Sie! Ja, Gunnar ist ein wenig durchgedreht. Wir hatten sozusagen eine größere Krise. Aber wie schon gesagt, jetzt haben wir uns versöhnt und alles ist gut. Hier, bitte!«, sie überreicht das neue Gutachten des Psychiaters und Herr Murmel und Herr von Heidenthal studieren es aufmerksam.

Dann geht Herr Murmel mit den Unterlagen weg, ich vermute, um die Unterschriften prüfen zu lassen, und Herr von Heidenthal steht hinter seinem Schalter und schaut uns an wie die Schlange die Kaninchen. Ich lächle ihm fröhlich zu, doch bei ihm zeigt sich keine Regung. Herr Murmel kommt zurück. »Die Unterschriften sind eindeutig echt«, murmelt Herr Murmel Herrn von Heidenthal zu. Der sieht sichtlich enttäuscht aus. Wieder und wieder studiert er die Unterlagen. Dann geht er weg und verschwindet in einem Büro aus Glas. Wir können sehen, dass er telefoniert. Bestimmt ruft er jetzt bei Gunnar auf dem Handy an. Ich bete, dass Hanno das Handy auch ausgemacht hat, falls es an war. Ich sehe Herrn von Heidenthal sprechen und sterbe fast. Nein! Alles umsonst. Dann legt Herr von Heidenthal den Hörer auf und kommt langsam zurück. »Ich habe eben mit Herrn Wittmann gesprochen!«, sagt er zu Elke, die knallrot wird. »Er meinte, das hätte alles seine Richtigkeit!« Jetzt bloß nichts Falsches sagen. Bloß nicht.

»Na also«, sage ich, »prima. Dann ist ja alles in bester Ordnung.«

Herr von Heidenthal sieht erst mich und dann Elke an und sagt: »Ja ja, alles in Ordnung. Ich nehme an, Frau Wittmann, dass Sie gleich Bargeld mitnehmen möchten?« Elke nickt. »Herr Kollege Murmel wird Ihnen jetzt wieder die Kontovollmacht erteilen«, sagt Herr von Heidenthal, »und dann können Sie wieder frei über die Gelder verfügen.«

»Schön«, sagt Elke und lächelt verbindlich. »Danke für die Mühe!«

Herr von Heidenthal beugt sich vor. »Ich könnte darauf bestehen, dass Herr Wittmann persönlich hier vorspricht und alles klar stellt«, sagt er leise. »Ich weiß zwar nicht, was für ein Spiel hier gespielt wird, aber ich nehme mal an, dass Sie gute Gründe dafür haben!«

»Wie kommen Sie denn darauf?«, fragt Elke und tut so, als ob sie sehr verwundert wäre.

Herr von Heidenthal schiebt uns das psychologische Gutachten hin. »Mir war es bis heute neu, dass Geistes- oder Gemütskranke als Psychiater praktizieren dürfen«, sagt er trocken. »Herr Murmel, sind Sie so gut und erledigen die weiteren Formalitäten?« Herr Murmel nickt und füllt irgendwelche Formulare aus. Wir lesen das Gutachten.

Plötzlich wird mir siedend heiß und ich fange an zu schwitzen. Oh nein!

Da steht zwar in geschwungener Schrift ›Adalbert von der Lindenruh‹, aber darunter: Psychopath.

Allmächtiger, haben wir ein Glück!

Endlich, endlich hat Herr Murmel es fertig gebracht, alle erforderlichen Formulare auszufüllen. Dann fragt Elke nach den aktuellen Kontoständen. Es stellt sich heraus, dass sie von drei

Konten überhaupt nichts wusste. Zum Glück haben wir das Schreiben von Gunnar so formuliert, dass Elke wirklich auf alle Konten Zugriff hat und nicht nur auf die, auf die sie vorher Zugriff hatte. So erfahren wir, dass es einen Bausparvertrag gibt und zwei Sparkonten, die zum Glück nicht fest verzinst angelegt sind, sondern jederzeit kündbar.

Ein anderes Girokonto gibt es auch noch. Auf dem befindet sich viel mehr Geld als auf dem, von dem Elke wusste. Es stellt sich auch heraus, dass Gunnar während der Ehe eine Erbschaft von einer Tante erhalten hat. Knapp zweihunderttausend Euro hat die Gute ihm hinterlassen. »Interessant«, sagt Elke zynisch, aber glücklich, »sehr interessant.« Wir lassen zusammenrechnen, um wie viel Bargeld es sich handelt. Die Summe lässt uns letztendlich beide wacklige Knie bekommen: Ungefähr eine Million Euro hat Gunnar an Vermögen. Etwas mehr sozusagen.

Ich bin fassungslos. »Und dir hat er immer vorgeworfen, dass du mit Geld nicht umgehen kannst«, sage ich böse. »Wie viel Geld willst du jetzt mitnehmen?«

Elke blitzt mich an: »Alles. Alles werde ich mitnehmen!« Ich nicke. Würde ich genauso machen.

Die Auszahlung von so viel Bargeld kurz vor Geschäftsschluss wird problematisch. Ein Fahrer muss zur Hauptfiliale fahren und das Geld dort aus dem Tresor holen.

Dann ist alles klar. Herr Murmel leiht uns einen Koffer und bittet uns, vorsichtig zu sein. Während wir Richtung Ausgang gehen, bleibt Elke plötzlich stehen. Dann hellt sich ihre Miene auf und sie geht zurück. »Sagen Sie mal«, sagt sie zu Herrn Murmel, »wie ist das eigentlich – kann ich für meinen Mann die bestehenden Konten sperren lassen?« Herr Murmel nickt. »In Ihrem aktuellen Fall ist das möglich, weil Ihr Mann ja auf diesem Formular bestätigt hat, dass Sie als Hauptinhaberin geführt werden können, wenn Sie das möchten und er keine Vollmachten hat.« Gut, dass Elke da noch dran gedacht hat. Das war meine Idee, das da reinzuschreiben. »Soll ich das für Sie erledigen?«, fragt Herr Murmel

»Das wäre nett«, sagt Elke, »geht das gleich?«

Herr Murmel blickt uns an. »Ja, ausnahmsweise«, sagt er und blickt auf die Uhr.

Um kurz nach vier verlassen wir die Bank. Gunnar hat jetzt keinen Zugriff mehr auf seine ganzen Konten, auf denen sowieso nichts mehr ist, und es wird ihn jede Menge Mühe kosten, das wieder geradezubiegen. »Schade, dass ich wahrscheinlich nicht dabei bin, wenn seine Karten eingezogen werden«, jubiliert Elke. »Das Gesicht würde ich zu gern sehen!«

Ich greife mir an den Kopf: »Oh Gott, Elke. Wie konnte ich nur Psychopath schreiben?«

Elke kichert: »Stimmt. Ich hab das auch überhaupt nicht gemerkt. Aber wie froh können wir sein, dass dieser Filialleiter so kooperativ war!«

Ich nicke: »Das stimmt allerdings«, sage ich, »ich glaube, er war einfach froh, dass ihm mit seiner Frau so was nicht passiert. Und um was Gutes zu tun, aus Dankbarkeit sozusagen, hat er nicht so gehandelt, wie er hätte handeln können!«

»Aber eines wundert mich jetzt doch«, Elke bleibt stehen. »Wer zum Teufel ist an Gunnars Handy gegangen?« Gute Frage. Weiß ich jetzt auch nicht. Garantiert nicht Gunnar selbst.

»Ich muss Hanno fragen«, sage ich und schaue auf die Uhr. »Komm, wir trinken jetzt noch irgendwo ein Glas Sekt, und essen muss ich auch noch was und dann muss ich echt losfahren.«

»Gute Idee«, stimmt mir Elke zu. »Ich hab den ganzen Tag noch nichts gegessen. Und Sekt ist immer gut!«

Wir gehen in ein Bistro an der Alster, und ich achte ausnahmsweise mal nicht auf meine Figur und bestelle mir ein Croque mit doppelt Salami und Käse und Elke tut dasselbe. »Das haben wir uns jetzt wirklich verdient«, sind wir uns einig. Es ist schön warm, wir können draußen direkt am Wasser sitzen und fühlen uns verdammt gut.

»Du, Britta«, sagt Elke, als wir fertig sind, »ich danke dir wirklich tausendfach! Ich hätte nicht gewusst, was ich ohne dich hätte machen sollen! Das werde ich dir nie vergessen. Ehrlich nicht. Wollen wir die ganze Vergangenheit einfach mal vergessen? Ich möchte sehr gern deine Freundin sein!«

Ich lache sie an. »Klar, es wird uns eh nichts anderes übrig bleiben. Wir haben jetzt schließlich ein dunkles Geheimnis!« Elke kommt um den Bistrotisch herum und umarmt mich fest.

Dann zieht sie ihren Ehering vom Finger, geht an das Geländer, holt weit aus und wirft ihn ins Wasser. »Jetzt fühle ich mich so richtig frei«, lacht sie. »Und weißt du, was ich jetzt mache?«

»Na, was denn?«, ich bin gespannt.

»Jetzt fahre ich in die Wohnung meiner Schwester, packe ein paar Sachen, rufe sie auf dem Handy an, damit ich weiß, wo in Australien sie gerade ist und dann buche ich für morgen oder übermorgen einen Flug!«

»Das ist eine großartige Idee«, ich bin begeistert. »Lass es dir so richtig gut gehen. Aber versteck das Geld bloß gut!«

»Das bringe ich morgen früh zu meiner Mutter«, lacht Elke und klopft auf den geliehenen Koffer, »sie konnte Gunnar noch nie ausstehen!«

25

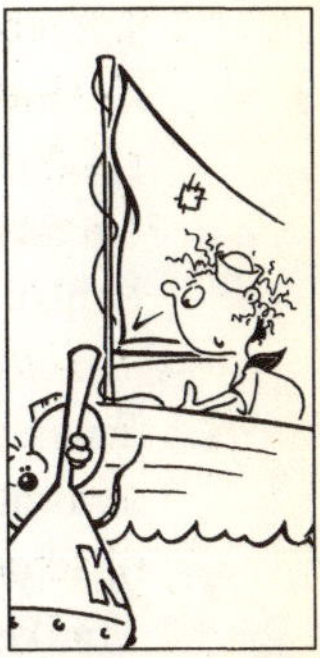

Die Geschichte mit Elke und der Bank hat mich richtig abgelenkt und ich fahre beschwingt Richtung Dänemark. Ich muss noch tanken und bei der Gelegenheit rufe ich kurz Frauke an. Ich hatte die ganze Zeit mein Handy auf lautlos gestellt. Auf dem Display sehe ich, dass ich sechs Anrufe in Abwesenheit hatte. Es sind zweimal Hanno und zweimal Frauke und zweimal Gunnar. Ich wähle Fraukes Nummer: »Na endlich«, schreit sie. »Du glaubst gar nicht, was hier los ist! Irgendwie wurde wohl Gunnars Karte gesperrt, und er kann nirgendwo mehr Geld abheben, und dann kam er zusammen mit Andreas hier an und hat rumgeschrien, wo du wärst und du hättest Schuld an dem ganzen Drama. Dann ist er einfach so auf die *Affenarsch* gestiegen und wollte randalieren, aber Georg hat ihm einen Kinnhaken verpasst und Raststätte Berfa ist auf seinen Kopf gesprungen und hat ihm Haare ausgerissen!«

»Ach du liebe Güte«, sage ich, während ich zum Bezahlen gehe.

»Björn kam dann dazu und meinte, er solle unverzüglich das Boot verlassen, das sei Hausfriedensbruch und so weiter, aber Gunnar ist herumgesprungen wie ein Verrückter und hat behauptet, er wolle dich umbringen, sobald du hier in Sønderborg ankommst. Britta, vielleicht ist es besser, wenn du in Hamburg bleibst. Björn ist außer sich vor Sorge, nur hat er leider sein Handy vergessen und mich gebeten, dich anzurufen und Hanno wollte dir auch noch irgendwas sagen. Moment mal!« Ich höre kreischende Stimmen im Hintergrund und dann ein lautes Aufheulen.

Da ist Frauke wieder am Telefon: »Wusstest du, dass Tobias und Detlef mal deutsche Meister im Gay-Judo waren?«, fragt sie. Das ist mir neu, auch, dass es das überhaupt gibt. Und Björn macht sich also Sorgen um mich. Fraukes Stimme bebt: »Andreas und Gunnar sind eben von den beiden wie Hampelmänner herumgeschleudert worden«, erzählt sie aufgeregt. »›Ihr wagt es nicht, noch einmal auf unser Boot zu kommen!‹, haben sie geschrieen.«

Aber die *Affenarsch* ist doch mein ... egal. »Und jetzt?«, frage ich wissbegierig.

»Sie bewegen sich nicht mehr«, sagt Frauke, »ein Glück!«

»Frauke«, rufe ich, »gehst du da bitte mal hin! Vielleicht sind sie tot!« Ich betrete die Rastanlage. Oh Mann, ist das eine lange Schlange an der Kasse.

»Ich wage es nicht«, flüstert Frauke, »was ist, wenn ich neben ihnen stehe und sie mir dann ans Bein greifen?« Also bitte. Wir sind doch hier nicht in einem Alien-Film.

»Dann bitte jemand anderen, hinzugehen«, befehle ich Frauke und sehe es quasi vor mir, wie sie den Kopf schüttelt.

»Niemand will da hingehen«, ihre Stimme ist nur noch ganz schlecht zu hören. »Oh Gott, wenn sie nun tot sind!«

»Das sage ich doch«, versuche ich Frauke zu erklären, während ich mein Portemonnaie in der Tasche suche. Komme ich hier vielleicht auch mal mit dem Bezahlen dran? »Wenn die beiden Vollidioten tot sind, haben wir ein riesiges Problem!«, fahre ich Frauke an.

Da fällt mir ein, dass ich in einer Schlange vor der Kasse einer Tankstelle stehe. Alle Leute, auch die Kassierer, bewegen sich nicht und starren mich angstvoll an. Ich suche weiter mein Geld und alle heben automatisch die Hände. Sie denken, ich würde meinen Revolver aus der Handtasche ziehen. Eine Minute später sitze ich wieder im Auto. Ich habe die Situation ausgenutzt und gefragt, ob die Wartenden mich wohl vorlassen und keiner hat es gewagt, Nein zu sagen. Wer sagt es denn, dass Kriminalität keine Vorteile verschafft. Ich habe das Gespräch mit Frauke kurz unterbrochen und rufe sie aus dem Auto gleich wieder an.

»Sie leben. Sie leben!«, ruft Frauke erleichtert. Ach. »Kommst du nun her oder kommst du nicht her?«, fragt Frauke.

»Ich komme«, sage ich heldenhaft.

»Gunnar wird dich umbringen«, sagt Frauke aufgeregt.

»Oder ich ihn«, gebe ich zurück und drücke das Gaspedal

durch. Dieser Idiot von Gunnar soll es wagen, mich anzufassen. Dem breche ich das Nasenbein.

Mein Handy klingelt schon wieder. Diesmal ist es Hanno: »Britta, irgendwie hab ich das Handy von Gunnar wohl nicht richtig ausgemacht, oder vielleicht war es auch aus und ich habe es versehentlich angemacht. Jedenfalls dachte ich, dass ich sterbe, als das Ding plötzlich geklingelt hat und bin schnell drangegangen. Gott sei Dank war Gunnar gerade auf dem Klo. Da war irgendwer von einer Sparkasse dran und hat mich so komische Sachen gefragt!«

»Hat er nicht erkannt, dass du gar nicht Gunnar bist?«, frage ich verwundert.

»Nein«, ich sehe es förmlich vor mir, dass Hanno den Kopf schüttelt. »Ich kann wunderbar Stimmen nachmachen, na ja, woher sollst du das auch wissen? Also ich konnte Gunnars Stimme wunderbar nachmachen, und der Bankmensch hat mir das offenbar geglaubt. Er hat mich gefragt, ob es richtig sei, dass meine geisteskranke Frau wieder Kontovollmacht hat! Ich hab dann einfach gesagt, Ja, denn ich gehe mal davon aus, dass Gunnars Frau nicht geisteskrank ist und er sie bloß ärgern wollte. Ich hab letztes Wochenende so was nämlich mitbekommen, als er sich mit Andreas und dieser schwäbischen Crew darüber unterhalten hat und fand das da schon unverschämt.«

»Das hast du goldrichtig gemacht, Hanno«, sage ich dankbar. »Wie ist die Lage denn jetzt? Stehen die schon mit Messern am Steg?«

»Nein, Gunnar hat sich ziemlich verletzt«, meint Hanno und lacht. »Tobias und Detlef waren ja kaum wiederzuerkennen. Die sind wie Ninja-Krieger auf die beiden los!«

»Richtig so«, sage ich schadenfroh. »So, ich bin jetzt kurz vor der Grenze. Bis gleich dann!«

»Vielleicht sehen wir uns ja noch. Ansonsten viel Spaß am Wochenende. Dann treffen wir uns vielleicht erst am Sonntag«, Hannos Stimme ist schon wieder klagend. »Jetzt muss ich wieder das ganze Wochenende ...«

»Bis dann, Hanno«, schnell lege ich auf. Ich bin mal gespannt, wie Björn sich wohl an diesem Wochenende zu mir verhält.

»Hallo!«, rufe ich auf die *Affenarsch.* »Kann mir mal einer mit den Taschen helfen?«

Tobias Kopf kommt aus dem Niedergang hervor: »Wir kochen gerade«, sagt er mit rotem Kopf, »es gibt Gulasch. Du bist doch sicher hungrig von der Fahrt! Warte, ich schicke dir Raststätte Berfa zum Tragen!« Das ist aber nett. Ich mag den Affen ja sehr gern. Er kommt nach vorn gesprungen und greift nach meiner Handtasche. Ich bin so doof, sie ihm auch noch zu geben. Im nächsten Moment springt dieser kleine Mistkerl damit weg und klettert mit der Tasche in den Mast.

Böse klettere ich auf die *Affenarsch*: »Du kommst sofort da runter!«, schreie ich wütend. Aber Raststätte Berfa sitzt ganz oben im Mast und grinst mich diabolisch an. Er bleckt seine Zähne, so als ob er mich davor warnen möchte, zu ihm in den Mast zu steigen. Dieser verdammte Affe! Was hab ich ihm eigentlich getan? Jetzt versucht er auch noch meine Handtasche zu öffnen. Um Himmels Willen, da sind meine ganzen Papiere drin. Und mein Chanel-No.5-Zerstäuber (in limitierter Edition). Ich drehe durch, wenn er sich damit jetzt auch noch gleich einparfümiert. Ich bin leider nicht schwindelfrei, sogar auf einem Dreimeterbrett wird mir schlecht, aber das hier geht zu weit. Ich werde mir von einem Affen nicht meine Handtasche wegnehmen lassen.

Tobias und Detlef bekommen gar nichts mit, sie hören schon wieder ihre komischen Kinderlieder und braten Zwiebeln für das Gulasch an. Weil ich ja hungrig bin von der Fahrt. Da! Der Affe bekommt tatsächlich den Drehverschluss meiner Handtasche auf! Neugierig steckt er seine blöden Griffel hinein und durchsucht sie genüsslich. Er parfümiert sich ein (unter den Achseln).

Ohne nachzudenken klettere ich auf den Großbaum und fange an, mich am Mast hoch zu hangeln. Das wäre ja alles noch schöner, wenn ich da nicht hochkomme! Zum Glück sind da ja lauter Bänder, an denen ich meine Füße abstützen kann. Ich werde den Affen ins Wasser schmeißen, wenn ich da oben angekommen bin.

Als ich fast oben bin, sehe ich, wie Raststätte Berfa tatsächlich auch noch meine Papiere hervorholt. Verzweifelt klettere ich weiter.

Ich bin fast oben, als ich den Fehler mache, nach unten zu schauen. Schnell die Augen zumachen. Allmächtiger! Ich fange an zu zittern. Das sind ja mindestens dreihundert Meter bis zum Boden. Ich klammere mich mit letzter Kraft am Mast fest. »Hilfe«, röchele ich vor mich hin. Ich kann noch nicht mal mehr schreien.

Der Affe zieht sich derweil die Lippen mit einem meiner Lippenstifte nach.

Von unten höre ich Stimmen: »Wo ist denn Britta hingegangen?«, das ist Tobias. »Frauke!«, ruft er auf die *Bloody Mary*, »Frauke, weißt du, wo Britta ist?«

»Nein, keine Ahnung«, kommt es von Frauke. »Da steht nur ihre Tasche auf dem Steg.«

»Ich bin hier«, flüstere ich, »hier oben!« Der Affe zerreißt unterdessen meinen Führerschein. Meine Hände werden nass, weil ich so schwitze vor Angst, und unten, kilometerweit entfernt, unterhält man sich über meine Tasche, die noch auf dem Steg steht. Dabei braucht die ja nun wirklich keine Hilfe. Ich brauche Hilfe. Und zwar sofort. »Äääääh, hallo«, meine Stimme ist jetzt kaum mehr zu hören. Gleich muss ich loslassen und werde wie ein Stein in die Tiefe sausen und mit einem schrecklichen Geräusch auf dem Deck aufknallen. Das war's dann. Ich werde dann ja auch die Kieler Woche nicht mehr mitsegeln können. Die ganze Mühe war umsonst. Und das Deck hat dann einen Schaden.

»Seid ihr alle völlig übergeschnappt!« Das ist Björns Stimme. Da ich mich nicht traue, nach unten zu schauen, weil damit dann mein Leben beendet sein wird, kann ich nur vermuten, was passiert. »Könnt ihr vielleicht mal eure Augen aufmachen und nach oben schauen«, brüllt Björn. »Britta hängt im Mast! Ganz ruhig, Britta, wir holen dich da runter!«

»Oh je, oh je«, das ist Detlef, »das konnte ja kein Mensch ahnen. Gibt es hier ein Sprungtuch oder so was ähnliches?« Ich höre Schritte auf dem Steg.

Raststätte Berfa jongliert mit meinen Schlüsseln. »Was ist denn hier schon wieder los?«, höre ich einen Bootsnachbarn schreien. »Seitdem dieses Boot hier liegt, ist ja an keinem Wochenende mehr Ruhe!« Wegen mir, wegen mir, der Frau in dem Mast.

Björn schreit: »Sie hängt im Mast!« und der Nachbar brüllt: »Oh mein Gott, so tut doch was!« Jetzt mag er mich! Auf dem Steg bricht Chaos aus. Plötzlich kommen von überallher Leute aus ihren Booten geklettert, alle starren zu mir nach oben und ich merke, wie meine Muskeln langsam erlahmen. Ich bin schließlich auch nur ein Mensch und habe nicht unbegrenzt Kraft. Wäre ich doch bloß regelmäßig ins Fitnesscenter gegangen, dann könnte ich nun noch ein paar Klimmzüge machen und fröhlich nach unten schreien: »Lasst euch nur Zeit, es ist sehr gemütlich hier!« Raststätte Berfa zerreißt gerade einen 100-Euro-Schein in eine Million Stücke und lässt die Stücke dann wie Konfetti nach unten regnen. Helau!

Ich muss gerade an eine Szene aus ›Meuterei auf der Bounty‹ denken. Captain Bligh ließ doch da Crewmitglieder in den Mast klettern, wenn sie durstig waren, was bei vierzig Grad im Schatten im Pazifischen Ozean bestimmt nichts Ungewöhnliches war. Im Mast hing nämlich die Suppenkelle, mit der die dann einen Schluck Wasser aus einem Bottich nehmen durften. Ich glaube, sie mussten anschließend die Kelle wieder nach oben transportieren. Hier hängt keine Suppenkelle, aber ich habe auch Durst. In meiner Handtasche befindet sich noch eine volle Packung Sunkist. Vielleicht ist der Affe ja so nett, sie zu öffnen, den Strohhalm reinzustecken und mir in den Mund zu schieben. Der Affe ist ja lieb.

Ein schlürfendes Geräusch links über mir beweist, dass er offenbar meine Gedanken lesen kann, wenn auch nur zum Teil. Raststätte Berfa trinkt gerade mein Sunkist Orange bis auf den letzten Tropfen leer. Die leere Packung wirft er gegen meinen Kopf. Raststätte Berfa *muss* sterben.

»Britta«, brüllt Björn von unten. »Schau her, schau her, siehst du dieses Tuch?« Ich schaue nach unten und schnell wieder geradeaus. »Lass dich einfach nach hinten fallen!«, ruft Björn, »dann kommst du mit dem Rücken zuerst in das Tuch!«

Ungefähr fünfzig Menschen halten ein riesengroßes Tuch fest und glotzen zu mir nach oben. Im ganzen Leben werde ich mich hier nicht runterstürzen. Das wäre ja Selbstmord. Was ist, wenn das Tuch nicht hält oder der Wind mich zur Seite weht? Dann knalle ich mit siebenhundert Stundenkilometern auf eine Reling oder in ein Messer, das jemand verkehrt herum ins Deck gesteckt hat. Niemals springe ich hier herunter!

»Britta! Britta! Britta!«, schreien alle im Chor. Das ist ja entsetzlich. »Eins, zwei, drei, jetzt!«, geht es weiter. Aber ich kann nicht! Das mag auch mit daran liegen, dass ich den Affen so hasse. Der Hass auf den Affen lähmt mich. Dazu kommen Wut und Durst.

»So wird das nichts«, höre ich Björn zu den Leuten sagen. »Wir müssen das anders machen!« Gemurmel beginnt auf Steg C, dann rennen plötzlich Leute weg Richtung Hafenmeister. Unten beginnen Björn, Detlef und Tobias mit dem Boot abzulegen. Also ich glaube, dass sie das sind. Es werden ja wohl nicht fremde Menschen gerade jetzt auf die Idee kommen, eine kleine Spritztour mit der *Affenarsch* zu machen. Aber das Boot bewegt sich tatsächlich. Was um alles in der Welt haben die da unten vor? Ich höre Frauke »Ruhig bleiben, Britta«, schreien, dabei mache ich doch gar nichts. Ich hänge ganz besonnen hier im Mast.

Der Motor zieht die *Affenarsch* aus der Box. Langsam fährt man dann mit mir von dannen. Auf allen, wirklich allen Booten stehen Menschen und rufen: »Keine Angst, keine Angst!« Manche trinken Kaffee, manche filmen und manche halten einfach nur entsetzt die Hand vor den Mund.

In der Nähe der Bunkerstation stoppt die *Affenarsch* und ich ahne, was man vorhat. Oh nein. Man will mich mit dem Mastkran retten! Wie unangenehm mir das ist.

Drei Minuten später baumelt ein Mann neben mir, der sich als »Sagst du Lasse su mir, du«, vorstellt. Er hängt an einem großen Haken und hat einen weiteren Haken in der Hand. Der Haken ist an einem Gurt befestigt. Vorsichtig versucht Lasse mir den Gurt umzulegen, was gar nicht so einfach ist, weil ich ja wie festgeklebt am Mast hänge und ihn umklammere. »Mussu ganz langsam loslassen, du«, sagt Lasse freundlich. In dem Moment kann ich nicht mehr. Meine Kraft versagt völlig und ich lasse einfach los. Zum Glück kann Lasse gerade noch den Haken an meinem Gürtel befestigen. Dann hänge ich wie ein abgeschossenes Rebhuhn mit Schrot im Pröker am Haken und werde mit Lasse zusammen langsam heruntergelassen. Raststätte Berfa springt auf meinen Rücken. Meine Handtasche lässt er im Mast hängen. Ganz Sønderborg applaudiert und pfeift, als ich endlich wieder festen Boden unter den Füßen habe. Alle sind da. Außer Andreas und Gunnar. »Die schrubben die Bilge mit Zahnbürsten«, klärt uns Hanno auf. »Diese Genugtuung wollte ich ihnen nun wirklich nicht geben!«

»Mit dir macht man wirklich was mit«, meint Frauke, und Björn ist immer noch fix und fertig. Wir sitzen zu fünft auf der *Affenarsch* und essen das Gulasch, das ja genug Zeit hatte einzukochen, während ich den kleinen Ausflug unternommen habe.

Detlef und Tobias sind sehr böse auf Raststätte Berfa: »Du bist ein Schlingel«, schimpft Tobias mit dem Affen und wedelt mit dem Zeigefinger vor dessen Gesicht hin und her. »Du sollst ein lieber Affe sein! Papa dudu!« Wäre Raststätte Berfa mein Affe, würde ich ihm einfach eine knallen, aber die beiden stehen wohl auf antiautoritäre Erziehung. Der Affe schaut auch so, als ginge ihm das Geschimpfe am Arsch vorbei. »Wir werden ihm Stubenarrest geben, sobald wir zu Hause sind«, erklärt uns Detlef. »Er muss lernen, seine Fehler einzusehen!«

»Er ist doch sowieso immer in eurem Haus oder nicht?«, fragt Frauke, »da nützt Stubenarrest aber wenig.«

Detlef kratzt sich am Kopf. »Das stimmt. Dann darf er eben nicht mehr in die Küche, wenn ich am Kochen bin. Und Fernsehverbot gibt es auch!«

Wir erfahren, dass Raststätte Berfa nämlich gerne ›Gute Zeiten, schlechte Zeiten‹, die ›Tagesschau‹ und ›Home Shopping Europe‹ guckt (wenn es um Schmuck geht), aber damit ist jetzt erst mal Schluss.

Frauke schenkt uns Rotwein nach und wir besprechen, wann

wir am Samstag segeln gehen und was wir noch mal üben müssen. Plötzlich donnert jemand mit voller Wucht mit einem Hammer oder so was Ähnlichem auf das Vorschiff.

Wir schießen alle gleichzeitig hoch. »Gunnar!«, flüstert Frauke. »Das ist bestimmt Gunnar! Du glaubst nicht, wie wütend er vorhin war, Britta!« Um ehrlich zu sein, hatte ich Gunnar schon wieder vergessen. Trotzdem müssen wir jetzt irgendwas machen.

Detlef und Tobias wuseln umher: »Versteck dich unter den Polstern im Vorschiff, Britta. Neben dem Wassertank ist noch Platz!«

»Ich verstecke mich nirgendwo«, sage ich bestimmt. Trampelnde Schritte kommen näher. Es ist tatsächlich Gunnar. Wie ein Racheengel steht er vor mir:

»Ich verlange eine Erklärung!«, schreit er mich an. »Und zwar sofort! Was hast du mit Elke gemacht? Sie einer Gehirnwäsche unterzogen?«

Ich ziehe die Augenbrauen hoch: »Ach, passt es dir nicht, dass deine Frau plötzlich eigenständig denkt und eine Meinung hat und dir zeigt, wo es langgeht?«, frage ich süffisant.

Gunnar bebt vor Zorn: »Dieses Miststück hat wieder Zugriff auf mein Geld, auf meine gesamten Konten, und sie hat alles abgehoben, was abzuheben ging!«, brüllt er zu den anderen und deutet dann mit seiner rechten Hand, in der er noch die Zahnbürste vom Bilge-Schrubben hält, auf mich: »Und diese dumme Kuh ist Schuld!«

»Einen anderen Ton bitte«, sage ich freundlich zu Gunnar und würde ihm die Zahnbürste am liebsten in den Rachen stoßen. »Wie kommst du überhaupt darauf, dass ich etwas damit zu tun habe?«

»Du warst mit bei der Bank!«, krakeelt Gunnar. »Nachdem ich nämlich hier ungefähr zwanzig Karten in Geldautomaten gesteckt habe und keine einzige mehr rauskam, dachte ich, dass es wohl besser ist, mal bei meinem Filialleiter anzurufen. Zum Glück war er noch da. Er hat mir bestätigt, dass Elke bei ihm war und eine blonde Frau mit kurzen Haaren, die sie ›Britta‹ genannt hat. Elke kennt aber keine andere Britta außer dir, meine

Beste!« Er hüpft herum wie ein angestochener Keiler. »Elke hat auch gefälschte Dokumente vorgelegt. Wer hat ihr wohl beim Verfassen geholfen, hm? Wer? Selbst hat sie das bestimmt nicht hingekriegt! Aber wartet nur. Am Montag bin ich bei der Bank, und dann kannst du was erleben und Elke auch! Ich werde euch anzeigen wegen Urkundenfälschung und, und, und, wegen, wegen, wegen ...«, Gunnar fehlen die Worte, »wegen ALLEM!«

»Das dürfte wohl schwer zu beweisen sein«, mischt sich Björn ein. »Davon mal ganz abgesehen – vielleicht hat deine Frau DICH ja schon angezeigt.«

»Pah«, kommt es von Gunnar, »weswegen sollte diese verdammte Tussi mich denn anzeigen?«

»Zum Beispiel wegen seelischer Grausamkeit?«, frage ich Gunnar. »Eine Zeugin hat sie schon, mein Guter, das kann ich dir versichern.«

Gunnar kommt drohend näher. »Du wirst es nicht wagen, dich in irgendwas einzumischen«, sagt er mit einem gefährlichen Unterton in der Stimme. »Dich mach ich fertig!«

Ich gehe drei Schritte vor und Gunnar weicht vor mir zurück: »Pass bloß auf mit dem, was du sagst«, zische ich ihn an. »Glaub mal nicht, dass ich vor einer Nullnummer wie dir Angst habe. Nein, du kleiner Versager, Nullnummern wie du sind eine Herausforderung für mich. Lass dir das gesagt sein. Und jetzt geh von meinem Boot und schrubb weiter die Bilge auf dem anderen. Falls du wenigstens das kannst. Und wage es nicht, noch einmal einen Fuß auf mein Schiff zu setzen! Ich verspreche dir, dann kannst du was erleben. Mit dir sind wir nämlich noch lange nicht fertig!« Gunnar starrt mich mit aufgerissenen Augen an und schluckt. »Falls du Elke nächste Woche irgendwelche Steine in den Weg legen möchtest, dann werde ich das erfahren. Und dann wirst du bereuen, dass du jemals auf die Welt gekommen bist, darauf gebe ich dir mein Ehrenwort! Und jetzt runter hier! RUNTER!«, brülle ich, weil Gunnar dasteht wie ein Ölgötze. Er schüttelt sich, blitzt mich böse an und klettert mit seiner Zahnbürste von der *Affenarsch.*

26

Ich setze mich und nehme mein Weinglas. »Hui«, sagt Frauke, »was ist denn bloß los mit dir? Du bist ja so richtig auf Krawall gebürstet! Was war denn da los mit Elke und der Bank. Ist das nicht die mit dem vorgewärmten Kirschkernkopfkissen?«

Ich nicke. »Wir haben Gunnar eine Lektion erteilt«, sage ich und grinse. Furchtbar, dieser Ausdruck ›jemandem eine Lektion erteilen‹. Erinnert mich an ›Shining‹ mit Jack Nicholson. Der fährt doch im dicksten Winter mit seiner Familie ins Overlook-Hotel, einem leeren Hotel mitten im verschneiten Gebirge, und soll da für drei Monate den Hausmeister spielen. Nach ein paar Wochen dreht er komplett durch und tippt auf einer Schreibmaschine immer ein und denselben Satz: *Was du heute kannst besorgen, das verschiebe nicht auf morgen.* In seinen Wahnvorstellungen steht er an der Hotelbar, und der Barkeeper sagt, nachdem er sich bei ihm darüber beklagt hat, wie lästig er seine Familie findet, zu ihm, dass es bei ihm genauso gewesen wäre. »Und was haben Sie dann gemacht?«, fragt Jack Nicholson, während er einen Whisky trinkt. Der Barkeeper grinst diabolisch: »Nun, ich habe ihnen eine Lektion erteilt.« Huh. ›Shining‹ ist für mich immer noch genau so gruselig wie beim allerersten Anschauen. Das wird sich auch nie ändern.

Es klopft wieder auf das Vorschiff. Wir stehen gruppendynamisch auf und nehmen eine böse Habachtstellung ein. Selbst Raststätte Berfa befindet sich in einer Angriffshaltung und bleckt die Zähne. Aber es ist nur Georg. »Was habe ich da gehört?«, fragt sie, während sie sich ungefragt ein Glas Wein nimmt. »Luisa hat erzählt, du hättest im Mast gehangen, Britta?« Björn erzählt kurz, wie es dazu gekommen ist. Georg schüttelt den Kopf: »Seitdem du in unserem gemütlichen Hafen liegst, ist ja jede Menge los«, lacht sie und bildet mit ihrer Kautabaksmasse im Mund eine Blase. »Eben kam mir dieser Gunnar auf dem Steg entgegen«, erzählt Georg. »Als er mich gesehen hat, ist er weggelaufen. Was ist denn mit dem los?« Wir erzählen von Elke und meiner Drohung und dass ich Gunnar von Bord gewiesen habe, und Georg meint: »Richtig so. Nullnummer ist genau der richtige Ausdruck für diese gescheiterte Existenz!«

Dann besprechen wir, was wir morgen machen. »Wir müssen so weit kommen, dass wir untereinander genau wissen, was wann zu tun ist«, meint Björn. »Absolutes Aufeinanderverlassen ist das A und O!« Georg nickt. »Wie bei alten Ehepaaren«, grinst sie und schaut erst mich und dann Björn an. Der blickt verliebt zu mir. Heuchler. Am Wochenende Britta und am Montag wieder Karin. Vielen Dank. Aber wie gesagt, ich ziehe das jetzt durch. Das bin ich mir einfach schuldig.

»Der Wind kommt morgen aus West«, sagt Björn. »Das ist sehr angenehm. Wir könnten in die Genner Bucht fahren, da kann man schön ankern. Auf dem Weg dahin können wir die ganzen Manöver noch mal üben. Wir müssen auch eins bedenken: Für viele Befehle gibt es diverse Ausdrücke. Das Beste ist, wir einigen uns auf je einen Ausdruck, okay? Das stiftet dann keine Verwirrung, wenn es darauf ankommt!«

Wir nicken. Dann öffnet Frauke noch eine Flasche Wein und wir schreiben auf, welche Kommandos es gibt und welchen Ausdruck wir dafür benutzen. Detlef macht zwei Petroleumlampen an und schiebt eine CD in den Player. Ausnahmsweise mal nicht Rolf Zuckowski und seine Freunde, sondern Randy Crawford. Es ist sehr gemütlich. Das Schiff schaukelt leicht hin und her, und wenn die Situation mit Björn nicht so entsetzlich wäre, könnte man mich fast als glücklich bezeichnen. Aber ich darf auch nicht vergessen, dass ich immer noch mit Affenarsch Andreas verheiratet bin. Wie löse ich diese ganzen Probleme nur? Fraukes Handy klingelt. Es ist Hanno, wer auch sonst?

Frauke geht an Deck und telefoniert leise und lacht zwischendurch.

Dann kommt sie wieder runter und hebt den Daumen: »Alles im grünen Bereich«, grinst sie verschmitzt. »Der arme Gunnar«, sagt sie betont mitleidig, »er ist am Ende mit den Nerven. Hanno musste ihm erst mal einen Hagebuttentee kochen. Gunnar meinte, er würde sich so unmännlich und in seiner Ehre gekränkt fühlen. Andreas hat Gunnar auf die Schulter geklopft und gemeint, gemeinsam würden die beiden das schon schaffen. Der arme Hanno! Er musste wieder sagen, dass es auch lange gedauert hätte, bis er mich da gehabt hätte, wo er mich hätte haben wollen. Wenn das so weitergeht, braucht mein guter Mann wirklich noch einen Psychiater.«

»Ist Werner eigentlich auch da?«, fragt Björn.

»Klar«, Frauke nickt. »Der ist dauernd am Rumrechnen, was Essen und Trinken für vier Personen wohl für ein Wochenende kostet.«

Klar. Typisch Werner. »Seine Frau war aber noch gar nicht da«, bemerke ich. »Hat die wieder Wochenendschicht bei Orion?«

»Nein, sie ist da, ich hab sie vorhin auf ihrer *Victoria* gesehen«, klärt uns Georg auf. »Sie hat gefeudelt. Sobald diese Frau auf dem Boot ist, fängt sie an zu feudeln. Seit Jahren geht das schon so.« Da ich das traumatische Erlebniswochenende mit Doris und Werner emotional immer noch nicht verkraftet habe, mische ich mich nicht weiter in das Gespräch ein.

»Werner hat nun mal schreckliche Angst davor, dass das Boot an Wert verlieren könnte«, sagt Björn. »Aber er selbst würde nie mal einen Lappen in die Hand nehmen. Dazu ist er viel zu faul. Die arme Doris muss sowieso nur für den Bootsunterhalt ihren Schichtdienst bei Orion schieben. Dem würde ich was anderes erzählen.«

»Na ja, dann haben sie ja immer noch ihre Abzocker-Wochenenden«, lacht Frauke. »Oh Mann, Britta, das muss ich dir mal in Ruhe erzählen!« Frauke lacht: »Die greifen sich immer Neulinge ab, die gerade ein Boot gekauft haben oder sich eins kaufen wollen, und erzählen denen dann, dass es besser sei, erst mal probeweise ein Wochenende mit ihnen zu segeln, und das lassen sich die beiden aber so richtig gut bezahlen!«

»Ich weiß«, sage ich böse.

»Woher das denn?«, Frauke ist neugierig. »Sag jetzt bloß nicht, dass du auch schon mal das Vergnügen hattest?«

Ich öffne den Mund, um zu antworten, aber es klopft schon wieder auf das Vorschiff. Ich blicke auf meine Armbanduhr. Halb elf. Wer könnte das denn noch sein?

Ein roter Kopf kommt vor dem Niedergang zum Vorschein. »Georg, wo bist du?«, fragt jemand. Es ist Doris. Die Geister, die ich rief ...

Georg geht nach hinten. »Ja, ich bin hier, was ist denn, Doris?«

»Ach, ich war drüben bei dir auf der *Bloody Mary*«, sagt Doris. »Seit wann liegst du denn an Steg C? Das ist ja eine Verwirrung. Werner erzählt mir ja auch gar nichts, weißt du. Na ja, jedenfalls war ich eben nebenan bei Luisa und Christina und wollte fragen, ob sie mir mit ein wenig Glasreiniger aushelfen können und mit Watte. Man wird ja nicht Herr über die Wasserflecken an den Armaturen. Aber sie meinten, sie hätten nur Schmierseife, und damit kann ich ja nun wirklich nicht an die Armaturen rangehen, das rächt sich. Das blitzt und blinkt ja gar nicht und die Armaturen sehen so milchig aus, wenn man sie mit Schmierseife poliert. Aber Luisa meinte, hier, wo du wärst, könne man mir bestimmt Glasreiniger und Watte geben.«

»Britta«, sagt Georg in meine Richtung. »Wie sieht es aus, hast du Glasreiniger an Bord?«

Tobias springt auf, noch bevor ich darüber nachdenken kann, wo sich hier Glasreiniger befindet: »Natürlich gibt es Glasreiniger. Möchten Sie lieber einen normalen oder einen, der umweltschonend ist? Und Watte haben wir selbstverständlich auch. Möchten Sie Wattepads oder normale Haushaltswatte am Stück?«

Doris kommt dankbar näher. Frauke nutzt die Situation aus und sagt: »Komm doch runter, Doris, und trink ein Glas Wein mit uns!« Dann blitzt sie mich schelmisch an. Oh Mann, Frauke!

Doris nickt und meint: »Na ja, ein Glas Wein hat ja noch niemandem geschadet«, und setzt sich zu uns. Langsam wird es eng auf der *Affenarsch*. Dann stellt sich Doris jedem einzelnen vor. Als ich an der Reihe bin, stockt sie und wird dunkelrot. »Äh, äh«, macht sie verwirrt.

»Hallo Doris«, sage ich und gebe ihr die Hand, »wie schön, dich wiederzusehen!«

»Ja«, krächzt sie. Die Situation ist ihr sichtlich peinlich. Sie gibt mir die Hand.

»Ihr kennt euch, hat Britta erzählt«, Frauke weiß auch nie, wann Schluss ist, »woher denn?«

Doris ist so rot, dass ich Angst habe, ihr Kopf könnte einfach so platzen. »Wir haben mal eine Wochenendtour zusammen gemacht«, versuche ich, die Situation abzuschwächen, einfach, weil Doris anfängt mir Leid zu tun.

»Ja«, krächzt Doris und schaut mich Hilfe suchend an.

»Es war sehr nett«, beeile ich mich zu sagen.

Aber Frauke ist ein Miststück und sagt: »Was hat es denn gekostet? Doris, wie viel Euro habt ihr den ahnungslosen Neulingen denn diesmal abgenommen?« Klong. Das Weinglas in Doris Händen zerspringt. Wein spritzt überall auf der *Affenarsch* umher, und die Splitter stieben in alle Himmelsrichtungen. Doris springt auf: »Ach du liebe Zeit! Ach du meine Güte! Ich werde alles in Ordnung bringen«, woraufhin sie einen herumliegenden Feudel zur Hand nimmt und anfängt, um uns herumzuwischen.

Plötzlich bin ich solidarisch mit Doris, was vielleicht mit daran liegt, dass ich ihre Hände direkt vor mir sehe. Sie sind abgearbeitet, zerschunden und rau von der ganzen Putzerei. Ich gehe zu Doris. »Lass das mal bitte gut sein, das musst du bestimmt nicht allein machen«, sage ich nett zu ihr. »Das kann schon mal passieren. Hier hast du ein neues Glas.«

Doris Hände zittern. »Aber ich muss doch sauber machen«, sagt sie verzweifelt. »Es muss doch alles sauber sein! Wenn ich das auf der *Victoria* gemacht hätte, müsste ich jetzt auch alles sauber machen!«

»Du bist hier aber nicht auf der *Victoria*«, sage ich und nehme Doris den Lappen ab. »Wir machen das hier gemeinsam sauber, ja?« Doris ist sichtlich überfordert mit der Situation. Ich zwinge sie, sich hinzusetzen und uns zuzuschauen, wie wir das Malheur beseitigen. Sie kann kaum stillsitzen, weil sie es so gewohnt ist, zu putzen und zu putzen und zu putzen.

»Ach wisst ihr«, sagt sie hilflos, »ich habe so lange Jahre nur geputzt und geputzt und geputzt, das fällt mir ja jetzt richtig schwer, mal nicht zu putzen.«

Tobias nickt: »Der Detlef sagt auuuuuch imma, putz nicht soooo viiiiiel, mein Schatz, aber ich kann es auch nicht lassen. Aber auf unserer *Glitzerbarbie* soll es doch immer schööööön ordentlisch sein!«

Doris nickt dankbar: »Ja, mein Werner ist auch sehr für Ordnung. Aber ich bin dafür zuständig. Er weiß noch nicht mal, wie man einen Putzlappen auswringt.« Sie schaut zu mir: »Britta, das mit damals tut mir sehr Leid. Du musst mir glauben, schön finde ich das nicht, ständig die ahnungslosen Leute auszunehmen wie eine Weihnachtsgans. Aber mein lieber Mann meint immer, von nichts kommt nichts, und wer dabei ist, sich ein Boot zu kaufen, kann vorher schon mal ein wenig bezahlen. ›Die haben es ja‹, meint Werner immer. Ich sehe das eigentlich nicht so, aber weißt du, wenn man mal vierzig Jahre verheiratet ist, macht man das einfach so ohne nachzudenken. Ich hoffe bloß«, sie blickt uns alle, auch Tobias und Detlef, nacheinander an, »dass ihr nicht so doof seid wie ich. Aber was soll ich tun? Ich kann mich doch nicht mit 58 Jahren noch von meinem Mann trennen?«

»DOCH!«, kommt es wie aus einem Munde von uns allen.

Doris zuckt zusammen. »Was soll der arme Werner denn ohne mich tun?«, fragt sie uns verzweifelt. Wir reden alle durcheinander.

»Doris«, sage ich, »vierzig Jahre sind eine lange Zeit, aber das heißt doch nicht, dass du jetzt nicht noch was ändern kannst. Es sei denn, du liebst deinen Mann so, wie er ist!«

Doris schüttelt den Kopf: »Ach, glaub mal nicht, dass ich einmal ein Danke gehört hätte, Britta«, sagt sie resigniert. »Immer musste ich Leistung bringen, immer. Mit achtzehn hab ich geheiratet und dann kamen gleich kurz hintereinander vier Kinder. Zwillinge und dann noch zwei Jungens. Wir hatten damals einen Bauernhof, den haben wir jetzt nicht mehr, der war in Groß-Vollstedt in Schleswig-Holstein. Wir hatten vierzig Kühe und sechzig Schweine und Hühner und Hasen und auch noch Ziegen und ach-was-weiß-ich wie viel Vieh noch. Jeden

Morgen um vier Uhr bin ich aufgestanden und hab das Vieh versorgt. Werner hat bis acht Uhr geschlafen und war schon mürrisch, weil es manchmal nicht gleich Kaffee gab, wenn er runterkam in die Küche. Aber wenn eine Kuh kalbt, kann ich sie doch nicht alleine lassen, bloß weil Werner Kaffee will!«

Sie redet sich in Rage. Björn öffnet noch eine Flasche Wein. Gierig reißt Doris ihm die Flasche aus der Hand und füllt zitternd ihr Glas nach. Wir sind alle gespannt auf das, was sie noch zu erzählen hat. Doris streicht sich mit ihrer abgearbeiteten Hand das graue Haar hinter die Ohren: »Nachdem die Zwillinge geboren waren, musste ich sofort wieder raus auf den Acker. Nach einer Stunde. Werner meinte, ich solle mich nicht so anstellen. Also habe ich die beiden Mädchen in ein Tragetuch gewickelt und habe weitergemacht. Vor den Pflug habe ich die beiden Ochsen gespannt und ich bin barfuß hinterher. Das war sehr anstrengend. Zwischendurch musste ich ja auch noch stillen!« Was sind denn das für Zustände? Unglaublich. Böse erinnere ich mich an den Film ›Herbstmilch‹, in dem Anna Wimschneider den kompletten Hof ihrer angeheirateten Familie bewirtschaften musste, während ihr Mann im Krieg war. Mit einer bösen Schwiegermutter im Nacken. Ich bin fertig mit den Nerven. Frauke scheint es ähnlich wie mir zu gehen, dauernd stößt sie mich mit dem Fuß an und schüttelt den Kopf. Doris erinnert sich weiter: »Werner ist abends in die Dorfwirtschaft gefahren. Tagsüber hat er die Bücher geführt. Und wehe, ich habe nicht genug für die Milch erzielt, die ich verkauft habe. Da setzte es was. Ich meinte dann irgendwann, er solle die Milch doch verkaufen, wenn er bessere Preise erzielen würde, aber er hat mich bloß angeschaut und gemeint, das sei Frauensache!«

»Sonst hat Werner nichts gemacht?«, fragt Björn.

Doris schüttelt den Kopf. »Der Bauernhof war von meinen Eltern. Die haben mir auch bei der Hochzeit einen beträchtlichen Betrag vermacht. Den hat Werner gleich angelegt. Für uns, hat er gesagt. Aber glaubt mal nicht, dass ich Zugriff auf das Geld hatte. Nein, nein. Eine Frau hat nichts mit Finanzen zu tun, hat Werner gesagt. Und ich musste weiterbuckeln. Es sei ja mein Hof, meinte Werner.« Doris blickt uns traurig an. »Noch nicht mal ein Geburtstagsgeschenk habe ich bekommen. Noch nie«, sagt sie und trinkt noch mehr Wein.

»Aber hat denn Werner keinen Beruf?«, fragt Georg böse. »Er muss doch wenigstens ein bisschen was zu eurem Lebensunterhalt beigetragen haben.«

Doris lacht und schnaubt dabei. »Vor fünf Jahren erst hat er damit angefangen, diese Teppichbodenreinigungsmittel zu verkaufen«, sagt sie. »Davor hat er nichts gemacht außer gegessen, getrunken und darüber gemeckert, wie dreckig der Hof doch immer ist. Aber dann wollte er sich seinen Lebenstraum mit einem Segelboot erfüllen. Seitdem haben wir die *Victoria*, und er nimmt Leute aus. Ich musste, nachdem unser Sohn den Hof übernommen hat, die Stelle bei Orion annehmen, damit die laufenden Kosten für das Boot gedeckt sind. Ihr glaubt gar nicht, wie sehr mich der Schichtdienst mitnimmt. Die Gesundheit, die Gesundheit! Ich hatte schon immer Schlafstörungen. Aber das ist Werner doch egal. Er arbeitet vielleicht vier Stunden am Tag mit seinen Reinigungsmitteln und klagt abends darüber, wie fertig er doch sei. Nein, nein, gerecht ist das alles nicht. Ganz und gar nicht.« Sie stellt ihr Weinglas mit solch einer Wucht auf dem Tisch ab, dass es klirrt. »Ich hab es so satt! SO SATT!!!!« Nun steht Doris auf. »Ich möchte auch noch mal was vom Leben haben! Ich möchte keinen Lappen mehr anfassen müssen, ich möchte einfach mal so Urlaub machen, ohne auf die Kosten achten zu müssen, ach was rede ich denn da, wir haben ja noch nie Urlaub gemacht. Ich möchte LEBEN!!!«

Wir weichen entsetzt zurück. »Britta«, Doris greift meinen Arm. »Sag mir, was ich tun soll!«

»Das ist doch ganz einfach«, sage ich und setze mich auf. »Zeig Werner, was du bist und was du kannst! Und wir werden dir dabei helfen. Oder?«, frage ich in die Runde. Alle nicken. »Also, Doris, unsere beiden Göttergatten segeln zusammen die Kieler Woche. Danach ist Großreinemachen angesagt. In jeder Hinsicht. Also zumindest, was Werner und Andreas betrifft! Und Andreas Freund Gunnar! Fraukes Hanno lassen wir außen vor. Der ist nämlich mit Gold nicht zu bezahlen. Aber den Rest, den machen wir nass!«

Doris nickt: »Das hast du schön gesagt mit dem Großreinemachen«, sie schaut zu mir. »Hanno ist wirklich sehr nett«, sagt sie dann zu Frauke, »der hat mir schon mal geholfen, das Deck zu waschen!«

Später sitze ich mit Björn am Ende von Steg C. Björn legt den Arm um mich. »Na«, sagt er und zieht mich an sich. Ich versteife meine Schultern. Björn lockert den Griff: »Sag mal Britta, könntest du mir mal sagen, was los ist?«, fragt er, »den ganzen Abend weichst du mir aus. Ich hab dich so oft angeschaut und du bist immer ausgewichen. Ist irgendwas? Sei bitte ehrlich zu mir!«

Sei du mal lieber ehrlich zu mir, denke ich. Aber sagen tu ich nichts. Sagen werde ich was, wenn die Zeit gekommen ist. Es ist so schön hier draußen und ich bin wütend auf mich selbst, weil ich mich immer in solch ausweglose Situationen manövriere. Seit ein paar Wochen zumindest. Halt! Ich könnte natürlich sagen: »Tja, Björn, was wohl Karin dazu sagt, dass du jetzt mit mir, ihrer besten Freundin aus Jugendtagen, hier auf dem Steg in Dänemark herumsitzt anstatt mit ihr Händchen zu halten. Hm, Björn, ich warte auf Antwort!« Aber dann würde wieder nur kommen: »Karin, welche Karin? Meinst du die, die dich mit deinem Mann betrogen hat und die jetzt eine Zahnbehandlung bei mir will? Ich hab dir doch gesagt, dass ich die nicht behandle!«

Dann muss ich blöd herumquatschen und das Ende vom Lied ist, dass nichts dabei herauskommt. Vergebene Liebesmüh, sozusagen.

Wir haben Wein mit an den Steg genommen und ich bin ein ganz klein wenig beduselt. Deswegen, aber nur deswegen, lasse ich Björn näher zu mir herankommen. »Britta, ich kann die letzten Wochen bis zur Kieler Woche kaum erwarten«, flüstert er mir ins Ohr. »Dann ist alles anders, ja? Ehrenwort?« Ich nicke.

»Klar ist dann alles anders«, nuschle ich in seine Armbeuge. »Ich muss mir die ganze Zeit vorstellen, wie es wohl ist, mit dir zusammenzuleben«, sagt Björn und drückt mich an sich. »Ich bin noch nie mit jemandem so gern zusammengewesen wie mit dir. Ich glaube, selbst der Alltag mit dir ist ganz, ganz toll! Wenn wir beide abends heimkommen und derjenige, der früher da ist, im Winter Kerzen anmacht und schöne Musik auflegt und dann kochen wir zusammen. Wir gehen auch mal auf dem Isemarkt einkaufen, ja?«

»Natürlich tun wir das«, sage ich und denke daran, wie es wohl ist, wenn er mit Karin auf dem Isemarkt einkaufen geht. Bestimmt ist das ganz, ganz toll! Der Alltag mit Karin muss herrlich sein und ganz, ganz sicher ist er noch nie mit irgendjemandem so gern zusammen gewesen wie mit ihr. Ich bekomme schlimm Sodbrennen. Schnell noch einen Schluck Wein.

Da sind Schritte auf dem Steg. Es sind Georg und Frauke. »Doris ist fürchterlich betrunken«, sagt Georg. »Björn, sie ist nicht von Bord zu kriegen. Dauernd faselt sie davon, dass sie jetzt auf der Stelle ihr Leben entweder ändern oder zu Ende bringen muss. Egal, was wir sagen, es nützt nichts. Tobias und Detlef meinen, es sei nicht gut, sie heute Nacht alleine auf der *Victoria* schlafen zu lassen. Vielleicht könnte sie auf der *Affenarsch* bleiben. Nur müsste Britta dann bei dir schlafen, man kann ihr kaum zumuten, in dem engen Salon zusammen mit Doris zu übernachten.«

Björn strahlt: »Klar schläft Britta bei mir«, sagt er, »das soll nicht das Problem sein.«

Georg grummelt: »Das hätte ich mir denken können«, und Frauke sagt: »Gute Nacht, ihr beiden, wir machen das wie gehabt, ja? Wenn Gefahr droht, rufe ich auf dem Handy an, Britta!« Ich nicke. Ich bin einfach viel zu müde, um zu widersprechen und wanke dann mit Björn auf seine *Breiz'h.*

Ja, wir haben Sex. Und zwar verdammt guten Sex. Ich glaube, ich lege meine ganze Wut, meinen ganzen Zorn und meine ganze Wehmut in diese Nacht. Aber glücklich bin ich trotzdem nicht.

»Oh Britta«, sagt Björn und legt eine Decke um mich. Darunter kuscheln wir uns nackt aneinander. Das heißt, er kuschelt sich, aber eigentlich kuschle ich mich auch. Ich will es nur nicht zulassen, aber eigentlich genieße ich seine Nähe ohne Ende. Ich schließe die Augen und muss daran denken, wie schön es doch wäre, Björn ohne diese ganzen Umstände zu kennen. Ich nicht verheiratet, und er nicht mit Karin zusammen. Unter anderem mit Karin. Ach Mensch. Kann nicht alles gut sein?

»Ist alles gut?«, fragt Björn. »Ja, es ist alles gut«, erwidere ich und möchte, dass es so ist, wie ich es sage. Dann schlafen wir ein.

27

Am Samstag segeln wir Richtung Genner Bucht. »Der Wind ist gut«, sagt Björn. »Okay, Britta, mach jetzt den Spinnaker klar und setze ihn!« Was meint er? Ach so, er meint wahrscheinlich die Tüte oder die Blase, eben dieses bunte Tuch, das Vorsegel. »Hast du verstanden?«, fragt Björn. »Der Spinnaker heißt ab sofort nur noch so, und nicht mehr Tüte, Blase oder buntes Tuch!« Spinnaker, Spinnaker. Okay, okay. Nach mehreren Versuchen, irgendwelche Schoten, Barberholer und Fallen richtig anzuschlagen klappt es irgendwann. »Gut«, meint Björn, »nächste Übung. Da vorn siehst du die beiden Tonnen. Das ist unsere imaginäre Startlinie. Wir fahren jetzt direkt dahin und versuchen, in genau zehn Minuten dort zu sein. Dazu fahren wir jetzt vor der Linie hin und her, stoppen das Boot ab, beschleunigen es und versuchen, dafür ein Zeitgefühl zu entwickeln.« Ich versuche mitzukommen. »Dabei gibt es verschiedene Manöver«, meint Björn, »das Ganze hängt natürlich auch von den anderen Booten und von der Lage der Linie zur Windrichtung ab. Aber das können wir hier jetzt nicht so simulieren, wir müssen einfach das Boot beherrschen und im richtigen Moment an die richtige Stelle bringen. Und jetzt hör zu: Es gibt die Ausdrücke abstoppen, schnell abstoppen, beschleunigen, langsam beschleunigen. Und nur die. Merk dir das. Das, was wir vorher gesagt haben in solchen Manövern, gilt nicht mehr.«

»Was haben wir denn vorher gesagt?«, frage ich verwirrt, weil mir das alles schon wieder zu viel ist.

»Na ja«, meint Björn, »man kann zum Abstoppen auch bremsen, Segel los, fieren und so sagen. Aber wir sagen ab sofort nur noch das, was ich dir vorhin gesagt habe, was anderes gilt nicht!«

»Gut«, sage ich, obwohl ich immer noch nicht verstanden habe, was er eigentlich meint.

»Was ist denn?«, brüllt Georg von der *Bloody Mary* herüber. »Können wir heute noch mal weitermachen?«

Den ganzen Tag lang üben wir diese unsinnigen Manöver und ich bin abends entsetzlich müde. Wie konnte ich mich nur jemals dazu entschließen, diese blöde Kieler Woche zu segeln. Selbst Frauke ist fertig: »So viel bin ich noch nie gesegelt«, sagt sie zu mir. »Björn lässt einem ja nicht mal Zeit zum Wassertrinken«, sie ist richtig böse. »Wir sind doch hier nicht auf einer Regatta!«

»Aber bald, Frauke, aber bald«, kontert Björn und schreit: »Wende, jetzt!« Die einzigen, denen das Ganze nichts auszumachen scheint, sind Detlef und Tobias. Im gleichen Outfit hüpfen sie herum und freuen sich jauchzend darüber, dass die *Affenarsch* so gut vorwärts kommt.

Wir werfen dann in der Genner Bucht den Anker. Georg legt die *Bloody Mary* neben die *Affenarsch*, also ich meine natürlich die *Glitzerbarbie*, und dann mixen wir uns Gin Tonic und schauen aufs Wasser. Grundgütiger, ist das schön hier. Ringsherum ist alles dicht bewaldet, man sieht am Ufer entfernt einzelne Häuser und Ortschaften, aber alles ist so schön weit weg. Das ist das eben, wenn man auf dem Wasser ist. Also wirklich, so schön, so herrlich ist das zu ankern! Da weiden ja sogar Kühe! Wenn ich melken könnte, dann würde ich für alle morgen früh Milch von den braunweißen Kühen abzapfen.

»Hallo!«, sagt jemand. Ich erschrecke mich zu Tode, weil ja alle Mitsegelnden an Deck sind. Es ist Doris. Wir haben Doris vergessen. Wir haben einfach in Sønderborg abgelegt, ohne uns um Doris zu kümmern. »Oh Doris, hallo, warum kommst du denn jetzt erst nach oben?«, fragt Tobias und tuntet stimmenmäßig gar nicht herum.

»Ach, unter Deck gab es genug zu tun«, sagt Doris und schwenkt ihren Feudel. »Ich habe die Polster shampooniert und das ganze Holz mal eingeölt. Das war ja dringend nötig. Kinder, ihr müsst auch mal regelmäßig die Kojenpolster senkrecht stellen. Da bildet sich Kondenswasser drunter und irgendwann habt ihr Stockflecken an Bord. Das wollen wir ja nicht!« Sie ist so rot im Gesicht wie noch nie vorher.

»Doris, du sollst doch nicht putzen«, sage ich wie eine Mutter zu ihrem unartigen Kind.

»Aber ich kann doch nur putzen«, kontert Doris.

»Nein, du kannst bestimmt noch ganz viele andere Sachen«, therapiert Frauke Doris.

Doris denkt nach: »Na ja, ich kann auch noch Liebesschaukeln und Magic-Babsi-Happy-Love-Real-Feeling-Gefühlsecht-Gummipuppen platzsparend verpacken«, gibt sie zu. »Aber die will ja hier keiner haben. Oder?«, fragt sie in die Runde. Niemand nickt.

Wir essen auf der *Bloody Mary* zu Abend. Das Schiff ist etwas geräumiger als die *Affenarsch* und bei so vielen Personen ist es einfach gemütlicher. Auf der *Affenarsch* würden wir uns alle gegenseitig im Weg stehen. Doris kocht mit Georg zusammen und kommandiert diese die ganze Zeit herum: »Die Zwiebeln nicht so dick schneiden, Georg, den Lauch in kleinere Ringe schneiden, Georg, schneid vom Fleisch die Sehnen ab, Georg«, bis Georg irgendwann das Messer hinwirft und grunzt: »Mach deinen Kram doch allein!« Als hätte Doris darauf gehofft, übernimmt sie die Kombüse komplett und schnippelt herum wie eine Geistesgestörte. »Es gibt Kartoffel-Lauch-Suppe mit Shrimps, dann Kalbsgeschnetzeltes in Estragonrahmsoße mit jungen Kartoffen und frischem Salat der Saison und dann einen Obstcocktail«, ruft sie jedem, der an ihr vorbeigeht, zu. Es fehlt nur noch, dass sie sagt: »Estragongeschnetzteltes an jungen Kartoffeln an einer Komposition vom Salatrand.« So etwa wie ein Würstchen von die Bock an einem Klacks von Senf.

Wir anderen gehen nach oben, weil Doris wie eine Internatsleiterin herumwirtschaftet. »Ist das nicht ein herrliches Wetter?«, fragt Frauke, »wollen wir nicht alle einfach mal ins Wasser springen?« Oh, baden, herrlich. JA!

Ich habe sogar einen Badeanzug dabei. Tobias und Detlef sind auch begeistert und haben ihre Badehosen schon unter ihren normalen Klamotten. Es sind identische, aber das muss ich wohl nicht extra erwähnen. Auf jeder von ihnen ist ein kleiner Pandabär zu sehen, der auf einer Toilette sitzt. Über den Pandabären steht der Schriftzug: Wasser marsch! Wo sind diese Menschen, die sich so etwas ausdenken? Warum wurden sie nicht schon längst geköpft?

»Juhu, schwimmen«, ruft auch Björn und sucht eine Badehose in seiner Reisetasche. Erwähnte ich schon, dass das ein wunderschöner Abend ist? Die Sonne leuchtet glutrot über den Bäumen, es ist wunderbar warm, uns umweht der Geruch von wirklich leckerem Essen, das gerade zubereitet wird, und wir freuen uns! Ich vergesse kurzzeitig sogar das Desaster mit Björn. Georg trägt allen Ernstes eine Badehose und keinen Badeanzug, was aber auch gar nicht nötig ist, denn sie hat sich ihre Oberweite mit Telepathie, wie sie uns erklärt, abtrainiert.

Luisa und Christina wollen nicht schwimmen: »Wer weiß, was da im Wasser rumkriecht«, sagt Luisa und schüttelt sich, und Christina nickt. »Nein, geht ihr nur schwimmen, wir reichen euch dann die Handtücher!«

»Eins, zwei, drei«, ruft Frauke und wir halten uns alle an den Händen und springen mit einem Aufschrei ins Wasser. Ist das nicht ein herrlicher Tag?

Ach, wie lange ist das her, dass ich mich so wunderbar gefühlt habe! Sonne, Boot, Wasser und schwimmen!

OH MEIN GOTT WARUM HAT MIR VORHER KEINER GESAGT WIE KALT DAS IST DAS IST JA FURCHTBAR DAS IST JA NICHT ZUM AUSHALTEN ICH ERFRIERE DAS MUSS MAN DOCH VORHER GESAGT BEKOMMEN DASS DAS WASSER MINUS DREISSIG GRAD HAT DAS KANN DOCH KEIN MENSCH ÜBERLEBEN WIE SCHRECKLICH IST DAS DENN UND WO IST DENN DIE WASSEROBERFLÄCHE UND WO SIND DIE ANDEREN UND WARUM SEHE ICH DENN NICHTS MEHR ACH SO DAS IST WEGEN DER KONTAKTLINSEN DIE MIR AUS DEN AUGEN GESPÜLT WORDEN SIND ABER DAS IST JA ALLES NOCH SCHLIMMER ICH HAB JA NOCH NICHT MAL ERSATZLINSEN DABEI NUR EINE OLLE BRILLE MIT DER SEHE ICH JA SCHRECKLICH AUS WIE EIN UHU SEHE ICH DAMIT AUS GUTE GÜTE IST DAS EISKALT DAS WIRD JA IMMER KÄLTER DAS IST JA VIEL KÄLTER ALS VOR

KURZEM ALS ICH MIT BJÖRN INS WASSER MUSSTE WEGEN DES SCHWEINSWALS DA HABEN WIR WENIGSTENS KURZ VORHER GEWUSST DASS ES JETZT GLEICH KALT WIRD ABER DAS HIER IST UNMENSCHLICH UND OH GOTT IST DAS KALT HILFE HILFE BRITTA DU MUSST DICH BEWEGEN DAMIT DIE MUSKELN IN BEWEGUNG BLEIBEN SONST HAST DU VERLOREN DA IST EIN SEIL WAHRSCHEINLICH IST DAS DER ANKER VON DER *AFFENARSCH* BITTE LASS ES DEN ANKER SEIN SONST STERBE ICH VON MIR AUS KANN ES AUCH DER ANKER VON DER *BLOODY MARY* SEIN NUR IGENDEIN ANKER BITTE ES IST SO KALT WAS IST DAS DENN ACH DER ANKER SCHWIMMT HIN UND HER KLAR DAS MACHEN JA ALLE ANKER O DA IST JA DIE WASSEROBERFLÄCHE ICH MUSS MICH BLOSS AM ANKER FESTHALTEN UND DANN KANN NICHTS MEHR PASSIEREN!!!! OH MEIN GOTT DAS IST KEIN ANKER DAS IST IRGENDWAS ANDERES ES TUT SO SCHLIMM WEH AUA AUA AUA WAS IST DENN DAS ICH BIN ENTSETZT SO EIN GLITSCHIGER ANKER DER AUCH NOCH SO FURCHTBAR WEH TUT! DA SIND NOCH MEHR ANKER DIE WEH TUN SIE UMZINGELN MICH EIN ANKER HÄLT SICH AUCH NOCH AN MEINEM ARM FEST!

»Lass die Quallen los, Britta!«, Björn ist neben mir und schüttelt mich. »Sofort lässt du die Quallen los, auf der Stelle!«

Ich stehe so unter Schock, dass ich gar nicht bemerke, dass ich mich in einem riesengroßen Haufen von Nesselquallen befinde, in denen ich mich zu allem Überfluss auch noch festkralle wie eine Wahnsinnige in der irrigen Annahme, es handele sich um Anker. Plötzlich wird mir ganz schwummrig, aber gleichzeitig tut es auch so höllisch weh, dass ich anfange zu heulen. Dauernd komme ich mit dem Kopf wieder unter Wasser. Ich habe gar kein Gleichgewicht mehr. Oh, ist das alles entsetzlich! Mir geht es gar nicht gut. Gar nicht gut. Gar nicht gut ...

»Frauke, Tobias, Detlef, schnell!«, schreit Björn und greift mit seinen Armen unter meine. Aua! »Britta hat tausend Nesselquallen angefasst. Schnell, wir müssen sie aus dem Wasser kriegen!«

»Oooooh!«, Detlef kommt schnell angeschwommen. »Warum macht sie das denn? Das ist doch gar nischt soooo gesund! Ach du liiiieeebe Zeiiiit, wie sehen die Arme denn aus?«

Eine halbe Stunde später komme ich langsam wieder zu mir. Ich liege auf der *Affenarsch* und Björn flößt mir Wasser ein. Jetzt ist mir auch gar nicht mehr eiskalt, sondern siedend heiß. »Es kann sein, dass du hohes Fieber bekommst, Britta«, sagt Frauke und reibt mich überall vorsichtig mit Brandsalbe ein. »Warum hast du denn bloß in die Quallen gegriffen?«

»Mir war so kalt und ich dachte, das sind Anker«, rechtfertige ich mich mit leiser Stimme. Ein wenig peinlich ist mir das schon alles. Dann schaue ich an mir runter. »OH GOTT!«, brülle ich, so viel Kraft habe ich gerade noch. »Wie sehe ich denn AUS?« An meinen Armen und Beinen befinden sich verschieden große, knallrote Quaddeln. Selbst an meinen Zehen. Da befinden sich quasi Schwimmhäute in der Größe von Tischtennisbällen. Wie kann ein Mensch nur so entstellt sein?

»Das geht wieder weg«, meint Björn und streichelt mir übers Haar. »Hier, bitte trink weiter Wasser, du musst ganz viel trinken! Du hast noch mal Glück gehabt, ein Mensch mit einem extrem schwachen Kreislauf hätte das vielleicht nicht überlebt!«

Ich höre die Leute schon über meinen plötzlichen Tod tuscheln: »Britta ist verstorben!« – »Das ist ja furchtbar! So ein junger, gesunder Mensch!« – »Wie ist das bloß passiert?« – »Sie ist von ihrem Boot aus in die Ostsee gesprungen und hat sich an Nesselquallen festgehalten!« – »Ach! An Nesselquallen?« – »Ja. Sie dachte, es seien Ankerketten!« – »Ach so.« – »Ja. Tschüss.« – »Tschüss.«

Oh mein Gott, das wird nie wieder weggehen! Und es brennt und juckt so schrecklich, dass ich mir die Quaddeln am liebsten aufschubbern würde. Und zwar mit einer Drahtbürste. Luisa, Christina und Georg fuhrwerken mit Verbandskästen herum und befördern ständig neue Medikamente zutage. »Hier«, sagt Georg, »da ist noch Canesten. Das könnte auch nützen!«

»Georg«, Frauke verdreht die Augen, »Canesten ist ein Mittel gegen Fußpilz und bestimmt nicht gegen Quallenbisse!«

»Ach so«, Georg kratzt sich am Kopf, »tja, warum kriegt denn nicht mal einer Fußpilz?« Dann sortiert sie alle Medikamente aus und überprüft das Verfallsdatum, woraufhin die Hälfte der Arznei in den Mülleimer wandert.

Mit Müh und Not kann ich später ein wenig Geschnetzeltes essen, dann gibt mir Björn noch Tropfen gegen Schmerzen, die Opium oder so was Ähnliches enthalten müssen, denn ich schlafe Minuten später ein. Irgendwann in der Nacht wache ich auf. Jemand hat mir ein Kissen unter den Nacken geschoben und mich zugedeckt. Ich greife im Halbschlaf nach der Wasserflasche, die vorhin noch da war, und jemand reicht sie mir und passt auf, dass ich nichts verschütte. Dann wird die Decke aufgeschüttelt, etwas Kaltes wird mir auf die Stirn gelegt, ich vermute, es ist ein Handtuch, das mit Eiswürfeln gefüllt ist, und dann bekomme ich einen Kuss auf meine heißen Lippen. Ich schlafe wieder ein.

Am Sonntagmorgen geht es mir tatsächlich besser. Selbst die Quaddeln sind fast verschwunden. Doris wuselt, diesmal auf der *Bloody Mary*, wieder herum und macht Frühstück. Sie backt Brötchen auf und richtet ein Buffet an, auf das das Hotel Atlantic in Hamburg neidisch wäre. Wenn bloß ihr Gesicht nicht die ganze Zeit so rot wäre.

»Du musst dich heute noch schonen, Britta«, meint Björn. »Bitte bleib am besten unter Deck liegen, wenn wir zurücksegeln, das ist besser. Nicht, dass dein Kreislauf wieder schlappmacht!« Aber mir geht es wirklich gut und ich möchte nicht unter Deck bleiben, sondern lieber oben sein, mit anfassen und die Sonne genießen. Wir segeln dann zurück nach Sønderborg. Die anderen brüllen sich gegenseitig Befehle zu, aber ich mache so gut wie gar nichts, sondern schaue nur zu, was bestimmt auch nicht so schlecht ist. So kann ich beobachten, was sie tun und das verinnerlichen.

»Wir haben noch drei Wochenenden«, sagt Björn, »dann geht es los. Aber ich glaube, wir haben gute Karten! Gegen Andreas und Gunnar gewinnen wir garantiert. Ob wir wirklich Erste werden, ist ja letztendlich auch egal. Aber Frauke, Hanno MUSS hinter uns bleiben!«

Frauke nickt. »Mach dir darüber keine Sorgen«, meint sie, »Hanno hat die Jungs schon im Griff. Er wird uns nachher schon berichten, was sie an diesem Wochenende alles gelernt haben!«

Wir sind früher als der *Kleine Bär*, auf dem sich Hanno und Konsorten befindet, in Sønderborg, und ich packe meine Sachen zusammen. Dauernd muss ich darüber nachdenken, wie ich Björn aus der Reserve locken kann. Ich will ihn nicht einfach darauf ansprechen, nein, das muss einen Knall tun.

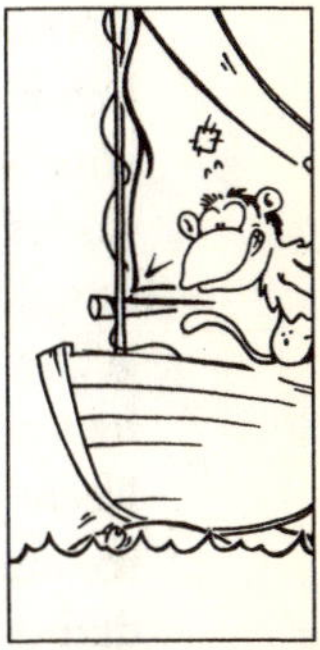

»Sag mal, Björn«, sage ich, als wir für ein paar Minuten allein sind, »kann es sein, dass du mir etwas sagen musst?«

Björn starrt mich an: »Was meinst du?«, fragt er und überlegt.

»Na ja, wie ich schon sagte, kann es sein, dass du mir irgendetwas sagen musst?«

»Nein«, sagt Björn und es klingt auch noch ehrlich. »Das, was ich dir gesagt habe, dass du nicht mit mir spielen sollst und so, das muss ich ja nicht wiederholen. Ansonsten habe ich dir nur zu sagen, dass ich dich liebe und mich freue, wenn diese verdammte Kieler Woche endlich um ist!«

»Und Karin wirst du nicht behandeln, wenn sie zu dir kommt?«, frage ich und schaue Björn genau an.

»Oh nein!«, sagt Björn mit fester Stimme. »Auf gar keinen Fall! Auch nicht, wenn du mich darum bittest. Ich mag keine unehrlichen Menschen!«

Es ist nicht zu fassen.

»Leute, wir müssen los«, ruft Georg und schlägt allen auf die Schultern, »ich muss zu Hause noch was arbeiten. Mädels, kommt! Also, bis Freitag dann. Wir werden gegen 17 Uhr hier sein!«

»Machs gut, Georg, tschüss Luisa, tschüss Christina«, rufen alle und Georg geht mit ihren Mädels weg.

»Was macht Georg eigentlich beruflich?«, frage ich.

»Georg ist Metzger«, klärt mich Frauke auf. »Sie hat ihre Schlachterei in Kappeln.«

Wie, Georg ist Metzger? Ob sie ihre Kunden hinter dem Tresen stehend auch so anschreit wie uns: »Was denn jetzt, hundert Gramm Aufschnitt gemischt oder wie oder was? Können Sie sich vielleicht mal entscheiden? Nein, für Sie gibt es heute keinen Bauchspeck, Frau Schneider, Sie sind fett genug!«

»Luisa und Christina arbeiten bei Georg im Laden«, erzählt Frauke weiter. »Georg schlachtet selbst. Sie schlachten meistens sonntags, deswegen müssen sie auch öfters mal früher von Sønderborg weg.« Georg könnte wunderbar in einem Horrorstreifen mit dem Namen ›Die Schlachtersfrau‹ mitspielen. Mit ihrer riesengroßen weißen Schürze, die über und über mit Blut besudelt ist, und einem überdimensionalen Schlachtermesser geht sie dann auf die Kunden los, die schreiend versuchen, den Laden zu verlassen, aber der wurde vorher schon abgeschlossen. Nach getaner Arbeit spritzt Georg die Spuren des Gemetzels seelenruhig mit einem Wasserschlauch ab, um dann nach Sønderborg zu fahren, um mit uns segeln zu gehen. – Was für blöde Gedanken ich mir immer mache! Georg ist doch wirklich nett!

»Was hältst du davon, nächste Woche wieder essen zu gehen?«, fragt mich Björn. »Wir können auch mal ins Kino gehen, wenn du das magst. Ich will wissen, was du magst und was nicht.«

»Im Moment habe ich nicht so furchtbar viel Lust, ins Kino zu gehen«, sage ich, »ich muss ja die ganze Zeit über diese Situation nachdenken.«

Björn nickt: »Dann wenigstens was trinken gehen?«

»Klar«, sage ich, »lass uns einfach telefonieren.« Ich fahre dann, weil ich Andreas und Gunnar nicht begegnen möchte.

Björn kommt mit zum Auto: »Du bist anders geworden, Britta«, sagt er traurig. »Du bist so abweisend zu mir. Hab ich dir was getan?«

»Nein, Quatsch«, lüge ich herum, »gar nichts. Ich bin nur schrecklich müde.«

»Kann ich dich morgen anrufen?«, fragt Björn zärtlich.

»Du kannst mich immer anrufen«, sage ich, »jederzeit!«

»Gut«, sagt Björn und küsst mich. »Ich werde nur an dich denken, bis wir uns wieder sehen.«

Ja, klar. Ich steige ins Auto: »Bis dann«, sage ich und starte den Motor.

28

Ach, du bist ja schon zu Hause«, Andreas kommt in die Küche. Ich räume gerade die Spülmaschine aus. »Ja«, antworte ich, »könntest du vielleicht deine Tasche nicht direkt in die Tür stellen?«

Andreas lacht auf: »Glaub mal bloß nicht, dass du mit mir so umspringen kannst wie deine Freundin Elke mit Gunnar«, schnaubt er mich an. »Das kannst du gerade mal vergessen!«

Ich knalle die Klappe der Spülmaschine lauter als nötig zu. »Sag mal, was ist eigentlich los mit dir?«, brülle ich meinen Mann an. »Du bist ein völlig anderer Mensch geworden! Du bist aggressiv, launisch, lächerlich machohaft und widerlich! Seitdem das mit dem Segeln ins Spiel gekommen ist, hast du dich komplett verändert!«

Andreas blitzt mich an: »Oh nein, DU hast dich verändert!«, kreischt er zurück und wirkt geradezu lächerlich, wie er da steht, breitbeinig und mit verschränkten Armen. »Du glaubst wohl, du kannst mir segelmäßig erklären, was 'ne Harke ist, aber da hast du dich getäuscht. Du bist eine ätzende Emanze geworden! Wie ... wie ... wie gutmütig du dich auf dem Boot von Werner und Doris aufgeführt hast, als es mir mit dem Fuß und dem Magen so schlecht ging. Wie ... wie ... wie ... du geschaut hast, als du plötzlich steuern konntest beziehungsweise dachtest, dass du steuern konntest! Zum Kotzen!«

»Moment mal, DU wolltest, dass ich segeln lerne«, schreie ich und bin dankbar, dass das Küchenfenster geschlossen ist. »DU hast angefangen damit und dann hast du dich noch nicht mal die zwanzig Zentimeter auf das Boot getraut!«

»Ich wollte NIE, dass du segeln lernst«, keift Andreas.

»Was wolltest du denn dann?«

»Ich wollte segeln lernen und ich wollte, dass es endlich mal etwas gibt, was ich besser kann als DU! Du musst mir doch immer zuvorkommen! Alles kann Britta gleich, alles macht Britta gleich besser! So ist es doch immer gewesen!«

»Das hast du mir so aber nicht gesagt«, jetzt wird es mir zu bunt, »dann hättest du doch gleich alleine anfangen können und mich gar nicht erst fragen müssen!«

Andreas stampft mit dem Fuß auf: »Ach, lass mich doch in Ruhe«, giftet er herum, »du bist bösartig, missgünstig und gemein geworden! Aber dir werde ich es zeigen und deinen blöden neuen Freunden auch. Wenn ich erst mal mit dem ersten Pokal ankomme, werdet ihr euch alle wundern!«

Ha! Er wird sich wundern, weil das nie passieren wird! »Ich will dir mal was sagen«, jetzt bin ich ganz ruhig, »bösartig, missgünstig, gemein und neidisch bist DU geworden. Weil du es nicht erträgst, dass ich was besser kann. Die ganzen Jahre ist nie wirklich was passiert in unserer Beziehung, wir haben eigentlich nur nebeneinander hergelebt, aber jetzt, in der ersten Situation, in der ich mit dir an einem Strang ziehe, drehst du völlig ab! Sonst mussten wir ja nie konkurrieren, du hast deine Firma, ich meine, da nimmt man sich ja nicht die Butter vom Brot, aber damit hast du nicht gerechnet, dass ich beim Segeln mitmache, oder? Und es auch noch einigermaßen gut mache!«

Andreas winkt ab: »Oh, Schusselchen, was machst DU denn gut? Hanno hat mir schon erzählt, dass ihr da auf Ankerplätzen rumdümpelt und eigentlich gar nichts macht. Insofern ist es ganz gut, dass wir nicht zusammen auf einem Boot sind!«

»Du kapierst aber auch gar nichts«, fast schreie ich unseren Plan mit dem Extra-falsch-machen heraus, aber ich kann mich noch beherrschen. »Es geht doch gar nicht darum, dass einer von uns was besser macht als der andere, hier geht es um Respekt! Ich habe langsam keinen mehr vor dir, weil du nämlich mit der Zeit dein wahres Gesicht zeigst, und das gefällt mir gar nicht! Allein, dass du dich von diesem bescheuerten Gunnar, der keinen Funken Selbstbewusstsein hast, so mitziehen lässt, zeigt doch, dass du selbst auch keins hast!« Ich schlage mit der Hand gegen den Kühlschrank: »Dir ist doch noch nicht mal aufgefallen, dass ich kurze Haare habe!«, brülle ich ihn an. Andreas starrt auf meinen Kopf und sagt nichts. »Und hier«, ich halte ihm meine rechte Hand hin, »seit ein paar Wochen trage ich auch keinen Ehering mehr. Den hab ich verloren!«

Andreas starrt auf meine Hand. Dann grinst er böse: »Kein Problem! Meinen trage ich auch schon lange nicht mehr!« Zum Beweis hält er mir seine rechte Hand entgegen. Dann sehen wir uns ungefähr eine Minute lang schweigend an. Ich schüttele den Kopf: »Wir verstehen uns nicht. Weißt du, was ich meine, Andreas? Wir *verstehen* uns nicht!« Andreas versteht offenbar wirklich nicht, was ich meine, denn er grinst noch böser: »Ich hätte nie heiraten sollen«, sagt er, »nein, falsch: Ich hätte DICH nie heiraten sollen!« Dann dreht er sich um und geht in die Kellerbar, wohin auch sonst.

Ich verstehe die Welt nicht mehr und weiß nicht, was ich tun soll. Es ist eine Tatsache: Andreas wird immer mehr wie Gunnar. Er könnte fast sein Bruder sein. Vielleicht ist Andreas ja Gunnar, und ich bin bloß schon langsam verrückt geworden. Das merken Verrückte ja oft nicht, dass sie verrückt werden. Eines jedenfalls steht fest: Das ist nicht der Mann, den ich mal geliebt habe. Denn einen Gunnar kann ich nicht lieben. Niemals.

Verzweifelt sitze ich am Küchentisch und grübele nach. Bin ich Schuld? Bin ich die Verursacherin dieser ganzen Misere? Hat das alles einfach so kommen sollen? Ist das Schicksal? Ist es gut, dass es so gekommen ist? Piep-piep macht mein Handy: »Bin gut in Sydney angekommen. Alles wunderbar. Wetter toll, viel Sonne. Fühle mich herrlich! Danke für alles. Elke.« Ich simse zurück: »Freut mich. Lass es dir gut gehen. Alles Liebe, B.« Wenigstens ist bei Elke vorerst alles in Ordnung.

Ich schlafe in dieser Nacht allein. Andreas zieht es vor, im Wohnzimmer zu übernachten.

Am Montag bin ich gegen halb neun im Büro. Lars ist schon da und hat Kaffee gekocht. »Ich hab deine Topfpflanzen gegossen«, sagt er und bringt zwei Becher in mein Büro. »Hast du einen Moment Zeit?«, fragt er. Ich nicke und ziehe meine Jacke aus. »Ich sag es jetzt ganz ehrlich«, sagt Lars. »Du siehst beschissen aus, Britta. Du hast innerhalb von zwei Wochen so abgenommen, dass es nicht mehr schön ist. Und du hast deine ganze neue Lebensfreude schon wieder verloren. Wir kennen uns jetzt seit der Schule. Wir waren immer befreundet. Ich hab über deine Freunde gelästert und du über meine Freundinnen. Wir waren auf unseren beiden Hochzeiten und haben dann zusammen diese Firma aufgebaut. Da ist es wohl in Ordnung, wenn ich frage, ob ich dir irgendwie helfen kann. Ist es wegen diesem Björn oder wegen Andreas? Du schleppst irgendwas mit dir rum! Ich kenne dich lange genug, Britta.«

»Du weißt doch, was los ist«, wehre ich ab. Nein, ich will jetzt nicht darüber sprechen.

»Aber irgendwas ist noch passiert«, Lars bohrt nach und lässt nicht locker. »Britta«, er steht auf, kommt um meinen Schreibtisch rum und greift meine Schultern. »Du sagst mir jetzt bitte, was los ist!«

Ich sitze da mit hängendem Kopf: »Andreas hat oder hatte was mit Karin und jetzt hat Karin was mit Björn«, sage ich schließlich und merke, dass sich meine Augen mit Tränen füllen.

Lars versteht überhaupt nichts. »Wie, mit Karin?«, fragt er. »Unsere Karin?« Ich nicke. »Bist du sicher?«, fragt Lars. Ich nicke wieder. »Oh Mann«, sagt Lars und kratzt an seinem Dreitagebart. »Jetzt verstehe ich, warum du so beschissen aussiehst.«

Ich versuche zu arbeiten, aber ich kann mich nicht konzentrieren. Lars nimmt mir zwei Besichtigungstermine ab, und zu allem Überfluss klingelt das Telefon auch noch ununterbrochen. Wenn es einem schlecht geht, kommen auch nur schlechte Anrufe. Ich muss eine Hausfrau beruhigen, die nach dem Kauf des von uns vermittelten Hauses festgestellt hat, dass im Garten nicht die im Prospekt angepriesenen Johannisbeersträucher wachsen, sondern Himbeeren. Ich muss einen erzürnten Ehemann wieder auf den Boden bringen, der sich darüber beschwert, dass im Grundriss die Maße fürs Schlafzimmer falsch ausgewiesen wurden: »Wie sollen wir denn da jetzt unseren Kleiderschrank unterbringen?«, fragt er böse. Woher soll ich das wissen? Zu allem Überfluss ruft dann auch noch Frau VON Haldersleben an, die nette Mutter vom Bennilein, denen ich vor ein paar Wochen diese wunderschöne alte Villa mit Swimmingpool angeboten habe. Ich war mir eigentlich sicher, nie wieder was von diesen Leuten zu hören, weil ich das Bennilein mit einem »Halt's Maul« abserviert habe.

»Frau Schüchen«, ruft Marita von Haldersleben, »wir haben ja sooo lange mit uns gerungen, aber nun würden wir das süße kleine Haus doch gern kaufen. Wann können wir uns denn mal wegen eines Vertrages zusammensetzen?« Oh nein, das muss Lars machen.

»Nächste Woche, Frau von Haldersleben, nächste Woche«, sage ich und bin komplett überfordert. So weit ist es schon mit mir gekommen, dass ich nicht mal mehr eine Verkaufsabwicklung zustande bringe.

Frau von Haldersleben beteuert mir, wie schön sie das Häuschen mit den fünfhundert Quadratmetern Wohnfläche findet, und ich finde noch nicht mal meinen Terminplaner, um einen Termin auszumachen, verspreche aber gleich zurückzurufen und lege dann auf. Ich bin nass geschwitzt. Dazu kommt noch, dass die Quaddeln auf meiner Haut immer noch nicht weg sind. Wahrscheinlich fangen sie gerade an zu nässen.

Dann ruft Björn an: »Wann hast du denn in dieser Woche Zeit?«, fragt er lieb. »Du kannst auch gern zu mir kommen, dann siehst du mal, wie ich wohne!«

Nein, danke, Björn, ich möchte gar nicht wissen, wo du mit meiner Freundin Karin überall Sex hast. Dann soll ich mich wahrscheinlich noch in das noch nicht mal frisch bezogene Bett legen. Ich glaube, ich spinne.

»Ich kann im Moment abends nicht so lange, ich bin furchtbar müde«, versuche ich ihm zu erklären.

»Aha«, sagt Björn.

»Aber morgen, morgen können wir uns sehen«, verspreche ich ihm.

»Ich freue mich auf dich!« Björn schlägt vor, dass wir uns wieder im ›Legendär‹ in Eppendorf treffen. Das ist mir Recht.

Eine halbe Stunde später ruft Karin an: »Oh Britta, du glaubst gar nicht, wie glücklich ich bin«, lacht sie. »Björn ist so süß. Du – er macht mir meine Zähne umsonst, kannst du dir das vorstellen? Wir haben gerade telefoniert! Am Wochenende haben wir uns gar nicht gesehen, weil er auf einer Fortbildung war, aber dafür gehen wir heute Abend ins Kino! Und das Schönste: Er hat sogar gesagt, ich soll mir den Film aussuchen. Du, Britta, weißt du was?« Ich kringele mit einem Stift blöde Männchen auf einen Block und merke kurze Zeit später, dass ich lauter Totenköpfe male. »Was denn?«, frage ich und male eine Figur, die gerade an einem Mast gehängt wird. »Ich glaube, heute Abend nach dem Kino ist es so weit! Ich zieh mir Strapse an und hohe Schuhe und dann frage ich ihn, ob wir noch zu ihm oder zu mir gehen. Uuuuh, ich bin so aufgeregt. Welches Parfum soll ich wohl benutzen? Addict von Dior oder lieber Chance von Chanel? Oder Shalimar von Guerlain?

Am liebsten würde ich sagen: »Nimm 4711«, aber ich weiß, dass Karin das nicht hat. Björn, ich hasse dich! Du verlogenes, dummes Schwein.

»Nimm Dior«, sage ich zu Karin, »das ist total geil. Das wird Björn gefallen!«

»Ich erzähle dir dann, wie es war«, schwärmt Karin und ist furchtbar aufgeregt.

»Ja, tu das«, sage ich, während ich das gehängte Männchen mit dem Stift vierteile. Wenn es möglich wäre, würde ich es auch noch teeren und federn.

»Gut«, sagt Karin und ist außer sich vor Vorfreude. »Ich melde mich dann morgen bei dir!«

Abends gehe ich direkt nach Hause. Ich muss mal wieder waschen und bügeln und außerdem möchte ich wissen, wie sich Andreas mir gegenüber verhält.

Mein Magen dreht sich um, als ich schon wieder Gunnars Auto vor unserem Haus stehen sehe. Die beiden sitzen im Wohnzimmer und trinken Bier. Sie sehen relativ unglücklich aus.

Andreas springt auf, als ich reinkomme: »Britta, hallo, setz dich doch«, sagt er freundlich. »Gunnar und ich möchten mit dir sprechen!«

»Aber ich möchte vielleicht nicht mit euch sprechen«, sage ich und kralle mich an meiner Handtasche fest. Was kommt denn jetzt?

Gunnar steht jetzt auch: »Ich habe Scheiße gebaut, Britta, und zwar enorme Scheiße. Ich war unfair zu Elke und auch zu dir. Und dafür möchte ich mich bei dir entschuldigen. Es tut mir wahnsinnig Leid, was da in den letzten Wochen passiert ist.«

Ich bin in einer Habachtstellung: »Ach, wirklich«, bringe ich hervor.

»Ja«, Gunnar kratzt sich am Kopf. Ihm ist die ganze Situation deutlich unangenehm. »Ich hab wohl meine Frau sehr beleidigt«, sagt er schuldbewusst.

»Beleidigt ist wohl kaum das richtige Wort dafür«, erwidere ich und bin schon wieder wütend.

Andreas mischt sich ein: »Gunnar will doch nur sagen, dass er einsieht, Fehler gemacht zu haben«, verteidigt er seinen besten Freund. »Britta, ihm liegt sehr viel daran, dass du ihm hilfst, das wieder geradezurücken.«

Gunnar steht mit hängenden Schultern da wie ein Schuljunge, der zum dritten Mal die Mathehausaufgaben vergessen hat und jetzt Angst hat, dass er einen Eintrag ins Klassenbuch bekommt. Er nickt: »Ich liebe Elke«, sagt er mit weinerlicher Stimme, »ich möchte, dass sie zurückkommt.«

Ich bin in einer verzwickten Situation. Was soll ich nun tun? »Ist es wegen der Konten, wegen des Geldes?«, frage ich.

Gunnar schüttelt vehement den Kopf: »Ach, das ist mir doch alles egal. Nein, ich habe in den letzten Tagen einfach festgestellt, dass Elke mir fehlt, dass ich einfach Mist gemacht habe mit dieser Kurzschlussreaktion auf der Bank und überhaupt. Verdammt noch mal, ich hätte sie arbeiten gehen lassen sollen. Sie hat schließlich studiert«, er hebe die Hände, »ich wollte das nicht, ich war ein Macho, nein, ich BIN ein Macho. Verdammt noch mal, Britta, Elke ist so eine tolle Frau, wie konnte das nur alles passieren?«

Ich erkenne Gunnar kaum wieder. Er weint ja fast. Da, Tränen! Das glaub ich ja nicht.

Verzweifelt überlege ich hin und her. Da kommt Andreas auf mich zu: »Britta, zwischen uns ist auch alles schief gelaufen. Ich habe mich wie der letzte Mistkerl verhalten. Ich bin der letzte Mistkerl. Ich bin missgünstig und neidisch und habe dir das alles nicht gegönnt. Also, dass du besser segelst als ich. Bitte entschuldige! Es tut mir wahnsinnig weh, dass ich dir das angetan habe, und es tut mir unendlich Leid, dass du das mitmachen musstest!«

Gunnar und Andreas stehen tatsächlich vor mir wie Hunde, denen die Knochen weggenommen wurden. Ich bin ratlos. Und ich bin so gutmütig. Normalerweise würde ich sagen: »Schert euch doch verdammt noch mal zum Teufel«, aber das bringe ich nicht hervor. Warum ist Lars nicht hier? Der würde jetzt wissen, was zu tun wäre.

»Ja, also ... ich ... also ... ich ...«, stammle ich herum und weiß gar nicht, was ich sagen soll.

»Bitte, kannst du Elke nicht anrufen?«, fleht Gunnar. Es fehlt nur noch, dass er vor mir niederkniet und mir die Füße küsst.

»Ich weiß doch gar nicht, wo sie ist«, lüge ich verzweifelt herum und werde rot.

»Ach Britta, du weißt doch mit Sicherheit, wo sie ist«, sagt Gunnar und faltet die Hände, »ich hab schon ihre Mutter angerufen, die weiß es angeblich auch nicht. Nicht dass sich Elke noch was antut! Ans Handy geht sie auch nicht!«

»Ich versuche, es herauszufinden«, verspreche ich, »dann versuche ich sie zu erreichen und dann sehen wir weiter!«

»Sag ihr unbedingt, dass ich sie liebe«, ruft Gunnar. »Wenn sie zurückkommt, wird alles anders, sag ihr das. Sie soll arbeiten, sie soll sich wohl fühlen und hier, das habe ich auch für sie!«, er zieht eine Schmuckschatulle aus der Hosentasche hervor und klappt sie auf, »Elke liebt Rubine. Hier ist ein Ring, den sie schon immer schön fand!« Vor mir glitzert ein großer roter Stein, umrahmt mit Brillanten.

»Ich werde es ihr sagen«, antworte ich.

»Ach, du weißt also doch, wo sie ist?«, Gunnar ist außer sich.

»Nein«, wehre ich ab. »Ich muss das auch erst rauskriegen.«

Gunnar ist beruhigt. »Aber wenn du es rauskriegst, sagst du mir sofort Bescheid, versprochen?« Ich nicke. Er kommt zu mir und umarmt mich. Komisch, mir ist seine Umarmung total unangenehm, obwohl er doch so reuevoll ist. Andreas beobachtet uns während der Umarmung jovial und nickt, was mir auch unangenehm ist. Ich fühle mich nicht gut. Nein, ich fühle mich gar nicht gut. Ich bekomme sogar eine Gänsehaut.

Gunnar verabschiedet sich dann. Gebeugt verlässt er unser Haus. An seinem Auto stützt er sich noch mal ab und atmet durch. Dann dreht er sich zu uns um und winkt wie ein alter Mann, der seit einer Viertelstunde weiß, dass er am Parkinson-Syndrom leidet und noch eben mal winken will, weil es vielleicht das letzte Mal ist, dass er es aus eigener Kraft tun kann. Dann fährt er weg.

29

Andreas umarmt mich in der Haustür von hinten und küsst meinen Hals. »Lass uns noch mal von vorne anfangen«, sagt er leise. »Ich bin der letzte Idiot gewesen!«

Ich drehe mich um: »Gestern hast du es noch bereut, mich geheiratet zu haben«, ich schaue ihm in die Augen, »und jetzt ganz plötzlich bereust du alles?«

Andreas blickt zu Boden: »Ja«, sagt er zerknirscht, »ich habe heute lange mit Gunnar gesprochen, und wir beide haben festgestellt, dass wir menschlich ziemliche Scheiße gebaut haben.«

Ich nicke. »Das stimmt«, sage ich, »und nun?«

Andreas nimmt mich in den Arm: »Ich werde alles wieder gutmachen«, sagt er leise und liebevoll, »ich werde nie wieder so fies zu dir sein. Ich möchte, dass du glücklich bist. Die glücklichste Frau der Welt möchte ich haben, und ich möchte es sein, der dich glücklich macht!« Er strahlt mich an: »Wir könnten verreisen oder einfach mit unserem Boot irgendwo hinsegeln, was meinst du?«

»Aber du willst doch die Kieler Woche segeln«, werfe ich ein.

»Ach«, Andreas winkt ab, »ja, das mache ich vielleicht, aber auch nur zum Spaß! Nein, danach würde ich gern einen wirklich langen Urlaub mit dir machen. Wo möchtest du denn hin?«

Ich bin überfordert mit der Situation. Außerdem kann ich die Umarmung nicht so richtig genießen, weil ich ja überfordert bin mit der Situation. Allmächtiger, was ist denn hier los?

»Ich weiß nicht, wo ich hinwill«, sage ich ehrlich.

»Dann überleg es dir«, Andreas grinst mich an, so wie vor fünfzehn Jahren, als er mich gefragt hat, ob ich mir ein Leben mit ihm vorstellen kann. Ein warmes Gefühl durchläuft mich. Gott, ist das lange her! »Britta«, er zieht mich zu sich. »Ich liebe dich. Ich oller doofer Kerl mit meinen ganzen Macken liebe dich abgöttisch. Wusstest du das eigentlich?«

»Nein«, sage ich und meine das auch ganz genau so. »Du

hast mir in den letzten Wochen nicht gerade gezeigt, dass es so ist!«

»Pscht«, macht Andreas und streichelt mir übers Haar. »Ich weiß!« Dann küsst er mich. Erst will ich nicht, aber dann will ich es doch. Immerhin bin ich immer noch mit Andreas verheiratet, und Björn betrügt mich ja mit Karin und überhaupt. Ich meine, es ist ja nicht betrügen, wenn man jemanden, der einen betrügt, mit dem eigenen Ehemann betrügt. Oh, mir ist schwindlig.

Andreas zieht mich noch näher an sich. »Haben wir eigentlich jemals über Kinder nachgedacht?«, fragt er mich zärtlich.

»Ja, vor ein paar Jahren schon«, sage ich. »Aber da wolltest du nicht. Du meintest, Kinder wären zu teuer!«

»Ach, so ein Unsinn«, meint Andreas. »Ich finde, wir sollten sofort damit anfangen. Warte mal.« Er lässt mich im Flur stehen und kommt eine Minute später mit einer eisgekühlten Champagnerflasche und zwei Gläsern zurück. »Lass uns nach oben gehen«, sagt er und schaut mich so begehrlich an wie – ach ich weiß nicht, wie lange das her ist.

Ich denke an Björn und an Karin und an die Schmach und dann an gar nichts mehr und gehe mit Andreas die Treppen hoch zum Schlafzimmer.

»Es tut mir so Leid«, sagt Andreas. »Aber ich weiß wirklich nicht, woran es liegt. Ich war so erregt. Oh Gott, ist mir das unangenehm.« Wir liegen nebeneinander in unserem Ehebett. Vor einer Viertelstunde haben wir uns hier niedergelassen und uns gegenseitig die Klamotten vom Leib gerissen. Die Champagnerflasche ist umgekippt, aber das war uns ganz egal. Aber dann passierte nichts mehr.

»Du bist mir doch nicht böse?«, fragt Andreas und setzt sich auf.

»Unfug«, sage ich und versuche, ihn nicht merken zu lassen, dass ich doch böse bin. Wobei – man darf bei so was ja nicht böse sein. Das habe ich mal in einem Frauenmagazin gelesen. Angeblich passiert dann nie mehr irgendwas. Die männliche

Potenz ist eine Welt für sich, stand in dem Magazin, frau muss behutsam damit umgehen und sie hegen und pflegen. Ich konnte es noch nie ertragen, wenn anstelle »eine Frau« »frau« geschrieben wird. Genauso dämlich ist es, »man(n)« zu schreiben. Oder Se(h)leute, wenn es um Zuschauer bei maritimen Veranstaltungen geht. Furchtbar. Aber egal. Trösten Sie Ihren Partner, wenn es nicht geklappt hat, und bestätigen sie ihm immer und immer wieder, dass das nun mal vorkommen kann. Lachen Sie ihn keinesfalls aus. Das könnte tragisch enden.

Was meinen die mit »tragisch enden«? Geht mein Partner mit seiner Unterhose auf mich los und will mich würgen? Oder sucht er im Bad nach Rasierklingen, mit denen er sich die Pulsadern aufschneiden will?

Björn passiert »so was« bestimmt nie. Warum muss ich schon wieder an Björn denken? Der liegt jetzt bestimmt mit Karin im Bett, und das seit sieben Stunden, weil sie schon während des Kinofilms angefangen haben, es zu treiben, wenn sie überhaupt ins Kino gegangen sind. Grrr. Britta! Kapiere einfach mal, dass Björn es nicht ehrlich meint. Morgen werde ich Karin anrufen und fragen, wie es gewesen ist. Und wenn es toll gewesen sein sollte, werde ich zu ihr in ihre doofe Boutique fahren und ihr einfach so eine scheuern, um dann wieder zu gehen. Davor drehe ich mich aber noch mal um und sage: »Bei mir ist er aber sechsmal gekommen!« Ich grinse vor lauter Vorfreude. Andreas grunzt entsetzt neben mir auf: »Du lachst mich aus«, sagt er mit weinerlicher Stimme, »du lachst über mich!«

Trösten Sie Ihren Partner und bestätigen sie ihm immer und immer wieder, dass das nun mal vorkommen kann.

»Ich lache doch gar nicht«, sage ich und muss fast noch mehr lachen. Beherrschen, beherrschen. Was ist denn das für eine absurde Situation? »Das kann doch mal vorkommen!«

»Das sehe ich genau so«, nickt Andreas und ist froh. Er robbt zu mir auf meine Bettseite. »Du glaubst gar nicht, wie froh ich bin, dass wir uns ausgesprochen haben und einen Neuanfang starten«, sagt er glücklich.

»Jetzt müssen wir das nur noch mit Elke und Gunnar hinkriegen und dann gehen wir vier richtig toll essen!« Alles, alles möchte ich machen – außer mit Gunnar essen gehen. Wirklich alles. Aber das kann ich ja jetzt schlecht sagen. Also nicke ich.

»Rufst du Elke an?«, fragt Andreas.

»Ich versuche, sie zu erreichen«, verspreche ich. »Dann sehen wir weiter.«

»Ich liebe dich, Britta, ich weiß, ich werde noch lange Zeit brauchen, um das alles wieder geradezubiegen, aber ich bin so froh, dass du mir die Chance gibst! Hier hast du noch Champagner!«

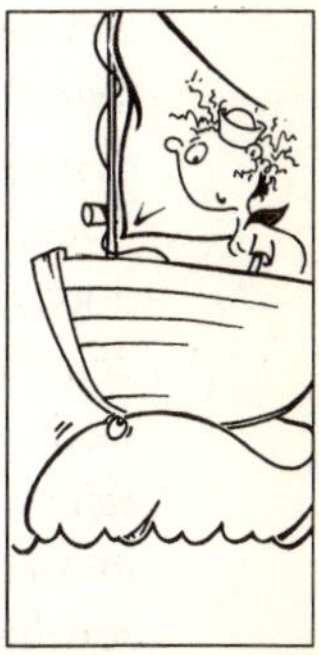

»Britta, ich muss dich sehen«, sagt Karin. Sie hat mich um halb neun auf dem Weg ins Büro auf dem Handy angerufen und möchte unbedingt mit mir Mittag essen gehen. Ich will aber gar nicht mit Karin Mittag essen gehen, außerdem habe ich heute Nachmittag einen Termin mit Bennileins Eltern und muss die ganzen Unterlagen noch heraussuchen. Wenigstens das habe ich fertig gebracht, dass ich Marita VON noch zurückgerufen habe. Lars kann den Termin nicht wahrnehmen oder will ihn nicht wahrnehmen, weil ich ihm natürlich damals brühwarm alles über diese entsetzliche Hausbesichtigung erzählt habe. Ich verstehe ihn ja. Er kann ja nicht alles Unangenehme für mich erledigen. »Bitte, Britta!«, fleht Karin, »nur eine Stunde. Komm zu mir in die Boutique, dann gehen wir in ein Bistro in der Mönckebergstraße. Ich muss dir so herrliche Sachen erzählen!«

Da ich ja mittlerweile eine Masochistin bin, sage ich »Ja, okay«, und verspreche Karin, um halb eins bei ihr zu sein. Warum tue ich mir das an, warum, warum, warum?

»Oh, oh, oh!«, Karin kann sich kaum einkriegen. Sie verdreht die Augen. »Also«, legt sie los und rührt in ihrem Cappuccino herum, »wir haben uns um halb sieben getroffen. Ich habe meinen dunkelgrünen Samtblazer angezogen, weißt du, den von Jil Sander, und dazu Jeans. Darunter Strapse«, flüstert sie mir verstohlen zu, während ich Messer und Gabel wie Waffen halte. »Und natürlich schwarze Seidenstrümpfe mit so einem breiten Spitzenrand oben, weißt du, und die schwarzen Pumps von

Lacroix. Oh, Britta, Björn hat mich abgeholt, und weißt du was, er hat mir einen Strauß roter Rosen mit weißen Lilien mitgebracht, hier in die Boutique, schau, da ist er, der Strauß!« Sie deutet hinter sich. In einer Bodenvase steht ein überdimensionierter Strauß in den Ausmaßen, wie ich ihn auch von Björn bekommen habe. Nur, dass er sich damals nicht die Mühe gemacht hat, ihn mir selbst ins Büro zu bringen. Aber was tut das denn jetzt noch zur Sache?

»Ich wollte in ›Die fabelhafte Welt der Amélie‹ gehen, du weißt doch, ich schau mir gern Filme mehrfach an, weißt du, und in dem einen Kino, glaubst du, ich weiß jetzt noch nicht mal mehr, wo das Kino ist, ich glaube, in Uhlenhorst, weißt du, ist ja auch egal, jedenfalls da werden alle möglichen Filme wiederholt, meistens französische, und das Kino hat so ein schönes Ambiente, und dann sind wir mit dem Taxi zum Kino gefahren, weißt du, und weißt du, was?« Wenn Karin jetzt noch einmal »Weißt du« sagt, gehe ich auf sie los.

Karin beugt sich nach vorn und nimmt meine Hände. Sie sieht so glücklich und zufrieden aus, dass ich durchdrehen könnte. »Im Taxi hat er den Arm um mich gelegt und gesagt, dass er eigentlich gar keine Lust auf den Film hätte. Um ganz ehrlich zu sein, ich hatte dann auch gar keine Lust mehr, also sind wir zu ihm gefahren und haben uns total wild im Auto geküsst.«

»So, so«, sage ich und versuche interessiert zuzuhören. Karin bekommt vor Mitteilungsbedürfnis einen Schluckauf.

»Björn hat seine Wohnung über seiner Praxis. In Pöseldorf. Du, Britta, so was von einer geschmackvoll eingerichteten Wohnung habe ich ja noch nie gesehen. Total klasse. Er hat sogar ein Original von Braque!« Wie schön. »Und einen Matisse hat er auch. Sehr viel Geschmack hat er, das muss ich sagen. Und die Wohnung – herrlich. Altbau, drei Zimmer, du und stell dir vor, Björn hat einen Kaffeeautomat von Jura!«

Karin immer mit ihrem Markenfimmel. Ich höre sie schon weitersprechen: »Du, Britta, und dann hat er mir sein Essgeschirr gezeigt, du glaubst es nicht, es ist das rote von Gianni Versace, und das Besteck von Christofle, Augsburger Faden versteht sich, und dann hat er ein Bad komplett aus Carrara-Marmor und ein Jacuzzi. Aber dann die Bettwäsche! Alles von Basetti. Reine Seide, ist ja klar!«

»... aber dann die Bettwäsche! Alles von Basetti! Reine Seide, ist ja klar!«

Warum verdiene ich mein Geld eigentlich als Immobilienmaklerin und nicht als Hellseherin?

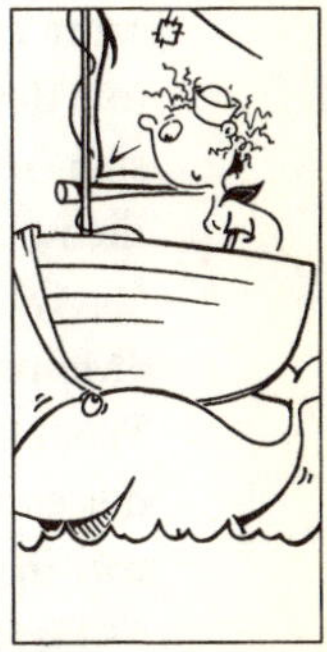

»Er hat dann klassische Musik aufgelegt. Ich glaube, es war Chopin, wunderbar! Wir haben dazu getanzt. Wunderbar!« Wie wunderbar für Karin.

»Dann sind wir Richtung Schlafzimmer getanzt. Oh Britta, wie Björn küssen kann.«

Fast sage ich: »Ich weiß«, aber dann sage ich nur: »Oh, schön!«, und esse weiter meinen Salat mit Entenleber und dabei fällt mir auf, dass ich Entenleber noch nie ausstehen konnte. Warum habe ich mir Salat mit Entenleber bestellt?

»Wir hatten SOLCH GROSSARTIGEN SEX!!!«, brüllt Karin los, woraufhin sich alle Leute im Restaurant umdrehen und uns teils verwundert, teils neidisch und teils vorwurfsvoll anstarren. »Die ganze Nacht lang hatten wir DEN BESTEN SEX, DEN ICH JE HATTE!!!«

»Pscht, pscht«, mache ich und wedele mit der Hand umher. Gleich macht Karin noch den Orgasmus nach, den Meg Ryan bei ›Harry & Sally‹ täuschend echt in einer Raststätte demonstriert hat. Vor Billy Crystal, den das ziemlich beeindruckte. Karins Hummersuppe hat es sich mittlerweile zum Großteil auf ihrer weißen Bluse gemütlich gemacht, was ihrer Begeisterung aber keinen Abbruch tut.

»Aber jetzt kommt das Allerschönste!«, sie hat Tränen in den Augen. »Björn hat mich gefragt, ob ich mir vorstellen kann, mit ihm zusammenzuziehen und ... und ... und ... ihn zu heiraten!«

Peng. Das sitzt. Und wie das sitzt. Björn, der zu mir gesagt hat, eine Frau wie mich habe er immer gesucht. Plötzlich bin ich eiskalt. Ich werde mein Leben ordnen und zurechtrücken, und Björn hat darin ganz sicher keinen Platz. Mein Mann ist auf dem Wege, wieder er selbst zu werden, und ich werde ihm diese Chance geben. Die letzten Wochen werde ich aus meinem Gedächtnis streichen. Das Boot werde ich verkaufen, und diese verdammte Kieler Woche wird ohne mich gesegelt werden. Ja. Ich weiß genau, was zu tun ist. Ich fühle mich plötzlich wie eine Suchtkranke, die den Absprung gerade noch rechtzeitig geschafft hat und Ginflaschen oder eine mit Heroin gefüllte Spritze mitsamt einem Abbindgurt und Zitronensaft auf einem Esslöffel mit den Worten »Danke, für mich ist das nichts«, ablehnt und sich bestens dabei fühlt. Ich lache Karin an: »Ich freue mich für dich«, sage ich. »Hoffentlich wirst du so richtig glücklich!«

»Oh Britta, ich danke dir!«, Karin streichelt meine Hände. »Meine Güte, bin ich froh, dass ich dir das alles erzählt habe. Im Ernst, ich bin so überzeugt davon, dass Björn der erste Mann ist, der es wirklich so richtig ernst mit mir meint und nicht nur mit mir ins Bett will!«

Harrrrgh!

»Über Kinder haben wir auch schon gesprochen«, schwärmt Karin weiter, »er möchte am liebsten drei, wobei ich lieber zwei hätte, aber darüber können wir ja ...«

Ich sitze im Auto. Durchatmen. Atmen. Langsam atmen. So ist es gut. Prima. Bestens. So. Motor an. Ersten Gang rein. Kupplung kommen lassen. Anfahren. Da ist eine rote Ampel. Bremsen. Ja, es geht noch. Es geht. Um fünfzehn Uhr habe ich den Termin mit Bennileins Eltern und auch den werde ich durchziehen. Dann fahre ich nach Hause. Und am Wochenende fahre ich nach Sønderborg und werde Frauke und den anderen mitteilen, dass sie auf meine Teilnahme bei der Kieler Woche verzichten müssen. Und Björn werde ich am Wochenende sagen, dass ich ihn nie wiedersehen möchte. Ich werde ihm aber noch nicht sagen, warum ich ihn nie wieder sehen möchte. Nein, das sage ich ihm erst einige Zeit später. Vielleicht, wenn ich ihn mal mit Karin zusammen sehe. Oder ich rufe ihn an, wenn ich weiß, dass Karin gerade bei ihm ist. Oder ich gehe dann einfach zu ihm in seine verdammte Wohnung über der Praxis und klingele an der Tür. Ich werde das zelebrieren. Möchte wissen, wie viele Geliebte er noch hat, denen er mit Hundeblick das Blaue vom Himmel verspricht.

Um halb fünf ist der Kaufvertrag mit den VON Halderslebens unterzeichnet. »Ach Frau Schüchen«, sagt Marita VON, »solch ein schickes Häuschen. Ich habe schon einige Innenarchitekten beauftragt, sich das mal anzuschauen, oh, das wird eine Menge Arbeit geben. Ach, wie soll ich das bloß alles schaffen!«

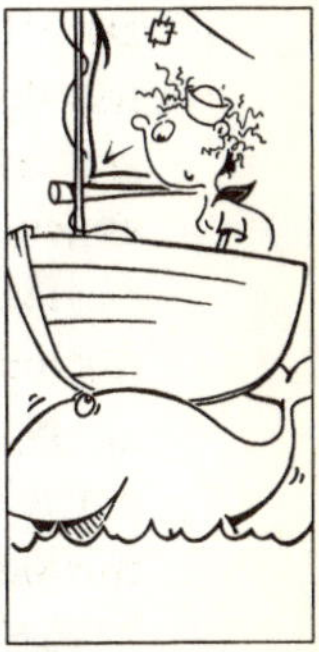

Sie hat Probleme zu sprechen, denn Marita war gerade beim Schönheitschirurgen, wie sie mir flüsternd gesteht: »Alle paar Jahre lasse ich mir die Haut hinter die Ohren ziehen«, sagt sie leise, »diese Schmerzen. Und diesmal waren auch die Augen fällig. Und die Lippen. Haben die nicht eine wunderschöne Form?« Sie lächelt mich angestrengt Beifall heischend an. Das sind keine Lippen, das sind Gummireifen, die sich da in ihrem Gesicht befinden. Aber das ist nicht meine Sache. »Schön, wunderbar«, sage ich und möchte einfach nur weg. »Benni geht übrigens nach den Sommerferien ins Internat«, erzählt Marita weiter. »Wir werden ja nicht mehr Herr über den Jungen. Er ist so respektlos. Aber der Auslöser waren Sie, Frau Schüchen!« Verschwörerisch kommt sie näher. »Nach der letzten Besichtigung, Sie wissen schon, hat er behauptet, sie hätten zu ihm ›Halt's Maul‹ gesagt. Da ist meinem Mann der Kragen geplatzt. ›So eine nette Frau‹, hat er gesagt, ›Frau Schüchen würde so etwas nie zu dir sagen!‹ Oder, Frau Schüchen?«

Ich schüttele den Kopf: »Niemals! Wie kommt der Bengel bloß auf so was?«

Marita nickt. »Eben. Er wollte auch nicht mitkommen und sich für sein Benehmen entschuldigen. Noch nicht mal das!«

Ach, Bennilein, das macht doch nichts.

Ich kann mich noch nicht mal darüber freuen, dass ich in der letzten Stunde eine ganze Menge Geld verdient habe. Ich könnte in die Stadt fahren und mir ein paar schicke Klamotten kaufen, aber ich habe keine Lust.

Um sechs bin ich zu Hause und Andreas ist schon da. Er kocht. Er hat seit Jahren nicht gekocht. »Ich mache uns Gambas mit Reis und einer leckeren Safransoße«, ruft er mir zu und ist ganz stolz auf sich. »Macht das einen Spaß, mal wieder für dich zu kochen! Das mache ich jetzt öfters!« Er umarmt mich. »Komm, gib mir deine Jacke, Zuckermaus, und setz dich hin. Wie war dein Tag?«, er reicht mir ein Glas Wein. Ich kann es immer noch kaum fassen, dass er sich um 180 Grad gewandelt hat, und müsste vielleicht sogar in einer Habachtstellung sein, aber warum? Andreas hat Fehler gemacht, die hat er eingesehen, und jetzt tut er alles dafür, um sie auszumerzen. Warum sollte ich jetzt misstrauisch sein? Nein, ich werde meine Ehe wieder geradebiegen. Und das Kinderthema müssen wir bald noch mal angehen.

»Hast du denn Elke erreicht?«, fragt Andreas, während er mir noch Reis auf den Teller legt. Ach, das hab ich ja ganz vergessen.

»Nein, ich versuche es morgen!«, sage ich und mache mir einen Zettel.

»Es ist nur, weil Gunnar mich heute ein paar Mal angerufen hat«, sagt Andreas. »Ihm liegt das Ganze doch sehr am Herzen!«

»Das glaube ich«, nicke ich, »ich melde mich morgen bei dir, sobald ich was weiß!«

»Gut«, Andreas nickt. »Das ist sehr lieb von dir!«

Das Kinderthema mag Andreas heute gar nicht so recht angehen, denn »bei Püppi war heute die Hölle los! Ein Araber hat heute siebzehn Puppenküchen für alle seine Frauen bestellt, und in jeder muss der Harem anders aussehen. Das wird vielleicht eine Arbeit. Ich habe den ganzen Tag lang gezeichnet.«

Aber es ist ein sehr ruhiger, harmonischer Abend, und ich verbringe ihn damit, im Garten herumzupusseln, mit Nachbarn zu klönen und Unkraut zu jäten. Ist auch mal wieder schön. Andreas telefoniert im Wohnzimmer, wie ich durch die große Panoramascheibe beobachten kann. Bestimmt mit seinen Kollegen von Püppi. Er lacht mehrfach laut auf. Bestimmt freuen sich alle über den großen Auftrag. Dann beschneide ich den Efeu.

30

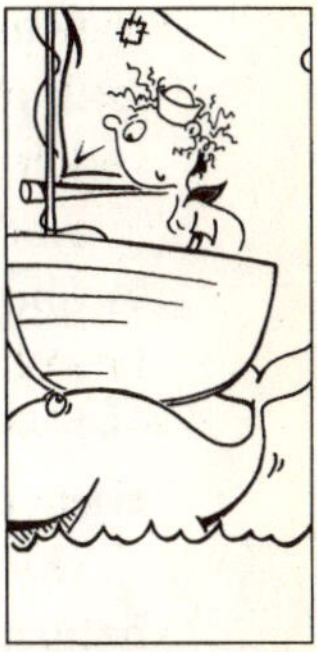

Ich kann diese Woche wirklich überhaupt nicht«, sage ich wiederholt zu Björn, der nicht verstehen kann und nicht verstehen will, warum ich nicht wenigstens an einem Abend mit ihm was trinken gehen will.

»Wenn was ist, sollst du es mir sagen«, sagt er traurig. »Muss ich jetzt wirklich bis zum Freitag warten?«

»So Leid es mir tut«, erwidere ich mit fester Stimme, »ich habe wahnsinnig viel zu tun!«

»Dann lass uns wenigstens mal Mittag essen gehen«, bittet mich Björn. »Du kannst zu mir in die Praxis kommen, von dort aus können wir runter zu ›Bodos Bootssteg‹ gehen und da eine Stunde sitzen.«

»Bitte, Björn, ich kann nicht«, schließe ich das Gespräch ab. »Wir sehen uns doch am Freitag in Sønderborg.«

Björn gibt auf: »Na gut, wenn es nicht anders geht«, sagt er, »dann eben bis Freitag. Kannst du wenigstens zwischendurch mal telefonieren?«

»Versuch es einfach«, sage ich und nehme mir vor, mein Handy nur ab und zu anzuschalten. Ich möchte einfach nicht mit ihm sprechen. NICHT VOR FREITAG!

»Britta, fährst du Freitag wieder nach Dänemark?«, fragt mich Andreas am Mittwochmorgen beim Frühstück, das wir seit kurzer Zeit wieder gemeinsam einnehmen.

Ich nicke. »Wollen wir nicht zusammen fahren?«, frage ich ihn.

»Nein«, sagt Andreas, »ich habe Gunnar nun mal versprochen, diese Kieler Woche mit ihm zu segeln, und das mache ich dann auch. Es ist doch nicht schlimm, wenn wir getrennt fahren? Oder bleib du doch einfach zu Hause!«

»Och ne«, sage ich, »ich segele dann mit den anderen ein bisschen herum.«

»Na gut«, Andreas scheint zufrieden zu sein, »aber du bist mir doch nicht böse, wenn ich das jetzt mache, oder?«

»Nein, nein«, versichere ich ihm und meine das auch so. »Macht ihr nur, was ihr vorhabt. Aber ich werde vielleicht nur einen Tag dableiben!«

»Gut«, meint Andreas, »Sonntagabend komme ich ja wieder! Und vergiss nicht, du wolltest Elke heute anrufen!«

Ich nicke. »Wenn ich sie erreiche«, sage ich.

Andreas steht auf: »Dann bis heute Abend, Zaubermaus«, sagt er und gibt mir einen Kuss, »ich freu mich schon auf dich.«

»WAS? Das glaube ich ja nicht!«, schreit Elke los. Sie befindet sich mittlerweile in Adelaide und hat eigentlich gar nicht vor, wieder nach Deutschland zurückzukommen.

»Doch«, sage ich, »du glaubst gar nicht, wie bedröppelt die beiden vor mir gestanden haben. Wie begossene Pudel! Gunnar meint es tatsächlich ehrlich!«

Elke schnaubt laut auf: »BRITTA! Du kennst Gunnar nicht so gut wie ich. Der meint das garantiert nicht ehrlich! Und Andreas meint es auch nicht ehrlich. Die beiden führen irgendwas im Schilde! Was, weiß ich nicht, aber es ist mit Sicherheit nichts Gutes. Bitte, glaub kein Wort!«

»Gunnar hat einen Rubinring für dich, den hat er mir gezeigt«, versuche ich Gunnar zu verteidigen und glaubwürdiger zu machen.

»Ja, den hat er dir gezeigt, das ist schon möglich«, lacht Elke hämisch. »Der war mit Sicherheit nur geliehen. Die machen dir was vor. Pass bloß auf, Britta, bitte, lass dich nicht einlullen!« Jetzt übertreibt sie es aber wirklich.

»Ich kann dir nur sagen, was mir Gunnar gesagt hat«, sage ich. »Du musst natürlich wissen, was du tust. Er möchte neu mit dir anfangen.«

»Ganz sicher, ganz sicher«, Elke kriegt sich kaum noch ein. »Neu mit mir anfangen heißt, dass ich ihm wieder die Vollmachten erteile. Aber nicht mit mir, so nicht! Aber am meisten mache ich mir Sorgen um dich, Britta! Nicht dass Andreas auf Gunnars Anraten hin irgendein linkes Spiel mit dir vorhat! Dann ist aber was los!«

»Nein«, ich schüttele den Kopf, obwohl Elke das gar nicht sehen kann, »du glaubst gar nicht, wie der sich verändert hat. Ich erkenne ihn gar nicht wieder. Sogar über Kinder haben wir gesprochen!«

»Britta, sei doch nicht so dumm!«, Elke ist außer sich. »Der will, dass du dich in Sicherheit wiegst und nicht kapierst, was die vorhaben. Oh bitte, Britta, sei nicht dumm, bitte sei nicht dumm!«

»Ich bin nicht dumm!«, sage ich sauer. »Man muss jemandem doch eine zweite Chance geben!«

»Wenn er sie verdient hat, ja«, sagt Elke leise und ernst. »Aber unsere beiden Ehemänner haben sie nicht verdient. Nicht bei allem, was vorgefallen ist! Irgendetwas ist hier megafaul! Ich werde nicht zulassen, dass du dich ins Unglück ...«

Verbindung beendet. Wahrscheinlich ist Elkes Akku leer.

Ich kann Elke ja verstehen, bei allem, was sie mit Gunnar durchgemacht hat. Aber man kann es auch übertreiben.

»Das ist jetzt nicht dein Ernst, Britta!«, sagt Frauke empört. »Nein, Britta, das kannnnnst du doch nisch tuuuun!«, das sind Tobias und Detlef. Selbst Raststätte Berfa schaut so, als ob er traurig wäre. Mit großen Augen sitzt er auf Detlefs Schulter und schaut mich vorwurfsvoll an. Hanno geht auf und ab. »Unser schöner Plan«, sagt er resigniert. »Ich hab die beiden Idioten sogar so weit bekommen, dass sie noch nicht mal einen Fenderknoten beherrschen und Luv mit Lee verwechseln. Und jetzt das!«

Georg steht mit verschränkten Armen da. Ihre raspelkurzen Haare stehen struppig zu Berge und sie beobachtet mich lauernd. »Warum?«, fragt sie dann direkt. »Sag mir ehrlich, warum?«

Ich winde mich wie ein Aal. »Weil eben«, sage ich und drücke mich vor der ehrlichen Antwort.

»Nein, Britta, so leicht kommst du uns nicht davon. Wir machen hier einen Plan, schwören uns gegenseitig, es nicht zu verraten, waren zusammen da draußen und haben schöne Stunden verlebt, und ich dachte eigentlich, dass wir Freunde wären, Britta, das dachte ich. Und jetzt kommst du und sagst, du steigst aus! Wegen dir machen wir das doch alles! Du bist ein Knallfrosch, Britta. Das meine ich jetzt nicht lustig, sondern verdammt ernst. Du bist uns wenigstens eine hundertprozentig ehrliche Antwort schuldig!« Die anderen nicken. Frauke und Hanno schauen traurig zu Boden und die beiden Schwuchteln blicken mich mit Hundeaugen an. Luisa und Christina schauen beleidigt ein paar Booten zu, die gerade einlaufen. Keiner sagt ein Wort.

»Also gut«, überwinde ich mich, »die Sache ist die, dass Andreas sich bei mir entschuldigt hat! Halt!«, wehre ich die Aufschreie der Empörung mit erhobenen Händen ab. »Er hat sich WIRKLICH entschuldigt. Also nicht einfach so, sondern von ganzem Herzen. Die ganze Woche lang hat er mir gezeigt, wie sehr ihm daran gelegen ist, dass unsere Ehe, unsere ganze Beziehung wieder etwas wird!«

»Und das glaubst du ihm?«, fragt Georg. »Das glaubst du ihm? Wie lange, meinst du, wird das so gehen? Bis die Kieler Woche rum ist und er sie ohne dich gesegelt ist? Hast du dir schon mal darüber Gedanken gemacht, dass er irgendwie rausbekommen haben könnte, dass du mitsegelst?«

»Quatsch«, sage ich, wobei ich mir gegenüber zugeben muss, dass Georg Recht haben könnte. »Nein, er meint es ehrlich. So weit kenne ich meinen Mann schon, dass ich das merken würde!«

Georg schlägt mit der Hand gegen ihre Stirn: »Weiber, ich sag es immer wieder, Weiber!«, ruft sie. »Bis das große Erwachen kommt! Für so doof hätte ich dich nicht gehalten, Britta. Ich hatte bis eben noch Hochachtung vor dir!« Sie kommt näher und steht direkt vor mir: »Ich hab ja einiges mitbekommen von den Sachen, die dein lieber Mann über dich gesagt hat. Witzig ist das nicht, und wenn es meiner wäre, hätte ich ihn schon längst ins All geschossen. Aber du fängst was mit Björn an, so lange es mit dir und deinem Mann Scheiße läuft, und kaum kommt der angekrochen, ist alles vergessen. Pfui Teufel. Ich sag nur: Der arme Björn. Wie ein Idiot wartet er auf dich und du hältst ihn hin und jetzt das! Wo ist Björn überhaupt?«

»Er kommt etwas später heute«, sagt Frauke reserviert und wendet sich von mir ab. »Ich fasse es nicht«, sagt sie schließlich und blickt mich dann an. »Wir haben alle gedacht, dass du und Björn letztendlich zusammenbleiben und wir haben uns gefreut für euch. Jetzt wird Björn schon wieder enttäuscht. Das hat er nicht verdient. Verdammt, wie sagen wir es ihm bloß?«

Meine Igelstacheln stellen sich bei Fraukes Worten auf. »Björn wird es schon überleben«, sage ich giftig. »ich werde es ihm nachher gleich selber sagen.«

»Was ist denn bloß los mit dir, Britta?«, fragt Frauke und greift nach meinem Arm. »Du bist wirklich komisch!«

»Dann bin ich eben komisch«, sage ich und verschränke die Arme. »Was wird denn aus der *Glitzerbarbie*, äh *Affenarsch*?«, fragt Tobias. »Das weiß ich jetzt noch nicht. Ihr könnt ja auf alle Fälle die Kieler Woche noch segeln, ich mach mir derweil Gedanken, was mit dem Boot wird.« Dann drehe ich mich weg. Georg ist die Erste, die geht: »Du musst wissen, was du tust, Britta. Na ja, vielleicht sehe ich ja zu schwarz und dein Andreas hat sich wirklich verändert. Wenn nicht, machst du gerade einen ganz ganz großen Fehler.« Dann klettert sie auf ihre *Bloody Mary*, gefolgt von Luisa und Christina, die nur kurz Tschüss sagen und mit Georg unter Deck verschwinden. Man hört das Schiebeluk knallen.

»Tja«, sagt Frauke, und Hanno schaut mich einfach nur an. »Super Sache. Dann hoffe ich mal für dich, dass ihr glücklich werdet. Und bitte sei lieb zu Björn und teile ihm deine Entscheidung einigermaßen taktvoll mit, das wäre sehr freundlich.« Dann gibt sie mir sachlich die Hand: »Wenn es irgendwas gibt, was ich für dich tun kann – du kannst mich jederzeit anrufen!« Dann geht sie ans Stegende und setzt sich mit gekreuzten Beinen ans Wasser. Hanno kratzt sich am Kopf: »Frauke mag dich sehr und sie hat so gehofft, dass du und Björn, na ja, dass ihr zusammenkommt, also so richtig«, sagt er hilflos. »Aber wenn du jetzt wieder mit deinem Mann, also, ja, ich zieh die Sache mit der Kieler Woche dann wohl doch noch mit den anderen durch, wenigstens das gönne ich mir noch, hahaha, also, Britta, dann mach es mal gut.« Dann geht er zu Frauke und setzt sich neben sie.

»Brittaaa, ach das tuuut uns alles soooo schrecklisch Leid«, sagen Tobias und Detlef synchron. »Das waren sooooo lustische Wochenende auf dem Booot. Schaaaade! Aber du, Britta, wenn du die *Glitzerbarbie* verkauuuuufen willlllst, sagst du uns Bescheid, ja? Wir haaaaben die *Barbie* immer nooooch schlimm liiiieb!« Ich nicke.

»Segelt ihr nur die Kieler Woche, den Schlüssel habt ihr ja«, sage ich. »Und danke für alles, ihr beiden.« Ich bin so ergriffen, dass ich sogar den Affen streicheln möchte, aber Raststätte Berfa bleckt schon wieder die Zähne, deshalb lasse ich es.

Tobias und Detlef klettern auf ihr, ich meine auf mein Boot und verschwinden unter Deck.

»Heeee, Britta, endlich!«, Björn kommt mit seiner Reisetasche über den Steg gerannt und ist glücklich, mich zu sehen. Wie entsetzlich kann eine Situation denn noch sein? Alle wissen Bescheid außer ihm. »Sorry, dass es später geworden ist, aber ich musste unbedingt noch ein paar Unterlagen für den Steuerberater raussuchen. Aber jetzt bin ich da. Hallo!«, er lässt seine Tasche fallen und breitet die Arme aus, als er vor mir steht. Ich stehe immer noch mit verschränkten Armen da.

»Ich muss dir etwas sagen«, bringe ich hervor.

Björn lässt die Arme sinken. Seine Augen werden dunkel. »Sag es«, kommt von ihm. Seine Stimme ist heiser. Dann sage ich es. Noch nie, noch nie, noch nie, ich schwöre, noch nie vorher habe ich einen Menschen so traurig erlebt. Wenn ich nicht genau wüsste, dass Björn mir was vormacht, würde ich in Tränen ausbrechen. Aber er ist eben ein verdammt guter Schauspieler.

»Bist du dir ganz sicher in deiner Entscheidung?«, fragt Björn irgendwann. Eine Zeitlang hat er mir den Rücken zugedreht, aber nun hat er sich wieder gefasst, der Heuchler.

Ich muss an Karin denken und bin ganz cool. »Ja, bin ich«, sage ich. »Du wirst schon darüber hinwegkommen, die Zeit heilt alle Wunden!«

Björn sieht mich an: »Wie eiskalt du bist«, sagt er verwundert. »Das hätte ich nun wirklich nicht gedacht.«

»Ach«, ich zucke mit den Schultern, »ich bin nicht die Einzige, die eiskalt ist. Aber auf den Trichter wirst du auch noch kommen.«

»Wie bitte?«, fragt Björn. »Was redest du da? War ich jemals eiskalt zu dir? Ich hab dich lediglich gebeten, mich nicht zu verarschen.«

»Ich hab dich auch nicht verarscht«, sage ich. »Aber es gibt leider zu viele Leute auf dieser Welt, die andere verarschen. Tja.«

»Du bist sehr gemein, Britta, ich hab dir nichts getan, ich hab gewartet, ich hätte noch länger gewartet, das weißt du, aber dass du mich jetzt so abservierst, das passt so gar nicht zu dir.«

»Zu dir passt eigentlich auch so einiges nicht«, gebe ich kiebig zurück.

»Ja, was denn bitte?«, fragt Björn, »das würde ich jetzt wirklich gern mal wissen.«

»Ach«, antworte ich zynisch, »ich glaube nicht, dass ich dir diese Frage allen Ernstes beantworten muss!«

»Ich weiß wirklich nicht, was du meinst«, so Björn, »aber beleidigen lasse ich mich nicht von dir.«

»Dann musst du wohl besser gehen«, sage ich und deute auf den Boden, »da steht deine Tasche!«

Björn sieht mich ein letztes Mal an, dann hebt er seine Tasche. »Pass auf dich auf, Britta«, sagt er und streicht mir ein letztes Mal über die Wange. »Ich hoffe nur eins«, er schaut aufs Wasser.

»Was denn?«, frage ich mit normaler Stimme, nein, eigentlich nicht mit normaler Stimme, die Situation nimmt mich mehr mit, als ich will.

»Ich hoffe, dass ich dich nie wieder sehe. So eine Liebe, die findet man nur einmal. Ich könnte es nicht ertragen, dir auf der Straße zu begegnen und wir gehen aneinander vorbei, jeder in eine andere Richtung. Hoffentlich passiert das nicht. Ich würde verrückt werden.« Und dann nimmt er seine Tasche und wendet sich von mir ab und geht den Steg entlang zu seiner *Breiz'h*.

Ich bleibe noch eine halbe Minute auf Steg C stehen und schwöre mir, nie wieder hierher zu kommen. Das Boot soll nach irgendwohin überführt werden, in einen Hafen, den ich nicht kenne, und dann kümmere ich mich um den Verkauf.

Langsam gehe ich mit meiner Reisetasche den Steg Richtung Hafenmeister entlang. Ich drehe mich nicht um. Da fällt mir ein, dass ich eigentlich heute Nacht noch hier auf der *Affenarsch* schlafen wollte, aber daraus wird jetzt wohl nichts. Weil mich niemand hier haben will. Ich komme mir vor wie eine Verräterin.

Ein paar Wochen nur war ich am Wochenende hier, und trotzdem ist mir das alles so vertraut, fast wie ein zweites Zuhause. Ich weiß, welche Klos und welche Waschbecken den besten Wasserdruck haben, und kenne einige Liegeplatznachbarn mit Namen. Freitags ist immer eine gelöste Stimmung, weil das Wochenende beginnt, und sonntags eher Aufbruchstimmung.

Vielleicht möchte ja Andreas gemeinsam mit mir das Boot behalten und wir suchen uns einen anderen Liegeplatz. Nur nicht Sønderborg. Aber was ist, wenn wir auf einem Törn Björn begegnen? Nein, das geht nicht. Das will er ja nicht. Und ich, was will ich? Meine Ehe kitten. Stimmt, das wollte ich.

Auf dem Weg zum Auto stelle ich mir vor, wie ich mit Andreas segeln gehe, aber es kommen keine gescheiten Kopfbilder zustande. Warum, kann ich nicht sagen.

Ich muss auch Lars noch sagen, dass ich die Kieler Woche nicht segle. Nicht, dass er umsonst mit Marie nach Kiel fährt, um meinen nicht vorhandenen Siegeseinlauf zu bewundern.

Nein, ich werde die *Affenarsch* verkaufen und als kurzen Abschnitt meines Lebens verbuchen. Das ist sicher das Beste so. Dann werde ich meine Liebe zu Andreas neu entdecken. Das ist sicher sehr spannend und aufregend. Das muss es sein.

Gunnar ist im übrigen ein wenig enttäuscht von mir, weil ich Elke noch nicht dazu überreden konnte, nach Deutschland zurückzukommen. Die ganze Wahrheit habe ich ihm natürlich nicht gesagt. Aber er war ganz freundlich am Telefon: »Du bleibst aber am Ball, Britta, ja?«, fragt er nett, »wenn einer Elke dazu kriegen kann, es noch mal mit mir zu versuchen, dann du. Andreas hat mir erzählt, dass ihr beide auch einen Neustart macht, das finde ich klasse!«

Elke hat mir in dieser Woche zwei SMS geschickt und zwei Nachrichten auf der Mailbox hinterlassen; alle mit demselben Tenor: »Pass auf! Lass dich nicht verarschen!« oder so ähnlich. Ich habe noch nicht geantwortet.

Den Samstag verbringe ich damit, einkaufen zu gehen, dann versuche ich es, mir gemütlich zu machen. Die Sonne scheint, es ist ein warmer Tag, Vögel zwitschern und balgen sich im Garten herum, ich öffne die Küchentür, die in den Garten führt, kümmere mich um meine Topfpflanzen, die ich in den letzten Wochen sträflich vernachlässigt habe, dünge, schneide verwelkte Blätter ab, stelle den Rasensprenger an und das Radio, höre eine Wunschsendung und fange an, Essen für die kommende Woche zu kochen und portionsweise einzufrieren. Dabei schaue ich Naturdokumentationen auf dem kleinen Fernseher, der sich in der Küche befindet, und natürlich kommt was über die Ostsee und wo man segeln kann und wo nicht, wegen der Naturschutzgebiete, also stelle ich den Fernseher wieder aus, und dann sitze ich einfach so in der Küche und fange an zu heulen.

Um mich, um Björn oder nicht um mich und nicht um Björn. Ich weiß es nicht.

31

Britta, bitte sei doch so gut und nimm diese Hemden heute mit in die Reinigung«, bittet mich Andreas, »und ich wäre dir wirklich sehr dankbar, wenn du es hin und wieder noch mal bei Elke probieren würdest. Gunnar wird langsam unruhig!«

Es ist Montagmorgen. Ich habe nichts von Björn gehört und nichts von Frauke. Ich habe von niemandem etwas gehört. »Du hast die Reinigung doch auf dem Weg«, sage ich und merke, dass meine Stimme scharf wird. Fängt das jetzt schon wieder an.

Andreas blickt von seiner Morgenzeitung auf: »Natürlich kann ich meine Hemden selbst mitnehmen, Britta«, sagt er freundlich, »ich meinte ja nur, dass du mir vielleicht den Gefallen tun könntest. Immerhin bemühe ich mich ja wohl die letzte Zeit sehr um uns.«

»Ich nehme deine Hemden ja mit«, sage ich und es tut mir schon wieder Leid, dass ich so giftig war. Aber muss ich Andreas denn jetzt dafür belohnen, weil er sich in der letzten Zeit so um mich bemüht hat?

»Fein«, sagt Andreas, »ach so, ja, ich will ja nicht meckern, aber es ist kein Honig mehr da. Und ich meine fast, die Betten wurden das letzte Mal vor zwei Wochen bezogen! Was hast du denn am Wochenende gemacht, Schuss ... äh, Zaubermaus?«

»Mich um den Garten gekümmert«, sage ich genervt.

»Du weißt doch aber, dass ich ziemlich ungehalten werden kann, wenn mein Akazienblütenhonig nicht jederzeit in rauen Mengen vorhanden ist«, klagt Andreas. »Schau, das Glas ist fast leer.« Er steht auf und faltet die Zeitung zusammen. »Also, Reinigung, Betten beziehen, Honig! Das kann ja wohl nicht so schwierig sein, nicht wahr? Die Toilette und die Duschkabine sahen auch schon mal besser aus. Ich wünsch dir einen schönen Tag«, sagt Andreas und geht. Diesmal, ohne mir einen Kuss zu geben und ohne mir zu beteuern, dass er mich liebt. Vielleicht hat er einfach nur schlecht geschlafen. Ich muss das ja jetzt nicht überbewerten.

»Oha«, macht Lars, als ich ihm mit Magenschmerzen alles erzählt habe. »Tja, was soll ich dazu sagen?«

»Deine Meinung«, bitte ich verzweifelt. »Habe ich richtig gehandelt?«

Lars geht ans Fenster. »Woher soll ich das denn wissen«, sagt er schließlich, »ich kenne diesen Björn ja gar nicht persönlich. Aber ich kenne Andreas, zwar nicht besonders gut, aber immerhin etwas.«

»Und?«, frage ich gierig, »was meinst du? Meint er es ehrlich?«

Lars überlegt und zuckt dann mit den Schultern. »Nach allem, was in letzter Zeit gewesen ist, würde ich sagen, nein, er meint es nicht ehrlich, aber andererseits finde ich es natürlich groß, dass er sich entschuldigt hat und quasi noch mal von vorn anfangen will.«

»Heute morgen hat er aber schon wieder mit Forderungen angefangen«, kläre ich ihn auf. »Oh Lars«, ich stütze den Kopf in beide Hände und bin völlig verzweifelt, »woher soll ich nur wissen, was richtig ist?«

»Hm«, Lars überlegt und überlegt, »das weiß wohl keiner«, sagt er schließlich. »Letztendlich musst du abwarten. Es wird dir nichts anderes übrig bleiben.«

»Aber dann habe ich Björn verloren!«, rufe ich.

»Moment mal«, sagt Lars, »du hast Björn schon vor vollendete Tatsachen gestellt. Das Thema ist gegessen. Du kannst nicht mit einem Menschen so spielen!« Da hat er Recht. Er hat Recht, so Recht. Nur, was soll ich tun? Ich bin mir plötzlich gar nicht mehr sicher, ob Andreas es ernst meint, ob Gunnar es ernst meint, ob überhaupt irgendjemand es ernst meint, ob ich irgendwas ernst meine, HERRJE, kann nicht einfach alles gut sein???

Abends beziehe ich die Betten und putze das Bad und verachte mich dabei. Andreas kommt später wegen der arabischen Kunden. Mein Handy klingelt. Es ist Frauke. »Mein Angebot gilt immer noch«, sagt sie, zwar reserviert, aber dennoch freundlich. »Wenn ich was für dich tun kann, melde dich bitte, Britta!«

»Das ist sehr lieb von dir, Frauke«, sage ich, »wie geht es denn Björn?«

»Na ja«, Frauke wird noch reservierter, »nach dem, was du ihm am Freitag am Steg um die Ohren geknallt hast, erübrigt sich diese Frage. Aber darüber möchte ich auch jetzt nicht sprechen. Ich möchte nur, dass du genau weißt, was du tust. Bald hast du keine Chance mehr. Dann ist der Zug abgefahren.«

»Segelt ihr denn nun die Kieler Woche?«, frage ich wissbegierig.

»Ja, das werden wir wohl tun«, Frauke lacht ein wenig. »Allein schon wegen Hanno. Der Arme hat sich ein paar schlimme Wochenenden zugemutet, es wäre einfach nur unfair, jetzt alles abzublasen. Aber eins will ich dir noch sagen: Dein Mann und Gunnar waren am Wochenende gar nicht mehr so böse auf Frauen und speziell ihre Frauen. Eigentlich waren sie ganz freundlich. Das hat Hanno ein wenig stutzig gemacht und uns anderen alle auch, um ehrlich zu sein.«

Na also, Andreas meint es doch ernst! »Wieso stutzig gemacht?«, frage ich.

»Weil das komisch ist. Letztes Wochenende waren sie noch total giftig, und jetzt ist plötzlich alles ganz toll und ihre Frauen sind die besten, und verheiratet zu sein ist wunderbar. Komisch. Echt komisch.« Ach, Frauke malt den Teufel an die Wand.

»Wir haben dich vermisst am Wochenende, Britta. Von Björn muss ich wohl gar nicht reden. Aber du hast gefehlt. Ich glaube, selbst Raststätte Berfa hast du gefehlt. Der war ganz apathisch. Tobias und Detlef haben dauernd gesagt: ›Ach, wenn Britta doch hier wäre‹ und selbst Georg hat ständig gemeckert: ›Ach, dass Britta jetzt nicht hier ist, ach, das wäre schön‹. So kenne ich Georg gar nicht. Wir haben natürlich auch über Andreas gesprochen, und wir sind alle einer Meinung. Aber die kennst du ja.«

»Ich weiß, ich weiß«, sage ich, »aber verstehst du mich denn nicht ein bisschen?«

»Bei jedem anderen Mann würde ich dich verstehen, aber bei diesem nicht«, antwortet Frauke. »Das sieht ein Blinder mit Krückstock, dass da was megafaul ist. Aber du musst wissen, was du tust.« So sehe ich das auch. »Ich hoffe sehr, dass wir in Kontakt bleiben«, wünscht sich Frauke. »Wenn sich die ganze Aufregung nach der Kieler Woche gelegt hat, würde ich mich freuen, was von dir zu hören.« Das verspreche ich ihr und wir legen auf.

Die Tage vergehen. Ich hole Andreas Hemden von der Reinigung ab und bringe neue hin, und er ist nach wie vor sehr freundlich zu mir, macht aber keinerlei Anstalten, mal wieder Sex mit mir zu haben, was ich auf die Aufregung bei Püppi schiebe. Der Araber war nicht zufrieden mit den ersten Entwürfen, die Puppenfrauen im Harem waren wohl nicht dick genug und hatten teilweise Jeans an, was in einem Harem so gar nicht geht. »Aber wenn die Kieler Woche rum ist, dann machen wir einen schönen Urlaub«, sagt Andreas und nimmt sich noch ein Schnitzel. »Hast du keinen Curry mehr im Haus gehabt?«

»Ich dachte, ich mache die Schnitzelsoße mal ohne Curry«, sage ich, »mir schmeckt es gut.«

»Mir soll es aber auch schmecken«, erwidert Andreas und vermischt das Schnitzel mit Reis. »Bist du bei Elke weitergekommen?«, fragt er dann unvermittelt und trinkt einen Schluck Wein.

»Sie meinte, dass sie vorerst mal nicht zurückkommt«, sage ich und esse meinen Tomatensalat.

Andreas legt sein Besteck zur Seite: »Wann hast du denn mit ihr gesprochen?«, fragt er.

»Gestern oder vorgestern, ich weiß es nicht mehr genau.« Ich weiß es wirklich nicht mehr genau, Elke hat nur kurz angerufen und mir ihre Entscheidung mitgeteilt, und ich habe auch noch anderes zu tun, als nach einem Anruf von Elke sofort bei Andreas anzurufen.

Andreas blickt mich zornig an: »Du hast es mir versprochen!«, schreit er herum. »Versprochen! Der arme Gunnar. Er wartet und wartet auf Nachricht. Seine Anrufe nimmt Elke ja nicht an, und ihre Mutter weiß angeblich auch nicht, wo sie sich gerade aufhält. Also könntest du mir jetzt bitte sagen, was da genau los ist?«

Erschrocken blicke ich ihn an: »Du tust ja gerade so, als ob dein weiteres Leben davon abhängt, ob Elke zu Gunnar zurückkehrt«, sage ich.

Andreas schlägt mit der Hand auf den Tisch: »Gunnar ist mein Freund, und ihm geht es gar nicht gut. Da fände ich es nur einfach nett von dir, wenn du mir Bericht erstatten könntest, wenn du was von Elke hörst!«

»Ich bin nicht deine Angestellte und muss dir bestimmt keinen Bericht erstatten«, fahre ich ihn an. »Jetzt krieg dich mal ein!« Andreas steht so ruckartig auf, dass sein Stuhl nach hinten umkippt. Den ganzen Abend redet er kein Wort mehr mit mir. Er redet auch die kommenden Tage kein Wort mit mir. Das Einzige, was ich finde, ist ein Zettel auf dem Tisch: »Elke muss zurückkommen, sonst ist was los!«

Was hier los ist, verstehe ich nicht. Alle Bemühungen, mit ihm zu sprechen, schlagen fehl. Er wendet sich ab und verlässt den Raum, wenn ich ihn betrete. Was mache ich denn falsch?

»Wenn du nicht bald was an dieser Situation änderst, wirst du krank«, sagt Lars zu mir. »So geht das nicht weiter!« Ich schlafe mittlerweile im Bügelzimmer, kann aber kaum schlafen, habe permanent Kopf- und Magenschmerzen und mir ist ununterbrochen so schwindlig, dass ich kaum noch Auto fahren kann.

»Er redet nicht mehr mit mir«, ich bin völlig hilflos. »Was soll ich dagegen tun, er redet nicht mit mir!«

Lars regt sich auf: »Ich werde ihn anrufen, und zwar jetzt«, sagt er böse und geht in sein Büro. Ich sitze da und sage gar nichts. Zwei Minuten später kommt Lars zurück: »Andreas meint, das ginge mich alles einen Scheißdreck an«, sagt er und weiß dann nicht mehr, was er sagen soll, »Und außerdem solle ich mich um meine eigene Ehe kümmern. Dann hat er aufgelegt.«

Am Freitag überlege ich kurz, nach Sønderborg zu fahren, verwerfe diesen Gedanken aber schnell wieder. Björn hat sich nicht gemeldet, auch nicht auf zwei unverbindliche SMS, die ich ihm irgendwann spät abends aus dem Bügelzimmer geschickt habe. Auch von den anderen höre ich nichts. Nichts. Nichts. Nichts.

Ich fühle mich zerschlagen, hilflos und allein gelassen. Niemandem gönne ich dieses Gefühl. Es ist schon so weit mit mir gekommen, dass ich bete. »Lieber Gott, mach, das alles gut wird!« Aber nichts passiert.

Und nächstes Wochenende ist die Kieler Woche. Das Wochenende, nachdem ich meine Entscheidung treffen wollte. Entscheidung ist ein schreckliches Wort. So endgültig.

Karin kommt vorbei und zeigt mir stolz einen Ring, den Björn ihr geschenkt hat: »Es ist noch kein Verlobungsring, aber irgendwie doch schon«, sagt sie. »Man muss ja nichts überstürzen. Du, Britta, wir ziehen im August zusammen. Also ich zu ihm. Das ist toll, da muss ich zum Zahnarzt nur noch ein Stockwerk runtergehen. Wobei – ganz ehrlich, manchmal zieht dieser Geruch von der Praxis hoch, da kann einem leicht übel werden, weißt du, aber egal, du, wie ich Björn liebe.«

Wenn Björn so schnell mit Karin zusammenzieht, warum geht es ihm dann laut Frauke so gar nicht gut? Na ja, das ist ja nun auch schon ein paar Tage her, da kann viel passieren. »Wie schön für euch, Karin«, sage ich. »Du musst unbedingt mal mit Björn vorbeikommen.« Was rede ich denn da?

»Das machen wir bestimmt mal«, verspricht mir Karin freudig, »aber im Moment wollen wir einfach nur zu zweit zusammensein. Ich muss ihm aber unbedingt von dir erzählen.« Ja, tu das mal, Karin, tu das mal. Björn kennt mich nämlich schon, und dich wollte er nie behandeln, weil du ja was mit meinem Mann hattest. Oder auch nicht. Ach, egal.

Es ist Freitag, der dreizehnte. Es ist Abend. Das Kieler-Woche-Wochenende. Andreas packt seine Sachen zusammen und redet mittlerweile wenigstens das Nötigste mit mir. Ich bin ja schon dankbar, wenn er mir befiehlt, seine wasserdichten Socken zu suchen. In einer halben Stunde holt Gunnar ihn ab. Morgen beginnt die Regatta. »Können wir nicht noch mal reden, bevor du losfährst?«, frage ich, nein, ich flehe geradezu. Ich fühle mich so entsetzlich gedemütigt.

Andreas schaut mich an: »Wir reden, wenn Elke sich dazu entschließt, zu Gunnar zurückzukehren«, sagt er. »Vorher reden wir ganz sicher nicht. Punkt.«

»Was hat denn das mit uns zu tun?«, ich werde langsam hysterisch. »Was?«

Andreas schnürt seinen Rucksack zu: »Das wirst du dann schon noch erfahren. Also sorge dafür, dass sie zurückkommt, dann sehen wir weiter.«

Ich stehe vor meinem alten Vertiko und versuche, eine vorstehende Schublade zu schließen. Das alte Holz verzieht sich ständig. Ich hatte schon öfters Probleme mit dieser einen Schublade, mein ganzer Schmuck befindet sich darin und manchmal verhakt sich der Verschluss einer Kette in der Lade. Mit einem Ruck reiße ich die Schublade auf und erstarre. Mein gesamter Schmuck ist weg. »Mein Schmuck ist weg«, sage ich fassungslos zu Andreas. Oh Gott! Ist eingebrochen worden und wir haben es nicht mitbekommen? Ich bekomme schreckliche Angst. Vielleicht ist das alles nur ein Irrtum und der Schmuck ist durch den Ruck in den hinteren Teil der Schublade befördert worden. Ich ziehe die Schublade ganz raus, aber nichts befindet sich darin. »Andreas, mein Schmuck ist weg!«, kreische ich, »wo ist der denn?« Wie furchtbar. Mein wertvoller antiker Schmuck, alles Erbstücke. Mein Diamantarmband, die Saphirohrringe von meiner Oma mit dem dazugehörigen Collier. Die Kette mit den Smaragden und die Brosche. Und tausend andere Sachen, die ich mir selbst gekauft habe. Ich drehe mich zu Andreas um. Warum reagiert der nicht?

Er steht seelenruhig vor mir und blickt mich mit einem listigen Gesichtsausdruck an: »Wie gesagt, sorge dafür, dass Elke zurückkommt«, sagt er. »Dann bekommst du vielleicht, vielleicht deinen Schmuck zurück!«

Plötzlich fällt es mir wie Schuppen von den Augen. Allmächtiger. Mein eigener Mann hat meinen Schmuck gestohlen. Kein einziges Stück hat er mir gekauft, nicht eines. Und er hat die Dreistigkeit, mir meinen Schmuck zu klauen.

Ich bin nicht wütend, ich schreie nicht, ich bin ganz ruhig: »Was hast du vor?«, frage ich leise.

Andreas lacht leise auf. »Glaubst du, dass ich wirklich vorhatte, mit dir zusammenzubleiben?«, fragt er hämisch. »Nein, meine Beste, ich wollte dich nur ruhig stellen. Und mit dir schlafen wollte ich schon mal gar nicht. Wie süß du warst, als du dich so bemüht hast, dass es doch noch klappt. Aber vergeblich. Weißt du, Britta, ich mag keine Frauen, die auf eigenen Beinen stehen. Ich bin der Ansicht, dass Eigentum für eine Frau nichts ist. Gunnar hat das schon ganz richtig gemacht. Ich gebe zu, ich dachte, dass du das mit dem Schmuck erst später merkst, aber nun ist es eben so, wie es ist, kann man jetzt nichts dran ändern. Ich mache es kurz, Britta: Nächste Woche werde ich die Trennung offiziell machen, und du kannst sehen, wo du bleibst. Du bist mir zu emanzipiert geworden, Britta. Ich möchte nicht zu einer FRAU sagen, dass sie meine Hemden in die Reinigung bringt. Die soll das von selbst tun. Verstehen wir uns, ja?«

Ich stehe da und kann gar nichts sagen. Meine Hände, meine Arme, meine Beine, mein gesamter Körper, alles ist eiskalt. Ich fühle mich wie in Eiswatte gepackt.

»Ihr habt das alles geplant«, bringe ich schließlich hervor.

»Was denn sonst?«, sagt Andreas und lacht heimtückisch. »Ich bin im Übrigen ab nächster Woche nicht mehr hier. Unbezahlter Urlaub. Aber ich war ja nicht blöd und hab mir eine Menge angespart. Und falls du aus dem Haus was rausnehmen solltest – vergiss es. Am Montag wird sich ein Herr Fischer mit dir in Verbindung setzen. Das Haus wird verkauft, mitsamt allem Mobiliar.«

»Du kannst das Haus nicht einfach ohne meine Einwilligung verkaufen«, sage ich mit brüchiger Stimme.

»Doch, das kann ich. Ich habe das Haus nämlich geerbt, bevor wir geheiratet haben.«

»Ich habe die Renovierung bezahlt«, sage ich.

»Dann beweise es«, sagt Andreas und nimmt seine Taschen. »Die Rechnungen liefen alle über mich. Das Haus läuft im Übrigen auch auf mich.«

»Das ist Zugewinn«, sage ich wieder.

»Nein, du dumme Nuss, in dem Fall nicht, aber du kannst ja gern einen Anwalt konsultieren«, sagt Andreas abschließend und geht zur Tür. Er dreht sich um: »Da du es nicht geschafft hast, Elke zur Rückkehr zu bewegen, müssen wir jetzt leider diesen Schritt tun.«

»Wer ist wir?«, frage ich hilflos. Mir kommt es vor, als würde mir der Boden unter den Füßen weggezogen. Ich kenne die Antwort ja.

»Gunnar wollte lediglich, dass Elke zurückkommt, um ihm wieder alle Vollmachten zu erteilen, du Blindfisch«, lacht Andreas. »So, und nun kannst du mir viel Erfolg bei der Kieler Woche wünschen!« Er schließt die Schlafzimmertür hinter sich und ich höre ihn die Treppe runtergehen und Gunnar draußen hupen. Wie in Trance gehe ich ans Fenster. Gunnar springt aus dem Auto und hilft Andreas, die Sachen im Kofferraum zu verstauen. Die süße, kleine Amsel, die sich jedes Jahr im Kirschbaum vor dem Schlafzimmer ein Nest baut, schwirrt aufgeregt umher. Rasenmäher brummen und Kinder spielen in Nebenstraßen Fangen. Unsere Nachbarn grillen. Es ist kurz nach acht und noch hell. Ich höre Robin und Philipp, die Kinder von Königs, in das Planschbecken springen und »Krieg mich, krieg mich doch!« rufen. »Nicht so laut«, ruft Frau König und Theo, der Labradormischling, bellt fröhlich auf. Und ich, ich stehe hier, weiß nicht, wer ich bin, was ich tun soll und was als Nächstes kommt. Alles steht wie eine Mauer vor mir.

32

Es klingelt an der Tür. Wer könnte das sein?

Langsam gehe ich die Treppe runter und zähle zum ersten Mal, seitdem ich hier wohne, die Stufen. Es sind zwölf Stufen. Eine Stufe für jedes Ehejahr mit Andreas. Die Jahre sind nicht so schnell vorbeigegangen, wie ich die Stufen nehmen kann. So kann man sich in einem Menschen täuschen.

Ich öffne die Tür. Die Amsel vom Kirschbaum fliegt vorbei, und ich stehe im Türrahmen und halte mich an der Klinke fest.

»Hallo!«, ruft Karin euphorisch. »Wir waren gerade in der Nähe und da dachten wir, wir kommen mal vorbei. Britta, darf ich dir meinen zukünftigen Mann Björn vorstellen! Björn, das ist Britta, meine allerallerallerbeste Freundin!«

Die allerallerallerbeste Freundin starrt Björn an und Björn starrt die allerallerallerbeste Freundin gar nicht an, sondern gibt ihr freundlich die Hand und sagt: »Hallo Britta, ich freue mich sehr, dich kennen zu lernen. Karin hat mir erst heute von dir erzählt, und da dachte ich, die beste Freundin muss ich ja möglichst bald mal zu Gesicht bekommen!«

Nein, jetzt ist endgültig Schluss hier. Wer will mich noch alles verarschen und für dumm verkaufen? Ich drehe durch. Ich flippe völlig aus und zwar jetzt:

»IHR BLÖDEN SCHWEINE!!!«, schreie ich Björn und Karin an. »Was glaubst du, Björn, was bildest du dir ein, hier einfach herzukommen und so zu tun, als würdest du mich nicht kennen? Dachtest du, ich spiele dieses blöde Spiel mit oder was? Und du, Karin!«, ich fuchtele mit erhobener Faust vor Karins Gesicht herum. Die weicht ängstlich zurück. »Dir will ich was sagen! Mit deinem Björn habe ich schon geschlafen, bevor du ins Spiel kamst. So, dass du es weißt! Ich hab euch im ›Maybach‹ in Eimsbüttel gesehen, und danach hat Björn mit mir da gesessen und auf seinem Boot haben wir Sex gehabt. So! Er hat mit uns beiden gespielt. Du MISTKERL!!!« Ich stürze mich mit den Fäusten auf Björn und trommle damit auf seiner Brust herum. »Wie konntest du nur so tun in Sønderborg, als würde es dir was ausmachen, dass ich es mit Andreas noch mal versuchen will, dabei habe ich das nur gemacht, weil du mich mit Karin betrogen hast. Aber geliebt habe ich dich von der allerersten Sekunde an! Du bist so gemein, so gemein, so gemein!!!«

»BRITTA!«, das ist Karin. Sie ist außer sich. »Was redest du denn da? Wie, Björn hat mich betrogen? Mit dir? Björn? Würdest du bitte auch mal was dazu sagen? Und zwar jetzt?«

Björn hebt beide Hände: »Halt, halt, halt, halt!«, ruft er. »Karin! Wie heiße ich?«

Karin sieht Björn an, als hätte er sie nicht mehr alle an der Schüssel. »Wie du heißt? Wie du heißt? Was soll das denn?«

»Antworte mir bitte«, sagt Björn kategorisch.

»Na, Björn«, sagt Karin böse. »Aber könntest du mir beziehungsweise uns jetzt bitte mal erklären, was das ...«

»Karin! Ich heiße JÖRN! Mein Bruder heißt Björn. Du verwechselst das ständig und außerdem hast du mir mal gesagt, dass du den Namen Björn schöner findest als Jörn.«

»Das stimmt«, sagt Karin, »aber was hat das alles hiermit zu tun?« Ich stehe nur dumm herum und sage nichts.

»Wenn du deiner Freundin Britta ständig von einem Björn erzählt hast, dann begreife ich, was hier los ist«, sagt Björn, also Jörn. Aber Björn steht doch vor mir. Wieso heißt Björn plötzlich Jörn?

»Björn ist mein Zwillingsbruder«, sagt Björn-Jörn. »Wir sind eineiige Zwillinge. Ich weiß auch nicht, was in unsere Eltern gefahren ist, dass sie uns diese Namen gegeben haben, und wir hatten in der Schule schon immer Probleme und beim Studium haben uns auch immer alle verwechselt wegen der Ähnlichkeit und dann noch die gleich klingenden Namen! Also, Britta, ich bin Jörn, nicht Björn. Mein Bruder ist auch momentan gar nicht da. Der wollte nach Kiel oder so, eine Regatta segeln, glaub ich zumindest. Ihm ging es gar nicht gut in letzter Zeit.«

Ich verstehe gar nichts mehr und stehe immer noch wie

festzementiert im Türrahmen. »Wäre es nicht besser, uns mal reinzulassen?«, fragt Jörn, »die Nachbarn schauen schon über die Zäune.« Ich gehe zur Seite.

»Aber Björn ist Zahnarzt«, sage ich, warum auch immer.

»Ja«, lacht Jörn, »wir beide sind Zahnärzte und haben zwei Praxen im selben Haus. In der Böttgerstraße. Björn führt seine Praxis nur unter dem Namen unserer Mutter, um Verwechslungen auszuschließen. Wenn du also mal Probleme mit den Zähnen haben solltest, Britta, dann ... Britta, was ist denn los mit dir? Du bist ja käseweiß!«

»Britta«, Karin stürzt auf mich zu und stützt mich. »Hol mal ein Glas Wasser«, sagt sie zu Jörn.

»Ich glaube, deine Freundin braucht eher einen Schnaps«, meint Jörn und damit hat er Recht.

Ich kippe den Averna runter. »Ihr müsst mir helfen«, sage ich dann. Etwas anderes fällt mir nicht ein.

Jörn beugt sich nach vorn: »Erzähl, wie?«, fragt er. Wenn ich Björn nicht schon so gut und intensiv kennen würde, könnte ich Jörn glatt mit ihm verwechseln. Aber so nicht. Außerdem hat Jörn nicht diese Punkte in den Augen, die Björn so unvergleichlich machen.

In Kurzform erzähle ich alles Erzählenswerte und vergesse auch nicht den gestohlenen Schmuck. »Dieser Ekelkerl«, sagt Karin. »Oh mein Gott, Britta, du musst unbedingt zum Anwalt gehen. Sie schaut auf ihre Uhr: »Heute ist es schon zu spät, aber am Montag, am Montag!«

Ich schüttele den Kopf: »Wir müssen nach Kiel fahren«, sage ich, »ich muss zu Björn!«

»Aber du musst doch hier deine Angelegenheiten in Ordnung bringen«, sagt Jörn. »Du kannst doch jetzt nicht einfach nach Kiel fahren.«

»Ich muss«, sage ich, »ich muss. Ich habe solche Fehler gemacht, ich muss zu Björn!«

»Wir könnten ihn auf dem Handy anrufen«, sagt Jörn, holt sein Mobiltelefon aus der Tasche und wählt die Nummer seines Bruders. »Nicht erreichbar, auch keine Mailbox«, sagt er. Panisch suche ich mein Handy und wähle die Nummern von Hanno,

Frauke, Tobias, Detlef und Georg und schließlich die vom Hafenmeister in Kiel. Die hab ich mal abgespeichert. Nirgendwo ist eine Mailbox an, alle Handys sind ausgeschaltet und ich drehe gleich durch.

»Können wir nicht nach Kiel fahren?«, bitte ich Karin und Jörn. Die sehen sich an.

»Okay«, sagen sie dann. »Wir fahren.« Ich suche meinen Wagenschlüssel, was ein schwieriges Unterfangen ist, denn ich finde ihn nicht. Dann sehe ich aus dem Fenster und stelle fest, dass der Wagen gar nicht da ist. Andreas ist mit ihm nicht gefahren, also hat er ihn womöglich schon verkauft. Zugewinn nennt man das wohl. Mein Blut kocht.

Ich suche den Fahrzeugbrief in der Dokumentenmappe und finde nichts.

Es klingelt schon wieder an der Tür. Weil ich mich nicht traue, aufzumachen, bitte ich Karin, zu öffnen.

Elke betritt das Wohnzimmer. Sie hat eine Plastiktüte in der Hand. »Hier, bitte!«, ruft sie, »nun sag mal danke! Das ist dein ganzer Schmuck, den ich eben aus unserer Gartenhütte geholt habe. Ich hab meinen nämlich gesucht, den hat Gunnar da auch versteckt. Ha, aber er hat nicht mit mir gerechnet!«

»Wo kommst du denn her?«, frage ich verwirrt.

»Direkt aus Australien«, antwortet Elke und sieht müde aus. »Aber ich konnte dich doch in dieser Situation nicht allein lassen. Ich bin Elke, eine Freundin von Britta«, stellt sie sich Jörn und Karin vor. »Und nun sag, was Sache ist. Meint es Andreas etwa immer noch ehrlich?«, sie hebt die Tüte mit dem Schmuck hoch. »Ich glaube kaum!« Und damit hat Elke einfach nur Recht.

Eine Viertelstunde später sitzen wir in Elkes Mietwagen. Ich habe in Windeseile meine Klamotten zusammengepackt. Elkes Anwalt, der schon vorsorglich informiert ist, wird sich um die ganzen Angelegenheiten, was das Haus und die ganzen finanziellen Dinge betrifft, kümmern.

»Mach dir keine Sorgen, Britta«, sagt Elke, und legt den Arm um mich. »Der ist knochenhart, der wird das schon alles richten!« Es ist mir auch momentan egal, ob sich Anwälte um dieses Haus kümmern. Ich habe immer noch mein Einkommen, ich brauche kein Haus. Ich möchte zu Björn, das alles klarstellen und dann klar denken.

Jörn fährt. Karin sitzt neben ihm und Elke und ich sitzen hinten. »Wir schaffen das, Britta«, sagt Elke, und Karin sagt von vorne: »Natürlich schaffen wir das. Gleich sind wir an der Kieler Ausfahrt.«

Und eine Sekunde später stehen wir im dicksten Stau. Ein LKW ist umgekippt und hatte junge Schweine an Bord und die jungen Schweine toben auf der A 7 herum und stiften Verwirrung und die Autobahn wird komplett gesperrt. Und zwar für ungefähr sieben Stunden, weil ein LKW, der Shampoo geladen hatte, auf den Schweine-LKW aufgefahren ist, und nun rutschen die jungen Schweine auf dem Shampoo aus und nicht nur die, sondern auch die Feuerwehrmänner und Polizisten und die Leute, die aussteigen und fragen, was denn hier los ist, und ein Mann und eine Frau brechen sich jeweils einen Arm und ein Bein. Wenn sie sitzen geblieben wären, wäre das alles nicht so tragisch geworden. Aber nun sitzen wir hier und ich versuche ununterbrochen, alle Nummern, die ich habe, anzurufen, aber alle Handys sind aus. Wie kann denn das angehen? Ein Krankenwagen rutscht mit Blaulicht an uns vorbei, und die Sanitäter springen heraus und verstauchen sich das Steißbein.

Frühmorgens wird die Autobahn wieder freigegeben, und ich habe furchtbare Angst, dass wir zu spät dran sind und alle schon los sind zur Regatta und überhaupt. Björn, Björn, Björn.

Da fällt mir noch was ein. Das muss ich unbedingt noch klären: »Sag mal Karin«, sage ich, »du erinnerst dich doch noch daran, dass du mir erzählt hast, Andreas hätte dich angemacht!« Karin nickt böse: »Dieser Idiot! Natürlich erinnere ich mich. Aber dem hab ich eine Abfuhr erteilt, das kann ich dir versichern!«

»Hattest du wirklich nie was mit Andreas?«, hake ich nach. Karin schnaubt auf: »Ich schwöre es beim Leben von uns allen. Lieber hätte ich Sex mit einer meiner männlichen Schaufensterpuppen!« Was ich nachvollziehen kann.

Wie ein Gestörter saust Jörn auf den Parkplatz im alten Olympiahafen und bringt das Auto zum Stehen. Trotz der frühen Stunde ist die Hölle los. Tausende von Menschen wuseln herum, und ich weiß noch nicht mal, wo die *Affenarsch* und das Boot von Björn liegen und bin verzweifelt. »Haben Sie eine Sunbeam 26 gesehen?«, frage ich aufgeregt irgendwelche Leute, die aber allesamt den Kopf schütteln.

Eine Lautsprecherstimme quakt herum und verkündet den Wetterbericht, faselt irgendwas von Okklusionen oder so. Gleich ist alles zu spät, gleich, dann muss ich bis Sonntag warten. Aber ich will doch gar nicht bis Sonntag warten. Am Sonntag ist vielleicht alles zu spät.

Ich möchte zu Björn. Endlich ist alles glasklar: Ich liebe Björn. Ich brauche Björn. Ich dumme Kuh hätte schon viel früher so handeln müssen!

Da! Da ist Tobias! Ein Glück! »Tobias«, sage ich glücklich und greife seinen Arm. Ein fremder Mann dreht sich böse um. »Entschuldigung«, sage ich, »ich habe Sie verwechselt.« Grundgütiger, das sind so viele Menschen hier, das ist ja unmöglich, hier jemanden zu finden. Hinter mir sind die anderen, ich weiß nicht, wie sie mich gefunden haben. Vor einer Räucherfischbude stehen Menschen Schlange, und wir kommen kaum vorbei.

Verzweifelt zwänge ich mich durch die Massen. Ich muss die Stege abgehen. Aber das ist so gut wie nicht machbar, weil so viele Leute auf den Stegen herumlaufen, dass man noch nicht mal Boote erkennen kann.

»Na, Schusselchen, hast du dir gedacht, dass du doch mal zu deinem Mann kommst und ihn anfeuerst?« Neben mir steht Andreas und kaut auf einer Bratwurst herum.

Gunnar befindet sich neben ihm und stopft ein Fischbrötchen in sich hinein. Dann hellt sich seine Miene auf: »Elke! Elke, mein Schatz, ich glaub es nicht, wo kommst du denn plötzlich her?«

»Aus dem Schlaraffenland!«, ruft Elke, holt aus und knallt ihm so fest eine, dass Teile des Fischbrötchens aus seinem dummen Mund fliegen. »Und da ist es viel schöner als bei dir, das kannst du mir glauben! Noch was!«, sie geht einen Schritt auf Gunnar zu, der nicht mehr kaut, sondern wie ein Depp dasteht.

»Glaub mal nicht, dass du mir noch mal mit Forderungen kommen kannst! WAGE ES NICHT!!! Ich mach dich platt, das SCHWÖRE ICH DIR!«

»Wo ist Hanno?«, frage ich Andreas, der mich dümmlich anschaut und nicht antwortet. »WO IST HANNO?«, brülle ich laut. Ich weiß, dass Andreas so was peinlich ist. Er deutet ungeschickt mit der Hand von sich: »Da hinten irgendwo, am Ende des Stegs. Warum?«

»Das geht dich einen Scheißdreck an!«, herrsche ich ihn an und quetsche mich zwischen den Leuten durch. Elke und die anderen hinterher. Endlich, endlich, endlich, da ist Hanno! Und wo Hanno ist, da sind auch die anderen.

»Britta«, ruft Frauke, »was machst du denn hier? Oh Britta, ich freue mich ja so, dich zu sehen. Aber da ist ja, hä, jetzt versteh ich gar nichts mehr, Björn?«

»Nein, er ist der Zwillingsbruder«, erkläre ich schnell. »Wo ist Björn?«

Georg kommt hinzu: »Der ist vor einer halben Stunde weg. Ganz kurz entschlossen!« Sie funkelt mich an. »Dreimal darfst du raten, warum!«

»Wohin, wohin ist er denn?«, frage ich und schaue mich um. Nirgendwo ist die *Breiz'h* zu sehen. Oh bitte, Björn, sei da, sei da! Tu mir das nicht an. Aber kein Björn ist weit und breit zu sehen.

»Er kam heute an mit einer Menge Gepäck von Sønderborg aus. Eigentlich wollte er noch mitsegeln, aber dann hat er es sich anders überlegt. ›Warum sollte ich das noch machen?‹, hat er zu mir gesagt. ›Ich fahre jetzt ein paar Wochen auf die Nordsee, und wenn ich mag, dann bleibe ich eben länger! Ich habe nichts mehr zu verlieren. Die Frau, die ich liebe, will mich ja nicht‹, hat er gesagt!«

Ich drehe mich zu Jörn um: »Hast du gewusst, dass Björn länger Urlaub machen will?«

Der schüttelt den Kopf. »Nein, hab ich nicht, aber das kann er ja machen. Wir haben unabhängige Urlaubsvertretungen. Manchmal, wenn es Björn auf einem Törn gut gefallen hat, rief er schon mal an und hat gesagt, dass es länger wird, das hätte er sicher auch jetzt getan. Aber er ist ja gerade erst weg.«

»Wann genau ist er weg?«, ich packe Georg am Ärmel. Die schaut auf die Uhr. »Wie gesagt, zirka 'ne halbe Stunde«, sagt sie. »Er hat unter Motor abgelegt. Na ja, er muss ja mit Sicherheit durch den Nord-Ostsee-Kanal, das dauert dann schon ein wenig. Allein schon wegen der Schleuse. Britta!«, Georg greift mir an die Schultern, »mach hin, mach einfach hin. MACH ENDLICH!« Ich drehe mich im Kreis. Wenn Björn noch in der unmittelbaren Umgebung ist, könnte ich ihn ausrufen lassen.

Wie gehetzt zwänge ich mich durch die Menschenmassen. Da ist das Büro des Hafenmeisters. Ich betrete das Büro. Elke ist hinter mir. »Bitte, lassen Sie mich eine Durchsage machen«, flehe ich den Hafenmeister an, der sowieso sehr viel zu tun hat an diesem Tag und bestimmt keine hysterische Frau braucht, die ihm mit Sonderwünschen kommt.

»Das geht jetzt gar nicht«, sagt er griesgrämig. Ich schiebe ihn zur Seite und gehe zum Mikrophon: »Björn, hier ist Britta!«, schreie ich. »Bleib wo du bist, ich komme zu dir. Ich hab mich geirrt. Alles war falsch! Ich möchte mit dir zusammen sein! Für den Rest meines Lebens! Björn, komm zurück. Björn auf der *Breiz'h*! Bitte komm zurück in den Hafen! Ich möchte zu dir kommen! Für immer!«

»Eine Frechheit«, grölt der Hafenmeister. »Gehen Sie sofort aus meinem Büro!«

Ich laufe auf den Steg und dann ans Wasser. Kein Boot kommt zurück.

»Er wird schon zu weit draußen sein«, sagt Georg. »Verdammt, fast alle Boot liegen im Päckchen, wir müssen eins finden, dass draußen liegt und unter Motor hinter Björn herfährt.«

»Ja, bitte«, ich knie fast vor Georg nieder.

»Hallo«, sagt eine Frau in meinem Alter zu mir. »Sind Sie das mit der Durchsage gerade eben? Wir haben das gehört. Ich nehme mal an, Sie suchen jemanden, der den Hafen gerade verlassen hat?« Ich nicke. »Sie müssen ja wirklich ziemlich verzweifelt sein«, sagt die Frau, »ich hab mit meinem Mann gesprochen. Wir liegen außerhalb und haben ein schnelles Boot. Eine X, falls Ihnen das was sagt.« Nein, das sagt mir so gar nichts, aber das ist ja auch egal, Hauptsache, schnell.

»Dann holen Sie doch einfach schnell Ihre Sachen, mein Mann weiß Bescheid, er holt das Boot eben nach vorn, wir kennen solch eine Situation sehr gut«, lacht die nette Frau mit den schwarzen, langen Haaren. Da ist Frauke mit meinen Taschen und da ist Elke mit meinem Schmuck und da sind Tobias und Detlef und da ist Hanno. Alle stehen sie am Steg. Und da ist auch Andreas. Während ich auf die X von den freundlichen Leuten steige, packt er meinen Arm und will mich festhalten: »Du bleibst hier, Britta, bei mir, bei deinem EHEMANN! Das fehlt noch, dass du mich hier sitzen lässt! Das muss sich einer vorstellen, dass meine Frau mich wegen einem anderen verlässt!«

»Lass mich sofort los!«, schreie ich Andreas an, »du hast mich verlassen, aber wenn es dir so lieber ist, dann verlasse ich eben dich!« Ich drehe mich zu den Hunderten von Leuten auf dem Steg: »Ich verlasse gerade meinen Mann, er ist ein komplettes Arschloch, hat meinen Schmuck geklaut und baut Puppenküchen für Araber!«, dann will ich auf die X des netten Paares steigen, die diese gerade zum Auslaufen klarmachen, aber Andreas lässt meinen Arm immer noch nicht los. Er krallt sich quasi darin fest. »Hör auf jetzt, Andreas«, sage ich böse. »Es ist vorbei. Endgültig vorbei! Kapier es endlich!«

»DU BLEIBST HIER UND DAS IST MEIN LETZTES WORT!!!«, Andreas ist krebsrot im Gesicht und hängt sich mit seinem ganzen Gewicht an mich. »HIERGEBLIEBEN!«

»Grrriiiwuuuwaaah!!!«, macht es plötzlich und ich erschrecke mich fürchterlich. Raststätte Berfa ist von Detlefs Schulter auf Andreas Kopf gesprungen und reißt ihm die Haare aus. Meine Güte, sind das viele Haare! Der arme Mann! Nein, es ist ein komplettes Haarteil! Der Sack trägt ein Toupet, und ich habe es zwölf Jahre nicht gemerkt. Mein Bald-Ex-Mann hat eine Glatze! Wann hat er die denn gekriegt? Alle glotzen entsetzt. Oder amüsiert. Andreas lässt mich los. »Au, aua, Hilfe!«, schreit er. Raststätte Berfa zerkratzt ihm die Arme und hinterlässt dort kratertiefe Wunden. Andreas fällt auf den Steg, und ich klettere schnell auf die X. »Zum Nord-Ostsee-Kanal«, sage ich außer Atem und drehe mich um.

33

Alle stehen am Steg. Gunnar kniet vor Andreas und will dem Affen das Toupet entreißen. Irgendwann schafft Gunnar es, das Haarteil an sich zu bringen und klatscht es Andreas auf die Klabusterbirne. Das Toupet hält aber nicht. Immerhin hat Gunnar was an den Segelwochenenden gelernt: Er hat Tape dabei. Und klebt Andreas die Haare kurzerhand wieder über dem dümmlich blickenden Gesicht fest. Sieht aber irgendwie nicht gut aus.

Und dann – ich glaube es nicht – kommt Raststätte Berfa ans Stegende gehüpft und macht mit Zeige- und Mittelfinger das Victory-Zeichen zu mir – und dann in die Runde. Alle klatschen. Dabei zwinkert mir der Affe mit dem einen Auge zu.

»Viel Glück!«, ruft Frauke und winkt fröhlich.

»Britta, du schaffst das, los, gebt Gas!«, das ist Hanno. »Wenn ihr Werkzeug braucht, schicke ich es euch in irgendeinen Hafen nach«, schreit er.

Tobias und Detlef winken synchron mit weißen Geschirrhandtüchern: »Wir passen auf dein Boooooot auf!«, sind sie sich einig. »Mach dir keine unnützen Gedanken, alles kommt ins Lot! Und wenn ihr wieder da seid, kochen wir auf der *Glitzerbarbie* was ganz Leckeres!«

Und da ist Georg: »Britta! Glaub an dich und glaub an euch!«, schreit sie, »und lass dir die Haare wieder wachsen, das steht dir doch besser! Britta!« Ich drehe mich um und lege die Hand hinters Ohr, um sie besser zu verstehen: »Du bist 'ne klasse Frau! Du weißt, wie ich das meine!«

Ich nicke, und alle winken und werden immer kleiner, und die nette schwarzhaarige Frau auf der X reicht mir ein Papiertaschentuch. »Wollen wir nicht am besten du sagen?«, fragt sie. Ich nicke. Ich bin so gerührt, dass ich nichts sagen kann. »Ich bin Carolin und das ist mein Mann Roland«, sagt sie. Der Mann steuert wie ein Wahnsinniger seine X Richtung Nord-Ostsee-

Kanal. »Was ist das für ein Boot, das wir finden müssen?«, fragt er.

»Eine Bénétau«, schniefe ich, »ich glaube, eine First 31.7, aber ich bin mir nicht sicher.«

»Die segelt sehr gut«, sagt Roland, »aber die müssten wir kriegen. Außerdem fahren wir ja beide unter Motor.«

»Du musst diesen Björn finden, stimmt's?«, fragt Carolin, und ich nicke. »Bei uns war es auch so eine tragische Geschichte«, erzählt sie fröhlich. »Bis wir mal zusammen waren. Ach, tausend Sachen kamen dazwischen. Ich dachte, Roland wollte mich nur fertigmachen, er war unmöglich, aber das Ganze stellte sich als ein Irrtum raus, jetzt wohnen wir zusammen in Eppendorf, ach, ich hab diesen Schritt nie bereut. Wir sind glücklich. Ehrlich, so glücklich. Hauptsache, wir sind zusammen und genießen jeden Moment.« Roland am Steuer nickt ungefragt. »Er ist meine Lebensliebe«, lacht die braun gebrannte Carolin und ihre schwarzen Haare fliegen umher. »Meine Güte, niemals mehr möchte ich mit einem anderen Mann zusammensein!« Roland schaut die ganze Zeit herum und hofft, eine 31.7 zu erblicken. Zwischendurch blickt er liebevoll auf Carolin. Immer, wenn es geht, berühren sich die beiden. Er erhöht die Geschwindigkeit.

Wir fahren weiter in Richtung Kanal, aber keine 31.7 ist in Sicht. Ich werde verrückt. Bestimmt ist Björn in eine ganz andere Richtung gefahren. Wohin, wohin nur? »Nicht aufregen«, sagt Roland«, er kann die Schleuse vorher genommen haben. Wir kriegen ihn schon.«

Ich tapere auf dem Boot herum wie eine Irre. »Aber wenn er in die andere Richtung gefahren ist?«, frage ich.

»Aber er wollte doch Richtung Nordsee«, sagt Roland ganz richtig. »Nun fahren wir weiter und warten ab.« Ja, was sollen wir sonst tun.

Wir passieren die Schleuse und die nette Carolin mixt uns einen Gin Tonic und immer noch ist keine 31.7 in Sicht.

Ich gebe die Hoffnung auf. Überall sind Boote, nur keine First 31.7.

Wir sind gerade im Kanal, als Roland ruft: »DA!« Zweihundert Meter vor uns fährt die *Breiz'h.*

»Björn!«, schreie ich, »BJÖRN!!!« Keine Reaktion.

»Er fährt unter Motor, er kann uns gar nicht hören«, sagt Roland. »Ich versuche, zu ihm hinzufahren!« In diesem Moment versagt der Motor.

»Verdammt«, ruft er, »da ist irgendwas im Propeller!« Die X dümpelt vor sich hin.

»Ich schwimme, ich schwimme!«, rufe ich zu Carolin und ziehe meine Jacke aus.

»Bist du verrückt, Britta«, sagt Carolin. »Warte! Wenn, dann nicht ohne Rettungsweste. Hier hast du eine. Schwimm an Land, klettere auf die Brücke und schwenk diese Fahne hier.« Während ich mir die Schwimmweste anziehe, schreibt sie mit einem Eddingstift etwas auf die Fahne. Eine Minute später springe ich ins Wasser. Es ist kalt, aber das ist mir egal. Noch nie ist mir kaltes Wasser so egal gewesen. Außerdem sind es bis zum Ufer nur zehn oder fünfzehn Meter. Ich kämpfe mich durch Schlick und renne nass, wie ich bin, auf die Brücke. Gott, sind nasse Klamotten schwer. Auf der Brücke sind lauter Autos und Leute, und ich stelle mich in die Mitte und schwenke die Fahne. »Björn!«, schreie ich in den Kanal hinunter. Spaziergänger, die offenbar Mitleid mit mir haben, stellen sich neben mich, und bald sind dreißig Personen zusammen, alle rufen »Björn, Björn, Björn!«, und ich schwenke die Fahne. Da! Die *Breiz'h* schlingert herum, dreht Kreise und jemand schaut nach oben:

»BJÖRN!«, schreie ich und bin schon heiser. »ICH LIEBE DICH FÜR IMMER!!!«, und Ehepaare und deren Kinder und die Großeltern schreien auch, dass sie Björn für immer lieben, und Björn schaut nach oben und ich meine auszumachen, dass er ungläubig aussieht, aber das kann ich mir auch nur einbilden und ich, die ich in meinem Leben nur ein einziges Mal von einem Drei-Meter-Brett gesprungen bin und dabei Todesängste hatte und mir geschworen habe, niemals wieder auf ein Drei-Meter-Brett zu steigen, ich stelle mich auf das Geländer der Brücke, hole tief Luft, falte meine Hände mit der großen Fahne von der netten Carolin und dann halte ich mir mit der anderen

Hand die Nase zu und springe mit Todesverachtung vierzig Meter tief in den Nord-Ostsee-Kanal.

PUH PUH PUH PUH PUH WO LICHT IST IST OBEN LUFT NOCH ANHALTEN ERST MAL SINKEN LASSEN DER KÖRPER TREIBT VON ALLEIN NACH OBEN WO IST DENN DIE FAHNE ACH DIE HAB ICH JA NOCH IN DER HAND UI UI UI GLEICH KRIEG ICH KEINE LUFT MEHR ABER ES WIRD JA SCHON HELLER ACH DA IST JA DAS WASSER ZU ENDE UND ES GURGELT AUCH GAR NICHT MEHR SO IN DEN OHREN OH SAUERSTOFF SCHÖÖÖN!

Ich tauche auf. Neben mir ist die *Breiz'h.* Ich lache laut. Björn schaut von seinem Boot auf mich, als würde er einen Geist sehen: »Britta«, sagt er nur und reicht mir die Hand. »Sag mal, du spinnst aber auch, was?«, fragt er.

»Wieso?«, ich spucke Seetang aus und werfe die Fahne an Bord.

»Na ja, bei allem was war, so was auf die Fahne zu schreiben!«, Björn schüttelt den Kopf.

»Ach, was steht denn auf der Fahne drauf?«, frage ich.

»Oh Mann, du musst doch wissen, was du auf die Fahne geschrieben hast«, sagt Björn. Ich schwimme immer noch im Kanal. Auf den anderen Booten applaudieren Leute. »Na, da steht drauf: HALT JETZT ENDLICH AN BJÖRN DU DEPP ICH LIEBE DICH FÜR IMMER BRITTA!

»Hui«, sage ich und klettere über die Badeleiter, die Björn ausgeklappt hat, aufs Boot.

»Das sind doch eindeutig klare Worte!«

»Ich werde dir alles erklären«, sage ich, als ich endlich zähneklappernd vor ihm stehe.

»Später«, sagt Björn, »später. Jetzt bist du erst mal hier. Hier bei mir! Und ich lass dich nicht mehr weg!«

»Musst du auch nicht«, sage ich. »Nie wieder.«

»So eine Liebe ...«, sagt Björn.

»... die findet man nur einmal!«, ergänze ich den Satz.

»Für immer«, sagen wir dann beide und küssen uns.

Da kommt die X von Carolin und Roland angerauscht.

Anscheinend funktioniert der Motor wieder. »Britta, deine Taschen«, ruft Carolin. »Wenn ihr Lust habt, ich könnte uns allen noch einen Gin Tonic mixen. Die Gläser kann ich bequem rüberreichen, und wir könnten ein wenig reden. Ich gebe zu, ein bisschen neugierig bin ich schon!«

Björn nickt. »Mach das mal«, sagt er, »meine zukünftige Frau möchte jetzt bestimmt gern einen Drink!«

Da kommt ein anderes Boot von Backbord. Darin befinden sich lauter Frauen. Sie sehen erleichtert aus.

»Britta«, ruft eine der Frauen, »ich bin's, die Vanessa von der Hot-Call-Agency. Du hast mir doch am Telefon gesagt, dass ihr die Kieler Woche segelt, und dann hab ich dich gehört, wie du über Mikrofon den Björn gesucht hast! Und dann haben die anderen gesagt, dass du los bist und ihn mit dem Boot suchst und da sind wir hinterher. So was Schönes. Das ist so eine tolle Geschichte. Wir werden das als Rollenspiel bei unseren Telefonsexkunden anbieten. Die müssen dann im Geist von einer Brücke springen. Und während sie springen, kriegen sie ihren Höhepunkt. Das ist doch toll, Britta, oder?« Ich nicke und Björn schaut mich an. Ich bin in Erklärungsnot. Nun, das lässt sich alles später erzählen. Vanessa und die anderen drehen ab und winken uns zu.

»Was machen wir jetzt?«, frage ich Björn, nachdem ich mir trockene Sachen angezogen und von Carolin einen Gin Tonic gereicht bekommen habe.

»Wir segeln und segeln und segeln«, sagt Björn. »Es sei denn, du musst zurück!«

»Ach nein, ich rufe Lars an, der wird Verständnis dafür haben«, lache ich. »Ich hab die letzten Jahre ja kaum Urlaub gemacht.«

»Aber wir reden auch«, sagt Björn, »wir müssen, glaube ich, sehr viel reden.«

»Oh ja, das müssen wir.« Mein Handy klingelt in der Reisetasche. Ich sehe Andreas Nummer und hebe mit dem Gefühl ab, erhaben zu sein: »Hallo«, sage ich.

»Du kommst auf der Stelle zurück!«, keift Andreas. »Ich bin immer noch dein Mann!«

»Noch«, sage ich zu Andreas, schaue auf die Möwen und das

glitzernde Wasser und die Sonnenstrahlen und auf Carolin und Roland und dann auf Björn, der mich mit all seiner Liebe anstrahlt, während er steuert, und ich weiß, dass ich nie wieder anders leben möchte. Nie wieder ohne Björn.

»Du kommst zurück! Wegen dir segele ich nicht die Kieler Woche, ich bin fertig mit den Nerven! Und Gunnar erst! Und überhaupt!!!« Pah. Vergangenheit. Ich lebe jetzt und hier. Wer weiß, was kommt. Und das, was kommt, werde ich genießen!

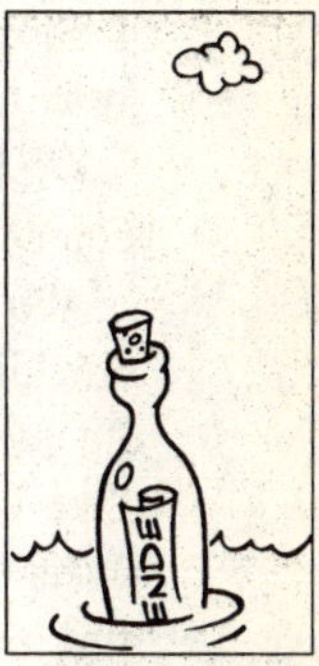

Herrlich!

»Mach doch, was du willst«, sage ich zu meinem Mann. »Aber ohne mich. Ich hab die Nase voll!« Ich lege auf und mache das Handy aus.

Dann bittet mich Björn, kurz zu steuern.

Das mache ich gern.

Ich kann das nämlich mittlerweile schon ganz gut.

Epilog

Britta und Björn sind nun fast ein Jahr auf der *Breiz'h* unterwegs. Sie reden viel.

Britta lässt sich die Haare wachsen und kann auch mit einer Winschkurbel umgehen.

Wo sie gerade sind, weiß niemand so genau. Aber sie sind sehr glücklich. Und sie lieben sich sehr.

Elke ist noch am selben Tag, an dem Britta zu Björn auf die *Breiz'h* gegangen ist, zurück nach Hamburg gefahren und hat sich mit ihrem Anwalt getroffen. Britta hat ihr am darauf folgenden Montag von einem Hafen aus per Fax alle Vollmachten erteilt. Elke hat ihre Angelegenheiten zu ihrer vollsten Zufriedenheit erledigt.

Andreas und Gunnar werden zu jeweils 250 000 Euro Schmerzensgeld wegen seelischer Grausamkeit und versuchten Betruges verurteilt. Das Geld müssen sie dem Fonds *Erfolglose Segler helfen Frauen* stiften.

Die Kieler Woche sind sie nicht gesegelt. Nicht diesmal und auch niemals sonst.

Elke lässt sich von Gunnar scheiden. Was auch sonst. Sie bekommt 2/3 des Vermögens von Gunnar zugesprochen, lehnt weiteren Unterhalt allerdings ab, weil sie auf eigenen Füßen stehen will, was ihr auch gelingt.

Britta lässt sich von Andreas scheiden. Was auch sonst. Ihr werden 3/4 des Hauses zugesprochen, außerdem die komplette Inneneinrichtung. Die Einrichtung des Partykellers hinterlässt sie Andreas schriftlich. Elke kümmert sich um die ganze Abwicklung. Britta nimmt auch wieder ihren Mädchennamen Höschen an. Schüchen möchte sie ganz gewiss nie mehr heißen.

Doris trennt sich von Werner, doch nur für sechs Wochen. In ihrer kurz zuvor bezogenen Zweizimmerwohnung gibt es nun mal nicht so viel zu putzen.

Karin und Jörn heiraten im September.

Karin kümmert sich mit Elke um den Hausverkauf und um alles andere, was Britta angeht, und um Björns Wohnung und stellt immer frische Lilien auf den Esszimmertisch. »Britta mag Lilien«, sagt sie dann zu Jörn.

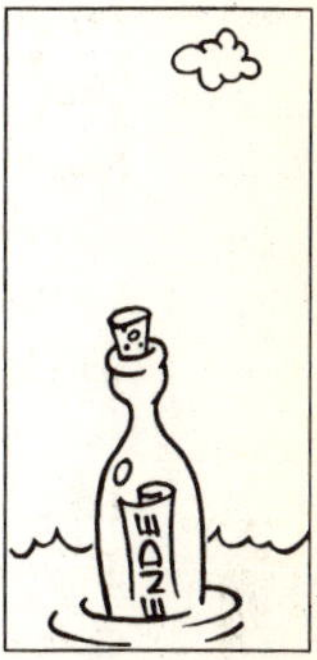

Hanno und Frauke gehen immer mal wieder ans Ende von Steg C in Sønderborg und glauben, dass Britta und Björn wiederkommen, weil sie ein Boot sehen, das so ähnlich aussieht wie die *Breiz'h.* Aber sie täuschen sich.

Georg, Luisa und Christina üben für die nächsten Regatten und reden immer wieder davon, wie lustig die Wochenenden mit Britta und Björn doch waren.

Tobias, Detlef und die Raststätte Berfa machen es sich auf der *Affenarsch*, Entschuldigung, der *Glitzerbarbie* gemütlich und jeder in Sønderborg mag das Paar mit dem verrückten Affen. »Nur bis Britta wiederkommt, bleiben wir hier«, pflegt Detlef zu sagen, und Tobias nickt, aber niemand glaubt ihnen.

Der Liegeplatz der *Breiz'h* ist nicht neu belegt. Nur hin und wieder befinden sich dort Gastlieger. Aber die kommen und gehen. Legt länger kein Boot an, wachsen manchmal schon Schlingpflanzen um die vergessenen Leinen.

Es scheint, als würde der Liegeplatz auf Britta und Björn warten.

Vielleicht kommen sie ja irgendwann zurück.